O PRIMEIRO BEIJO DE ROMEU

O PRIMEIRO BEIJO DE ROMEU

FELIPE CABRAL

1ª edição

—— **Galera** ——

RIO DE JANEIRO
2021

CIP-BRASIL. CATALOGAÇÃO NA PUBLICAÇÃO
SINDICATO NACIONAL DOS EDITORES DE LIVROS, RJ

C118p

Cabral, Felipe
    O primeiro beijo de Romeu / Felipe Cabral. - 1. ed. - Rio de Janeiro : Galera Record, 2021.

    ISBN 978-65-5587-254-5

    1. Ficção brasileira. I. Título.

21-73317   CDD: 869.3
                             CDU: 82-3(81)

Camila Donis Hartmann - Bibliotecária - CRB-7/6472
16/09/2021 17/09/2021

Copyright © 2021 by Felipe Cabral

Editora-Executiva: Rafaella Machado
Coordenadora Editorial: Stella Carneiro

Equipe Editorial
Juliana de Oliveira • Isabel Rodrigues
Lígia Almeida • Manoela Alves

Revisão: Maria Alice Barducci
Diagramação: João Carneiro e Renan Salgado
Capa: Johnatan Marques

Todos os direitos reservados.
Proibida a reprodução, no todo ou em parte, através de quaisquer meios.
Os direitos morais do autor foram assegurados.

Texto revisado segundo o novo Acordo Ortográfico da Língua Portuguesa.

Direitos exclusivos de publicação em língua portuguesa somente para o Brasil adquiridos pela
EDITORA RECORD LTDA.
Rua Argentina, 171 - Rio de Janeiro, RJ - 20921-380 - Tel.: (21) 2585-2000.

Impresso no Brasil

ISBN 978-65-5587-254-5

Seja um leitor preferencial Record.
Cadastre-se e receba informações sobre nossos lançamentos e nossas promoções.

Atendimento e venda direta ao leitor:
sac@record.com.br

Para minha vovó Joana, que sorriu e partiu um dia depois de ter visto a capa deste livro. Seu neto vai continuar se esforçando pra te encher de orgulho, voando cada vez mais alto pra chegar mais perto de onde você está.

Isso tudo é pra você, vó.

Eu te amo, pra sempre.

1. ROMEU

Meu primeiro beijo foi horrível.
Não, horrível é um jeito fofo de dizer.
Foi uma merda.
Uma catástrofe.
Um desastre.
Não foi como nos filmes, nas novelas, nos romances. Nós não saímos do beijo sorrindo, desajeitados, planejando os próximos 10 anos juntos. Porque ali, quando eu finalmente ia beijar o meu melhor amigo, em vez de fogos de artifícios, eu ouvi um belo:

— Os viadinhos tão se beijando!

Sim, o meu primeiro beijo nem beijo foi. Quando ia ser, foi interrompido pelo babaca mais babaca daquela escola. O que aquele troglodita, que nem devia saber ler, estava fazendo na biblioteca no meio do recreio eu nunca vou entender! Parecia uma grande sacanagem do destino com a minha cara: "Tá achando que vai dar seu primeiro beijo e ser feliz?! Olha o que eu separei pra você!".

Meu quase beijo foi como uma pedrinha solta no alto de uma montanha que vai descendo e crescendo e se tornando uma gigante bola de neve e atropelando tudo e todos como uma impiedosa avalanche.

Nesta metáfora, eu era o alpinista que, depois de anos tentando alcançar o pico da montanha mais alta, para um minuto pra comemorar e é engolido por uma nevasca assassina sem ter tempo de entender o que está acontecendo.

Em uma hora, alegria e vibração. Na outra, pânico e desespero.

A princípio, um sonho. Eu e Aquiles, sozinhos entre as estantes da biblioteca, abandonando nossos armários. Prestes a dar nosso primeiro beijo. A começar nossa história de amor.

Em questão de segundos, flagrados por um completo imbecil, tirados do armário para toda a escola e xingados de mil desaforos homofóbicos. Como a desgraça estava pouca, ainda perdi a cabeça, parti pra cima do nosso algoz e fui levado para a diretoria. O sonho se transformara num pesadelo, e o pesadelo, para o meu azar, era bem real.

Aquele simples intervalo, onde tudo parecia se encaixar a nosso favor, tomara a direção errada. Minha vida se transformaria num inferno, eu poderia ser suspenso, poderia ser expulso e ainda precisaria encarar meus pais e suas decepções assim que eles chegassem ao colégio.

Era inacreditável que tudo tivesse acontecido tão rápido.

Era injusto que tivesse acontecido comigo e com o Aquiles. Ainda mais por causa de um beijo.

Respira, Romeu.

Eu não estava preparado nem para o antes nem para o depois do "beijo que não foi beijo". Mesmo quando tudo parecia dar certo, minha cabeça não parava de acelerar.

Eu nem tinha beijado o Aquiles e já nos imaginava combinando programas. Filmes pra ver no cinema. Séries pra maratonar. Já pensando em como seria quando a escola acabasse, se iríamos para a mesma faculdade, se casaríamos, se teríamos filhos, cachorro, gato. Isso tudo sem nem ter beijado!

Quando nossas bocas se aproximaram, eu disse a mim mesmo que eu só precisava curtir o momento. Não criar expectativas.

Eu já tinha até pesquisado cursos de *mindfulness* para aliviar meu jeito ansioso de ser. Antes de dormir, pedia pra minha Alexa tocar o "som de chuva leve" pra relaxar. No dia a dia, repetia pra mim mesmo: Não pensa em nada, Romeu.

Esvazia a cabeça.

Se alonga.

Faz a saudação ao Sol.

Relaxa os ombros.

Respira.

Relaxa.

RE–LA–XAAAAAAAAAAAAAAH!!!!!!!

Não adiantava. Eu botava tanta pressão pra relaxar que só de pensar em ficar relaxado eu já ficava ansioso. A batalha dentro da minha mente não dava trégua. De um lado, "Calma, não se cobre tanto!", e, do outro, "Nem relaxar você consegue, seu fracassado!".

No meio deste embate em prol da minha saúde mental, eu problematizava mais um pouco: será que, com 15 anos, eu precisava mesmo entrar no mundo do *mindfulness*? Eu não conseguiria virar um monge budista de um dia para o outro. Eu nem queria virar um monge budista! Eu nem sabia se quem praticava *mindfulness* queria virar um monge budista!

Afinal, por que eu deveria deixar de ser ansioso?! Qual o problema com a minha ansiedade?! Deixar de ser ansioso não seria renegar quem eu era?! Eu não deveria abraçar essa minha parte ansiosa e ter orgulho dela?!

"NÃO!!!!", eu logo me respondia. Porque até na hora de beijar o Aquiles eu corria o risco de ter uma crise de ansiedade. E isso não era nem um pouco legal.

Respira, Romeu.

Aquele beijo não era só um beijo.
Beijar o Aquiles significava oficializar que eu era gay.
Pro mundo.
Pra mim.
Na escola, eu já era zoado como a bichinha, o viadinho, ui ui ui, olha como ela rebola, olha como desmunheca, mesmo sem nunca ter beijado nenhum menino. Os trogloditas deviam ser mesmo videntes, porque me zoavam de bicha antes mesmo de eu me entender como gay. Ou, o que era mais triste, talvez já me vissem como eu era, antes mesmo de eu me enxergar de verdade.

De qualquer forma, eu nunca tinha beijado ninguém. Era BV, boca virgem, sufocado dentro do armário. E, mesmo assim, quieto no meu canto, ainda precisava lidar com os marrentos de plantão me perturbando. Sério que eles não tinham NADA melhor pra fazer do que tornar minha vida um inferno?

Aceitar quem somos pode não ser tão simples assim.

Dizer para o meu melhor amigo que eu estava apaixonado por ele, que queria beijar a boca dele, era muita coisa.

Aquele beijo não era só um beijo!

Depois que eu beijasse o Aquiles, não ia ter mais volta. Eu ia ser gay, pra valer. Eu teria beijado um garoto. Eu faria parte da comunidade LGBTQIA+.

O que seria de mim? O mundo desabaria na minha cabeça? Eu seria espancado? Não poderia mais me casar? Ter filhos? Não podia ser assim. Eu precisava me desprender desses estereótipos e medos e tragédias.

Eu duvido que meus "colegas" héteros da turma pensassem em tudo isso quando fossem beijar suas primeiras namoradinhas. Pelo contrário, seriam incentivados, elogiados. Se beijassem uma menina atrás da outra, melhor ainda, seriam os fodões, os gostosões. Agora eu... beijar outro garoto?! Aí não pode! Aí mereço ser o alvo de todas as piadas, ridicularizado, desprezado!

Não era fácil ser eu.

Para minha sorte, eu não precisava encarar aquele ambiente hostil sozinho.

O Aquiles e eu nos aproximamos assim que ele entrou no colégio no começo do ano. Não era comum alunos trocarem de escola na nossa idade. Faltava relativamente pouco para o vestibular e uma transferência podia impactar no rendimento do aluno, que precisaria se adaptar à nova escola.

Ele não tinha compartilhado comigo o motivo de sua transferência e eu nunca insisti muito. O que me importava era que agora eu tinha um amigo, um aliado naquele lugar.

No meio de tantos garotos sedentos por uma carnificina, os excluídos se reconhecem. Se algum professor passava um trabalho em grupo, lá estávamos os dois. Na aula de educação física, adivinha quem ficava por último na hora de escolher os times? Romeu e Aquiles.

Mas se não éramos bem-vindos no campo de futebol, entre os livros a história era outra.

A biblioteca era o nosso refúgio oficial. Primeiro porque tinha ar-condicionado, o que tornava aquele lugar quase um oásis em se tratando do calor do Rio de Janeiro. Segundo, precisava falar baixo ou ficar em silêncio, então os brutamontes não podiam gritar e extravasar suas masculinidades frágeis. E, terceiro, porque a biblioteca era, obviamente, um espaço lotado de livros, e, assim como eu, o Aquiles também amava ler.

Nós acompanhávamos clubes de leituras, perfis com dicas literárias, próximos lançamentos, adaptações para o cinema, promoções, boxes, sorteios. Era mais do que comum, durante os intervalos, trocarmos impressões sobre nossas leituras preferidas.

Se não fosse pelo Aquiles, a minha vida naquele colégio seria um completo tormento. Além de ser o alvo preferencial do bullying dos outros alunos, eu ainda precisava encarar o fato de me sentir atraído por muitos deles. Porque, claro, o meu colégio tinha que ser o único no país a só aceitar meninos, o que poderia até ser um paraíso estudantil gay, com batalhas de lipsync no intervalo e um verdadeiro cardápio de atletas gatinhos populares para me apaixonar. Mas estava mais para um pesadelo homofóbico, e os gatinhos em questão, psicopatas acéfalos.

Sem contar o pequeno detalhe, nem tão pequeno assim, do meu colégio "exclusivamente masculino" ser católico e alguns professores também serem padres. Bem-vindos ao Colégio Santo Benedito! Assim, eu ainda era obrigado a escutar, entre uma aula e outra, que o "homossexualismo" era um pecado e que uma família só era uma família se fosse composta por um homem e uma mulher.

Em outras palavras, semanalmente eu era bombardeado com um discurso de ódio revestido de "palavras do Senhor". O que eu podia fazer?

"Então, professor, é que eu andei pesquisando na internet e aprendi que homossexualismo não existe. O certo é homossexualidade, porque o sufixo –ismo dá a ideia de doença e a Organização Mundial da Saúde retirou a homossexualidade da lista de doenças em 17 de maio de 1990, tanto que essa data virou o Dia Internacional contra a LGBTfobia."

No mínimo eu seria excomungado, forçado a confessar meus pecados e a rezar duzentos Pai-Nossos.

Eu nunca confrontei professor nenhum.

Nunca revidei nenhuma ofensa.

Eu me esforçava ao máximo para passar despercebido. Aquele colégio não era barato. Era considerado um dos melhores da cidade e, ano sim e ano também, ficava em primeiro lugar nos aprovados do vestibular. Meus pais tinham investido nos meus estudos, e eu tinha certeza de que eles acreditavam que estavam me dando a "melhor" educação. Eu não podia criar problemas.

Sempre foi mais fácil, apesar de doloroso, fingir que nada acontecia.

Que ninguém me perseguia e que meu corpo não demonstrava meu tesão por outros meninos. Lutando contra o que eu sentia, eu já tinha entrado em sites para maiores de 18 anos para ver mulheres peladas e torcer para "virar homem". Mas aquela "firmeza" não aparecia de jeito nenhum.

Desde o começo do ano letivo, porém, o Aquiles se tornou o meu calcanhar de Aquiles.

Eu não conseguia ignorar meus sentimentos por ele. Minha vontade de beijá-lo, de apresentá-lo aos meus pais, de passear pelo shopping juntos, de sentar de mãos dadas no intervalo, de namorar.

Eu estava completamente apaixonado por ele, e, antes de tudo dar errado, aquele intervalo parecia muito promissor.

Era véspera do lançamento do novo livro do Tim, meu pai, na Bienal do Livro, e eu estava realmente muito animado. Em casa, já tinha me antecipado e perguntado se podia convidar o Aquiles pra ir comigo ao evento. Meus pais, sem hesitarem por um segundo, autorizaram.

Assim, quando entrei na sala de aula para o primeiro tempo, logo procurei pelo meu melhor amigo. Como o Aquiles tinha me dado o desprazer de chegar atrasado justo naquele dia, precisei conter minha ansiedade.

Durante a aula, quando a gente conseguia conversar um pouco, ele parecia estranhamente concentrado no que nosso professor dizia. O jeito foi esperar o bendito sinal do intervalo tocar e correr para a biblioteca.

Uma vez lá, não perdi tempo. Não só porque estava mais empolgado do que nunca, mas porque sabia que o Aquiles ia surtar quando recebesse o convite! Era o maior evento literário da cidade! Ainda que meu pai não estivesse lançando um livro, já seria maravilhoso. Mas, com o lançamento do Tim, se tornava espetacular!

Eu já podia me imaginar passeando com o Aquiles por entre os pavilhões do evento, visitando os estandes das editoras, posando no trono de Game of Thrones que tinham montado por lá, correndo para garantir autógrafos dos nossos autores favoritos. Eu estava criando expectativas, como sempre, mas quem nunca?!

— Então, vamos?! — Convidei, pronto para receber a resposta mais efusiva do planeta.

— Vamos. — Aquiles aceitou. — Eu só preciso perguntar pros meus pais, mas eles devem deixar, sim — me respondeu ele, sem energia alguma. — Vai ser muito legal. — Aquiles sorriu, tentando demonstrar um mínimo de animação. — Eu quero muito ler o livro do seu pai.

Não fazia sentido.

Eu tinha acabado de convidá-lo pra ir à Bienal do Livro comigo e ele achou "muito legal"? Tá certo que eu não podia exigir que alguém reagisse da maneira que eu esperava, mas eu conhecia o Aquiles suficientemente bem pra saber que ele era capaz de uma reação melhor do que aquela! Algo nele estava diferente.

Ele parecia disperso, aéreo, mergulhado em pensamentos, o que não era comum em se tratando do Aquiles, sempre presente, no chão, aqui, agora.

Por onde ele andava?

Ao nosso redor, muitos livros nos cercavam. Clássicos como *Dom Casmurro, O cortiço, O Ateneu, Clara dos Anjos, Macunaíma, Quarto de despejo*. Mas foi em *Harry Potter e o enigma do príncipe* onde Aquiles se deteve, pegando um exemplar da estante ao seu lado. Até aí, nada de novo. Nós tínhamos chorado litros com o final do sexto volume daquela série. Como tantos adolescentes mundo afora, éramos fãs daqueles personagens e daquele universo. O que não estava sendo nada fácil depois de declarações transfóbicas da autora.

Mesmo não sendo um garoto trans, eu tinha empatia pelo que aquelas pessoas sofriam. Pelos ataques que recebiam, virtualmente e no mundo real. Era como se a autora estivesse destruindo a magia do universo mágico que ela própria construiu.

Pior, como se espalhasse no nosso mundo o ódio que seus personagens tanto condenavam em seus livros.

No Santo Benedito, no entanto, não havia nenhum menino trans, que dirá algum interesse por debater os direitos da comunidade trans entre os alunos. Assim, toda esta polêmica não chegou nem perto do colégio. Eu só a havia acompanhado por alto, pelas redes sociais.

Em muitos dias, eu quis trocar minha escola por Hogwarts. Colocar um chapéu mágico na cabeça e viver mil aventuras. Pegar um trem e partir, sem me importar em enfrentar monstros e dementadores porque, pelo menos, seria só uma fantasia.

Qualquer universo paralelo parecia ser melhor do que a minha realidade.

No intervalo, os ogros costumavam correr para jogar bola ou procurar alguma vítima para destroçar, deixando a biblioteca vazia. Mas, pela primeira vez, o Aquiles não parecia à vontade no nosso refúgio. Como se cada fala viesse com um subtexto, cada linha, com uma entrelinha. O não dito gritando por trás de cada gesto, de cada olhar.

— Você sabia que o Dumbledore era gay? — Foi, para meu espanto, sua pergunta diante do livro.

Até aquele segundo, a palavra "gay" não fazia parte do vocabulário das nossas conversas entre amigos. Eu mesmo evitava qualquer assunto que pudesse culminar na palavra "gay", justamente pra não correr o risco de alguém me perguntar "Mas você é gay, Romeu?".

— Quê? — Tentei aparentar a maior tranquilidade do mundo enquanto, na minha mente, eu gritava um grande "*What?!*". Eu ainda estava imerso no assunto "acabei de te convidar pra Bienal do Livro e você não deu nem um pulo de alegria!".

— Muita gente ficou revoltada, mas não é maravilhoso? O maior bruxo de todos os tempos era gay.

Aquiles riu sozinho, como se aquela fosse a coisa mais hilária do mundo. Eu não sei que cara eu fiz, mas deve ter sido uma expressão tipo "que papo é esse?", "por que estamos falando de Dumbledore agora?".

— Você não acha engraçado? — Aquiles me encarou.

— É pra ser?

— O mundo se apaixonou por ele, e, de repente, ele estava fora do armário. Não dava mais pra desgostar do Dumbledore. Não sei, eu gosto dele ser... gay.

Eu sabia que algo estava passando pela sua cabeça, mas, mesmo assim, fui pego de surpresa quando sua voz embargou e seus olhos marejaram. Despreparado, torcendo para que a gente falasse de qualquer coisa menos sobre a sexualidade do Dumbledore ou de quem quer que fosse, permaneci estático. Por que raios o Aquiles estava emocionado com isso agora?!

Eu me sentia pisando num terreno movediço. Eu não queria falar sobre o Dumbledore ser gay. Eu não queria falar sobre ser gay.

Respira, Romeu.

— Você acha que ele foi feliz? — Aquiles perguntou.

— Quem?

— Como quem, Romeu? O Dumbledore.

O Dumbledore?! Sei lá! Eu só sabia o que estava no livro e, naquele exato momento, já tinha esquecido até quem era Hermione!

— Acho que foi. Ele ajudou muito o Harry — arrisquei.

— Sim, mas você acha que ele foi feliz com alguém? Que se apaixonou?

— Não sei. Ela não escreveu isso, né?

— Na verdade, escreveu. Depois. Tem um filme que mostra que ele era apaixonado pelo Grindewald, um bruxo do mal. Tipo uma história de amor, trágica.

Agora ele estava se detendo em um ponto muito singular, e novamente segurava as lágrimas. Não era possível, o Aquiles estava chorando por causa do Dumbledore?!

— Tá tudo bem? — perguntei.

— Não é nada — ele disfarçou.

— Como não é nada, Aquiles? Você tá chorando?

— Tô parecendo um idiota, né?

— Um pouco — brinquei.

— Acho que eu tô um pouco idiota mesmo hoje.

— Mas por quê? É um luto atrasado? Só agora caiu a ficha que o Dumbledore morreu?! — Lá estava eu, levantando a energia, forçando um sorrisão, tudo pra deixar o clima mais leve.

Aquiles, então, colocou o livro de volta na prateleira, deu de ombros e sorriu, sem graça.

— É que ontem eu vi um programa da Oprah.

Pronto.

Oprah Winfrey entrou na nossa conversa.

De Dumbledore e o mundo mágico de Hogwarts fomos para o universo da grande apresentadora da televisão norte--americana. Eu não sei como nossa conversa ficou tão pop tão rápido e nem como a Oprah e o Dumbledore poderiam deixar alguém na *bad*.

— Ela também estava chorando por causa do Dumbledore?

— Não, idiota. — Ele riu, desviando o olhar. — Ela entrevistou homens que... saíram do armário.

Se aqui pudesse existir uma pausa dramática, ela existiria. Se fosse uma novela, esse seria o gancho final do capítulo e a minha cara de "que merda é essa?" seria congelada nesse instante.

— Ah, é? — respondi, ou melhor, perguntei.

Eu e minha habilidade de não saber lidar com as coisas.

— Foi tão triste. Ouvir aqueles caras falando de como eram infelizes, de como tinham passado suas vidas construindo uma família com suas esposas porque era o que eles achavam que *tinham* que fazer. E não o que, de verdade, *queriam* fazer.

— Sei... — Eu e minha (péssima) habilidade, de novo.

— E as suas esposas magoadas, se sentindo enganadas. Traídas. Mas meio que entendendo a dor dos maridos. Ninguém sabia direito o que estava certo, o que estava errado, se tinha certo e errado. E eu só conseguia ver como aqueles caras tinham sofrido. Como aquelas mulheres tinham sofrido.

Depois de vomitar tudo isso, Aquiles não conseguiu mais se segurar. A voz embargada e os olhos marejados transbordaram num choro. Mas ele não chorava de soluçar, expansivo, alto. Eram pequenos solavancos, como se ele precisasse ser abraçado, como se estivesse prestes a desabar, como se estivesse tirando uma tonelada de suas costas.

Eu realmente, definitivamente, com toda certeza do mundo, não estava preparado para aquilo. Seus olhos não se enchiam só de lágrimas, mas de dúvidas, medos, e eu conhecia muito bem aquela sensação, aquele calafrio, aquele frio na barriga, aquele aperto no peito.

Será que eu também teria que me casar com uma mulher só porque era o que esperavam de mim? Será que eu conseguiria? Será que dividiria a minha vida em duas vidas? A que eu *gostaria* de viver e a que eu *precisaria* viver? Como eu ia namorar uma garota só pra fingir que gostava de garotas? Isso não seria muito mais difícil? Cruel? Comigo? Com ela? Em troca do quê? De ser feliz? Mas eu nunca seria feliz vivendo assim! Devia ser um horror. Eu não queria isso pra mim.

— Eu não quero isso pra mim.

Corrigindo: se houvesse uma pausa dramática, ela seria aqui! Em um fôlego só, Aquiles verbalizou meus pensamentos, revelando que também não queria viver a mesma vida que os homens casados do programa da Oprah tinham vivido. Aqueles homens... gays.

— Eu não quero viver como eles — ele sussurrou, frágil.

Eu não estava enganado. Eu não estava escutando uma coisa achando que era outra. O Aquiles estava saindo do armário.

Meu coração palpitou na velocidade da luz.

Eu não podia fingir que não estava acontecendo nada. Não podia sair correndo e deixar ele sozinho ali, no vácuo. Ao mesmo tempo, eu não era nenhum líder gay com os melhores conselhos para dar nem um sábio com a palavra certa para acolher meu amigo. Parte de mim estava aterrorizada com a possibilidade de também sair do armário!

Não que o Aquiles estivesse me forçando a fazer isso. Ele nem sabia que eu estava pensando tudo isso naquela fração de segundo. Mas a oportunidade estava ali! Ele não queria viver nada daquilo. Era só eu falar que eu também não. Que eu também não queria viver dentro do armário pra sempre. Que eu queria o fim do armário.

Ao mesmo tempo, o meu amigo também era o menino por quem eu estava apaixonado. Se ele estava saindo do armário, as minhas chances, que eram nulas, se multiplicavam... Eu estava diante de um mundo de possibilidades, de escolhas, de decisões, e todas elas me fascinavam tanto quanto me amedrontavam.

— Você não precisa viver nada disso, Aquiles.

Ele enxugou as lágrimas, tímido, quase envergonhado.

— Desculpa, eu não sei o que estou falando.

— Não precisa se desculpar.

— É que, às vezes, dá um aperto. Eu sei que parece que eu levo tudo numa boa, e, na maioria das vezes, eu levo mesmo. Não curto ficar deprê ou só pensando no lado ruim das coisas. Mas ontem foi como se eu tivesse visto o meu futuro numa versão horrível. Eu nem consegui dormir essa noite. Eu só pensava: "Eu não vou conseguir! Eu não vou conseguir!". Eu acho que...

— O quê?

— Eu não queria. Mas acho que... — O Aquiles tentava falar aquilo que eu sofria pra admitir também. Eu podia ver como ele estava confuso, como se todas as fichas tivessem caído no mesmo instante e ele não estivesse mais dando conta de suportar. Como se, de uma hora pra outra, o armário tivesse encolhido e o sufocado ainda mais. Como se ele tivesse visto que uma vida dentro do armário destruiria qualquer possibilidade real de ser feliz. De ser amado de verdade. — Eu sou gay, Romeu.

Respira.

— Eu também, Aquiles.

Sim. Na loucura, no impulso, eu falei. Soltei. Larguei. Descarreguei!

Eu não tinha saído do armário. Eu tinha pulado pra fora dele. Quebrado o armário. Arrebentado a porta! Meu coração parecia sair pela boca. Minha adrenalina aumentava como nunca. Parecia que eu estava prestes a descer do ponto mais alto de uma montanha-russa, como se me preparasse pra pular de um avião de paraquedas. Mas a verdade é que eu já estava em uma montanha-russa. Eu já tinha pulado do avião.

Em seguida, me veio uma vontade de fugir. De voltar no tempo e desdizer o que tinha dito. Mas eu não queria desdizer nada.

Eu queria correr pela escola gritando que eu era gay, que todos iam ter que me engolir e que se alguém me chamasse de bichinha mais uma vez ia ouvir de volta que eu era bicha, sim, com muito orgulho.

Mas eu sabia que não seria assim. Que eu era tímido o suficiente pra nunca sair gritando pelos corredores da escola, fosse o que fosse. E, o mais importante, que eu ainda não estava preparado para contar pra ninguém. Naquele instante, naquele corredor da biblioteca, meu mundo era só eu e o Aquiles.

— Sério? — Aquiles perguntou. E, se eu não estivesse tão nervoso, poderia jurar que vi um sorriso no canto de sua boca.

— O quê? — Voltei das nuvens.

— Você também é gay?

— Acho que sou.

— Acha?

— Sou. Eu so-sou — gaguejei. — É que eu nunca tinha falado assim, em voz alta. Na verdade, nunca tinha falado nem baixinho. Nem sussurrando. Nem fazendo mímica.

— Então nós somos gays — ele constatou. — É isso?

— É isso. — Assenti.

Na sequência, com sua já conhecida capacidade de me surpreender, Aquiles gargalhou, logo cobrindo a boca, sabendo que sua risada ia chamar atenção.

— Do que você tá rindo? Foi uma piada? — perguntei, o desespero já brotando. — Você não é gay? Se for isso, eu também só estava brincando!

— Calma! Eu tô rindo da situação. Nós estamos chorando e saindo do armário no meio do intervalo!

— Eu não tô chorando! — Emendei. — É que eu nunca falei sobre isso com ninguém.

— Será que a dona Rosa também é gay? — Aquiles me ignorou.

— A bibliotecária?!

— É! Vai ver tem alguma magia nessa biblioteca que está fazendo todo mundo sair do armário aqui hoje! — ele brincou.

— Para de ser engraçadinho, eu tô tremendo.

— Ou uma magia secreta do Harry Potter! — ele continuou. — Se você falar "Dumbledore" três vezes seguidas você automaticamente sai do armário!

— Deixa de besteira, Aquiles. Eu tô tremendo, real!

— Eu também tô, olha minha mão.

E assim, de repente, não mais que de repente, o Aquiles pegou na minha mão.

Pegou... na minha... MÃO!

Respira, Romeu.

Era a primeira vez que eu segurava as mãos dele. Gostosas, macias, quentes, ao contrário das minhas, geladas de nervoso. Eu nunca tinha sentido o que senti naquele momento. Acho que era o que chamam de faíscas. Estrelas. Cometas. Meteoros. O que fosse!

— É. Tão... tão tremendo também — confirmei, enquanto ele não tirava os olhos de mim.

— Eu gosto de você.

Para, garoto!!!!

Eu não tinha nem digerido o fato de ter saído do armário pro meu melhor amigo, que dirá aceitar que ele estava se declarando pra mim!

— Quê? — Reagi, incrédulo.
— Eu gosto de você, Romeu.
— Eu também gosto de você, Aquiles.
— É, mas eu acho que eu gosto mais de você.
— Mais?
— É, mais. De um jeito diferente. Me ajuda, eu nunca fiz isso. — Ele riu de nervoso.
— É que eu... Será que o intervalo já acabou?!

Eu não fazia ideia do que falar! Pelo amor de Deus, o que estava acontecendo?!

— Romeu, olha pra mim. — Pronto, lá estava aquele olhar, aquele sorriso irresistível, com o detalhe das mãos suadas que não desgrudavam das minhas. — Eu quero ficar com você. É isso. Eu sei que tá tudo estranho, mas quando eu assisti o programa ontem, eu só pensava em você, em mim, no que eu estava guardando aqui dentro por medo de te perder, de te afastar. Mas acho que o medo de ter uma vida como a daqueles caras bateu mais forte. Eu não sei como vai ser. Eu nunca beijei um garoto, nunca namorei, nunca me declarei, nunca fui numa Parada do Orgulho LGBT, nunca vi uma temporada de RuPaul...

— Eu já — interrompi.
— Já?

— A melhor é a nona.
— É?
— A gente pode assistir juntos, se você quiser.
Eu já estava convidando o Aquiles pra ver RuPaul comigo?!
— Eu quero — ele aceitou.
— Ótimo! — Relaxei.
— E então? — Ele seguiu.
— O quê? — Eu realmente preciso fazer um workshop de como lidar com as coisas.
— Eu quero ficar com você.
— Ah, isso.
— É, isso — repetiu. — Posso?
— O quê?
Sério, Romeu?!
— Te beijar.

Pensem em coisas aceleradas e intensas, como uma corrida de Fórmula 1 ou um carrossel descontrolado ou mil fogos de artifício explodindo ao mesmo tempo. Agora juntem tudo isso, misturem, aumentem, exagerem, expandam, enlouqueçam! Era assim que eu me sentia por dentro naquele microssegundo!

— Aqui? — perguntei, suando frio, espantado, sem jeito, tremendo, querendo.
— Agora.
Era agora ou nunca.
— Pode — aceitei.
Então ele riu, daquele jeito que só ele sabe rir. Leve. Solar.
Nossas mãos ainda estavam juntas, tremendo juntas, suando juntas. Conectadas.
Até ali, o melhor intervalo da minha vida!

Aquiles se aproximou mais, nossos rostos praticamente colados. Dava pra sentir a sua respiração. Ver o suor escorrendo na sua testa. As lágrimas marcando suas bochechas. Aquilo estava mesmo acontecendo!

Nós rimos, sem graça, tentando entender pra que lado viraríamos a cabeça. Eu sabia que deveria começar por um lado e depois trocar para o outro, revezando e mexendo as línguas. Mas nada disso importava. Mesmo sem nunca ter beijado, eu ia beijar! Mesmo sem saber como beijar, eu ia beijar! Eu estava a milímetros da boca do Aquiles, meu melhor amigo, meu *crush*, e, sim, ia rolar!

Eu fechei os olhos e imaginei os seus lábios nos meus, quentes, molhados. Nós dois, só eu e ele, naquele beijo. Felizes. Curiosos. Inocentes. Ou nem tão inocentes assim. Eu beijaria Aquiles e Aquiles também me beijaria! Sem receios. Sem medos.

Eu seria o garoto mais feliz do mundo! Eu mandaria o convite do nosso casamento pra Julinha, minha melhor amiga, escrito algo como "Romeu e Aquiles convidam para discreta celebração". Se bem que eu nunca ia querer uma discreta celebração, mas uma festona com DJ, open bar, piscina liberada, coreografias! Tudo seria mágico, especial, romântico, perfeito... até que deixou de ser.

— Os viadinhos tão se beijando!

O beijo nem beijo foi.

Guga, o ogro mais monstruoso daquela turma de trogloditas, gritava e apontava na nossa direção! Sem pensar duas vezes, me desvencilhei, apavorado, de Aquiles. Na mesma hora dei um passo para trás.

Uma coisa era beijar Aquiles. Outra, muito diferente, era ser pego no flagra. Não importava que a gente não tivesse se beijado, que só estivéssemos prestes a nos beijar: seria a palavra do Guga contra a nossa. Nós seríamos escrachados pela escola inteira!

Eu conhecia muito bem aqueles alunos, aquele colégio. "Os viadinhos se beijando na biblioteca" seria a fofoca do ano! Eu ficaria famoso até o dia da minha formatura por esse beijo que eu nem dei. Seria humilhado em cada aula. Não teria paz nas próximas horas, nas próximas semanas, no próximo ano. Nunca mais teria um intervalo tranquilo.

Eu já esperava os dedos apontados na minha direção. As conversinhas. Os risinhos. O sermão dos padres. Eu seria o gay oficial do colégio! Eu e Aquiles tínhamos acabado de reabastecer o motor do bullying. Dado todas as flechas pro tiro ao alvo, sendo que o alvo éramos nós.

Eu tinha sido burro! Idiota! Eu não sei onde estava com a cabeça quando pensei em beijar Aquiles no meio da biblioteca! De todo modo, eu não podia ser tirado do armário dessa maneira. Não naquele intervalo. Não naquela escola.

— Não foi nada! — gritei, apavorado, avançando na direção de Guga.

— Sai pra lá! Não quero te beijar, não!

Ele era mesmo um completo babaca, e o que me dava mais raiva é que em vários momentos foi impossível não sentir tesão por ele, porque ele era muito gato. Quando a gente ia pra aula de natação, o Guga de sunga era duro de resistir. Literalmente! Mas agora eu só precisava fazer com que ele calasse a boca, acreditasse que ninguém tinha se beijado nem ia se beijar e que tudo não havia passado de um grande mal-entendido.

— Ninguém beijou ninguém aqui! — bradei.

— Ah, não? Então o que foi aquele beijo que eu vi?!

— Não teve beijo, Gustavo!

— Você e seu namoradinho nunca me enganaram! — Guga debochou.

— Ele não é meu namorado! — vociferei, o rosto já ficando vermelho.

— Ui, tá nervosinha!

— Calma, Romeu. Vamos sair daqui. — Aquiles tentou apaziguar os ânimos. Mas assim que encostou no meu ombro...

— Me solta! — Afastei, no impulso, sua mão de mim.

O que eu estava fazendo?!

Mesmo de relance, consegui ver a surpresa nos olhos do Aquiles com meu gesto brusco. Mas eu não podia me preocupar com isso agora. Eu precisava conter aquele escândalo. Apagar aquele incêndio! Pelo nosso bem.

Aquiles, porém, não parecia disposto a deixar o Guga comandar a situação:

— Escuta aqui, Guga. Ninguém estava se beijando. Vai ser a nossa palavra contra a sua.

— E você acha que o pessoal vai acreditar na palavra de quem? Do casalzinho ou na minha? — E, aumentando o tom de voz, jogou a merda no ventilador: — A escola precisa saber que o Romeu e o Aquiles estavam se PEGANDO na biblioteca!!!

Mas nada é tão ruim que não possa piorar.

Meu intervalo já ia de mal a pior quando Rosa, a bibliotecária, chegou na hora errada!

— O que está acontecendo aqui?! — Ela se espantou. — Que gritaria é essa?!

— O Aquiles e o Romeu estavam se agarrando! — disparou Guga.

— É mentira! — rebati, o corpo cada vez mais quente, minha visão começando a embaçar.

— Não é, não! A galera vai pirar quando souber! O casalzinho da turma!

Como alguém podia ser tão insensível e cruel?

Mas eu não tinha tempo a perder. Meu orgulho já tinha ido pro espaço. Meu amor-próprio, escorregado pelo ralo. Assim, me aproximei de Guga, segurei o seu braço e, me esforçando para não chorar, implorei, quase sussurrando:

— Não faz isso. Não fala nada pra ninguém. Por favor! Eu não beijei ninguém.

Não foi nada surpreendente, apesar de chocante, quando Guga afastou com força seu braço, do mesmo modo que eu havia feito há pouco com Aquiles, e gritou:

— Não encosta em mim, sua bicha!

— Gustavo! — Rosa o repreendeu, horrorizada com a confusão. — Isso não são modos de falar com seu colega!

Mas ele não tinha jeito. O Guga era um imbecil preconceituoso. Um gostosinho metido a besta que se achava o dono daquela escola. O chefe da quadrilha. O líder dos trogloditas prestes a destruir minha vida. No segundo em que ele colocasse os pés pra fora daquela biblioteca, minha paz teria acabado. Por culpa dele.

— Bem que meu pai falou que essa gente tinha mais é que morrer!

E essa foi a última coisa que ele disse antes que meu punho fechado fosse de encontro com seu belo rostinho ignorante. Um soco mais forte do que eu pensei que pudesse dar, já que eu nunca tinha dado um soco em ninguém. Em cheio. Nocaute.

Foi assim que eu tive o Guga finalmente caído aos meus pés. Não do jeito como eu havia fantasiado, mas tudo bem. E foi assim que eu vim parar na sala de espera da diretoria. Provavelmente prestes a ser suspenso por alguns dias. Seguramente prestes a ser tirado do armário para toda a escola. Mas o pior de tudo, prestes a encarar meus pais e sair do armário pra eles da pior forma possível.

Eu tinha implorado pro diretor, Dom Anselmo, não falar nada aos meus pais, mas ele tinha sido irredutível. Os pais do Aquiles já tinham passado na escola para buscar o filho. Eu não consegui falar com ele. Não consegui pedir desculpas por tirar meu braço. Não consegui perguntar se ele estava bem.

Com o Guga a situação era ainda mais delicada. Seu pai era simplesmente o Prefeito da cidade do Rio de Janeiro. Por isso, o Guga sempre teve um tratamento, digamos, preferencial naquela escola. Era o garoto-propaganda!

A corda nunca arrebentaria pro seu lado.

O pesadelo havia começado, e eu não podia fazer mais nada pra consertar o estrago. Eu não sabia o que o Guga já tinha espalhado pela escola. O que já estavam falando. O que já estavam postando. Comentando. Compartilhando.

Se o Guga já era um babaca normalmente, machucado por "uma bicha" devia ser muito pior. Como ele, o macho alfa da escola, poderia ter sido nocauteado pelo "viadinho"? Ele não teria nenhuma compaixão comigo. Pelo contrário, viria com tudo pra cima de mim. Novamente, não da maneira que eu tinha fantasiado algumas vezes. Eu seria humilhado. Destroçado. Destruído.

Minha vontade era nunca mais sair daquela sala de espera.

Nunca mais voltar para aquela escola.

Mas, então, a porta se abriu.

Era hora de lidar com as consequências. Do soco. Do beijo interrompido. Enfrentar o mundo.

Com os olhos ainda vermelhos, levantei a cabeça, envergonhado e triste, e encarei meus pais, que acabavam de chegar.

Meus queridos pais.

Meus dois pais.

Respira, Romeu.

Respira.

2. VALENTIM

Eu sou o pior pai do mundo.

Mas também sou muito duro comigo mesmo, então talvez eu não seja, de fato, o pior pai do mundo.

De qualquer forma, não era de hoje que eu suspeitava que o Romeu não estivesse feliz naquela escola. Ainda que ele não fosse o garoto mais extrovertido da face da Terra, era recorrente sua economia de palavras ao nos contar como seu dia tinha sido. Na hora de levantar da cama, desânimo. Quando chegava em casa, exaustão. Mas, afinal, quem gosta de acordar às seis horas da manhã? Quem não fica esgotado depois de um dia inteiro estudando?

Eu justificava para mim mesmo que seu leve abatimento era só cansaço. O Santo Benedito tinha fama de ser muito exigente com seus alunos. Contudo, quando abri a porta da sala de espera da diretoria, meu alerta vermelho disparou.

Eu não fazia ideia do que tinha acontecido, nem por que o diretor tinha me ligado pedindo urgência para irmos até lá, mas algo estava muito errado. Sentado no pequeno sofá vermelho daquela antessala, o Romeu tinha o rosto inchado de tanto chorar, visivelmente abalado.

O que tinham feito com meu filho?!

Assim que decidimos seguir com o processo de adoção do Romeu, um dos temas mais debatidos por mim e pelo Samuca era a sua educação. Era essencial que nosso filho tivesse o melhor ensino que pudéssemos dar.

Foram semanas de pesquisas e visitas até chegarmos ao Colégio Santo Benedito. A princípio, nem pensar! Uma escola só para meninos, tradicional e católica? Para o filho de dois homens? Nós seríamos bem-vindos? Nosso filho seria bem tratado?

Então conhecemos a maravilhosa infraestrutura do colégio. Há anos em primeiro lugar na lista dos aprovados do vestibular. Consenso entre vários sites especializados como uma das melhores escolas do estado, quiçá do país.

Desde o momento em que pisamos no colégio, fomos bem recebidos pelos coordenadores. Também fomos olhados com desdém por alguns padres, é verdade, mas estávamos tão focados no que era "melhor" para o Romeu que não queríamos que nosso filho pagasse o preço por qualquer questão relacionada a nós dois.

De todas as escolas visitadas, aquela era a mais pomposa. A que mais tinha "nome". A que "melhor" preparava para o vestibular. Nós queríamos e iríamos dar o "melhor" àquele garoto que havia transformado a nossa vida. Se algum padre tivesse algum problema com a gente, dificilmente revelaria seu preconceito abertamente numa reunião de pais. Até porque no armário do Vaticano também havia muitas polêmicas que eu abordaria facilmente caso me sentisse atacado.

Assim, pensando no futuro profissional do Romeu, na sua "formação", optamos por matriculá-lo ali. Eu ainda lembro perfeitamente da emoção não contida de Samuca quando efetivamos a inscrição do Romeu e pagamos sua primeira mensalidade.

O Samuca tinha sido o primeiro de sua família a concluir o Ensino Superior, a entrar numa faculdade. Nascido e criado em uma comunidade, a favela do Vidigal, e sendo um homem negro, foram muitas as barreiras e resistências encontradas ao longo de seu caminho pessoal e profissional. Se comparada à minha vivência como homem branco, criado em uma família de classe média alta, com acesso a uma escola particular, plano de saúde e viagens ao exterior todas as férias, o Samuca, de fato, precisou se esforçar infinitamente mais para conquistar o seu espaço. As oportunidades não lhe eram oferecidas com a mesma facilidade que haviam sido para mim.

Filho da política pública de cotas, que determina que universidades federais e estaduais reservem vagas para estudantes de escolas públicas, levando em conta um recorte de renda e racial, o Samuca tinha ingressado na mesma faculdade que eu. Ele cursando Direito, eu, Letras. Hoje, ele trabalhava num dos mais reconhecidos escritórios de advocacia do Rio, tinha uma carreira estável e, comigo, proporcionava ao nosso filho uma educação que seus pais não tiveram condições de lhe dar.

Nós amávamos o Romeu mais do que tudo.

No momento em que o conhecemos no abrigo onde vivia, foi amor à primeira vista. Ter um filho não é uma decisão tomada no impulso por casais homoafetivos, no improviso. Ao optar pelo caminho da adoção, é preciso passar por todo um processo. Entrevistas com assistentes sociais, psicólogos, ingresso no Cadastro Nacional de Adoção. Ficar "grávido", às vezes, por mais de nove meses. Até, um belo dia, uma assistente social ligar informando que encontraram uma criança que se encaixa no perfil escolhido e marcar um encontro.

É óbvio que a adoção não é exclusiva para casais gays e lésbicos, mas para famílias homoafetivas ela se torna um importante caminho. É uma decisão que requer disposição e planejamento. Além, claro, de muito amor.

Quando conseguimos a guarda definitiva do Romeu, há cinco anos, eu e o Samuca completávamos seis anos de casamento e dez de namoro. Mesmo marido e marido, ainda nos tratávamos como eternos namorados. "Namoridos", como dizem.

Somente no nosso último ano de faculdade começamos a namorar. Não era como se nunca tivéssemos nos esbarrado pelo campus antes, mas, como fazíamos cursos diferentes, foram poucas as disciplinas coincidentes em nossas grades curriculares.

O primeiro encontro contou com a ajuda de Flora, nossa amiga em comum. Cursando Cinema, ela era muito atuante no Diretório Acadêmico e sempre nos convidava para debates e palestras e festinhas que o Departamento de Ciências Humanas organizava.

Em uma dessas festas, cercados por muita cerveja quente servida em copo de plástico, fomos apresentados um ao outro. E por mais que amássemos discutir temas relevantes para a sociedade, preferimos, naquela noite, ocupar nossas bocas beijando.

Um pouco altinha, Flora fez a clássica brincadeira de "Quero ser madrinha do casamento, hein!". E foi, alguns anos depois. A pegação no diretório acadêmico rendeu a mais linda história de amor das nossas vidas.

Os tempos de universitários, porém, se foram na velocidade da luz. Quando vimos, já estávamos formados. Lançando capelos para o alto e avançando um pouco mais para a vida adulta. Os amigos, antes tão próximos, começavam a se afastar. Os estágios viravam empregos. Os sonhos se transformavam, ou não, em realidade.

O tempo começava a não parecer o suficiente para dar conta de tudo, da vida. O trabalho passava a preencher qualquer tempo livre. A vida adulta surgia com burocracias, imposto de renda, aluguel, contas de luz, água, telefone.

De jovens para adultos.

De filhos para pais.

E a paternidade, eu descobri, não inclui manual de instruções. Pelo contrário, nunca fiquei tão perdido e inseguro pensando em como ser o melhor pai do mundo para Romeu. Eu prometi a mim mesmo que sempre faria de tudo para que ele fosse feliz.

Então, quando encontramos nosso filho totalmente desestabilizado naquela sala de espera, tremi por inteiro. Será que eu tinha deixado passar despercebido algum sinal de que meu filho não estava bem? Será que tinha falhado com o Romeu?

Se alguém tivesse feito algum mal pro meu filho, eu começaria uma guerra mundial para defendê-lo. Viraria uma fera.

Não me importava mais que aquela fosse a "melhor" escola da cidade. Que seus alunos ficassem em primeiro lugar no vestibular das "melhores" faculdades. Eu não sabia mais o que era "melhor"! Eu só queria meu filho bem!

Na véspera de lançar meu novo livro na Bienal do Livro, minha cabeça estava preenchida com as demandas daquele evento. Antes de receber a ligação da escola, eu não podia estar mais eufórico. Eva, minha editora, me atualizava a cada segundo sobre os preparativos para o lançamento. A assessoria de imprensa me avisava sobre as entrevistas que eu daria. Era um dia feliz.

Walter, o menino com um buraco no peito era meu primeiro livro infantil com protagonismo gay. Ele contava a história de Walter, um menino de 10 anos que se percebe apaixonado pelo seu melhor amigo da escola. Um livro fofo, inocente, sobre a descoberta do primeiro amor. As ilustrações estavam lindas e era impossível não se emocionar com aquela publicação.

Não era meu primeiro livro. No concorrido mercado editorial, eu já havia escrito três livros de relativo sucesso, todos voltados para o público jovem adulto e esbanjando aventura, fantasia, romance e ação. Mas com *Walter* era diferente. Ali estava a infância que eu gostaria de ter vivido.

Quando meus amiguinhos de escola começaram a dizer que gostavam das nossas amiguinhas, eu percebi que comigo era diferente. Eu gostava das meninas, mas não pensava em beijar nenhuma delas. Eu queria beijar os meus amigos. Era por eles que eu sentia algo a mais.

Eu me sentia solitário por não conhecer ninguém como eu. No casamento da festa junina, nunca tinha dois noivos. Ninguém jamais me perguntou "E o namoradinho?". Eu nunca tinha encontrado em nenhuma obra algum personagem parecido comigo.

Hoje, a poucos anos de completar 40 anos de idade, eu tenho consciência da importância da representatividade cultural. Mas, naquela época, ainda um pré-adolescente, eu só me sentia isolado, diferente.

Nenhum gibi tinha alguém como eu. Não existiam meninos que gostavam de meninos em nenhum livro infantil. Em nenhum livro de aventura. Em nenhum desenho animado. Em lugar nenhum.

Nas novelas que meus pais assistiam os exemplos eram piores. Um casal de lésbicas morria na explosão de um shopping, rejeitado pelo público. Um beijo entre dois homens era censurado no último capítulo. O ator que fazia um personagem gay era agredido na rua. Tudo ao meu redor me dizia que quem eu era não era aceito pela sociedade.

Não é um jeito saudável de passar pela adolescência. Fica difícil construir uma autoestima. Se achar bonito. Acreditar no seu valor.

Como se amar quando o mundo te odeia? Como ter orgulho quando te dizem que você é uma vergonha?

Foi a escrita que me salvou, em parte. A possibilidade de criar mundos fictícios onde tudo seria possível, onde meus personagens poderiam ser quem são.

O poder de um livro em construir os imaginários de uma sociedade! De mostrar como o mundo é, mas também de como poderia ser.

Meus três primeiros livros tinham me dado a certeza de que eu era um autor. A insegurança do começo da carreira, as dúvidas sobre ser possível viver da minha escrita, tinham ficado para trás. Eu já confiava na minha capacidade criativa, na minha sensibilidade, no meu potencial. Não buscava mais validações externas para acreditar em mim.

Eu tinha os maiores motivos para estar alegre. Estava a menos de 24 horas do lançamento da minha primeira obra infantil, quando estaria de volta à Bienal, próximo aos meus leitores, cercado por aquela energia contagiante.

No entanto, essa excitação evaporou durante o trajeto até o Santo Benedito. Dirigindo, com o Samuca no banco do carona, eu não conseguia mais pensar no livro. Não atendia mais nenhuma ligação da Eva. Meus pensamentos só buscavam alguma lógica na chamada emergencial do diretor. Uma confusão envolvendo o Romeu e o Aquiles?!

— O que aconteceu, meu filho? — perguntei assim que fiquei cara a cara com ele.

Mas Romeu não conseguia sequer me encarar nos olhos.

— De-desculpa — gaguejou.

— Não precisa se desculpar. — Samuca se adiantou. — A gente vai conversar com o Dom Anselmo e entender tudo. Vai ficar tudo bem.

A porta da sala da diretoria, até então fechada, se abriu majestosamente e vimos Dom Anselmo, o diretor, surgir na nossa frente.

— Senhor Valentim. Senhor Samuel. — Ele nos cumprimentou.

Só de ouvir a voz grossa e tediosa daquele homem meu sangue já ferveu. Pra que aquela cerimônia?!

— Bom, podem entrar, por favor. — Dom Anselmo indicou.

Sem perder tempo, me apressei para o interior daquela diretoria, entrando e me sentando em uma das duas cadeiras posicionadas diante da mesa do "todo-poderoso", acompanhado por Samuca. E antes mesmo que o diretor se sentasse em sua poltrona cafona de veludo lilás, fui logo dando início à conversa.

— Então, Dom Anselmo, o senhor pode nos dizer o que está acontecendo? Por que o meu filho está chorando?

— Bom, eu imagino que os senhores devam estar preocupados,

— Muito! — interrompi.

— Mas vamos tentar manter a calma. — Ele me encarou.

Quando a gente está nervoso e nos pedem calma, a gente nunca pensa "Puxa, tem razão, vou me acalmar". Não, a gente fica ainda mais irritado e nervoso!

— O que houve? — Samuca questionou.

— Bom, por onde eu posso começar...?

Pelo começo!!!

— Bom, o Romeu agrediu um colega durante o intervalo.

Quê?

— Desculpa, o quê? — Estranhei. — O Romeu bateu em alguém?

— Ele estava se defendendo? Alguém brigou com ele? — Samuca tateou.

Aquilo não fazia sentido. O Romeu nunca tinha se envolvido em brigas.

— Bom, não teve uma briga, por assim dizer. Foi no intervalo, na biblioteca. O Romeu deu um soco no Gustavo, seu colega de turma.

— No Gustavo?! — O Romeu não andava com esse garoto. Pelo contrário, sempre comentava como ele era um menino chato, implicante.

— O Romeu nunca bateu em ninguém — Samuca prosseguiu, atônito. — Ele já se explicou?

— Bom...

Eu não aguentava mais aquele homem começando suas falas com "bom". Não tinha nada de "bom" acontecendo!

— O Guga flagrou o Romeu... — Dom Anselmo fez uma pausa dramática desnecessária — beijando o Aquiles.

Quê?!

O Romeu estava beijando o Aquiles?
O Romeu estava beijando... outro menino?
Na escola?
No intervalo?
Mas, então...?
O que isso significava?
O Romeu era...?
Eu me virei abruptamente para Samuca, buscando seu olhar. Ele já sabia disso? Mas Samuca parecia tão chocado quanto eu.

— Você pode explicar melhor o que aconteceu? — Pedi.

— Bom, parece que o Aquiles e o Romeu se beijavam entre as estantes quando o Guga os encontrou. Depois disso, o Romeu acabou dando um soco no Guga — resumiu o diretor. — Mas não se preocupem, o Gustavo foi direto pra enfermaria, nós colocamos gelo e ele já foi pra casa. Acreditamos que ele não tenha quebrado o nariz, graças a Deus.

— O Romeu acabou dando um soco no Guga?! — Repeti. — Ninguém acaba dando um soco em alguém! O que esse Gustavo fez?

— Nosso filho nunca reagiria dessa forma sem motivo. — Samuca reforçou.

— O que o Romeu disse? — insisti. — Ele deu alguma explicação?

— Bom, ele negou ter beijado o Aquiles.

— Como assim? — Não entendi. — Então meu filho não beijou ninguém?

— Essa história está muito mal contada. — Samuca constatou o óbvio.

— Claro que está! — concordei. — O Romeu não beija ninguém, o Gustavo aparece e o Romeu dá um soco nele?!

Agora eu deixava transparecer ainda mais minha incredulidade.

— Bom, é natural que ele negue. O Romeu deve estar com vergonha do que fez.

— Vergonha do quê? — Samuca perguntou.

— Bom, do beijo.

— Mas ele disse que não beijou o Aquiles — pontuei.

— Bom, e por que o Guga mentiria sobre isso?

— Eu sei lá! — Ralhei. — Eu não conheço esse garoto!

— Esse Gustavo não fez mais nada, diretor? — Samuca insistiu. — Vamos supor que o Romeu esteja falando a verdade.

— Ele está falando a verdade! — Coloquei minha mão no fogo.

— Eu sei, meu amor, eu só estou tentando seguir um raciocínio aqui. Calma.

Pedir calma quando estou irritado só me deixa mais... exatamente.

— O que o Gustavo fez quando viu os dois na biblioteca? — Samuca continuou. — Gritou? Empurrou?

— Bom, o Guga disse umas... besteiras.

— O senhor pode ser mais específico? — Samuca pediu.

Eu amava quando o Samuca deixava seu senso de justiça aflorar. Ninguém iria impedi-lo de descobrir o que tinha acontecido naquela biblioteca.

— Bom, ele falou em voz alta...

— Gritou — corrigi.

— Bom, sim, gritou que eles estavam se "pegando". Mas a nossa bibliotecária, Rosa, logo chegou e controlou a situação.

— Obviamente ela não controlou nada — resmunguei.

— O Gustavo gritou o que, exatamente? — Samuca não desistiria de arrancar cada detalhe. — Ele chamou meu filho pelo seu nome próprio? Usou outro termo?

Pelo modo como Dom Anselmo suspirou, acuado, nós estávamos chegando ao cerne daquela confusão.

— Bom, o Gustavo disse que... os "viadinhos" estavam se beijando.

Eu sabia! Meu filho não era nenhum descontrolado que saía batendo nos outros do nada.

— Meu Deus! — me exaltei. — O Romeu é apenas um garoto. Mesmo que ele estivesse beijando o Aquiles, ninguém tem o direito de chamá-lo de viadinho! Esse Gustavo pode ter tirado o nosso filho do armário pra escola toda. — Agora a ficha caía, e caía pesada.

— Bom... — disse o diretor. — É uma situação complicada.

— Não, não é! — exclamei. — Esse garoto ofendeu o meu filho e pronto!

— Bom, e o seu filho nocauteou o Gustavo. — Dom Anselmo rebateu.

— E com motivo! — vociferei, me controlando para não dar um soco naquela mesa à minha frente.

— O que o Valentim quis dizer é que nós não concordamos com nenhum tipo de violência. — Samuca ponderou. — Mas agora sabemos que nosso filho estava reagindo a outra violência.

Estava cada vez mais difícil me segurar. Era nítido que aquele senhor tinha feito de tudo para omitir aquela ofensa homofóbica. Que preferia varrer tudo pra debaixo do tapete. Que pensava que aquilo era só "coisa de adolescentes", "besteira".

Mas eu sabia que não era bem assim.

Eu tinha sido chamado de viadinho na minha época de escola. O Samuca tinha sido chamado de viadinho na sua época de escola. Não era divertido. Era cruel. Machucava.

Hoje, eu consigo olhar com carinho pra criança viada que fui, mas, naquela época, eu só queria ser aceito, ser igual aos outros. Não queria ser discriminado por quem eu era, pelo meu jeito de ser.

Até porque não tem problema ser um viadinho. Ser viado. Bicha-bichérrima. O problema está em quem utiliza a sexualidade dos outros para depreciar a sua existência.

Com o passar dos anos, o próprio movimento LGBTQIA+ foi ressignificando essas palavras, incorporando-as ao nosso vocabulário. É claro que nós percebemos com quais intenções elas são proferidas. Quando vêm como ofensas ou quando são ditas afetuosamente.

Quantas vezes já não ouvi mulheres lésbicas falarem do orgulho sapatão? Amigos gays com orgulho de serem bichas afeminadas, pintosas. São formas de gritar ao mundo "Nós não temos vergonha de quem somos!", "Vocês não vão nos matar agora com suas palavras!". Mas, pra chegar nesse estágio, leva tempo.

Ali, naquela escola, eu não tinha dúvidas de que o Gustavo tinha desejado ofender o Romeu. Minhas dúvidas pairavam sobre o que havia, de fato, acontecido. Se o Romeu não tinha beijado o Aquiles, de onde o Gustavo tinha inventado essa história? Tudo não passara de um mal-entendido? O Romeu tinha sido tirado do armário sem nem ser gay? Ou o Romeu tinha beijado o Aquiles? Qualquer que fosse a real versão, o resultado era o mesmo: meu filho estava aos prantos a poucos metros de mim e aquele diretor não parecia nem um pouco preocupado com o seu lado da história.

O que me deixava mais fora do sério: fui eu, junto com o Samuca, quem tinha colocado o Romeu nas mãos daquele homem, daquela instituição.

Um colégio só para meninos? Em pleno século 21? Que não aceitava meninas porque elas iriam "distrair" os alunos e, por consequência, prejudicar suas notas e, por consequência, tirar o colégio do primeiro lugar do ranking de aprovados no vestibular! Era um pensamento muito machista! E retrógrado! E misógino! E eu relevei tudo isso em prol de proporcionar ao meu filho a "melhor" educação, quando, na verdade, um lugar com esta visão de mundo está mais deseducando do que educando.

Eu precisava admitir: eu havia colocado o Romeu no pior lugar possível. Aquele religioso na minha frente não enxergava um garoto chamar o outro de "viadinho" como algo violento. No fundo, ele devia concordar com o Gustavo. Devia enxergar no meu filho o fruto do pecado de dois outros pecadores, eu e Samuca. Porque em nenhum momento o Dom Anselmo se mostrou solidário à dor que o Romeu estava sentindo. Seu alívio era apenas que o nariz de ouro do alecrim dourado não tinha quebrado!

Que lugar era aquele onde meu filho era ofendido e nada acontecia?! Que escola era aquela que não tinha uma aula de artes, de dança, de teatro?! A lógica era a mesma! Meninos não devem dançar, afinal, dançar deve ser coisa de viadinho! Meninos não podem fazer teatro, afinal, fazer teatro deve ser coisa de viadinho! Mas, no fim do dia, nada disso importava para a direção daquele mosteiro, digo, "colégio", já que dali sairiam os melhores profissionais do nosso país! Os homens que construiriam uma sociedade mais justa e... plural?! Faz-me rir!

— O que o Gustavo fez foi muito cruel, Dom Anselmo. — O encarei, firme. — Eu também cresci sendo xingado de viadinho e posso afirmar ao senhor que não foi nada fácil. Eu não consigo imaginar como o Romeu deve ter ficado quando esse monstro gritou pra escola inteira que ele estava beijando o Aquiles! Tendo beijado ou não!

— Bom, monstro é uma palavra forte para um adolescente de 15 anos — ele observou.

— Mas o senhor não se espantou com a palavra "viadinho"! — rebati.

Eu não era religioso, mas já estava quase amaldiçoando aquele homem!

— E o Aquiles? — Samuca tentou contornar o climão. — Como ele está?

Buscando evitar um novo embate, Dom Anselmo me ignorou e se limitou a responder o Samuca:

— Bom, o menino também ficou assustado com tudo que aconteceu, claro. Seus pais passaram aqui mais cedo e o levaram para casa.

— E o que os pais do Aquiles falaram sobre tudo isso? — Interpelei.

— Bom, eles não reagiram nada bem. Na verdade, eles...

Lá vinha outra pausa dramática desnecessária!

— Pediram a suspensão do Romeu.

QUÊ?!

Pela primeira vez desde que me sentei naquela cadeira, eu quis gargalhar. De espanto!

— A suspensão do Romeu?! Por quê?! — Aumentei o tom de voz.

Já tinha passado da hora de ser mais incisivo.

— Bom, por causa do beijo.

— Consentido?! — Eu não acreditava que os pais do Aquiles tinham feito aquilo. — Parece até que o Romeu agarrou o Aquiles à força! Pelo amor de Deus! Nem beijar o Romeu disse que beijou!

O que estavam fazendo com meu filho era inadmissível!

— Bom, eu espero que vocês entendam o nosso lado. Nós respeitamos o estilo de vida de vocês, mas vocês também precisam respeitar a opinião dos outros pais.

Aquele senhor não estava falando aquilo.

— Que estilo de vida?! — Meu sangue subiu à cabeça. — Nosso casamento?! Porque isso não é estilo de vida, é a nossa vida! Meu estilo de vida é me alongar antes de escrever um livro! É correr na Lagoa com o Samuel todo domingo de manhã!

Sim, querido diretor, a situação ia sair do controle rapidinho se você não parasse de minimizar o que estavam fazendo com meu filho e ainda achasse normal nos ofender.

— Até porque se fosse em uma escola mista isso nunca seria um problema — Samuca se ajeitou em sua cadeira, começando a deixar de lado seu tom conciliatório. — Um beijo consentido entre uma aluna e um aluno nunca seria motivo para suspensão. Ou o problema dos pais do Aquiles foi que o filho deles pode ter beijado outro menino?

— Bom, nós estamos nos desviando do foco. — Dom Anselmo coçou a cabeça, procurando uma saída para aquele embaraço. — O problema foi o soco que o Romeu deu no Guga. Foi essa agressão.

Eu nunca mais colocaria os pés naquela escola.

— Bom, e Guga é filho do Prefeito — ele soltou, como quem não quer nada. — Eu sei que nenhum de nós gostaria de politizar em cima do que aconteceu.

No meio deste caos, eu tinha abstraído por completo esta informação. Até porque pouco me importava de quem aquele garoto era filho ou deixava de ser. Para o azar dele, era o nosso Prefeito, praticamente o diabo em forma de gente — detalhe este que me fazia até sentir um leve pesar por Gustavo, pois ninguém merecia ter aquele Prefeito como pai. Na verdade, ninguém merecia ter aquele Prefeito como Prefeito!

Um homem mesquinho, pastor de uma igreja neopentecostal em ascensão, fundamentalista e hipócrita que se aproveitava da fé das pessoas para ganhar dinheiro. Que prometia "cuidar" do povo e não fazia nada além de inventar mentiras sobre um "kit gay" que nunca existiu e que supostamente incentivaria "o ensino do homossexualismo nas escolas". Só de pensar, meu estômago embrulhava e eu sentia ânsia de vômito.

— Com todo respeito, Dom Anselmo — falei, pausadamente. — O pai dele pode ser o Governador, o Presidente, o Papa, quem quer que seja. Isso não lhe dá o direito de agredir o nosso filho. Porque o que ele fez também foi uma agressão. LGBTfobia é crime no nosso país, o senhor sabia?

— Eu não tenho medo de uma batalha judicial — Samuca provocou. — Se o Prefeito quiser resolver algo na Justiça, vamos lá.

— Ninguém está falando de batalha judicial, meus senhores, por favor. — Quando o desespero vem, o "bom" desaparece rapidinho. — Só estou relembrando com quem estamos lidando. Mas, tudo bem, deixemos a política de lado e vamos manter esse incidente no âmbito escolar.

— Eu também acho melhor — concordei pela primeira vez com aquele homem.

— Bom, o Romeu será suspenso por três dias. — Dom Anselmo soltou a bomba no nosso colo, desta vez sem pausas dramáticas.

— O quê?! — Quase caí da cadeira.

— Bom, senhor Valentim, o seu filho deu um soco em outro aluno. Violência é algo inadmissível no Santo Benedito.

— Nós também achamos — Samuca interveio. — Mas o que o Gustavo fez também foi uma violência, e o senhor precisa reconhecer isso.

— Bom, eu reconheço. — Dom Anselmo deu de ombros. — Ele levará uma advertência pelo mau comportamento.

— Advertência?! — explodi. — Ele foi homofóbico com nosso filho!

— Bom, não vamos politizar em cima de adolescentes, por favor.

Do que ele estava falando?!

— Politizar?! Eu só estou dizendo a verdade! — Eu ficava cada vez mais perplexo.

— Adolescentes também podem ser cruéis, Dom Anselmo. — Samuca observou. — Foi na escola, até antes da adolescência, onde eu sofri as primeiras ofensas racistas.

— Bom, meus caros, essa foi nossa decisão final — ele concluiu a reunião. — Eu espero que nós possamos terminar este ano letivo em paz.

Era demais pra minha cabeça.

— E eu espero que essa escola faça algum programa de reciclagem e aborde temas como tolerância e homofobia nas salas de aula. Porque a minha vontade agora é nunca mais trazer meu filho pra cá!

— Essa não é uma decisão só nossa, meu amor. — Samuca segurou minha mão. — O Romeu também precisa opinar.

— A gente errou, Samuca. — Eu já estava pouco me lixando para o que aquele diretor iria pensar. — Essa não é a melhor escola pro nosso filho!

— Eu sei, Tim. — Ele baixou a cabeça, sentido. — Mas neste momento eu só quero cuidar do Romeu. Levá-lo pra casa.

Ele tinha razão. Não adiantava mais discutir com aquele diretor. Eu também queria correr para os braços do nosso filho e dar a ele todo meu suporte.

Além disso, nada do que nós falássemos mudaria a suspensão do Romeu e a advertência do Gustavo. Nós estávamos diante de um herdeiro da Santa Inquisição. Eu não podia esperar muito mais daquele "nobre" senhor.

Assim, me levantei, pedi licença e saí da diretoria, com Samuca ao lado. Na sala de espera, o Romeu seguia cabisbaixo, mas agora com a expectativa do que tínhamos conversado lá dentro.

Eu não sabia por onde começar. Não queria invadir seu espaço, sua privacidade. Ao mesmo tempo, gostaria de ouvir de sua boca o que tinha acontecido naquele intervalo, até mesmo para confortá-lo da melhor maneira possível. Se ele tinha chegado perto de beijar seu melhor amigo, o Aquiles, o que aquilo significava? Meu filho nunca tinha falado sobre alguma amiga por quem estivesse apaixonado. Por um tempo, eu e Samuca até havíamos cogitado que ele e a Julinha, a filha da Flora, pudessem ter algum tipo de namorico. Mas conforme o tempo foi passando, percebemos que aqueles dois estavam mais para irmãos do que para namorados.

Aquela era a primeira vez que chegava aos meus ouvidos que o Romeu podia estar interessado em alguém. No caso, no Aquiles.

O Romeu seria gay, então? Bi? Pan? Eu não queria fazer esta pergunta, colocá-lo contra a parede. Pressioná-lo ainda mais.

Era triste constatar que mesmo sendo gay, eu nunca tinha cogitado que meu filho também pudesse ser. Mesmo cercado pela diversidade, eu ainda seguia com a ideia de que a heterossexualidade era a norma. Ter esta noção me pegou desprevenido, me deixou um pouco decepcionado comigo mesmo. Eu não era tão desconstruído como imaginava, pelo visto. Mas eu não era o foco.

Sair do armário nunca foi fácil, que dirá perder a possibilidade de escolher o momento apropriado para fazê-lo. Eu também ficaria tremendo, apavorado.

Foi Samuca quem se adiantou, afetuoso:

— Vamos pra casa? A gente pode conversar no carro, se você quiser.

Abatido, Romeu concordou com a cabeça.

No caminho até o carro, não trocamos nenhuma palavra. No meu celular, várias chamadas da Eva. O lançamento de *Walter* me demandava atenção. Mas não dava. Era o meu filho quem precisava de mim agora.

— Desculpa — Romeu se repetiu, sentado no banco de trás.

— Você não precisa pedir desculpas, meu filho — me apressei. — O que aquele garoto fez com você foi muito... nojento.

— Na verdade, ele precisa se desculpar, sim, Tim — Samuca interveio. — Agressão nunca é a solução, Romeu. Um soco não vai resolver as coisas. Tá bem?

Novamente, Romeu concordou com a cabeça.

— Eu fui expulso? — Ele sondou, partindo meu coração com sua voz vacilante.

— Não, meu filho, claro que não. — Samuca logo o acalmou. — O diretor... enfim... ele te suspendeu por três dias.

Pelo retrovisor, vi quando Romeu absorveu o novo impacto, desviando seu olhar para a janela. Era dilacerante ver nosso filho sofrer sem poder fazer nada.

— Vai ser bom ficar longe da escola por uns dias — amenizei. — Até a poeira baixar.

Nós sabíamos que aquelas eram palavras ao vento. Não ia adiantar nada ficar longe da escola por uns dias. Quando ele voltasse às aulas, o assunto ainda estaria reverberando. A fofoca ainda correria solta. E, o pior, aquele diretor não moveria um dedo para proteger nosso filho. Era inconcebível deixá-lo naquele ambiente, mas este era um assunto para lidarmos em outro momento.

A estratégia agora era atenuar o peso daquele fim de tarde desagradável. Em pouco tempo, se o trânsito nos ajudasse, estaríamos em casa, longe de toda aquela confusão.

— A gente pode pedir um jantar bem especial hoje — sugeri.

— Na verdade... — Romeu começou. — Eu mandei uma mensagem pra Julinha perguntando se eu podia dormir lá hoje. Ela disse que sim.

Não era a resposta que eu esperava. O Romeu não queria ir pra casa?

— Por mim, tudo bem. — O que mais eu poderia responder?

— Por mim também. — Samuca assentiu. — A gente só precisa falar com a Flora.

— A Julinha já falou — Romeu devolveu. — A Flora disse que não tem problema.

Nosso filho já tinha tomado sua decisão.

Seu refúgio não seria em nosso colo, mas no de sua amiga.

— Tudo bem. — Disfarcei minha frustração. — A gente passa em casa pra pegar umas roupas e você vai pra lá.

— A gente não pode ir agora? — ele implorou, angustiado.

Mesmo querendo ser seu confidente naquela noite, eu não podia ignorar sua vontade.

— Podemos, sim, meu filho — respondi, sob o olhar cúmplice de Samuca. — Eu vou tentar desviar desse trânsito por uma rua de dentro e já chegamos, viu?

Com o pé no acelerador, seguimos em silêncio. Certamente, com as cabeças a mil por hora, os pensamentos mais rápidos do que nosso carro.

Em menos de trinta minutos, estávamos diante do prédio da Flora, nossa última parada antes de voltar pra casa. Destravando as portas do veículo, me virei pra trás para falar com meu adolescente preferido:

— Eu sei que talvez você não queira tocar no assunto com a gente. Mas é importante que você saiba que nós estamos do seu lado, como sempre.

Tímido, Romeu esboçou um sorriso melancólico.

— Eu sei — ele disse.

— Ótimo. — Sorri de volta. — Amanhã tem o lançamento do meu livro na Bienal, lembra? A gente pode passar aqui de manhã e buscar você e a Julinha. A Flora também deve ir. Talvez ajude você a se distrair um pouco.

— Pode ser — Romeu respondeu.

— Vamos fazer o seguinte. — Samuca também se virou em direção ao banco traseiro. — Você sabe lá, fica com sua amiga e depois manda mensagem pra gente dizendo o que decidiu, que tal?

Eu não conseguia imaginar aquele dia tão especial sem o nosso filho ao meu lado. Ao mesmo tempo, como celebrar aquela conquista com o Romeu naquele estado?

— Tudo bem — Romeu concordou, abrindo a porta.

— Se precisar de roupa, eu trago aqui mais tarde — Samuca se ofereceu. — Ou vocês passam lá em casa amanhã e pegam.

Com sua mochila nas costas, Romeu saiu do carro e partiu para a portaria do prédio à nossa frente. Após apertar o botão do interfone e se identificar, nos deu um comedido tchauzinho, atravessou o portão e sumiu de vista.

Era um certo egoísmo meu, mas eu queria que fosse comigo com quem meu filho se abrisse. Com quem ele se sentisse à vontade para desabafar.

Sozinho no carro com o Samuca, me permiti desabar. Eu tinha odiado cada segundo naquela diretoria. Meu coração estava destruído em ver meu filho passar por aquilo. Em ver toda sua alegria e espontaneidade massacradas por aquele Gustavo.

— Eu sou o pior pai do mundo — concluí.

— Claro que não, Tim. — Samuca me consolou. — De onde você tirou isso?

— Olha o nosso filho! Ele tá destruído. Eu não consegui proteger o Romeu.

— Nós estamos o protegendo agora. Cuidando dele, dando nosso apoio. Nós somos os melhores pais que podemos ser.

— Não é o suficiente, Samuca.

— Mas, Tim, a gente não pode ter o controle de tudo. Nós confiamos que essa escola fosse cuidar do Romeu enquanto ele estivesse lá.

— E erramos!

— Talvez — ele admitiu. — Mas a verdade é que a gente nunca vai conseguir proteger o nosso filho em todos os lugares e em todas as situações.

Aquela era uma verdade dura de aceitar.

— Que tipo de família nós somos que esse menino não se sentiu confortável para ser quem ele é com a gente? — questionei. — Digo, nós somos gays! Se ele está apaixonado pelo Aquiles, por que não contou pra gente?!

— Você contava tudo pros seus pais?! — Samuca retrucou. — Saiu correndo para contar a eles que era gay assim que beijou o seu primeiro peguete?

— Claro que não.

— É a mesma coisa. O Romeu quer desabafar com a amiga dele e não com os pais dele. Se bobear, ele deve ter medo de como nós vamos reagir a tudo isso. Se vamos aceitar de boa, se vamos rejeitá-lo.

— Mas como a gente ia rejeitar o Romeu?! Nós somos gays, Samuca!

— Mas somos os pais dele! Eu não sei o que se passa na cabeça dele, que expectativa ele acha que a gente possa ter sobre a vida dele!

Como ser pai é complicado!

— Eu não quero ter a mesma relação com o Romeu da que eu tenho com meu pai — compartilhei, preocupado. — Meu pai não aceita a nossa relação até hoje. Mesmo adulto, mesmo morando com você, mesmo tendo adotado o Romeu, meu pai não aceita. Parece que eu estraguei os seus sonhos de me ver como um jogador de futebol, torcendo pelo Flamengo no Maracanã.

— Eu entendo, Tim. Mas você não é o seu pai e o Romeu não é você. É outra relação. E, agora, o nosso filho quer ficar com a amiga dele. É só isso. Não quer dizer que ele não confie na gente.

Pra variar, o Samuca sabia me acalmar como ninguém.

— Ele está em boas mãos. — Ele acariciou minha nuca. — E nós estamos juntos.

Ele estava certo, era hora de descansar. Ou de tentar descansar, em casa. Nosso "sextou" tinha sido mais agitado do que o planejado, e o dia seguinte tinha tudo para ser tão intenso quanto.

A Bienal do Livro era efervescente! Eu precisava recarregar minhas baterias se quisesse ter alguma energia no lançamento que se aproximava. Além do mais, não era como se eu não fosse mandar mensagens para a Flora pedindo atualizações do Romeu!

Deixando para trás o prédio da nossa amiga, em Copacabana, dirigi rumo ao bairro vizinho, nossa Ipanema. A noite já se firmava e o calçadão da orla seguia repleto de pedestres fazendo suas caminhadas e exercícios noturnos. Os quiosques cheios de turistas e as agitadas quadras de futevôlei compunham aquela paisagem tropical.

O mundo continuava girando para além dos nossos problemas.

Quando fizemos a curva na esquina do nosso prédio, porém, mais uma surpresa.

— Aquela não é a Eva? — Foi Samuca quem a viu primeiro.

Era ela mesma, a minha editora. Tudo bem que eu devia ter ignorado mais de vinte ligações suas nas últimas horas, mas algo de sério devia ter acontecido pra fazer com que ela viesse me esperar na entrada do meu prédio.

Mais perto do portão da garagem, pisquei os faróis e dei dois toques na buzina para chamar sua atenção. Vidrada no celular, Eva levantou a cabeça. Surpreendentemente, ela parecia a mais exausta de todos nós.

— Eva? Tá tudo bem? — perguntei enquanto ela se aproximava. — Eu vi as suas chamadas no celular, mas a gente precisou ir à escola do Romeu resolver um problema. Aconteceu alguma coisa?

— Aconteceu. — Ela não perdeu tempo.

Algo no seu olhar e no seu tom de voz anunciava que não era coisa boa.

— O que houve? — perguntei, receoso do que mais poderia acontecer naquele dia.

— Vocês não viram nos sites? Não ouviram na rádio? — Eva quis saber.

Sites? Rádio?

— Não, a gente não viu nada — respondi, apreensivo. — O que foi que aconteceu?

— O Prefeito — ela disse.

— O que tem o Prefeito? — Eu não estava entendendo mais nada.

Será que aquele homem tinha dado alguma declaração sobre a briga do Romeu e do Gustavo na escola?! Será que realmente iria politizar em cima daquela loucura?! Ia pintar seu filho como a grande vítima e o Romeu como o agressor da história?!

— Ele acabou de censurar o seu livro, Valentim.

QUÊ?!

— Ele...

Me fugiam as palavras.

— Censurou o seu livro — Eva repetiu. — O seu livro está censurado.

Puta merda.

3. ROMEU

Eu nem acreditava que já estava no quarto da Julinha. Depois da minha casa, aquele era o meu segundo lugar preferido no mundo. Jogado em sua cama, sem tênis, com o ar-condicionado ligado, tudo o que eu queria era virar para o lado, me esconder debaixo do edredom e só acordar depois de uma semana. De preferência em um universo paralelo onde eu não estudasse no Santo Benedito e nem tivesse o Guga por perto. Na verdade, em se tratando de multiversos, eu preferiria um mundo onde o Guga nem existisse!

Infelizmente, eu não estava viajando pelo tempo e espaço. Mais cedo ou mais tarde eu precisaria conversar com os meus pais, voltar para a escola e reencontrar aquele estúpido. Mas hoje eu não tinha condições de encarar nenhuma conversa difícil, mesmo com os meus pais, as pessoas mais amorosas deste planeta.

Logo que eles entraram na diretoria, eu peguei meu celular e mandei uma mensagem pra Julinha pedindo pra dormir na sua casa. Eu precisava da minha amiga para me resgatar daquele martírio.

Nós tínhamos nos conhecido exatamente assim que fui adotado. Como a Flora, sua mãe, era a melhor amiga dos meus pais e minha adoção havia sido o evento do ano para o Tim e o Samuca, assim que chegamos em casa elas nos aguardavam, de chapeuzinho de festa e tudo mais. O "bebê" de 10 anos tinha chegado!

Sem graça, eu não soube reagir àquela cena. Mesmo passando algum tempo com o Tim e o Samuca ainda no período da guarda provisória, eu não tinha conhecido nenhuma das duas. E, naquele momento, eu não estava indo passar uns dias naquele apartamento. Aquela seria a minha nova casa, depois de anos sem ter uma família para chamar de minha e um lar para chamar de meu.

Eu e a Julinha nos conectamos de cara.

Ela não parava quieta um segundo e sempre sabia sobre uma nova série que a gente precisaaaava assistir. Um novo jogo da Nintendo que a gente precisaaaava jogar. Um novo livro que a gente precisaaaava ler. Se ela estudasse comigo, minha vida teria sido infinitamente melhor nos últimos anos. Eu, o Aquiles e a Julinha seríamos um trio imbatível.

O Dom Anselmo precisaaaava aceitar a Julinha e outras meninas naquele colégio medieval. Mas isso nem em um universo paralelo.

Quando saí do elevador no terceiro andar daquele edifício, lá estava a minha amiga, segurando a porta de entrada do seu apartamento com uma mão e me encarando com uma expressão do tipo "Não importa o que houve, eu estou aqui". Às vezes, bastava uma troca de olhar pra um já entender o que o outro estava sentindo.

Sagaz como só ela, não querendo causar nenhum alvoroço com a minha chegada, ela simplesmente abriu passagem, forçou um sorrisão e gritou pra dentro do apartamento que eu tinha chegado e que nós estávamos indo pro seu quarto.

— Romeu! — Flora nos alcançou enquanto atravessávamos a sala.

Com seus longos cabelos cacheados e castanhos, vestindo um lindo macacão verde-escuro, ela saiu da cozinha enxugando as mãos em um pequeno pano de prato.

— Vem cá! — Flora abriu um sorrisão.

— A gente tá indo lá pro quarto! — Julinha tentou abreviar aquela recepção.

— Eu sei, Julia! Pode deixar que eu não vou roubar seu convidado de honra! — Ela brincou. — Só quero dizer que, independente do que tenha acontecido na sua escola, aqui você será muito bem-cuidado, viu?

— Valeu, Flora — agradeci.

Eu não podia chamá-la de "tia". Era Flora e tinha que ser Flora. "Tia" a fazia se sentir muito velha, ainda que ela e meus pais fossem tão próximos que não seria nada estranho chamá-la assim.

— Podem ir lá pra dentro que eu já estou quase terminando o nosso jantar! Com direito ao meu superdoce de amora, receita da sua avó! — Flora anunciou, orgulhosa, antes de se virar e retornar à cozinha.

— Relaxa que o doce é bom. — Julinha sussurrou assim que sua mãe saiu.

Acompanhando minha amiga, em poucos segundos cheguei ao seu quarto. Agora, sim, ar-condicionado, cama, edredom e universos paralelos. Sem cobranças e perguntas por alguns minutos. De questionamentos já bastavam os que rondavam sem parar pela minha própria cabeça.

E o Aquiles?

E a escola?

E o Guga?

E os meus pais?

Mas ali, largado na cama, sozinho com minha amiga, também seria inevitável dar alguma explicação. Até porque eu conhecia a amiga que tinha. A Julinha poderia fazer a fofa, a discreta, a que respeita o meu espaço, mas eu sabia que, por dentro, ela estava sedenta para que eu contasse o que tinha acontecido no colégio.

— Amigo... — Ela começou. — Eu sei que você deve estar morrendo de cansaço, que não deve estar querendo falar nada, mas eu estou aqui, tá?

Como se eu não te conhecesse, Julia.

— Brigado, Ju — agradeci, afinal de contas, ela estava me apoiando.

— Tipo, mesmo. Se não quiser, não precisa me contar nada. — Eu já tinha captado a mensagem, amiga. — Eu só quero que você fique bem!

Ela sorriu, exagerada, como se aquele sorriso pudesse acabar com qualquer sofrimento meu. Não acabava, mas ajudava bastante.

Sincero, devolvi o melhor sorriso que pude, que deve ter sido a expressão mais triste que ela viu naquele dia. Eu, com certeza, estava com uma cara péssima.

Antes, porém, que qualquer silêncio incômodo se instalasse, Julinha esticou as mãos e pegou, sob sua mesa de cabeceira, a sua inseparável garrafinha de unicórnio.

Eu sei que a gente deve se hidratar todos os dias, beber dois litros de água no mínimo, mas eu desconfiava que a Julinha bebesse uns cinco litros por dia, como se bebesse por cinco Julias. Ela não largava aquela garrafinha!

Sentada na beira da cama, Julinha bebia sua água e sorria com os olhos, me encarando. Eu sorria de volta, mas já começava a achar que ela bebia e sorria como se me dissesse "Estou te dando tempo pra começar a falar, amigo".

Mas, enquanto ela bebia, eu não falava nada.

E ela não parava de beber.

E eu seguia em silêncio.

E ela seguia bebendo e sorrindo com os olhos.

E eu seguia olhando pra ela com um sorriso amarelo.

E ela não tirava a boca do canudinho da garrafinha.

Eu já estava preocupado que ela morresse afogada, mas acho que ela sabia que, se parasse de beber, não teria outra escolha a não ser me perguntar que raios tinha acontecido na escola. Seria mais forte do que ela! Até mesmo porque eu tinha enviado a seguinte mensagem mais cedo:

> Romeu
> Ju, posso dormir na sua casa hoje?! É caso de vida ou morte! SÉRIO!!!

Tinha sido dramático, eu sabia, mas eu estava completamente afundado na merda naquela sala de espera maldita, só pensando em escapar, fugir, sumir. Aflito, eu queria mais do que nunca esquecer tudo o que tinha acontecido na biblioteca.

Ou quase tudo.

Antes daquele troglodita aparecer e destruir nosso intervalo, eu tinha conseguido sair do armário para o Aquiles. Tinha conseguido olhar em seus olhos e dizer que eu aceitava beijá-lo. Que eu também era gay.

Essa lembrança eu não queria apagar.

Além disso, eu guardei no armário por tantos anos o que sentia que, agora que tinha saído dele, não queria me trancar lá dentro de novo.

— Então... — Assim que comecei a falar, Julinha parou de beber, óbvio. — Eu queria falar sobre o que aconteceu na escola.

— Claro! — Ela nem conseguia disfarçar. — Mas se não quiser, a gente pode...

— Não precisa disfarçar, amiga — interrompi. — Eu sei que eu mandei uma mensagem bizarra.

— Que disfarçar, Romeu?! — Sério, a Julinha precisaaaava entrar num curso de atuação, ela tinha talento de sobra.

— Ju, eu sei que você tá se roendo pra saber o que aconteceu.

— Claro, né, Romeu?! — Ela se entregou. — Você me manda uma mensagem dizendo que tá morrendo! No mínimo, eu vou ficar preocupada! Maaaas, como boa amiga que sou, posso guardar a minha curiosidade e tudo certo.

— Posso falar? — Ignorei seu discurso.

— Pode. — Ela se ajeitou, sentando-se um pouco mais perto de mim. — O que foi que aconteceu?!

Lá vou eu.

— Então, eu meio que... — Como dizer? — bati num garoto.

— Você o quê? — Ela franziu a testa, como se não tivesse escutado direito.

— Bati num garoto — repeti.

— Bateu?!

— Bati.

— Mas você nunca bateu em ninguém — ela afirmou, como

se precisasse me lembrar de quem era o Romeu que ela conhecia.

— Você não é assim.

É, amiga, se você já estranhou essa parte, senta que lá vem bomba!

— Bateu em quem? — Julinha quis saber.

— No Guga.

— Guga...?

— Aquele líder dos babacas da escola. — Eu já tinha contado uma ou outra história sobre aquele palerma.

— E por que você bateu nele?! — Minha amiga parecia mais perdida do que nunca. — Bateu como? Empurrou? Puxou o cabelo? Arranhou?

— Eu dei um soco nele.

Agora, sim, a reação esperada.

— O QUÊ?! — ela exclamou, chocaaaada.

E pela primeira vez desde que tudo aconteceu, eu tive vontade de rir.

Sua reação me fazia pensar como tudo aquilo parecia, realmente, surreal. A Julinha me conhecia como ninguém e, para ela, eu seria incapaz de dar um soco em qualquer pessoa. Eu também tinha essa impressão a meu respeito antes do meu primeiro nocaute naquela tarde.

— Não grita — pedi. — Senão daqui a pouco sua mãe bate aqui no quarto.

— Desculpa. — Ela cobriu a boca com as mãos, abismada. — É que eu tô... Você deu um soco nele?!

— Aham.

— E aí?!

— E aí que ele caiu duro. Desmaiou!

— Quê?! — Não conseguindo mais se conter, minha amiga deixou de lado qualquer discrição e soltou uma bela gargalhada. — Você nocauteou o garoto?! Como assim?!

— Como assim que ele foi um babaca imbecil e eu não me aguentei e acertei aquela fuça idiota dele.

Pronto, agora a Julinha se jogava para trás, caindo em cima dos travesseiros, rindo sem parar.

— Quem é você e o que você fez com o Romeu?! — Ela brincou. — Mas por que você bateu nele? O que ele fez?!

Eu pensei que seria um pouco mais fácil contar tudo pra minha melhor amiga, mas estava totalmente enganado.

— Não é fácil contar — admiti, segundos antes dela se recompor e se sentar novamente ao meu lado.

— Amigo, pode confiar em mim. — Julinha me encarou, atenciosa. — Seja o que for, não vai sair daqui.

Eu sabia.

Se alguém fosse me defender contra tudo e contra todos seria a Julinha.

Ela nunca me rejeitaria.

Respira, Romeu.

— Bem, eu estava na biblioteca com o Aquiles — iniciei.
— Aham.
— E...

Respira.

— O Guga chegou lá e... flagrou a gente.

— Flagrou. — Ela não estava entendendo onde aquela história ia dar. — Flagrou o quê?

AAAAAAHHHHH! Por que era tão difícil contar aquilo?!

— Amigo, se não quiser contar, tudo bem. — Julinha se antecipou, começando a perceber meu desconforto.

— Não, eu quero contar — eu disse pra mim mesmo. — O Guga me flagrou... quase... beijando o Aquiles.

Pronto.

Eu tinha saído do armário pra minha amiga.

E, de repente, não conseguia mais olhar para ela.

Não queria ver a sua reação.

Não queria encarar o seu rosto.

Nem os fatos.

Nem nada.

Mas quando busquei seu olhar, lá estava ela.

Sorrindo.

Muito!

Se segurando para não gritar.

— Você beijou o Aquiles?! — ela indagou. — Aquele seu amigo ga-ti-nho?!

Eu estava preparado para um momento tipo "Meu Deus, amigo..." ou "Calma, vai dar tudo certo" ou "Então você é gay?!". Mas, pra Julinha, aquilo era uma festa!

— A gente *quase* se beijou — corrigi.

— Como assim, Romeu? Ou beijou ou não beijou!

Sim, ela estava amaaaando aquela parte do enredo.

— A gente ia se beijar quando...

— Eu já tô amando o Aquiles! — Julinha me interrompeu, parecendo até que era ela a apaixonada da história.

— Então, a gente ia se beijar... — Tentei retomar.

— E por que não beijou?! — ela me interrompeu de novo.

— É o que eu estou tentando falar, amiga!

— Desculpa, é que eu tô muito animada! Eu pensei que essa história era uma *bad* sem fim e agora já tô aqui shippando muito! Mas, fala, vocês iam se beijar...

— Quando o Guga apareceu e flagrou a gente — completei, apressado, antes que ela me interrompesse novamente. — Aí a gente não se beijou e começou toda a confusão!

— Eu não tô crendo, Romeu! — Eu sabia que a Julinha era intensa, mas não que ela transitava tão bem por tantas emoções em pouco tempo. Seu rosto já estava vermelho de raiva! — Esse idiota interrompeu o seu primeiro beijo?!

— E ainda gritou pra biblioteca inteira que os viadinhos estavam se pegando. — Completei a tragédia.

— QUÊ?! — ela se exaltou. — Eu vou lá na casa dele dar outro soco nesse garoto!

É para isso que os amigos servem, para sentirem mais raiva do que você mesmo quando alguém te faz mal.

— Mas, calma! — Ela se controlou. — Eu tô revoltaaaada com esse Guga? Eu tô revoltaaaada com esse Guga! Maaaas vamos voltar pra parte que você quis... beijar... outro... garoto.

Eu sorri, envergonhado, meio sem saber o que dizer, mas, estranhamente, um pouco mais confortável para falar sobre isso.

— O que que tem? — Disfarcei.

— Não tem nada. — Ela se fez de sonsa. — É só que você... saiu do armário?

— Acho que sim.

— AHHHHH, AMIGOOOO!!!!!!

E então, na velocidade da luz, minha amiga se jogou em cima de mim, quase me matando de susto, me abraçando e fazendo cócegas e me batendo, de brincadeira, com seus travesseiros. Sua euforia era tanta que eu só conseguia rolar pela cama, tentando me desvencilhar e parar de rir.

— Amiga, para! — pedi, quase sem ar, quando ela jogou o terceiro travesseiro na minha direção.

— Eu tô tão feliz por você, Romeu!

— Feliz?!

— Claro! — Ela não parava de sorrir. — Eu podia sair gritando pra todo mundo o quanto você é maravilhoso!

— Não precisa. — Levei a sério o que ela disse.

— Eu tô brincando. — Ela tentou ficar séria pra mostrar que estava falando muito sério. — Eu não vou contar nada pra ninguém, viu? Nem se preocupa. É só que eu tô muito feliz por você.

— Por quê? Deu tudo errado.

— Não, Romeu. Esse babaca do Guga pode ter tirado você do armário pro resto da biblioteca, mas você foi corajoso o suficiente pra sair do armário antes disso! — ela pontuou. — Você fez o mais difícil, amigo.

— E fui suspenso por três dias. — completei, pessimista.

— O quê?! — Julinha não acreditou. — E o Guga saiu como? De vítima?!

— Tipo isso.

— Sua escola é inacreditável! — Ela suspirou, contrariada.

— Mas deixa, uma hora ele vai pagar pelo que fez, e na mesma moeda! Agora você... Eu nem imagino como deve ter sido esconder isso. Eu tô aliviada por você só de te ouvir. Mesmo!

Talvez parecesse mais simples de fora, mas não era nada simples.

— É complicado, né? — Ela se adiantou.

— É — reconheci. — Dá uma sensação de que tudo mudou pra sempre.

— Mas mudou. — minha amiga assentiu. — Pra melhor.

— Será?

— Claro, Romeu. Agora você está na trilha do arco-íris, não tem nada melhor.

— O quê?

E, novamente, Julinha gargalhou, mas, desta vez, me fazendo rir na sequência. Ela era muito boba, mas era exatamente do que eu precisava: uma amiga que me fizesse rir.

Eu não me sentia nem um pouco feliz caminhando numa "trilha do arco-íris". Só de relembrar o que me esperava na escola meu nervosismo voltava com força total. Mas a Julia estava certa, eu tinha dado um grande passo, mesmo que logo depois tivesse sido atropelado por aquele brutamonte.

— O que está te preocupando? — ela perguntou.

— Minha vida na escola vai virar um inferno. — afirmei. — O Guga vai espalhar que me viu beijando o Aquiles, mesmo sem a gente ter se beijado. Eles vão cair em cima da gente.

— Você não pode chamar um inspetor? Reclamar com a direção?

— Não adianta — lamentei. — Quando entrei na escola, eu reclamei quando disseram que eu era filho de "duas bichas". Corri pro inspetor, contei tudo. O cara deu uma bronca nos garotos e falou pra nunca mais falarem dos meus pais.

— Então adiantou!

— Nada! Os garotos só ficaram com mais raiva de mim e eu fiquei ainda mais marcado.

— Cruzes.

— É, e ainda tem cruzes espalhadas pela escola inteira! — assinalei. — A melhor estratégia de sobrevivência ali é não criar problema. Não reclamar. Não rebater.

— Que horror! — Ela se espantou. — O que seus pais fizeram quando souberam disso?

— Eles não souberam.

— Não? — Julinha estranhou.

— Não — confirmei. — Eu não queria que eles pensassem que eu estava sendo perseguido por causa deles.

— Mas eles não têm culpa de nada! — ela retrucou. — Os únicos errados nessa história são esses idiotas que ficaram te perturbando!

— Eu sei, Ju! — devolvi. — Mas agora ainda vai todo mundo falar que eu "virei" gay porque fui adotado por eles! Que eles me influenciaram ou qualquer merda dessas.

— Mas quem falar isso é um idiota. Você não "virou" gay por causa dos seus pais! — Julinha se indignou. — Ninguém "vira" gay! Você só tá tendo coragem de ser quem você é. Não tem nenhum motivo pra ter vergonha!

— Eu só não quero mais confusão, amiga — me justifiquei. — Só preciso aguentar mais alguns anos até sair daquela escola.

— Mas se defender faz parte — ela continuou. — Você acha que eu gosto quando me chamam de gorda-baleia-saco-de-areia? Não, eu odeio, tenho vontade de correr pro banheiro e chorar e ficar deprimida. Mas chegou uma hora que eu cansei de ficar sofrendo e comecei a revidar. E aí foram eles que ficaram com medo.

Tudo bem, não apaga o que eles disseram. Mas me deu uma sensação de que eu era foda. Que não tinha nada errado comigo. Que eram eles que tinham que ter vergonha de ser quem eram.

— Um dia eu chego lá.

— Claro que sim! É um aprendizado, leva tempo. Eu tive que assistir muito a Kita Star pra chegar aqui!

Dumbledore, Oprah e, agora, Kita Star, a youtuber preferida da Julia.

— Depois eu te mostro alguns vídeos dela sobre aceitação, amor-próprio! Vai mudar a sua vida! — Ela se empolgou.

Como o esperado, conversar com a Julinha já estava me deixando bem melhor.

— Agora, sobre o soco, o beijo que não foi beijo... — Ela prosseguiu. — O que os seus pais disseram?

— Eu não dei muita oportunidade pra eles falarem muita coisa, né? — admiti. — Eu meio que fugi pra cá.

— Você sabe que eles são o casal mais maneiro que eu conheço na vida, né?!

Era impossível não concordar. O Tim e o Samuca, meus respeitados pais Valentim e Samuel, tinham transformado a minha vida quando me levaram para ser parte da família que eles construíam.

Eu procurava não pensar nos motivos que tinham me levado até o abrigo onde morei. As assistentes sociais tinham me contado, com todo o cuidado do mundo, que minha mãe tinha sido mais uma vítima das drogas nas ruas. Que tinha morrido de overdose. Foi assim que, aos 5 anos de idade, fui encaminhado ao Conselho Tutelar e àquele abrigo.

Sobre a minha mãe, eu sentia pena. Mas agora, adolescente, eu já tinha um pouco mais de noção do que ela deve ter passado e não guardava rancor por ela não ter conseguido cuidar de mim. Eu só gostaria que ela não tivesse um final tão triste como aquele. Que tivesse tempo de receber uma segunda chance na vida, como eu.

O meu pai biológico era desconhecido. Nunca soube quem foi e nunca saberei quem é. Mas esse detalhe, do fundo do meu coração, não me importava. Meus pais eram aqueles dois homens que me amavam acima de tudo.

Viver no abrigo não era ruim, mas nenhuma criança quer crescer ali. Vez ou outra algumas eram até devolvidas após a adoção, o que me partia o coração. Depois de tanta espera, devolvidas como se não prestassem, como se nem fossem... crianças.

Naquela época, eu não entendia por que não me adotavam. Eu só sentia que a cada dia, a cada mês e a cada ano que se passava, minhas chances reduziam ainda mais.

Depois, descobri que a maioria dos candidatos à adoção procuram crianças brancas do sexo feminino e de pouca idade. Pequenas princesinhas dos olhos azuis.

Um menino preto de 10 anos não se encaixava nesse perfil. Não tinha se encaixado com 5, nem com 6, nem com 7, nem com 8, nem com 9 e nem com 10 anos.

Mas o que eu podia fazer? Nada.

Eu era aquele menino preto de 10 anos e continuaria sendo.

Eu também nunca tinha me sentido completamente à vontade com os casais que apareciam por lá antes do Tim e do Samuca. Com eles, me senti confortável desde o primeiro encontro. Senti, pela primeira vez, que o carinho era recíproco.

Aos poucos, as visitas aumentaram, os trâmites legais avançaram, a guarda provisória chegou e, por fim, a guarda definitiva. Nunca me esqueci de quando saí do abrigo acompanhado dos dois. Caminhando felizes, meus pais e eu.

— Eu só não entendo como eles te jogaram nessa escola. — Julinha comentou. — Que não pode ter menina pra não distrair os meninos! Coitadinhos dos menininhos que não podem ser distraídos pelas meninas selvagens!

— Acho que foi porque o colégio está sempre em primeiro lugar no vestibular — repeti o argumento que já tinha ouvido em casa.

— Mas tudo bem ser o segundo ou terceiro lugar, né? — Minha amiga relativizou.

— Claro! — concordei. — Sem falar que, no meu caso, quanto mais menino na sala de aula, mais distraído eu fico, né?

— Geeeente! — Ela se surpreendeu. — Já tá fazendo piadinha?!

Era estranho, mas também era bom poder brincar com isso.

— Mas não são todos os meninos que te distraem! — Ela provocou. — Só o Aquiles! — Julinha pulou novamente em cima de mim, com mais um ataque de cócegas.

Era uma pena que eu não tivesse os apresentado antes. O Aquiles ia se dar superbem com a Julinha! E vice-versa!

— E ele? — Julinha recuperou o fôlego. — Como ficou?

— Não sei. — Lamentei.

— Espero que ele esteja bem, porque eu já quero chamar o Aquiles pra maratonar váaarias séries com a gente! Pra vocês ficarem agarradinhos aqui na cama!

— Que isso, Julia?! — Ri do seu comentário.

— "Que isso, Julia", nada! — Ela se defendeu. — Eu já sou a madrinha do casal!

Casal?! Eu tinha minhas dúvidas até se continuaríamos amigos! Na confusão, eu tinha me afastado bruscamente do Aquiles.

— Eu já vou ficar feliz se as coisas continuarem iguais entre a gente — confessei.

Nosso reencontro não seria nem um pouco como eu havia planejado. Eu queria reencontrá-lo no lançamento do Tim na Bienal do Livro, e não na escola depois da minha suspensão! Mas nossa Bienal juntos já estava, definitivamente, fora de cogitação.

— Eu tinha convidado o Aquiles pra ir amanhã à Bienal comigo — compartilhei com ela, frustrado. — Mas agora eu nem sei o que os pais dele acharam de tudo que rolou no colégio. O que o Dom Anselmo contou pra eles. O que o Aquiles disse que aconteceu.

— Se você pilhar... — Julinha fez mistério. — A gente pode invadir o apartamento dele e resgatar o Aquiles, tipo a Helena na Guerra de Troia!

— Claro, amiga! — Gargalhei. — Vamos sequestrar ele!

— Óbvio! Imagina a cara do Aquiles quando chegar um cavalo de madeira no apartamento dele e você sair gritando: "casa comigo, meu amor!" — Ela se divertiu. — Seu mal é que você não me leva a sério, Romeu. Eu já estou trabalhando pelo bem de Romiles!

— Romiles?! — Estava ali uma referência que eu não conhecia.

— Romiles! — ela repetiu. — Romeu e Aquiles!

Eu nem consegui responder.

— Fala sério, amigo! Aquiles e Romeu é muito romance literário! Aliás, sabe o que esses personagens têm em comum?

— O que? — Dei corda.

— Os dois morrem no final. — Julinha revelou.

— Que lindo! — respondi, irônico. — E você acabou de me dar spoiler da *Ilíada*?

— Que spoiler, Romeu?! A *Ilíada* foi escrita sei lá quando antes de Cristo!

— Mas eu ainda não li.

— Então corre que já tá atrasado! A *Ilíada* e a *Odisseia* são demais! — Ela saiu por cima. — Sem falar no Brad Pitt interpretando o Aquiles naquele filme! Aquele homem é um deus grego que caiu na Terra!

Conforme a noite avançava, eu me sentia um pouco menos reativo do que antes. Depois de uma boa dormida, eu esperava que, pelo menos, eu conseguisse aproveitar a Bienal no dia seguinte. Tudo que eu não queria era estragar o clima daquele lançamento tão esperado pelo Tim.

Como a Julinha tinha me mostrado, se tinha uma coisa da qual eu não podia reclamar eram os meus pais. Mesmo hoje, depois de me envolver em uma baita confusão e ser suspenso, eles não reclamaram quando pedi pra vir para a casa da Julinha. Não questionaram, não forçaram nenhuma conversa séria, não me colocaram de castigo. Simplesmente me deram o espaço que eu precisava.

Eu era um garoto de sorte.

— Posso te perguntar uma coisa? — Encarei minha amiga, um pensamento atravessando minha mente.

— Pra mim?! — Ela estranhou a virada de foco.

— É. Mudando completamente de assunto.

— Claro. — Ela se ajeitou, curiosa. — O que é?

— Você sente falta do seu pai? — perguntei.

— Meu pai?! — Ela se surpreendeu.

Eu sorri, tímido, sem saber se tinha tocado num ponto delicado demais para minha amiga.

— É que você me fez pensar tanto nos meus que acabei lembrando do seu — expliquei.

— Não tem problema, amigo — ela me tranquilizou. — Eu sinto, né? Mas quando ele morreu eu era muito nova. Então eu me lembro dele, mas é uma lembrança distante. O que eu sinto mais falta é de ver minha mãe como você agora, com os olhos brilhando quando fala do Aquiles. Minha mãe não se permite ficar apaixonada novamente desde que meu pai morreu. Ela se fechou.

— Deve ter sido difícil pra ela. — Eu não conseguia nem imaginar.

— Deve. Mas ela ainda tá viva, né? — Eu conseguia ver como a Julinha se importava com a Flora. — Eu não teria nenhum problema em ter um padrasto. Eu só queria que ela se permitisse, pelo menos.

Eu entendia minha amiga. E entendia sua mãe.

Depois de uma grande mudança, é preciso tempo para se acostumar com o mundo novo que se descortina à nossa frente. Só que o tempo para absorver a mudança é muito relativo. Cada um tem o seu.

Talvez a Flora já estivesse tentando se permitir. No tempo dela.

Mas, antes que eu pudesse compartilhar o que eu pensava sobre aquele assunto, a porta do quarto se abriu e, num *timing* inacreditável, Flora surgiu. Diferente de quando tinha me recebido na sala, no entanto, ela não parecia mais tão leve.

— Desculpa, pessoal — ela disse. — Vocês podem vir aqui na sala?

— O jantar tá pronto? — Julinha perguntou.

— Ainda não, meu amor. — Flora suspirou. — É outra coisa.

Eu e Julinha nos encaramos, sem entender. Não parecia algo divertido.

— Que coisa, mãe? — Julinha não se aguentou. — Por que você tá com essa cara?!

— É o Valentim.

Quê?

A simples menção do meu pai me deixou em alerta novamente e, no impulso, me pus de pé ao lado da cama, apreensivo.

— O que tem o meu pai? — questionei.

— Ele me mandou uma mensagem pedindo pra gente ligar a TV — Flora se explicou. — Parece que ele vai dar uma entrevista.

Por conta do seu lançamento, seria normal que o meu pai desse algumas entrevistas. Mas pelo modo com que a mãe da Julinha havia nos passado essa informação, parecia que uma bomba tinha sido jogada no nosso colo.

— E, pelo que ele me adiantou, é algo sério. — Flora confirmou minhas suspeitas.

Sem hesitar mais um minuto, eu e Julinha saímos do quarto e seguimos Flora até a sala de estar, onde o Tim já falava, ao vivo, na televisão.

Ao seu lado, meu outro pai, Samuca, o acompanhava.

Nenhum dos dois, como eu desconfiava, estava sorrindo.

Pelo contrário, pareciam tensos e nervosos.

O que tinha acontecido?!

Não fazia muito tempo, eu estava com eles no carro e eles não aparentavam estar com nenhum grande problema. Além do que eu mesmo havia criado, claro!

Será, então, que era algo relacionado a mim?!
Será que o Guga tinha acionado seu pai?!
Será que o Prefeito tinha ido atrás dos meus pais?!

Respira, Romeu.

— O que tá acontecendo? — perguntei, tentando entender a situação.
— Parece que o Prefeito censurou o livro do Tim. — Flora revelou, me tirando o chão.
— Ele fez o quê?! — Julinha parecia tão perdida quanto eu.
— Você pode aumentar o volume? — pedi a Flora, aflito.
Aquilo não fazia o menor sentido.
O Prefeito tinha censurado o livro infantil do Tim?!
Em plena sexta-feira à noite?!
Por quê?!
Eu não conseguia tirar os olhos daquela imagem dos meus pais. Era nítido como eles estavam revoltados. Inseguros. Era só o que faltava! O Prefeito, o pai do Guga, censurando o livro do meu pai logo após eu dar um soco no filho dele?!
— Por que ele fez isso?! — protestei. — Meu pai já disse, Flora?
— É o que ele vai explicar agora. — Ela aumentou o volume.
Do outro lado da tela, Tim narrava à repórter a nova loucura que vivia.
— É um completo absurdo que não tem nenhum amparo jurídico! — ele bradou. — Pelo contrário, é censura! E nós vamos brigar na Justiça pela liberdade de expressão e artística! Uma ilustração de dois garotos se beijando num livro não é crime. — Meu

pai parecia soltar fumaça pela cabeça de tanta indignação. — Falar que o meu livro é pornográfico, que ele está protegendo as crianças ao censurá-lo, é crime! Estamos voltando a tempos autoritários?! Eu não estou sexualizando nenhuma criança, nenhum personagem. É um livro sobre o primeiro amor. É um selinho, é o primeiro beijo, é a descoberta. O Prefeito precisa aceitar que amor é amor! Parece até que amar é crime!

Não era uma sexta-feira, 13, mas poderia ser! Eu estava mais assustado do que quando tinha maratonado todas as temporadas de *American Horror Story*!

O Prefeito tinha censurado o livro do Tim por causa da ilustração do beijo do Walter?! Que família homofóbica era aquela?!

— Vamos assistir agora ao vídeo compartilhado nas redes sociais pelo Prefeito da cidade — anunciou a repórter, antes da tela ser preenchida pela imagem do Prefeito.

— Não se preocupem! — o Prefeito, ou melhor, aquele monstro falou, um sorriso cínico estampado na boca. — Enviei hoje à Bienal do Livro doze fiscais da Secretaria de Ordem Pública para conferir se não tinha nenhum material impróprio para nossas crianças sendo vendido sem o alerta de que são destinados a maiores de 18 anos. Nós recebemos denúncias de que esse livro, *Walter, o menino com um buraco no peito,* trazia conteúdo sexual impróprio para menores de idade!

— Não é possível! — Flora não se conteve.

— Enquanto eu for Prefeito desta cidade, pornografia para nossas crianças, NÃO! — Ele sorria como se estivesse em campanha política. — Eu prometi cuidar de vocês e vou cumprir a minha palavra. Deus abençoe os cariocas!

Aquele homem era completamente asqueroso.

Eu sabia que ele misturava religião com política, mas, diante daquele olhar frio e cruel, eu podia jurar que ele tinha uma simpatia pelo demônio! Ou pior, que ele era a própria reencarnação do demo!

— Em nota... — a repórter prosseguiu — a Bienal confirmou que os fiscais da Prefeitura foram até o evento e informou que já entrou com uma liminar para impedir o que chamou de censura.

— Não é "o que chamou de censura" — Flora reclamou. — É censura!

— O livro *Walter, o menino com um buraco no peito* seria lançado amanhã, no evento — continuou a repórter. — Os poucos exemplares expostos eram apenas para fins de divulgação da obra e já foram recolhidos. Voltamos ao estúdio, Carol.

Movida pela raiva, Flora apertou com força o botão para tirar o volume da televisão.

— É demais pra mim! — Ela se revoltou. — Como deixam isso acontecer?!

Eu também não fazia a menor ideia.

— O pior é que esse homem pouco se importa com criança, com família! — Flora continuou. — Isso é tudo discurso pra ganhar voto pra sua reeleição!

— Mas como ele vai ganhar voto censurando livro?! — Julinha não entendeu.

— Ah, minha filha, esse país tá cada vez mais desequilibrado! — Flora andava de um lado para o outro. — Tem gente que vai ouvir esse Prefeito e concordar com ele! Vai achar que ele está protegendo a família tradicional brasileira! Que se os seus filhos lerem o livro do Valentim vão "virar" gays!

Que existiam pessoas assim, eu não tinha dúvidas.

— Coitado do meu amigo. — Flora suspirou. — O Tim não merecia passar por isso.

Aquela véspera do lançamento, que eu nem sabia mais se ia acontecer, estava um desastre completo!

— Será que a culpa é minha? — Pensei em voz alta.

Mãe e filha se voltaram para mim.

— Por que você diz isso, Romeu? — Flora estranhou.

— Porque eu bati no Guga, o filho do Prefeito — falei, tentando ver se minha dúvida fazia sentido ou se eu estava apenas embarcando em uma teoria da conspiração.

— Você bateu nele?! — Flora perguntou. — Por quê?!

Mas antes que eu pudesse responder, Julinha, tomada pelo ódio, exclamou:

— Porque ele tirou o Romeu do armário!

— Julia! — repreendi, envergonhado. — Você acabou de fazer a mesma coisa!

E numa fração de segundo minha amiga percebera o que tinha feito.

— Amigo! — Ela quase se engasgou. — Desculpa! Minha mãe nem ouviu direito, né, mãe?

Que dia, Romeu!

— Calma, gente. — Flora tentou apaziguar os ânimos. — Eu não vou falar nada pra ninguém. Até porque isso não muda nada pra mim. O Romeu é o Romeu, sempre vai ser o Romeu e pronto.

Meu coração batia forte.

— É claro que dar um soco nele não resolveu nada, mas eu não consigo ver nenhuma relação disso com esta censura. — Flora tentou me tranquilizar. — O que me entristece é que o filho desse Prefeito tenha atitudes parecidas com as do pai!

— Esse Gustavo é um babaca! — Julinha interveio, tentando reforçar seu apoio. — Ele ainda xingou o Romeu e o Aquiles de viadinho quando eles iam se beijar!

— JULIA!!! — Eu a encarei, chocado com sua repentina falta de noção.

— Ai, amigo! — Ela se deu conta de que, mais uma vez, tinha falado mais do que devia. — Eu não falo mais nada!

— Calma, os dois! — Flora se intrometeu. — O que importa é que nada do que está acontecendo com seu pai é culpa sua, Romeu. Ouviu?

Ouvi.

Mas concordar eram outros quinhentos.

— Agora vamos respirar um pouco — Flora pediu. — Podem ir tomar um banho que eu já vou colocar o jantar na mesa. — E, se direcionando a mim: — Tenta ligar ou mandar alguma mensagem pros seus pais, tá?

Eu acatei a ideia, ainda atordoado.

— E nem se preocupa, que eles vão acabar com esse Prefeito. — Ela esboçou um sorriso. — O Samuca e o Tim não fogem da luta. Esse homem desprezível vai passar vergonha nos próximos dias, escreve o que eu estou te falando!

— É, vai dar tudo certo! — Julinha buscou o meu olhar.

Eu não tinha forças pra sustentar qualquer climão, muito menos com a minha melhor amiga.

— Tá certo. — Agradeci às duas.

Mas enquanto caminhava de volta ao quarto da Julinha, minha cabeça não parava de fervilhar. O lançamento do livro que meu pai tanto aguardava estava sob ameaça. Se tudo aquilo estivesse acontecendo por minha causa, eu nunca me perdoaria.

Então, quando entramos novamente nos aposentos da minha amiga, corri até minha mochila e peguei meu celular. Ironicamente, eu tinha evitado conversar com os meus pais há algumas horas, mas, agora, era justamente o que me sentia na obrigação de fazer. Nós éramos como os três mosqueteiros: um por todos e todos por um.

— Eu vou buscar nossas toalhas, tá? — Julinha se aproximou da porta.

— Tá bem — respondi, abrindo meu WhatsApp.

Mas, passados alguns segundos, ela ainda não tinha se movido um centímetro sequer para buscar toalha nenhuma. Quando levantei a cabeça em sua direção, minha amiga estava quase chorando.

— O que foi, Ju?! — perguntei, assustado.

— Ai, amigo, desculpa. — Ela estava muito mal. — Eu não queria contar nada pra minha mãe. É que eu tava com tanta raiva do Guga e do pai dele que falei sem pensar!

Ela tinha errado? Tinha.

Mas a Julinha era praticamente minha irmã. Não seria isso que iria arranhar nossa amizade.

— Amiga, de verdade, desencana. Eu fiquei nervoso ali na sala também. Tem muita coisa acontecendo pra um dia só. Já tem muita gente mal hoje, não entra nesse bonde! — Brinquei. — E pega essa toalha logo que eu quero um banho quente!

— Tá bem. — Ela sorriu, mais calma. — Eu já volto.

Assim, quando Julinha saiu, conferi meu grupo da família no aplicativo. Meus pais, para minha sorte, já apareciam on-line.

Romeu

Tão aí?

Tim

Oi, filho!

Romeu

A gente acabou de ver a matéria aqui!

Samuca

Oi, filhão, como vc tá?

Romeu

Indo. E vcs?

Tim

A repórter tá se arrumando pra sair. Foi td mt rápido!

Samuca

Qnd a gente chegou a Eva tava na porta da garagem esperando.

Romeu

Ele censurou msm o livro?!

Tim

Sim ☹ ☹ ☹

Samuca

Mas nós vamos derrubar essa censura!
A editora do Tim tá dando todo o suporte.

Romeu

Vai ter Bienal? Vcs ainda vão lá?

Tim

Vamos! Mas a gnt precisa chegar cedo.

Tim

Inclusive, se vc não quiser ir, eu vou entender.

Romeu

Não ir?! Pq?!

Tim

Não sei. Não sei se vai ter lançamento, se vai ter confusão.

Romeu

Eu vou! Tipo, eu quero ir!

Tim

Blz! Vou amar vc lá ♥

Samuca

Vê com a Flora se vc consegue ir com ela um pouco mais tarde? A gente vai chegar cedo demais pras entrevistas.

Romeu

Tá, eu falo com ela. Amanhã eu tb passo aí e pego minhas roupas, deixa cmg!

Tim

Não se preocupa com isso, viu? Vc já teve um dia mt complicado.

Romeu

Blz. Eu vou tomar banho aqui e depois jantar. Tá td certo!

Tim

Ótimo! Td que eu quero é um banho quente tb rsrs

Samuca

A Eva tá aqui precisando da gente! Qq coisa manda msg, por favor.

Samuca

A gente te ama, não esquece disso!

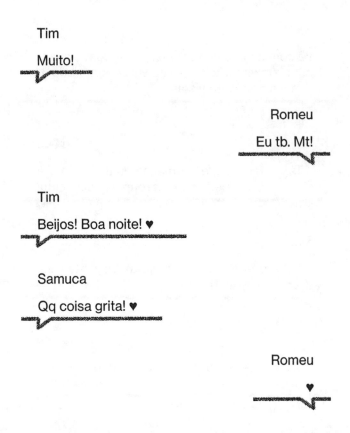

Eu não queria tomar muito tempo deles e dava pra sentir que eles ainda estavam no olho do furacão. Imprensa, Eva, Prefeito, lançamento, Bienal, liminar... meus pais deviam estar tontos com tanta insanidade.

Pelo menos um gelo tinha sido quebrado. Assim que saímos da escola, eu só queria me esconder, não explicar nada, não dar detalhes, não me abrir. Mas agora, vendo que eles também enfrentavam uma situação delicada, eu só queria abraçá-los e falar que ia dar tudo certo.

De qualquer forma, no dia seguinte eu estaria na Bienal para apoiá-los.

Só que assim que saí do grupo da família, o meu bate-papo com o Aquiles surgiu à minha frente, desviando completamente o meu foco. Como nosso chat estava entre os primeiros na tela, foi impossível não me deparar com ele. Até porque a gente se falava sempre. Todo dia.

Agora, porém, não existia mais conversa.

Sem saber se era muito cedo pra enviar algum sinal de vida ou se, pelo contrário, o Aquiles esperava ansioso algum contato, decidi mostrar que eu estava ali para o que ele precisasse. Afinal, o Aquiles tinha passado pelo mesmo furacão que eu.

                                             Romeu
                                                   Oi.

Ótimo, Romeu.

                                             Romeu
                     Eu não sei mt bem o que falar.

Uma mensagem pra falar que não sabia o que falar? Sério?

                                             Romeu
              Nossa Bienal foi por água abaixo, né? ☹

                                             Romeu
            Uma pena, acho que a gente ia curtir mt.

> **Romeu**
> Como vc tá? Me dá notícias?

E pra terminar? Abraços? Beijos? Valeu?

Na dúvida, não digitei mais nada. Isso não importava.

Diante daquela tela de celular, não havia nenhum sinal de que ele estivesse do outro lado. Nenhum tracinho azul indicando que as minhas mensagens tinham sido visualizadas. Nenhum sinal do Aquiles on-line. Nenhuma resposta.

Só as minhas mensagens enviadas. Meu sinal de fumaça.

O dia seguinte já estava devidamente preenchido com expectativas. Mas ali, encarando o nosso histórico, eu me perguntava: o que será que ia acontecer com a gente, Aquiles?

4. VALENTIM

— Vocês precisam se acalmar agora. — Eva nos aconselhou assim que a repórter e sua equipe saíram do nosso apartamento. — Nós conseguimos recolher os exemplares que estavam expostos no nosso estande da Bienal e nenhum fiscal confiscou nada.

— Que alívio! — resmunguei, irônico, me jogando no sofá.

— Eu estou mega aliviada! — Eva rebateu. — Imagina o trabalho que seria lutar pra ter nossos livros de volta?! A Bienal também confirmou que os fiscais foram embora sem ter encontrado nada que estivesse em desacordo com as normas do Estatuto da Criança e do Adolescente.

— Resumindo... — Samuca interveio. — O que eles queriam era chamar atenção e criar polêmica às nossas custas!

— É óbvio que eles não encontrariam nada! — desabafei, ainda irritado. — Mesmo que os nossos exemplares não estivessem guardados, ainda assim seria inadmissível que fossem confiscados ou lacrados!

Era inconcebível que aquilo estivesse realmente acontecendo. Que eu estivesse enfrentando uma censura comandada pelo Prefeito da minha cidade! Contra meu livro infantil! Por causa de uma ilustração de dois pré-adolescentes dando um selinho!

Para minha sorte, se eu estava com raiva, a Eva estava preparada para uma guerra. Além de ter ido pessoalmente me dar a notícia, ela já tinha convidado uma equipe do maior canal de telejornalismo do país para fazer uma entrada ao vivo com nossa declaração. Ela sabia que precisávamos rebater aquele desatino com a maior rapidez possível — e com força. Uma censura na Bienal do Livro reverberaria muito, e nós necessitávamos dessa repercussão a nosso favor.

— É por isso que eu estou pedindo pra vocês: calma! — Eva frisou. — Ninguém aqui já passou por uma situação como essa, mas estamos bem amparados!

— A Eva tem razão, Tim — Samuca concordou. — A Justiça estará do nosso lado.

— Que Justiça?! — retruquei. — A mesma que deixou esse Prefeito fazer isso?!

— Isso não vai se sustentar — ele me devolveu, paciente. — É inconstitucional. Não pode existir censura prévia!

— Não?! — rebati. — Porque o meu livro está censurado!

— Valentim! — E quando o Samuca me chamava assim eu já sabia que eu devia estar passando do ponto. — É obviamente um ato insano de autoritarismo, até porque cabe à Justiça da Infância e Juventude, e não ao Poder Executivo, tomar qualquer ação contra eventuais desrespeitos ao Estatuto da Criança. E nem foi esse o caso!

Eu amava aquele homem.

Cada frase proferida com todo aquele "juridiquês", com sua entonação firme e segura, me tranquilizava mais um pouco. Na dúvida, a gente saía processando o Prefeito, a Prefeitura, os fiscais e quem quer que fosse por aquele rompante ditatorial.

— A gente precisa ter sangue frio. — Eva retomou. — Tudo isso é muito pesado. A notificação extrajudicial que a Bienal recebeu exigia que exemplares que contivessem "cenas de homotransexualismo" fossem lacrados ou acompanhados de um aviso, com ameaça até de cassação do evento!

— Meu Deus! — Suspirei.

Quem tinha roteirizado aquela distopia de mau gosto em que eu me encontrava?!

— Eles querem nos jogar na fogueira. — Eva reclamou. — Já devem estar espalhando que nosso livro atenta contra a moral e os bons costumes!

— Eles querem nos calar! — concordei. — Só que eu nunca fui censurado antes! Não sei como reagir!

Eu me sentia mais impotente do que nunca.

— A gente não pode se desestabilizar. — Samuca pontuou. — O Prefeito não está censurando só um livro. Ele está censurando quem somos, o nosso amor. É claro que isso vai nos atingir. Mas nós precisamos nos preparar pro confronto, venha o que vier.

O buraco, de fato, era bem mais fundo. O Prefeito, eleito para cuidar dos cidadãos daquela cidade, explicitava seu preconceito contra aquela demonstração de afeto ilustrada no meu livro. Deturpava toda motivação por trás da minha obra. Toda mensagem positiva de amor e respeito que o *Walter* carregava.

— O argumento de que o beijo entre seus personagens é pornográfico, impróprio, é frágil. — Samuca observou. — Juridicamente, nenhum beijo é considerado pornografia.

— Claro que não é pornografia! — Eva protestou. — Isso é homofobia, nem vamos nos enganar! Vê se ele se preocupou em apreender livro do Batman beijando a Mulher-Gato? Esse Prefeito parece até vilão de história em quadrinho!

— Pior que não é a primeira vez que isso acontece, né? — Samuca assinalou.

— Como assim? — Não acompanhei seu raciocínio.

— A censura faz parte da nossa História. — Ele se explicou. — Inclusive, uma censura lesbofóbica. Na ditadura, a autora mais censurada por aqui foi a Cassandra Rios, a "Safo de Perdizes". É porque a gente esquece, não tem memória. Mas a Cassandra, que era uma mulher lésbica, foi a primeira autora brasileira a vender mais de um milhão de livros e teve a sua obra censurada pelos militares no poder.

— Parece até que estamos dentro do *Fahrenheit 451* — comentei. — Ou do *1984*.

— Só que agora não é ficção, é realidade. — Eva lamentou.

E que choque de realidade estávamos tendo.

Samuca e Eva tinham razão, nós tínhamos de ser práticos. Por mais que eu quisesse ir até a casa do Prefeito gritar umas verdades em sua cara, não era hora de perder o controle, sair da linha. Se bobear, o Prefeito até contava com o nosso descontrole, esperava pelo nosso destempero!

— O que a gente pode fazer? — perguntei.

— Eu acabei de enviar pro Samuel os contatos dos advogados da Bienal. — Eva conferiu no celular. — A Sara, uma das responsáveis pelo evento, me repassou há pouco.

— Perfeito! — Samuca também checou seu aparelho telefônico. — Talvez a gente já consiga entrar com um mandado de segurança preventivo no Tribunal de Justiça.

— A gente precisa derrubar essa censura, Samuca — reforcei, aflito.

— Nós vamos, meu amor. — Ele sorriu, doce. — Pode confiar.

— Então agora eu me vou! — Eva anunciou, exausta.

Graças ao meu bom destino, eu contava com uma das melhores editoras que podia sonhar em ter. Sensível e profissional, a Eva era uma grande parceira e amiga.

Eu tinha plena consciência de que só podia me considerar um escritor de sucesso graças ao que tínhamos construído juntos. Ela havia sido a primeira pessoa a me estender a mão e confiar na minha escrita. No que eu tinha a dizer. Nas histórias que eu queria botar no mundo.

Nossos livros publicados antes de *Walter* não me deixavam mentir. Sempre me dando muita liberdade, Eva me incentivava a desenvolver meus protagonistas LGBTQIA+. Ela sabia que não fazia sentido, para mim, escrever histórias sem esse protagonismo. Que era essa minha motivação enquanto artista. Que minhas primeiras histórias precisavam seguir por este caminho porque eu precisava me ver nelas!

Depois, conforme avancei para meu segundo e terceiro livro, meu olhar se ampliou e minha noção de comunidade também. Mesmo tendo enfrentado dificuldades para aceitar minha orientação sexual, eu era privilegiado dentro de vários recortes. Eu era homem, branco, cisgênero e de classe média alta. Sem sombra de dúvidas, eu não tinha encarado diversas violências que muitos LGBTQIA+ ainda precisavam encarar.

Eu nunca sofri racismo, por ser branco. Nunca sofreria transfobia, por ser cis. Eram outras vivências, outras dificuldades, barreiras e preconceitos.

Isso não significava que eu não tinha sofrido por ser gay, só era um alerta de que a minha realidade não era igual a de todos.

Certamente existiam autores que não tinham o meu perfil e que encontravam inúmeras resistências para conquistar espaços que, para mim, eram de mais fácil acesso. Eu não podia, portanto, desperdiçar o meu privilégio. Minha escrita não podia se desconectar do mundo ao meu redor. Até porque meus leitores também ansiavam e cobravam por mais diversidade nas minhas histórias. Com responsabilidade, eu busquei correspondê-los, criando personagens que representassem mais a nossa comunidade.

Eu não queria e nem pretendia ser o protagonista de lutas em que eu não era o protagonista. Mas também acreditava que ninguém precisava ser gay para ser contra a homofobia e lutar ativamente contra ela. Assim como eu não precisava ser negro para lutar contra o racismo, nem mulher para enfrentar o machismo, nem transgênero para combater a transfobia.

Portanto, aumentei minha lista de leituras. Fui atrás de novas referências. Me cerquei de mais vozes. Exercitei minha escuta e minha empatia mais do que já fazia.

Conheci inúmeros livros com protagonistas negros escritos por autores negros. Descobri autoras negras excepcionais. Biografias de pessoas trans. Artigos sobre a luta contra mutilações genitais em bebês intersexo, matérias sobre a invisibilidade bissexual.

Para além de um movimento profissional, esse mergulho literário gerou em mim uma transformação pessoal. Felizmente, eu contava com uma excelente editora para me guiar neste processo.

— Obrigado, Eva. — Me levantei do sofá. — Eu fico até sem graça de não ter atendido suas ligações antes.

— Imagina, amigo, vocês estavam cuidando do Romeu — ela minimizou. — E, cá entre nós, ele é bem mais importante do que o nosso livro!

— Mas eu queria agradecer mesmo assim — reafirmei. — Não é qualquer editora que vem até a porta da sua casa pra avisar a um autor que o barco tá afundando!

— Ele não tá afundando! — Ela me corrigiu.

— Pode ser... — Dei de ombros, desacreditado. — Mas minha sensação agora é que um navio pirata acaba de acertar o nosso barquinho com uma bala de canhão!

Que energia gostosa, Valentim!

— Meu querido, presta atenção. — Eva se aproximou com seus cabelos picotados e suas mechas roxas. — Eu posso ser pequena e parecer frágil, mas, quando preciso, eu enfrento qualquer gigante.

Eu não discordava uma vírgula.

— Se eu estou falando que amanhã o nosso livro vai ser lançado... — ela prosseguiu — é porque ele vai ser lançado e o lançamento vai ser uma coisa absolutamente fantástica!

— Deus te ouça! — Joguei pro universo.

— Ele está no meio de nós! — Eva completou, divertida.

Eu precisava absorver aquela certeza de que sairíamos vitoriosos daquele embate! Ao mesmo tempo, se toda aquela garra e confiança da minha editora eram de se admirar, eu me preocupava com sua dedicação *full time* ao seu trabalho. Ninguém tinha dúvidas de que ela se doava 120% ao que fazia e que, provavelmente, se consagraria uma das maiores editoras do país. Mas precisava ser assim?

— Tenta descansar, viu? — sugeri. — Hoje não foi nada fácil.

— "Hoje" ainda não acabou — ela respondeu, como o esperado. — Mas não se preocupe comigo. Eu quero é que você descanse! Eu preciso do meu autor muito bem amanhã.

— Vou tentar! — Prometi. — Se você se comprometer a tirar uma folga quando der!

— Que obsessão é essa com a minha folga? — Eva estranhou, bem-humorada.

— É que é muito trabalho! — Disfarcei. — Eu nunca te vejo relaxar, espairecer.

— Será que é porque eu estou trabalhando? — ela indagou, sarcástica.

— Eu sei! Mas também faz bem dar uma distraída, uma paquerada! — falei, levando Eva a gargalhar como se não acreditasse que estivesse ouvindo aquilo.

— Não sabia que você tinha virado uma madre casamenteira! — Ela debochou.

Até mesmo o Samuca me encarava sem entender do que eu estava falando.

— É só que um namorico pode distrair, né? — Devolvi, sem graça.

— Valentim, querido, eu posso querer focar no meu trabalho no momento, sabia? — Eva ironizou. — Pode deixar que eu e minha experiência lésbica com a solidão nos damos muito bem!

— Não está mais aqui quem falou! — Recuei, sem saída.

— Vamos fazer o seguinte. — Ela se encaminhou para a entrada do apartamento. — Quando a gente lançar seu livro amanhã, eu compro uma garrafa de champanhe e faço um brinde em nossa homenagem, que tal?

— Fechado! — Aceitei de bom grado.

— Maravilha! — Eva festejou. — Agora tratem de dormir e não deem nenhuma entrevista sem antes falar comigo, entendido?

— Perfeito, comandante! — Bati uma continência de brincadeira.

— E sem referências militares, amigo — ela me cortou. — Por favor!

Sem conseguir abafar o riso, Samuca se divertiu enquanto eu desmontava minha ridícula pose de soldado e abria a porta para minha disciplinada editora partir.

— Até amanhã! — Eva se despediu, caminhando pelo corredor até o elevador.

Quando fechei a porta novamente, algo em mim desmontou. Não estávamos mais no Santo Benedito nem cercados por tripés, câmeras e uma repórter nos microfonando. Eu estava, finalmente, em casa, a sós com meu amor. Só eu e ele.

— Que dia! — Samuca se sentou no sofá, esgotado.

— É, não foi fácil passar por ele — admiti, me sentando ao seu lado.

— Ouvindo a Eva agora, pensei em como ainda me deixo consumir pelo meu escritório, sabia? — Ele compartilhou comigo enquanto tirava seus sapatos para ficar mais à vontade.

— Você acha? — Estranhei.

— Acho. — Samuca fez que sim com a cabeça. — Às vezes eu me pergunto por que tanta dedicação àquele lugar.

— Como assim, meu amor? — Me surpreendi com o rumo da conversa. — Você ama sua profissão, trabalha num dos melhores escritórios da cidade.

— Será? — Ele se perguntou. — O que é o "melhor"?

Eu podia deduzir de onde aquela indagação tinha vindo. Desde nosso confronto com Dom Anselmo, eu também me perguntava se algum dia voltaria a ter certeza do que era o "melhor" em qualquer circunstância.

— Eu sinto que nós não fizemos a melhor escolha ao matricular o Romeu naquele colégio — Samuca confirmou minha intuição. — Ao mesmo tempo, eu entendo o porquê de termos colocado ele lá. Nós tentamos acertar.

— Eu não tenho dúvida disso.

— Mas só focamos na aprovação do vestibular e deixamos de lado todas as outras mil questões que sabíamos que aquela escola tinha — meu namorido desabafou. — E agora nosso filho está sofrendo na "melhor" escola do Rio de Janeiro!

— Você também sente isso com relação ao seu escritório? — perguntei.

— É complicado. — Samuca respirou fundo. — Você sabe de algumas situações que eu já fui obrigado a passar. Alguns clientes esnobes, outros clientes... racistas. Que me olhavam como se aquele lugar não fosse para "gente como eu". Que me confundiam com o pessoal da limpeza, me perguntando onde podiam encontrar o "advogado Samuel". Mesmo eu vestido com roupa social! E isso, eu não me iludo, só aconteceu pela cor da minha pele.

— Eu sei — lamentei.

— Mas eu vou relevando cenas como essas para não criar problema. Pra não "perder" cliente! Até porque todos eles, depois que eu me apresento como advogado, pedem desculpas, dizem que não falaram por mal. E eu vou engolindo, porque sei o quanto eu ralei pra entrar naquele escritório. No "maior" escritório de advocacia do Rio. No "melhor" escritório do Rio!

— Ele parecia se desgastar só de lembrar. — Para provar para o mundo e para mim que eu era capaz, que eu também podia pertencer àquela esfera de poder! Mas tem uma hora que cansa! Na real, já cansou há muito tempo!

O Samuca tinha sido criado para não demonstrar suas emoções, com a ideia de que chorar era sinônimo de fraqueza. Porque "homem não chora". Mas ali, comigo, eu percebia o quanto ele lutava contra essa norma, essa opressão que lhe tinha sido imposta desde sempre. Eu via seu esforço para expressar seus sentimentos, sua fragilidade.

— Você sabe que eu estou contigo pro que você precisar, né? — Passei meu braço em volta de seu ombro.

— Eu sei — ele suspirou. — Mas tem coisas que só eu vou sentir na pele, sabe?

Eu sabia.

— Eu sei que hoje foi um turbilhão e que minha cabeça só deve estar cansada, mas são coisas que a gente vai acumulando e que uma hora explodem na nossa cara — Samuca continuou. — Talvez o Romeu se sinta totalmente deslocado naquele colégio. Talvez hoje tenha sido o dia em que ele mais conseguiu ter a coragem de ser quem ele quer ser, quem ele é, e o mundo caiu na cabeça dele! Porque é foda, Tim! É foda ser o único negro na sala de aula. Ser o único gay na turma. E, no escritório, eu me vejo encarando esses mesmos fantasmas. Todo mundo sabe que nós somos casados, ninguém nem ousa fazer alguma piada com isso. Você mesmo já conheceu alguns dos meus colegas de trabalho. Eu gosto de muitos deles! Mas tem horas que nenhum deles vai me entender. Porque nenhum deles é preto como eu. Porque nenhum cliente chega ali e é abertamente racista comigo. Às vezes, é um olhar, um gesto, um detalhe que só eu sinto... que, mesmo sutil, é dilacerante.

Eu o escutava com atenção.

— O tempo passa, mas o racismo não vai embora. Ele se refina — Samuca observou. — Tem horas em que eu me sinto muito... só.

Uma lágrima escorreu, tímida, por sua bochecha.

— Eu me lembro da minha época de escola pública, onde quase toda turma era composta de alunos pretos, de alunas pretas. Como eu me sentia prejudicado quando via as matérias na TV mostrando as escolas particulares, aquela estrutura que nem se comparava à nossa. Mas eu nunca desanimei! Eu prometi a mim mesmo que ultrapassaria aquelas barreiras. Quase nem saía com meus amigos de tanta dedicação, Tim. Eu não podia ser bom, eu tinha que ser o melhor! — ele desafogou. — E aí eu lembro do Romeu naquela escola elitista, 90% branca, e penso que eu devo ser o pior pai do mundo!

— Calma, calma, que essa paranoia já é minha! — Tentei descontrair.

— É sério, amor. — Ele não conseguiu evitar um triste sorriso. — Onde foi que eu coloquei o meu filho?!

— Você não pode ser tão duro com você — o confortei. — Não foi uma decisão só sua. Nós pensamos estar fazendo o melhor pro nosso filho.

— Eu sei. Eu quis dar ao Romeu o que eu não tive, o que meus pais não puderam me dar. Mas o que aconteceu hoje com ele me fez repensar... tudo.

Nós estávamos à flor da pele, e não tinha como estarmos de outro modo. Nenhum de nós dois esperava enfrentar aquele furacão no fim do dia.

De um lado, precisávamos proteger nosso filho. Do outro, nos preparar para enfrentar o Prefeito da cidade! Qualquer pessoa ficaria atordoada.

— Olha, meu amor, nós estamos cansados, como você mesmo disse — falei. — Eu sei que nunca vou sentir na pele o que você está sentindo naquele escritório, mas eu quero que você se lembre que, pra mim, você é foda. Não só o melhor advogado do mundo, como o cara mais sensacional que eu já conheci. — E eu não estava exagerando. — Você luta por justiça, mas sempre com o seu coração, com profissionalismo! Se você está sentindo que aquele lugar não te faz bem, a gente dá um jeito. Eu invento mais livros pra escrever, pego mais traduções pra fazer, o que for! Até porque eu duvido que você demore mais de uma semana pra achar um novo emprego!

Samuca sorriu, cabisbaixo.

— Obrigado, meu amor — ele agradeceu. — Talvez o que a gente precise agora mesmo é de um banho quente e uma comida japonesa!

— Seu pedido é uma ordem! — concordei de imediato.

— Essas questões não vão desaparecer de uma hora pra outra.

— É, não vão. Mas também não merecem ser ignoradas — pontuei. — Eu não quero que o nosso filho siga infeliz naquela escola sem a chance de pensar em outras possibilidades. Assim como não quero te ver infeliz naquele escritório sem cogitar novos caminhos.

— A gente vai precisar repensar muita coisa, né? — Samuca indagou, cada vez mais afundado naquele sofá.

— Vamos.

— E enfrentar uma batalha judicial amanhã.

— Isso também — confirmei, quase achando graça daquela desgraceira toda.

— Que maravilha! — Ele riu, sem forças. — Só espero que o Romeu tenha, pelo menos, uma boa noite de sono lá com a Julinha. Porque "bem" ele não está.

— Não tem como!

— Se durante toda minha adolescência eu fazia questão de jogar futebol, de malhar, de ficar forte, de ficar "masculino", tudo pra não parecer frágil, pra que ninguém suspeitasse que eu era gay, imagina ser tirado do armário?!

— Por mim, eu tirava ele daquele colégio e pronto — resmunguei.

— Não é tão simples, Tim — Samuca ponderou. — O Romeu não fez nada de errado. A gente não pode chegar e falar que vamos tirar ele de lá. Vai parecer que estamos punindo o Romeu pelo que aconteceu.

— Ou libertando o garoto daquele tormento! — Devolvi.

— Você quer entrar nesse debate agora? — Samuca me encarou, debochado. — O dia já não está agitado o suficiente pra você, meu amor?!

Desprevenido, dei uma boa gargalhada.

— Você venceu! — Me recompus. — Chega de problematizações por hoje! Eu já quero que esse dia acabe! Se bem que amanhã também não tá com uma cara muito boa...

— Vira essa boca pra lá! — ele zombou. — Eu estou emanando Caetano Veloso com aquela música que diz que amanhã será um lindo dia da mais louca alegria!

De algum modo torto, já estávamos praticamente deitados, prontos para dormir naquele sofá da sala mesmo. Agora sem meus sapatos, eu me aconchegava no Samuca, aproveitando aquele calor humano reconfortante.

— Sabe que eu sinto até um pouco de inveja do nosso filho? — confessei.

— Inveja? — Samuca estranhou.

— É, mas não uma inveja ruim — tentei me explicar. — Uma inveja...

— Branca? — Samuca completou, irônico.

Merda.

— Desculpa — me corrigi. — Não existe inveja "boa"!

— Nem "branca"! — ele reforçou. — Vamos prestar atenção nesse vocabulário!

Ao longo dos anos, o Samuca tinha me incentivado a perceber como o racismo estava enraizado em nossa língua.

Palavras como "denegrir", como se tornar algo "mais negro" fosse negativo. "Humor negro", para um humor ácido. "Magia negra", para uma magia "do mal". "Lista negra", para uma lista proibida. "Mercado negro", para um mercado clandestino. "Gato preto", para o gato amaldiçoado. "Boi da cara preta", para o boi malvado. "Ovelha negra da família", para quem fosse diferente e rejeitado. A lista era extensa! E incluía a inveja "branca", como se existisse uma inveja "boa", a "branca", e uma "ruim", a "negra".

— Vou ficar mais atento! — prometi. — O que eu quis dizer é que o Romeu está podendo, pelo menos, viver um romance na escola.

— Eu não chamaria o que aconteceu hoje de romance — Samuca avaliou.

— Eu também não — concordei. — Mas o que eu achei fofo é que ele já está se permitindo ficar apaixonado com 15 anos. Nem eu nem você tivemos essa experiência. A gente só foi se aceitar por volta dos 20 anos, na faculdade. Não dá uma aquecida no coração? Uma esperança de que está vindo uma nova geração mais... livre?

— Pode ser. — Samuca titubeou. — É que são tantas questões, né? O que aconteceu hoje foi traumatizante pra ele. Tendo beijado ou não.

— Você acha que eles se beijaram? — perguntei. — Se eu beijasse um garoto na escola e fosse pego no flagra, eu também diria que não estava fazendo nada.

— Não dá pra saber — Samuca constatou. — Mas, pelo seu estado na diretoria, é muito provável que algo estivesse rolando entre ele e o Aquiles.

— Vamos sentir como ele vai estar amanhã na Bienal.

— Sim. E, falando em Bienal, sabe que me deu até uma animada enfrentar esse Prefeito?

— Animada?! — estranhei.

— É! — Samuca admitiu, rindo. — Não que eu esteja celebrando, mas é que eu não vejo a hora de derrubar esse cara na Justiça! Esse homem é o pior Prefeito que a gente já teve nessa cidade.

— Que bom que você está nessa empolgação, porque a gente realmente precisa impedir esse verme asqueroso.

— Nós vamos! O que me deixa triste é ver como a homofobia é uma plataforma política pra alguns candidatos. Uma pauta que encontra eco na sociedade.

— E que eco! — lamentei. — O vídeo que ele postou nas redes já passou de um milhão de visualizações! E tudo isso "em nome da família", como se a gente não fosse uma família também!

— Pois é! Minha vontade é mandar um buquê de flores refrescando a memória dele que desde 2011 as famílias homoafetivas são legalmente reconhecidas no Brasil.

— Eu não mandaria buquê de flores, não! Mandaria logo uma tornozeleira eletrônica e um camburão da polícia. — Brinquei.

— Aí já está fora da minha alçada! — Samuca sorriu. — Como também está fora do meu alcance o celular para pedir aquela comida japonesa que você me prometeu!

— Deixa comigo! — Peguei meu aparelho no bolso, pronto para fazer o pedido no restaurante mais próximo.

Um bom jantar, um bom banho e um bom sono. Era tudo que eu precisava depois daquele frenesi. O dia havia sido tão intenso e confuso que parecia que eu já tinha feito 40 anos esta noite! Mas era preciso manter o foco.

Meus leitores precisavam de mim.

Minha editora precisava de mim.

Meu filho precisava de mim.

E eu tinha cada vez mais certeza de que aquela Bienal não seria nada do que eu esperava.

5. ROMEU

Não era ficção, nem fantasia.

Era ficção, fantasia, aventura, romance, suspense, comédia, tragédia, policial, terror, poesia. Era a Bienal do Livro! Muito além de um mundo de histórias, como dizia o slogan acima da bilheteria.

Eu estava de volta ao maior evento literário do país!

Todo mundo tem uma primeira vez, e a minha tinha sido há dois anos, quando meus pais me levaram para conhecer aquele mundo mágico dos livros.

Aquela Bienal, no entanto, não seria uma Bienal qualquer. Antes dos últimos acontecimentos, eu, Tim e Samuca já ansiávamos por aquele sábado, afinal, era a data do lançamento do novo livro do meu pai. Pela primeira vez, entraríamos naquele centro de convenções onde a Bienal acontecia por uma entrada diferente, teríamos crachás especiais, poderíamos ficar na Central dos Autores. Seria uma nova experiência!

Mas agora, prestes a adentrar aqueles pavilhões, eu não fazia ideia do que esperar daquela tarde. Eu havia até me surpreendido com a minha facilidade em dormir na noite anterior. Eu jurava que ficaria rolando por horas na cama da Julinha, repassando todos os detalhes daquele dia pavoroso na escola.

A verdade, porém, era que eu estava exausto. No quarto da minha amiga, me sentindo acolhido e protegido, adormeci num piscar de olhos em um sono profundo.

Uma calmaria só.

Até amanhecer.

Quando acordamos, a censura do Prefeito ao *Walter* bombava nas redes sociais. Os telejornais só falavam nisso. Artistas criticavam a postura tirânica do Prefeito enquanto robôs defendiam sua atitude no Twitter.

O livro do Tim seguia no centro de um vulcão em erupção, e nada indicava que aquele seria um dia tranquilo. Pelo contrário, parecia que enfrentaríamos um titã ensandecido ávido por destruir o mundo, como Thanos na Guerra Infinita dos Vingadores. Só que nem eu nem meus pais éramos Vingadores, e quem detinha o poder naquela situação era o Prefeito, por razões óbvias de ser o Prefeito da cidade.

Se eu fizesse aniversário no próximo mês, poderia jurar que estava passando pelo meu inferno astral. Mas meu aniversário já tinha passado e eu não acreditava muito em astrologia, então... era só uma merda atrás da outra mesmo.

Graças aos deuses, se na escola eu tinha o Aquiles, naquela Bienal eu teria a Julinha ao meu lado, pronta para encarar o que quer que fosse.

Para ela, não era apenas uma ida à Bienal, mas o maior passeio de todos — e ela iria preparada à altura. Além de sua inseparável garrafinha de unicórnio, minha amiga vestia um salto plataforma prateado, uma saia cor-de-rosa na altura do joelho e uma camiseta com a frase *"Love is love"* estampada sobre um desenho de arco-íris, além de um caprichado penteado com dois coques no alto da cabeça e duas mechas que caíam como franjas.

As pessoas provavelmente pensariam que ela estava indo para uma Parada do Orgulho LGBT+, mas eu sabia que aquele era seu jeito de me mostrar que ela não tinha problemas com a minha sexualidade e que me apoiava acima de tudo.

Eu, por outro lado, não tinha vestido uma camiseta com um arco-íris estampado. Quando passamos na minha casa depois do almoço, coloquei minha calça jeans e uma camiseta nova que o Samuca tinha me dado. E pronto.

Era uma roupa bonita, lógico. Eu não iria de qualquer jeito para a Bienal. Até porque eu tinha esperanças de que o lançamento do Tim acontecesse. E, ainda que não, eu queria que meu pai visse como eu me importava com ele, como queria prestigiá-lo.

Apesar disso, diante daquela catraca na entrada do Pavilhão Amarelo, eu não me sentia nem um pouco confiante.

Eu estava a poucos passos de embarcar naquela imprevisível aventura. Sem Aquiles e sem certeza de nada.

— Vem, Romeu! — Julinha gritou já do outro lado da catraca. — Entra!

Atrás de mim, Flora e uma infinidade de pessoas aguardavam ansiosamente.

Então, sem perder tempo e sem mergulhar nas minhas inseguranças, atravessei o portal, ou melhor, a catraca, e corri para dentro da Bienal.

— Bem-vindos ao paraíso! — Julinha nos recebeu de braços abertos.

Era impossível não se contagiar com a energia daquele lugar.

Já do lado de dentro, centenas de pessoas circulavam com suas sacolas repletas de livros enquanto outras seguiam sentadas no chão, encostadas na parede, apoiadas em qualquer lugar, compenetradas em suas leituras.

Por alguns segundos, foi possível esquecer dos meus problemas e aproveitar o agito ao meu redor. Aquele era o melhor lugar do mundo para alguém apaixonado por livros como eu.

Tudo à nossa volta fervilhava, como se eu pegasse a energia da biblioteca da escola e a multiplicasse por mil! Como se estivesse em um mundo invertido do Stranger Things. Os livros eram os donos do pedaço e os ogros não tinham influência alguma.

Eu mal tinha entrado no pavilhão e já conseguia ver excursões com alunos de escolas públicas, famílias, casais de namorados, crianças, idosos, todos em busca de novas histórias, à procura de um milhão de finais felizes. Meninos que se tornariam heróis e meninas que seriam rainhas geek em novas fábulas ainda por vir.

Era emocionante estar ali novamente, diante de tantas possibilidades, de tantos mundos, de tantas vozes e de tantos adereços do orgulho LGBTQIA+.

Para minha surpresa, a Julinha não era a única frequentadora a vestir alguma peça de roupa com a bandeira do arco-íris ou alguma frase de efeito nitidamente gay, ou lésbica, ou bi, ou trans, ou queer. Eram tantas e eram muitas, por todos os lados!

Seria apenas uma coincidência? Ou a censura ao livro do meu pai tinha repercutido a ponto daquelas pessoas decidirem protestar a favor... de suas vidas?

— Venham comigo! — Flora me trouxe de volta à Terra. — O Tim e o Samuca me enviaram a localização deles. Eles já estão lá na Central dos Autores. Fica aqui no Pavilhão Amarelo mesmo.

No impulso, concordei com a cabeça, rápido. Onde a Flora fosse, eu iria atrás, ainda mais no meio daquela multidão. Minha amiga, entendendo que não podíamos nos desgrudar, com um risco real de nos perdermos, também colou em sua mãe.

Por mais que tudo parecesse alegre e radiante, a verdade é que não tinha lançamento nenhum autorizado por enquanto. A pressão estava instaurada, apesar de todo aquele clima borbulhante pelos corredores.

Não demorou muito e logo avistamos a Central dos Autores, um salão envidraçado no segundo andar de um pequeno módulo de produção entre os estandes de duas editoras.

Com grades de contenção delimitando sua entrada no térreo, o espaço era exclusivo para autores que participavam da Bienal e organizadores do evento. Como a Flora já tinha recolhido nossas credenciais na bilheteria, teoricamente só precisávamos mostrá-las ao segurança e subir para o salão, mas isso não foi necessário.

Eva já nos aguardava em frente às grades.

— Romeu! — Ela me recebeu, sorridente. — Que bom te ver!

— Tudo bem? — Sorri, tímido.

— Tudo caótico e de pernas pro ar, mas vamos em frente! — ela respondeu, sincerona e bem-humorada.

— Essas aqui são...

— A Flora e a Julinha. Acertei? — Eva me interrompeu.

— Em cheio! — Flora estendeu a mão para cumprimentá-la.

— Eu sabia! — Eva se gabou. — O Valentim me disse que o Romeu estaria acompanhado por uma mulher alta e poderosa e uma adolescente cheia de personalidade. Só podem ser vocês!

Foi engraçado ver aquelas duas, mãe e filha, sem saber como reagir diante daquela calorosa recepção. Se a Flora e a Julinha tinham personalidades fortes, a Eva era outra mulher cheia de atitude.

— Podem me seguir! — Eva abriu caminho, sinalizando ao segurança que estávamos com ela. — E, antes que eu me esqueça, eu sou a Eva, editora do Valentim.

— Eu suspeitava! — Flora sorriu. — Você sempre esteve nos lançamentos do Tim.

— Não só estive como fiz cada um deles acontecer! — Eva disse, orgulhosa, enquanto passávamos pelas grades de proteção. — Agora vamos logo, que nosso autor favorito já deve estar terminando uma entrevista.

Guiados por aquela irrequieta editora, subimos a escada que nos levaria, de fato, à Central dos Autores. A cada degrau, meu coração acelerava ainda mais.

Eu nunca tinha botado os pés naquele salão VIP, cheio de autores que eu só conhecia pelos nomes impressos nas capas dos livros. Como não ficar empolgado?!

O grande salão era cercado 180 graus por janelas de vidro. Dali de cima, era possível ver todo o Pavilhão Amarelo, seus estandes e corredores, mais lotados do que eu imaginava. Eu nunca tinha visto tanta gente feliz aglomerada!

Ao nosso lado direito, mesinhas e cadeiras criavam um ambiente para lanches, juntas a um pequeno buffet repleto de petiscos e bebidas. No lado oposto, sofás estavam dispostos pelo espaço, com uma mesa de centro e uma pequena televisão pendurada no canto.

E entre essas duas áreas, logo em frente à escada, um enorme mural cheio de assinaturas, dedicatórias e autógrafos dos mais diversos autores decorava o corredor e "escondia", atrás de si, duas portas. Uma que nos levava a um minidepósito onde os convidados podiam guardar suas mochilas e bolsas, e outra, a um banheiro sem distinção de gênero.

Mesmo deslumbrado com aqueles aposentos, minha atenção foi sugada para um pequeno sofá cinza próximo à televisão. Lá estavam meus dois pais, cercados por...

— Ai! — Me surpreendi com um beliscão de Julinha. — O que foi isso?!

— Você viu?! — ela sussurrou, se tremendo inteira.

— O quê?! — Esfreguei a mão no meu braço para aliviar a dor. — Os meus pais?!

— Não! Quer dizer, sim! — Minha amiga se atrapalhou. — Eu vi que eles estão lá na frente. Mas eu tô falando desses autores aqui do nosso lado! Olha a Mulher Pepita, o Pedro HMC, a Luísa Marilac! Se isso é estar na pior, o que quer dizer estar bem, né?

Mesmo perdendo a linha me beliscando, Julinha tinha motivos para tanta euforia. Nós estávamos literalmente no meio de vários autores megaconhecidos! Muita gente daria tudo para estar ali dentro, tão pertinho daquela galera.

Mas ainda que eu estivesse cheio de vontade de tietar todo mundo, tirar fotos e pedir autógrafos, eu tinha ainda mais vontade de falar com os meus pais.

Nosso último encontro na escola não tinha sido dos melhores e eu sentia que precisava, no mínimo, reabrir nosso canal de comunicação. As questões levantadas na véspera ainda rodeavam a minha cabeça, e provavelmente a deles também. O Tim e o Samuca deviam se perguntar o que diabos tinha acontecido naquele recreio, e eu gostaria de contar a eles a minha versão dos fatos.

Ou seria melhor nem tocar no assunto, pelo menos por hoje? Valeria a pena remexer no meu dilema com o Guga, com o soco, com o beijo que não foi beijo enquanto eles enfrentavam aquela censura?!

— Eles só vão terminar aquela entrevista e a gente já vai lá falar com eles, tá? — Eva me tirou de mais um devaneio. — O Valentim já reclamou que não aguenta mais repetir a mesma história, mas, enquanto essa censura não for derrubada, ele vai repetir a mesma ladainha quantas vezes for necessário!

— Ele já me falou muito de você, sabia? — Flora comentou.

— De mim? — Eva achou graça. — Espero que bem!

— Bem até demais! — Flora confirmou. — "A melhor editora do país, que lutou bravamente pra lançar todos os meus livros."

— Como se eu estivesse fazendo um favor! — Eva revirou os olhos. — O Tim é um talento, eu é que não largo mais dele! Mas também não vou reclamar que meu autor me ache a melhor editora do país, né?!

— Exatamente! — Flora concordou. — Confesso que eu já senti ciúmes dessa amizade toda! Ciúmes de amiga mesmo. Da famosa Eva!

— Ciúmes?! — Eva riu, surpresa. — Fica com ciúmes, não, boba. Tem Eva e Valentim pra todo mundo!

Eu e Julinha nos olhamos sem entender de onde aquela cumplicidade toda tinha surgido. Mas ao invés de me imitar e seguir quieta, minha amiga não se aguentou.

— Você se chama Eva por causa do Adão e Eva? — Julinha se intrometeu.

— Que pergunta é essa, minha filha? — Flora estranhou aquela pergunta aleatória.

Depois de Dumbledore, Oprah e Kita, chegamos em Adão e Eva.

— Não tem problema! — Eva levou de boa. — Na verdade, Julia, eu sou a Eva original, mas com o passar do tempo eu cansei de ficar naquele paraíso com o chato do Adão e preferi entrar logo no inferno, quer dizer, no mercado editorial!

Se eu e Julinha permanecemos estáticos perante aquela resposta, Flora praticamente perdeu o fôlego de tanto rir, como se aquela piada fosse ma-ra-vi-lho-sa!

Acompanhando minha amiga, que sorria um sorriso amarelo para não parecer mal-educada, esbocei o melhor sorriso falso que consegui, torcendo para que aquele desconforto fosse breve.

Para minha sorte, do outro lado do salão Tim acenou em nossa direção enquanto um produtor tirava de sua camisa um microfone de lapela.

— Acho que a entrevista acabou — anunciei.

— A entrevista! — Eva instantaneamente reativou seu modo produtora-editora. — Vamos lá falar com eles antes que eles sejam tragados por mais algum compromisso!

Sabendo ou não o que falar, eu estava feliz em rever aquela dupla. E, pelo largo sorriso que aqueles dois abriram quando nos aproximamos, eu não era o único ansioso por aquele reencontro.

— Que bom ver vocês aqui! — Tim exclamou, sincero, abraçando e cumprimentando Flora e Julinha.

Encabulado, abracei o Samuca, me permitindo curtir um pouco aquele abraço gostoso do meu pai.

— E você, meu filho, como está? — Tim se aproximou.

Sinceramente, eu não fazia ideia.

Bem? Mal? Tranquilo? Nervoso? Inseguro? Animado?

— Ele tá óóóótimo! — Julinha preencheu meu silêncio, protetora.

Eu poderia estar "bem" ou "um pouco melhor", mas ÓTIMO era difícil de acreditar.

— Que bom! — Samuca respondeu, desconfiado.

— É, tá tudo bem — disfarcei, querendo desviar o foco.

— E sobre o lançamento, alguma novidade? — Flora interveio.

Isso, Flora, vamos ao que interessa.

— Existe a possibilidade de os fiscais voltarem hoje para a Bienal. — Samuca lamentou. — Nós ainda não descartamos uma nova busca por livros "impróprios".

— Inacreditável! — Flora resmungou.

— Sem falar no boato dos livros que sumiram! — Tim acrescentou.

— Como assim? — Flora reagiu, perdida.

— Livros com protagonismo LGBTQIA+! — Samuca especificou.

O quê?!

Como se não bastasse a tensão já estabelecida, livros desapareciam misteriosamente na Bienal?! O que isso significava?! Os fiscais estavam escondidos confiscando livros?!

— Algumas editoras me disseram que ainda não podiam dar detalhes do que estava acontecendo. — Eva deu de ombros, contrariada.

— De qualquer forma, eu já estou elaborando um documento que pode ajudá-las a impedirem o confisco de mais livros. — Samuca reforçou. — O lançamento do *Walter* está previsto para o começo da noite. Eu tenho esperanças de que a Bienal consiga alguma liminar a nosso favor antes que anoiteça.

— É isso, Samuca! — Flora tentou ser otimista. — Pensamento positivo!

— Claro, Flor — Tim ironizou. — Tranquilão enfrentar o Prefeito do Rio!

— Óbvio que não é tranquilo, Tim — Flora concordou. — Mas olha esse time te apoiando. Você não está sozinho nessa! Vamos partir pra cima desse monstro! Eu quero te ver nocauteando esse Prefeito!

Tadinha.

A Flora não percebeu que, ao proferir a palavra "nocauteando", qual imagem surgiu diretamente nas cabeças do Tim, do Samuca e da Julinha? Romeu boxeador acertando Guga homofóbico com um gancho de direita improvisado. Nocaute!

— Boa, mãe! — Julinha zombou. — Melhor comparação!

— Não, peraí... — Flora tentou consertar. — Eu usei a palavra errada. Ninguém vai nocautear ninguém, quer dizer, ninguém *mais* vai nocautear ninguém! Quer dizer...

— Mãezinha, fica quietinha, fica. — Julinha pediu, debochada. — Tem tanto livro aqui pra ler, por que você não pega algum pra se distrair?

Mas antes que Flora pudesse responder ou acrescentar o que quer que fosse, Eva se adiantou, concentrada em seu celular:

— Desculpem interromper, mas eu preciso do Valentim! — Ela encarou meus pais. — *Sorry*, mais uma entrevista!

— Não tem problema. — Tim suspirou, cansado. — Tudo que eu mais queria era dar esse tanto de entrevista, mas pra falar do meu livro, e não da censura dele!

— É o que temos pra hoje! — Eva, prática, ignorou seu lamento. — Lembre-se de sempre responder com revolta e emoção.

— Deixa comigo! — Tim se recompôs. — Revolta e emoção é o que não me falta.

— Eu vou com vocês! — Samuca se prontificou. — E, Romeu, fica à vontade pra passear com a Julinha e a Flora, viu? Só deixa o celular ligado e vai me dando notícias.

— Pode deixar, pai. — Prometi.

— Perfeito. — Ele sorriu, seguindo atrás do Tim e da Eva até uma pequena mesa perto do buffet. As entrevistas, pelo visto, não cessariam tão cedo.

Quanto mais a tarde passava, menos tempo eles tinham para reverter a situação do *Walter*. Pior, quanto mais o relógio avançava, maiores eram as chances de os fiscais aparecerem e confiscarem outros livros também.

— E nós? — Flora perguntou. — Ficamos aqui ou passeamos pela Bienal?

— Eu quero muito passear com o Romeu! — Julinha se empolgou.

— Ótimo! — Flora embarcou. — Vamos, sim!

Não parecia ser a resposta que a Julinha estava esperando, e eu precisei me segurar para não rir na cara da sua mãe.

— Não, mãe. — Minha amiga não escondeu sua decepção. — Eu quero passear com o Romeu. Tipo, só a gente.

— Ué, por quê?! — Flora se fez de ofendida.

— Porque a gente não precisa de uma babá.

— Que babá, Julia?! — Flora rebateu. — Eu sou sua mãe!

— Mãezinha... — Julinha se aproximou dela com aquele olhar do Gato de Botas do Shrek. — O Romeu tá precisando desabafar comigo.

Oi?

— Ia ser tão bom passar um tempo a sós com ele — ela continuou. — Por favor...

Não foi tão difícil quanto a Julinha devia esperar que fosse, porque a Flora revirou os olhos, mas logo se deu por vencida.

— Se é o que vocês querem. Eu fico por aqui enquanto vocês passeiam! Mas celular ligado o tempo inteiro e sem demorar muito, entendido?!

— Combinado! — Julinha celebrou, vitoriosa.

— A gente já volta! — Me despedi, tentando minimizar sua exclusão.

Na sequência, Julinha segurou minha mão, esbaforida, e me puxou em direção às escadas. Ela visivelmente não queria desperdiçar mais nenhum segundo naquela negociação com sua mãe.

Tomando cuidado para não tropeçar em nenhum degrau e rolar escada abaixo, desci rumo ao primeiro piso.

Passando pelo segurança e abandonando aquelas grades de contenção, nos jogamos naquela imensidão literária.

Respira, Romeu.

Era lindo!
Empolgante!
Eletrizante!
Tudo que nós queríamos!
Tudo o que eu precisava!

Respirar. Passear. Me distrair. Acreditar que meus pais dariam conta de tudo. Que uma boa notícia logo chegaria. Que celebraríamos o nascimento de *Walter, o menino com um buraco no peito* naquela noite. Que muito em breve eu me reencontraria com o Aquiles e tudo ficaria bem entre nós.

— Por onde a gente começa? — Julinha indagou, maravilhada.

— Pelo Aquiles! — falei, sem pensar.

— Pelo o quê?! — Ela riu do meu ato falho. — Tá difícil pensar em outra coisa?

Ela sabia me "ler" como poucos.

— Tá — admiti, acanhado.

— Ele não respondeu a mensagem que você mandou ontem?

— Da última vez que eu tinha visto, não.

— Olha de novo! — ela sugeriu. — Vai que ele já respondeu.

Eu não estava muito esperançoso. Uma noite já tinha se passado e, pela manhã, minhas mensagens seguiam ignoradas no aplicativo. Maaaas, como diria minha amiga, não custava nada dar mais uma olhadinha. Um sinal de vida já seria muita coisa.

E, para meu espanto, lá estava ele! Ou melhor, eles! Os dois risquinhos azuis em todas as minhas mensagens para o Aquiles no WhatsApp.

— Ele visualizou! — Julinha gritou antes mesmo que eu pudesse reagir.

— Mas não respondeu — completei, decepcionado. — O que isso significa?

— Não significa nada!

— Exatamente — ironizei.

Romeu, querido, vamos levantar esse astral?!

— Quer dizer... — Minha amiga ponderou. — Significa que ele já leu e agora vai tomar o tempo dele pra responder!

— Ou que ele não quis responder.

— Ou não conseguiu! — Julinha retrucou.

É verdade. Eu sabia como era complicado, para dizer o mínimo, lidar com aquela saída do armário. Se por um lado tínhamos ambos saído dele, com cuidado e carinho, por outro, tínhamos sido arrancados dele à força pelo Guga. Como será que o Aquiles estava reagindo à sua saída do armário? Como seus pais estavam digerindo tudo que aconteceu? Será que ele estava sendo acolhido? Ou não?

— É que me dá uma angústia. — confessei. — Não saber dele. Não conseguir falar com ele. Eu tenho medo de perder ele como amigo.

— Mas pode ganhar como namorado! — Ela brincou. — Se bem que pra namorar tem que ser amigo também, né?

— É? — devolvi. — Eu nunca namorei.

— Nem eu! — Julinha riu. — O que eu sei é que o Romeu mais famoso do mundo foi muito sem noção, destruiu a Rosalina e ainda morreu com a Julieta! Então, namorando ou não, você trate bem esse Aquiles!

— Rosalina?! — Estranhei. — Como a Rosalina entrou nessa história, amiga?

Dumbledore, Oprah, Kita, Adão e Eva e, agora, Rosalina.

— Ué, eu sempre vou defender a Rosalina! A personagem feminina mais subaproveitada de Shakespeare! — Julinha rebateu, como se essa fosse a coisa mais óbvia do mundo. — Ela começa a peça toda apaixonada pelo Romeu e o garanhão vai lá e a esquece na página cinco pra correr atrás da Julieta!

A Julinha era demais!

— Se o Romeu não tivesse esquecido tão rápido a Rosalina, estaria vivo até hoje pra contar a história. — Minha amiga concluiu o raciocínio. — E a Julieta também!

— Não se preocupa, Ju. É impossível esquecer o Aquiles! A gente passa o dia inteiro grudado na escola. Ele é meu maior fornecedor de cola nas provas de química!

— Vocês devem ter muita química mesmo! — Ela fez a pior piada possível, mas, de tão ruim, eu ri. — Sabe, inclusive, o que você pode fazer?

— O quê?

— A gente vai até o prédio dele,

— E sequestra o Aquiles no cavalo de Troia? — completei, sarcástico.

— Não, Romeu, porque eu não sou uma garota de uma referência só! — Ela se vangloriou. — Agora você ficaria na frente do prédio dele e começaria a gritar, chamando o Aquiles! Como em *Romeu e Julieta*, na cena do balcão! Ou então eu posso ficar ali conversando com ele e você fica escondido me passando o que gostaria de falar pra ele, como em *Cyrano de Bergerac*!

— Claro, amiga! — Entrei na pilha, debochado. — Só que não! Você tá viajando demais na literatura!

— Desculpa se eu tenho mais referências do que você! — Ela implicou. — Agora será que a gente pode esquecer por um segundinho o senhor Aquiles e passear logo por esse pavilhão maravilhoso e cheio de livros?

— Só se for agora!

— Ótimo! Então me siga por essa estrada de tijolos amarelos!

E assim, com aquela referência a *O Mágico de Oz*, corremos para nossa Cidade das Esmeraldas pelo corredor à frente.

Era tanta coisa pra ver que ficava difícil escolher por onde começar. Logo no primeiro estande, vários clássicos em promoção: *Peter Pan, Alice no País das Maravilhas, O Corcunda de Notre Dame, A Bela e a Fera, Frankenstein, Os meninos da rua Paulo*. No estande da editora ao lado, livros por apenas dez reais. E no meio de tudo isso, o brilho no olhar de muita gente.

Por mim, todo mundo sempre andaria com um livro nas mãos. Todas as cidades teriam enormes bibliotecas para que todos pudessem ler.

Eu reconhecia que alguns livros não eram baratos, mas também sabia que para aquele livro estar naquela prateleira, muito trabalho tinha rolado. A verdade, porém, era que minha tímida mesada não dava conta da minha fome literária. E, para meu desespero, o próximo estande na nossa frente era um dos que eu mais gostaria de levar tudo quanto fosse possível: uma editora de quadrinhos!

Eu amava livros, mas era obcecado por quadrinhos! Aquelas graphic novels e HQs e mangás eram livros, mas também eram filmes, pinturas. Eu não sabia explicar o motivo, mas a experiência de ler um quadrinho era muito intensa pra mim. Sem falar nas mil séries que atravessavam os anos, como *The Walking Dead*, por exemplo. Era história que não acabava mais!

— Amiga, a gente precisa parar aqui! — pedi.

— Claaaaro, Romeu! Vamos ver os seus quadrinhos! — Ela suspirou, já sabendo que nem adiantava reclamar. — Eu vou me permitir viver esse momento com você. Mas você sabe que eu não conheço nada desses universos de super-heróis!

— Não tem problema, tem quadrinho pra todo mundo! Quer ver? Escolhe um!

— Eu?! — Ela riu.

— É, escolhe que eu te digo sobre o que é — propus.

— Tá certo — ela aceitou. — Deixa eu ver aqui nesse canto...

Curiosa, ela analisou uma capa, conferiu outra, olhou uma prateleira, examinou outra... E acabou pegando um volume de *Vingadores: A cruzada das crianças*.

— Pronto, eu quero saber que cruzada é essa! — Ela começou a folhear.

— Esse é de super-herói! — Pontuei.

— Eu sei! — Julinha devolveu. — Mas eu gostei da capa, posso?!

— Pode. — Ri da sua reação. — Só que esse eu ainda não li.

— Não?! — Ela caçoou. — Que milagre! Um quadrinho não lido por Romeu!

— Eu sei que é dos Jovens Vingadores — observei.

— Agora tem os jovens e os velhos?! — Julinha estranhou.

— É tipo uma nova geração. Tem o...

— PARA TUDO! — Julinha me interrompeu, exagerada. — Amigo, olha isso!

E, sem que eu tivesse tempo de entender o que estava acontecendo, ela enfiou aquele livro na minha cara com uma página aberta.

Em destaque, o beijo entre dois Jovens Vingadores.

— É o Wiccano e o Hulkling — expliquei.

— Eles estão se beijando! — ela exclamou, boquiaberta.

— É, tão... — Eu não sabia o que ela queria que eu dissesse.

— ROMEU!!! — Julinha gritou, como se eu não estivesse vendo a mesma ilustração que ela. — É uma ilustração de um beijo entre dois homens! — ela repetiu.

— E? — Eu não estava captando qual era a questão.

— E o livro do Tim foi censurado por causa disso! — ela desabafou. — Vai que algum fiscal encontra esse quadrinho e censura ele? A gente precisa esconder esse livro!

— Mas não tem nada de errado com ele — defendi.

— Eu sei, amigo. — Julinha concordou. — É só pra não confiscarem!

— A gente não pode esconder livro nenhum, amiga! — Resisti. — Não tem nada demais nesse volume. Esses personagens até já se casaram em outro quadrinho!

— Jura?! — Ela se interessou.

— Sim! O Wiccano e o Hulkling se casaram na série Impéryo — confirmei. — E esses fiscais nunca vão conseguir confiscar todos os quadrinhos com personagens LGBTs, é impossível! O Homem de Gelo é gay. O Estrela Polar é gay. O Lanterna Verde é gay. A Batwoman é lésbica. O Deadpool é pan. A Arlequina e a Hera Venenosa são um casal. O Peter Quill, dos Guardiões da Galáxia, é bi. Até o Tim Drake, o Robin, saiu do armário como bissexual. E tem muito mais!

— Como você sabe isso tudo?! — Julinha me encarou, chocada.

— Eu lia muito dentro do armário! — Brinquei. — E quer saber? Eu vou comprar essa HQ!

Se a ilustração do beijo no livro do meu pai era um problema para o Prefeito, eu defenderia todos os beijos de todos os quadrinhos. Admirada com minha decisão, Julinha me entregou aquele exemplar sem pestanejar.

— E falando em super-heróis... — ela continuou. — Sabe por quem eu fiquei apaixonada quando vi no cinema? O Pantera Negra! Ele é um gato! E uma pantera!

— O T'Challa é demais mesmo! — concordei.

— Você namoraria com ele?

— Sei lá, Ju. — Que pergunta era aquela?

— Sei lá não é resposta! — Ela insistiu.

— Pra início de conversa, o T'Challa já é casado com a Tempestade, dos X-Men, ou seja, já tá comprometido!

— Ai, Romeu, você cansa a minha beleza! — Julinha protestou. — Então me diz algum super-herói que você tem um *crush*!

— Já sei! — Escolhi o primeiro que me veio na cabeça, não querendo acabar com a brincadeira da minha amiga. — O Homem-Aranha no Aranhaverso era bem gatinho.

— Mas é um desenho, Romeu! — Ela se decepcionou. — Não vale!

— Claro que vale!

— Esquece, esse joguinho não vai pra lugar nenhum. — Ela se deu por vencida. — Agora, realmente... Um Romeu que é apaixonado por um Aquiles e tem *crush* no Homem-Aranha! Acho que ninguém nunca pensou nessa fanfic!

Era, de fato, uma fanfic original. Pena que não era fanfic, mas a minha vida! E naquele momento o Romeu aqui estava sem Julieta, sem Aquiles, sem Rosalina e sem Homem-Aranha. Só me restava pagar pelo meu mais novo quadrinho e seguir adiante.

Mas, como era de se esperar, depois da ingestão de mil litros de água a Julinha precisava "desidratar" um pouco.

— Eu só tenho que ir no banheiro rapidinho, amigo! — Julinha avisou, apertada. — Tem um aqui do lado! Você me espera?

— Tranquilo, Ju. Eu vou ali pra fila e te encontro lá.

— Brigada! — Ela agradeceu, já correndo para fora daquele estande com sua garrafinha de unicórnio vazia.

Se eu estivesse sozinho por ali, passaria horas dentro daquele estande, conferindo e pesquisando as últimas novidades. Talvez, se o Aquiles estivesse comigo, nós estivéssemos debatendo cada lançamento e sofrendo para decidir qual quadrinho cada um de nós compraria.

É, Aquiles, eu gostaria que você estivesse aqui.

Mas, acompanhado da Julinha, eu não iria forçá-la a ficar ali por mais tempo. Bem ou mal, eu já tinha feito uma boa e inusitada aquisição.

No caixa, paguei pelo meu novo quadrinho e aproveitei para comprar uma ecobag em promoção para me ajudar a guardar meus novos livros.

Caminhando em direção ao banheiro onde minha amiga tinha ido, refleti sobre o quão surreal era o fato de livros estarem sendo perseguidos. Como alguém moveria toda a estrutura da Prefeitura em prol de uma caça a livros?! Quem tinha sido a infeliz criatura que folheou o livro do Tim, viu aquele beijo e acionou a Prefeitura?! Além de muito ódio no coração, era muita falta do que fazer!

Contudo, assim que me aproximei da entrada do banheiro, fui surpreendido por um grito que atravessou as paredes e chegou até os meus ouvidos. Eu não tinha certeza, mas aquela voz parecia MUITO com a da Julinha.

Errado ou não, entrei no banheiro.

— Julinha?! — Invadi, preocupado, aquele espaço.

Para meu assombro, logo me deparei com a minha amiga, mais branca do que já era, pálida de nervoso, imóvel ao lado da bancada com pias e torneiras e espelhos.

Em sua frente, uma jovem negra de pele retinta como a minha, com um volumoso cabelo afro com pequenas tranças laterais, também estava paralisada.

As duas prisioneiras de um climão.

— Tá tudo bem?! — Me aproximei, cauteloso.

— Eu que te pergunto. — A tal garota, que devia ter seus 20 e poucos anos, virou-se na minha direção. — Esse é o banheiro feminino.

— Eu vi-vi — gaguejei. — É que eu pensei que a minha amiga tivesse gritado. Tá tudo bem, Ju?

Minha amiga parecia enfeitiçada.

— Eu... — Julinha buscava as palavras. — Eu acho que eu tô sem ar!

— Sem ar?! — me afligi. — A gente pode ir na enfermaria aqui da Bien...

— Não, Romeu! — Julinha me interrompeu. — Eu tô sem ar por causa dela!

Eu e a tal garota nos olhamos, sem entender o que estava acontecendo.

— Você não sabe quem ela é? — Julinha questionou, impaciente.

Novamente, eu e a garota nos olhamos, mas agora ela sorria como se já soubesse do que se tratava.

— Desculpa — respondi, sem graça. — Eu não...

— É A KITA STAR, ROMEU!!! — Julinha me interrompeu, eufórica. — É a Kita Star! — ela repetiu, como se quisesse garantir que aquilo estava realmente acontecendo.

Minha amiga não estava passando mal, não estava em perigo e nem precisava de ajuda médica. A Julinha só estava tendo um ataque de fã apaixonada!

Eu não sabia se me virava e ia embora ou se me sentava numa privada e começava a gargalhar de sua reação inacreditavelmente exagerada.

— Desculpa, Kita — me antecipei. — É que ela é *realmente* muito sua fã!

— MUITO SUA FÃ! — Julinha repetiu. — Eu te acho incrível, foda, maravilhosa, perfeita, musa, rainha da porra tod...

— Ela já entendeu, Ju — interrompi, simpático.

— Obrigada! — Kita riu da situação. — Mas não precisa ficar assim. Eu estou aqui, de carne e osso, igual a vocês. E devo ter feito a mesma coisa ali dentro da cabine!

Boba, Julinha riu como se a Kita tivesse dito a coisa mais engraçada do mundo, o que me fez lembrar imediatamente de sua mãe rindo da "piada" ma-ra-vi-lho-sa da Eva.

— Se vocês quiserem, a gente pode continuar conversando lá fora! — Kita sugeriu.

— Eu acho ótimo! — Me apressei.

Não tinha nenhuma explicação pra eu continuar dentro do banheiro feminino. Por sorte, não tinha mais ninguém por ali, mas não demoraria muito pra alguma mulher chegar e estranhar a minha presença.

— A gente pode tirar uma foto? — Julinha foi logo pedindo, assim que pisamos de volta nos corredores da Bienal, certamente apavorada com a ideia de perder Kita de vista e nunca mais voltar a ver sua grande ídola.

— Claro! — Kita aceitou, fofa. — E vocês, estão curtindo a Bienal?

— Sim e não, né? — Julinha respondeu enquanto desbloqueava seu celular. — A gente AMA a Bienal, mas tem essa *bad* com o lance da censura.

— É verdade. — a youtuber concordou. — Nem imagino como deve ser pro autor daquele livro.

— É o pai dele. — Julinha apontou na minha direção.

E se até aquele segundo a Kita parecia leve e despreocupada, sua feição agora mudara por completo.

— É o seu pai?! — Ela me encarou, séria.

— É. — Fiz que sim com a cabeça.

— Peraí. — Kita tentou absorver aquela informação. — O livro que está sendo censurado é do seu pai?! — repetiu.

— É — confirmei, estranhando sua reação.

— E ainda tem o mistério dos livros que desapareceram das editoras — Julinha completou. — Então, está tudo lindo, mas é complicado, né?

Eu não conseguia decifrar o que se passava pela sua cabeça, mas algo me dizia que Kita sabia exatamente pelo que o meu pai estava passando, qual exatamente era o peso daquela censura, daquela opressão, de tudo de errado que estava acontecendo.

— Eu sei o que aconteceu com os livros que sumiram — Kita revelou, nos pegando totalmente desprevenidos.

— Como assim?! — perguntei.

— Eles não sumiram. — Ela respirou fundo.

E antes que eu e Julinha pudéssemos questioná-la sobre mais alguma coisa, a jovem youtuber nos encarou e disse:

— Fui eu quem comprei. Todos.

6. VALENTIM

Eu repetiria quantas vezes fosse necessário: ao censurar meu livro, o Prefeito estava agindo de forma completamente autoritária. Censurar.

A cada entrevista dada, eu destacava esta palavra para que as pessoas se espantassem com o que estava acontecendo e se mobilizassem contra aquele ato antidemocrático. O que estávamos testemunhando era assustador.

Afinal, por que tanto ódio contra um livro que defendia o amor?

A resposta era complexa, e eu ainda escutava o Samuca pontuando na noite anterior que a LGBTfobia era uma plataforma política no nosso país. Que o Brasil ainda era o país onde mais se mata a comunidade LGBTQIA+ no mundo. Mais até do que em países onde ser LGBT é um crime passível de pena de morte.

Para além do Carnaval e da alegria do povo brasileiro, o país do futebol também cultiva o ódio à diversidade entre uma purpurina e outra.

Ainda que seja triste, não é surpreendente que candidatos homofóbicos sejam eleitos. Quem nos odeia também vota. E vota em quem os representa.

"Brasil, mostra a tua cara."

Talvez Cazuza não cantasse mais isso se soubesse o que encontraria.

Ou talvez cantasse quantas vezes fossem necessárias. Porque um país que não se olha no espelho e reconhece seus preconceitos nunca vai evoluir como nação. E porque quando ele lançou essa música, em 1988, nosso país acabara de sair de um tenebroso regime militar e ainda lutava por eleições diretas, pela redemocratização.

A canção-protesto, que carrega em seu título o nome do nosso país, "Brasil", era um grito por mais liberdade e pelo fim da censura.

Mas, décadas depois, aqui estamos, novamente diante do fantasma da censura. Só que, desta vez, praticada por um representante do povo, eleito dentro de um Estado Democrático de Direito, o que me leva a crer que a luta pelos nossos direitos e pela nossa democracia deve ser constante e firme.

A qualquer instante, tudo pode desmoronar e retroceder.

Políticos como o nosso Prefeito são exemplos do que temos de mais podre e perigoso em nossa política. Se protegem atrás do conceito da "liberdade religiosa" ou da "imunidade parlamentar" para proferirem absurdos contra a comunidade LGBTQIA+. Se valem de suas doutrinas religiosas para destilarem o ódio.

Nessa terra estranha chamada Brasil, o fundamentalismo religioso cresce e mata. Um país repleto de diversidade, racial e religiosa, parece cada vez mais tomado pela intolerância.

No entanto, assim como há o ódio, há o amor. O afeto. A educação. A cultura. O humor. E era nesse fiapo de esperança, de que a humanidade avança a passos de formiga, mas sempre em frente, que eu me apegava para não sucumbir.

Eu não podia esmorecer.

Como a Eva tinha sugerido, cada entrevista era uma nova oportunidade de protestar contra aquele absurdo. Pressionar a opinião pública.

Eu precisava continuar de pé.

Precisava acreditar que derrotaríamos aquele horror.

Que, de alguma forma, faríamos daquele limão estragado uma deliciosa limonada.

— Preparado para a próxima entrevista? — Flora brincou, aproximando-se do sofá onde eu estava.

— Preparadíssimo! — ironizei. — Já me transformei praticamente num papagaio que repete as mesmas frases sem parar.

— Continue assim! — Flora devolveu. — O Samuca não para de falar com os advogados da Bienal, a Eva fica zanzando de um lado pro outro naquele celular. Não é possível que essa dedicação toda não dê em nada!

Eu não estava tão otimista quanto a Flora, mas era ótimo contar com sua presença ali. Desde nosso tempo de faculdade, ela era minha melhor amiga e confidente. Juntos, já havíamos atravessado momentos lindos, como o meu casamento, o nascimento da Julia, sua estreia como diretora em seu primeiro longa-metragem, e outros mais tristes, como a morte prematura de seu grande amor, o querido André.

Ao longo desses anos de amizade, eu percebi que, independente da situação, uma das maiores maravilhas da minha amiga era sua genuína capacidade de se colocar no lugar do outro. Quantas noites já tínhamos virado em que ela me aconselhava sobre praticamente tudo? Quantos desabafos ouvidos? Quantas conquistas celebradas? Quantas risadas compartilhadas? Quantas lágrimas?

Entre nascimento e morte, perdas e vitórias, sempre estivemos lá um para o outro, valorizando nossos percursos afetivos. Para minha sorte, ela também era a melhor amiga do meu amor, o Samuca. Éramos, os três, mais do que amigos. Éramos família.

— Aproveitando que as crianças não estão aqui... — Me vali de que estávamos a sós para puxar um certo assunto que ainda martelava na minha cabeça.

— A Julinha e o Romeu?! — Flora riu. — Aqueles dois não são crianças faz tempo!

— Tudo bem! — Revirei os olhos. — Aproveitando, então, que os nossos queridos adolescentes não estão por aqui...

— Melhor! — Flora implicou.

— Eu...

Como começar?

Eu queria saber tudo que o Romeu te disse ontem no seu apartamento. Mesmo que ele tenha te pedido pra não me contar nada, me conta?

— Eu queria saber como foi ontem lá no seu apê — disse. — Com o Romeu.

— Como foi o quê?

— Se ele chorou, se disse algo que você ache relevante me contar — Detalhei. — Ele viveu um rebuliço no colégio.

— Ah... — Ela refletiu por um instante. — Na verdade, ele ficou muito mais com a Julinha, né? Os dois foram pro quarto dela e só saíram pra ver a sua entrevista.

— Ele não falou nada sobre o que aconteceu na escola? — Estranhei.

— Bem, ele disse que tinha dado um soco num garoto.

— Isso — confirmei. — No Guga.

— Sim. Que esse menino tinha flagrado ele...

— Beijando o Aquiles na biblioteca — Completei.

— Exato — ela confirmou. — Quer dizer, quem disse isso foi a Julia, sem querer. Que o Guga viu quando eles *iam* se beijar.

— Eles não se beijaram? — Lancei.

— Foi o que eu entendi.

— Então o Romeu falou a verdade. Eles não se beijaram. Mas iam se beijar — concluí. — O Romeu e o Aquiles iam se beijar quando esse garoto apareceu.

Eles tinham sido, de fato, arrancados do armário.

— Meu Deus, Flor, coitado do Romeu! E do Aquiles! — desabafei. — E agora o Prefeito censura o meu livro por causa de um beijo entre dois meninos?! Igual ao beijo que eles estavam prestes a dar! Como deve ser tudo isso pro Romeu?!

— Olha... — Ela me encarou, sem jeito. — Ele se sente culpado.

— Culpado?! — Estranhei. — Pelo quê?

— Pela censura.

— Que censura?

— A do seu livro! — Flora precisou dizer o óbvio. — Ele acha que o Prefeito pode ter se vingado do soco que ele deu no Guga.

Quê?!

O que o Prefeito tinha feito não tinha nada a ver com o Romeu! Era uma questão política! Aquele verme queria se reeleger apelando para a homofobia das pessoas.

— Mas isso é um absurdo, Flor! — Me espantei. — O Romeu não é culpado de nada. Pelo contrário, ele é a vítima!

— Eu sei, Tim. Mas o Romeu estava nervoso, confuso...

— Ele não pode carregar essa culpa. É injusto — rebati. — Esse Guga não ia pedir pro pai dele censurar o meu livro por causa de uma briga na escola! Não pode ser.

Aquilo não era sequer uma possibilidade pra mim.

— Eu também acho que são coisas separadas — Flora concordou. — E tenho certeza de que vocês vão encontrar o momento certo pra conversar sobre tudo isso.

— Vamos? — Duvidei. — Ontem ele praticamente fugiu da gente. Hoje, sou eu quem estou pulando de uma entrevista pra outra, no meio dessa confusão. Eu tenho medo de não conseguir retomar o diálogo com o meu filho. Que ele não se sinta mais à vontade pra conversar comigo. Que tudo mude!

— Meu amigo... — Flora se compadeceu. — Vocês estão no meio de um turbilhão. Você precisava ver como ele chegou lá em casa. O Romeu estava exausto. E olha pra você, Tim. Você e o Samuca não conseguem parar um segundo aqui na Bienal.

— Eu estou muito estressado — admiti. — É que não parece...

— Não?! — Flora debochou. — Quer que eu busque um espelho?

— Boba! — Sorri. — É que tudo virou do avesso de um dia pro outro. Por causa de um beijo. Ou melhor, dois. O beijo interrompido do Romeu e o beijo censurado do meu livro.

— Não vamos esquecer que o beijo do seu livro não é uma ilustração qualquer. Ela está relacionada com o *seu* primeiro beijo!

Era verdade.

Walter era uma homenagem a muitas coisas na minha vida.

O nome do meu protagonista era em consideração ao meu já falecido avô paterno Walter, a primeira pessoa a me incentivar na carreira de escritor. Mesmo quando todos se preocupavam que seria um caminho sem retorno financeiro, difícil, ele me apoiou. Diferente do meu pai, mais cético, meu avô gostava de encorajar todos ao seu redor. Queria que todos seguissem seus sonhos. Que fossem felizes.

Quando perdemos alguém querido, nos perguntamos como seria se aquela pessoa ainda estivesse aqui. Queremos compartilhar as novidades, as conquistas. Ficamos curiosos em saber quais seriam suas reações e devastados por perceber que não poderemos mais celebrar cada vitória juntos.

Temos que aprender a lidar com a horrível sensação de que até outro dia aquela pessoa estava com a gente e, de repente, não está mais.

Precisamos seguir em frente, mesmo quando cada novo passo só nos lembra de que não temos mais a sua companhia, de que não receberemos mais seus telefonemas, não almoçaremos mais aos domingos, não escutaremos mais suas histórias, não lhe daremos presentes em seus aniversários, não viajaremos juntos nunca mais.

É extremamente difícil lidar com estas ausências, ainda mais quando se trata de nossa família, de amigos próximos, das pessoas que mais amamos. Ficamos como em uma praia, diante de um céu estrelado, mas com o mar sem estrelas abaixo. Algo não se encaixa mais. Se transforma.

No caso do meu avô Walter e da minha avó Jerusa, tive a sorte de redescobri-los há pouco tempo, através de álbuns cheios de fotos aos quais nunca tive acesso. Nas centenas de imagens, conheci minha avó com 10 anos, meu avô competindo em plena Baía de Guanabara por um clube de remo aos 20 anos. Encontrei um cartão postal onde eles celebravam um ano de casamento.

Fotos do meu pai ainda bebê. Fotos do meu tio ainda bebê. Minha avó, jovem, cercada de amigos na varanda de sua casa.

As memórias eternizadas me deram outra dimensão sobre quem veio antes de mim. Conheci minha avó antes de ser minha avó. Pude vê-la sendo mãe, cuidando de duas crianças.

Tive vontade de entrar em uma máquina do tempo e encontrá-los novamente, conferir aquelas fotos uma a uma, perguntar sobre todas elas. Perguntar por que eles não tinham me mostrado aquelas recordações. Mas eu já sabia o motivo.

Eles não queriam entrar em contato com a própria história.

Ser pai e mãe é uma tarefa árdua. Sua vida se desdobra em outro ser, e você segue vivendo através do seu filho. Mas o vovô Walter e a vovó Jerusa tinham passado por um trauma que nenhum pai e nenhuma mãe deveria enfrentar.

No início dos anos 80, apenas um dia depois do meu nascimento, meu tio falecia, vítima da AIDS, com apenas 31 anos.

Um buraco no peito impossível de ser preenchido.

Uma época em que não havia nada que pudesse ser feito pela sua saúde e de tantas outras pessoas, muito diferente dos nossos dias atuais.

Em 24 horas, meus avós ganharam um neto e perderam um filho.

Os álbuns ficaram guardados porque era doído demais revisitar aquelas memórias.

Para mim, no entanto, a oportunidade de reconhecê-los através daquelas fotos foi emocionante, especial.

Vi minha avó antes da dor que mudaria sua vida para sempre, feliz.

Meu pai viajando pela Europa com seu irmão caçula, vibrante.

Ainda que aquele álbum de família trouxesse à tona alguns tristes acontecimentos, meu sentimento era o melhor possível diante daqueles registros. Eu tinha certeza de que, com exceção do meu pai, todos estavam juntos novamente agora.

E de que a melhor forma de eternizá-los e homenageá-los era escrevendo sobre eles. Colocando seus nomes em personagens das minhas histórias. Acreditando que, de onde estivessem, todos seguiriam olhando por mim e pela minha nova família.

Realmente, *Walter, o menino com um buraco no peito* não era um livro qualquer. Era uma história onde eu dava vida a um menino chamado Walter, como meu avô, que se descobria apaixonado por outro menino, como eu.

Uma história onde ele poderia viver seu primeiro amor, ter seu primeiro beijo da forma mais natural possível: sem traumas, sem dúvidas e sem medos.

Uma infância e uma adolescência que eu gostaria de ter vivido. Simples assim.

— É, amiga. — Suspirei. — Pensei que já seria mais fácil, ou melhor, menos difícil, publicar uma história como a minha.

— Então presta atenção no que eu vou te dizer. — Flora me encarou, doce como só ela sabia ser. — Lembra da gente na faculdade? Nós íamos pra manifestações, protestos, mas conseguíamos manter uma certa alegria. Você não pode se deixar abater demais por essa onda de ódio. Porque é da alegria que essa gente retrógrada sente mais raiva!

— Tá difícil focar na alegria agora — confessei.

— Claro que tá! Eu fico abismada que um beijo gere tanta confusão e imagino que você deve sentir que está acontecendo tudo ao mesmo tempo agora, mas olha o que você está fazendo! Você está jogando no mundo mais uma história de amor, uma história que você não leu quando era mais novo. Isso é muito potente, Tim!

Ela tinha razão. A transição da vergonha para o orgulho é uma jornada pela qual toda pessoa LGBTQIA+ percorre, e, depois de anos, eu finalmente tinha orgulho de quem eu era, da família que havia construído e do autor que havia me tornado. Eu sabia que cada vez que eu escrevesse, com responsabilidade, uma história com personagens LGBTQIA+ eu estaria contribuindo para o mundo ficar um pouco melhor.

Bastava olhar pelas janelas daquele salão para reparar na quantidade de adolescentes circulando pela Bienal. Para aquela nova geração, era importante que a literatura os representasse em toda sua diversidade, fosse de raça, de gênero ou de orientação sexual. Ao se verem nas histórias, aqueles adolescentes sentiriam que havia um lugar no mundo para eles. E eles estavam famintos por estas histórias!

A ideia de que adolescente não gosta de ler é uma falácia. Existe uma infinidade de jovens publicando de forma independente histórias cheias de representatividade LGBTQIA+, explorando todas as letrinhas da sigla, abusando nos debates mais vanguardistas possíveis e desconstruindo padrões a cada página.

Nossas histórias precisavam ser mais fortes do que os ataques que elas sofriam.

— Agora sabe o que você pode fazer? — Flora indagou. — Correr naquele buffet e pegar várias empadinhas de camarão antes que acabem. Porque, infelizmente, você não tem outra alternativa a não ser segurar sua ansiedade, inclusive com o Romeu.

— Eu sei — admiti, contrariado. — Mesmo com vontade de entrar na cabeça do meu filho e fazer ele entender que vai ficar tudo bem, eu preciso respeitar o seu tempo.

— Até porque eu também queria fazer você entender a mesma coisa e não posso! — Flora brincou. — Você é muito cabeça dura, é impossível!

Realmente estava difícil manter o otimismo, e nem me levantar para comer uma empadinha eu consegui, pois Eva logo veio em nossa direção, cheia de energia.

— Eu descobri o que aconteceu com os livros que sumiram das editoras! — ela anunciou de cara, conseguindo roubar toda a minha atenção.

Aquela era mesmo uma notícia quente.

— Eles foram comprados! — Eva bradou, como se fizesse a revelação do século.

— Comprados?! — Estranhei.

— Todos! — Eva confirmou. — Quer dizer, todos menos o nosso, porque ainda não estava à venda. Mas já mandei separar alguns exemplares pra gente não ficar de fora!

— Ficar de fora do quê? — Eu seguia sem entender nada.

— Da ação da Kita Star! — Eva me atropelou. — Ela comprou quinze mil livros de autores LGBTQIA+ e vai doar ainda hoje pro público da Bienal!

Quê?!

— Quem é Kita Star?! — Continuei perdido.

— É uma youtuber — Flora explicou. — A Julinha é apaixonada por ela!

Aquele dia não parava de me surpreender.

— Mas por que ela fez isso?! Como? — questionei. — Ela é milionária?!

— Ela fez parcerias com algumas editoras. — Eva respondeu. — Mas não foi por acaso que os livros escolhidos foram todos LGBTQIA+! Sabem qual a motivação por trás de tudo isso?!

Não, amiga, eu não faço a menor ideia, então, pelo amor da Deusa, para com esse suspense desnecessário e mata logo a minha curiosidade!

— Não — disse, tentando me conter.

— Você! — Eva gritou.

— Eu?! — Me espantei.

— Não *você*, mas o seu livro! Ou melhor, a censura do Prefeito ao seu livro — ela explicou. — A Kita vai distribuir esses livros como um protesto contra a censura! Eu só preciso saber se você topa disponibilizar alguns livros do *Walter* pra ela. Acho importante a gente colaborar.

— Claro! — Não pensei duas vezes. — Pode doar quantos quiser.

— Perfeito! — E, assim como chegou, Eva partiu num piscar de olhos, mergulhando em seu celular e me deixando zonzo com o que estava prestes a acontecer.

Em poucos minutos ou em poucas horas, eu ainda não sabia direito, ocorreria uma distribuição de quinze mil livros de autoria LGBTQIA+ para o público da Bienal?!

— Eu não tô acreditando nisso — comentei, ainda atordoado.

— Eu também não — Flora concordou. — Ela não descansa um segundo!

— O quê?

— Sua editora — Flora observou. — Ela não para, né?
— A Eva? — Minha cabeça já estava em outro mundo. — Sim, ela é eficiente até demais. Mas eu não estava falando dela. Estou falando da ação dessa Kita! Você tem noção?! O Prefeito vai surtar! O que ele vai fazer? Confiscar quinze mil livros?!

Pela primeira vez naquele dia, eu me sentia verdadeiramente animado. O primeiro contra-ataque ao Prefeito estava prestes a ser dado. Não por mim, nem pelo Samuca, mas por uma jovem que eu nunca nem tinha ouvido falar.

— Olha o que ela está fazendo! — Eu disse, ainda estupefato.
— Ela não é apenas uma garota, a Kita é uma revolucionária! Vai ter livro LGBTQIA+ espalhado por essa Bienal inteira!

Eu pagaria quanto fosse para ver a cara do Prefeito quando aqueles livros fossem distribuídos! Quando visse o horror que ele organizou fugindo de suas mãos, escapando do seu controle.

Será que a Kita tinha se planejado direito? Será que tinha noção de quem estava enfrentando pelo meu livro?! Não, não era só pelo meu livro. A censura do *Walter* era uma censura a uma comunidade inteira. À liberdade de expressão. À literatura. À diversidade. À democracia. E aquela jovem, ao invés de sentar e chorar, havia organizado a porra de um protesto maravilhoso!

— A gente precisa seguir a Kita nas redes! — Eu disse, sem conseguir desacelerar.

— Eu já sigo! — Flora riu da minha agitação. — Por causa da Julia.

— Eu vou seguir essa garota agora mesmo. — Tirei meu celular do bolso. — É o mínimo que eu posso fazer!

Eu estava disposto a me tornar um "kitalover", a me aproximar daquela jovem que se colocava, bravamente, na linha de frente daquele campo de batalha.

Mas, assim que destravei a tela do meu celular, fui surpreendido por uma chamada de vídeo... do Romeu.

Não sei se eu já estava com a adrenalina alta ou se estava ainda preocupado além da conta com ele, mas, ao ver seu nome, o meu coração disparou.

— É o Romeu — eu disse a Flora, antes do rosto do meu filho preencher a tela. — Oi, filhão. Tudo bem? Aconteceu alguma coisa? — Sondei, apreensivo.

— O quê? — Ele estranhou minha ansiedade.

— Perguntei se tá tudo bem. — Tentei parecer relaxado.

— Aconteceu alguma coisa? — Flora se preocupou, ao meu lado.

— Não sei, eu tô perguntando pra ele! — sussurrei.

Mas a Flora não era de aguardar explicações e já enfiou seu rosto na câmera.

— Cadê a Julia?!

— Tô aqui! — Julinha surgiu ao lado de Romeu.

— Aconteceu alguma coisa?! — Flora indagou.

— Aconteceu! — Julinha confirmou, para meu desespero.

— O quê?! — perguntei, o coração a mil.

— É o que eu tô tentando contar, pai! — Romeu reclamou. — Na real, não é o *que* aconteceu, mas *quem*!

O que ele queria dizer com isso?!

— Tá certo — respondi, dando corda. — E *quem* aconteceu?!

— ELA!!! — Julinha gritou, pegando o celular das mãos de Romeu e mostrando uma linda jovem que eu nunca tinha visto na vida.

— É ela! — Flora se animou instantaneamente.

— Ela quem?! — disse, tentando disfarçar meu completo desconhecimento.

— A Kita Star! — Flora me devolveu, empolgada.

Mesmo constrangido por não a reconhecer, eu não me segurei.

— KITA?! — Quem me ouvisse podia jurar que eu estava diante da Beyoncé, tamanha era minha animação.

— Oi! — Kita acenou, simpática, do outro lado da tela.

— OI!!! — respondi de imediato. — Eu sou o Valentim, o pai do Romeu.

— Do Romeu e do Walter, né? — A garota sorriu.

— Pois é! — confirmei, cativado. — Um já tá grandão aí do seu lado. O outro que tá complicado pra nascer.

— Não se preocupa — Kita disse. — A gente vai conseguir!

De onde vinha toda aquela segurança?!

— Pai, pai! — Romeu reapareceu. — Você não sabe o que a Kita fez!

— Vocês vão cair pra trás! — Julinha alardeou.

Mas eram eles que estavam desatualizados.

— Na verdade, nós acabamos de saber da doação dos livros! — Revelei.

— Já?! — Julinha não escondeu sua decepção. — Que sem graça...

— Não, Julinha, não tem nada sem graça. — Ri de sua reação. — Eu e sua mãe estamos radiantes aqui! O que você está fazendo é inacreditável, Kita!

— Eu também acho! — a youtuber concordou, sincera.

— A Kita não é foda?! — Julinha resgatou seu entusiasmo.

— Julia! — Flora a repreendeu, no automático.

— Ah, mãe, a Kita é *foda*, o que ela tá fazendo é *foda* e a sua filha fala *foda* várias vezes por dia, *sorry*!

Eu conhecia a minha amiga o suficiente pra saber que ela queria gargalhar, mas não podia perder a pose da "mãe educadora". Vencida, Flora revirou os olhos.

— Enfim... — retomei. — Obrigado, Kita! Eu fiquei muito emocionado com o seu gesto. A minha editora vai enviar uns exemplares do meu livro pra você. A gente quer colaborar, por favor.

— Claro, toda ajuda é bem-vinda! — Kita agradeceu. — Pode contar comigo nessa luta. O que esse Prefeito está fazendo é um absurdo completo.

— Ele é um escroto... — Julinha resmungou, no fundo.

— Eu escutei, Julia! — Flora bradou ao meu lado.

— Eu tenho muitos seguidores, muito engajamento, muita "influência" nas redes — prosseguiu a youtuber. — Eu não podia ficar sem fazer nada.

— Na verdade, você podia — pontuei. — Mas não ficou.

Na minha ingenuidade, ou vaidade, eu acreditava que só a minha geração era a responsável por mudanças, mas o fluxo nunca para. Eu usufruo hoje das conquistas de quem lutou antes de mim, e os mais jovens já usufruem hoje das conquistas da minha geração. A mudança está sempre em curso. E a Kita estava ali para me lembrar disso.

— Tim!

Ainda conectado àquele trio do outro lado da tela, reparei que Samuca se aproximava, ofegante, com uma pasta nas mãos, como no fim de uma maratona.

— O que foi, amor? — perguntei.

— Pode terminar sua ligação. — Samuca parou para recuperar o fôlego.

— É o Romeu — expliquei. — Ele tá com a Julinha e a Kita Star.

— O que aconteceu, Samuca? — Flora me interrompeu, alarmada.

Até aquele segundo, eu não tinha percebido nada demais na expressão do meu marido, mas o tom com que a Flora o inquiriu me fez reavaliar a situação.

O que ela tinha captado no ar?

— Os fiscais da Prefeitura. — Samuca respirou fundo. — Eles estão a caminho da Bienal. De novo!

Puta merda.

Sem aviso prévio, um balde de água fria caiu sobre todos nós. Pior, um balde de água quente, fervendo, borbulhando.

Nenhum de nós estava ali na véspera, quando os fiscais foram atrás do meu livro. Não sabíamos exatamente como tinha sido. Como eles agiam.

Mas agora nós estávamos ali. A Bienal contestava juridicamente a tentativa de censura do Prefeito. Uma jovem youtuber realizaria um protesto. A panela de pressão estava cheia, o fogo estava alto e uma explosão poderia acontecer a qualquer momento.

— O que aconteceu, pai?! — Romeu preocupou-se, do outro lado da tela.

— Os fiscais estão vindo pra Bienal. — Flora se adiantou, percebendo minha perplexidade.

— Fiscais?! — Julinha estranhou.

— Da Prefeitura. — Kita suspirou, meu coração se despedaçando ao ver o medo e a insegurança passarem pelos olhos daquela jovem, tão confiante há poucos segundos.

— Mas calma! — Tentei contornar o impacto da notícia. — A gente vai ver aqui o que eles podem fazer. E o que a gente pode fazer também!

— Eu vou doar os livros — Kita afirmou. — Agora.

Aquela jovem parecia mais preparada do que todos nós para encarar aquela tormenta.

— Tem certeza? — Me preocupei. — Eles podem ir direto até você.

— Mais um motivo pra não perder tempo — ela concluiu. — Eu preciso ir!

E, assim, a responsável pela ação mais ousada de que eu já tinha ouvido falar se virou e saiu, sumindo da pequena tela em minhas mãos.

Ao invés de sucumbir, ela havia enchido o peito, levantado a cabeça e partido para a batalha. Com medo ou sem medo, ela corria para o combate.

— Essa é a menina dos livros? — Samuca sondou.

— É — confirmei, desorientado.

— Eu fiquei sabendo há pouco — ele me explicou. — Essa Bienal vai entrar em ebulição!

— Julia, você vem pra cá com o Romeu, tá?! — Flora se afligiu.

— Quê?! Neeeem pensar, mãe! — Julinha rebateu. — A gente precisa ajudar a Kita!

— Eu também vou! — Romeu afirmou, mais decidido do que nunca.

Era emocionante vê-los com tanta bravura, mas meu coração de pai já estava quase saltando pela boca e correndo para protegê-los de quem quer que fosse.

— Eu não quero você envolvido em mais confusão! — eu logo disse.

— Mais confusão?! — Romeu se ofendeu, fazendo com que eu me arrependesse imediatamente das palavras escolhidas segundos atrás. — Eu não me envolvi em confusão nenhuma — ele contestou, ressentido.

Que dia!

— O seu pai só está preocupado — Samuca interveio. — Essa Bienal pode se transformar num palco para as loucuras do Prefeito. O melhor seria se resguardar.

— Mas vocês não estão se resguardando! — ele retrucou. — A gente só quer ajudar a entregar esses livros. A Kita correu pro Pavilhão Azul, aqui do lado! A Bienal tá dando todo o suporte pra ela. Por favor!

Romeu não passaria frio, pois estava coberto de razão. Seria uma hipocrisia se nós os impedíssemos. Ninguém ali estava se resguardando.

Minha vontade era simplesmente gritar que "eu era o pai dele e ele tinha que me obedecer e pronto e acabou!", mas eu não era esse pai. Nem o Samuca. E nem a Flora como mãe. Bastou uma troca de olhar pra entendermos que não tínhamos escolha.

— Tudo bem. — Samuca baixou a guarda. — Mas celular ligado o tempo inteiro!

— Combinado! — Romeu concordou.

— Ouviu, Julia?! — Flora reforçou.

— Ouvi! — Julinha respondeu. — Vou colocar no volume mais alto, não se preocupa!

— Não se preocupa... — Flora resmungou, sabendo que aquilo seria impossível.

— Brigaaaada, mamãaaae! — Julinha agradeceu, exageradamente fofa.

— Brigado, pais! — Romeu completou, encerrando a ligação.

Quando seu rosto sumiu da tela, uma gigante preocupação preencheu aquele espaço. Eu já imaginava uma fila quilométrica de pessoas ansiosas pelos livros que a Kita distribuiria. As redes sociais bombando. A imprensa cobrindo aquele agito. Seria impossível disfarçar aquela movimentação perante os fiscais.

— Eles vão ficar bem? — Me virei para Flora e Samuca, inseguro.

— Espero que sim. — Samuel desabou no sofá ao nosso lado.

A guerra só estava começando e ele sabia disso.

— Como estão as coisas? — perguntei. — Como você tá?

— Preocupado — Samuca admitiu. — Mas ainda não joguei a toalha.

Cuidadoso, ele tirou de dentro de sua pequena pasta de couro algumas folhas.

— Esses são os documentos que eu elaborei com a equipe jurídica daqui. — Samuca nos repassou os papéis. — Esse aqui é um texto dizendo que não pode haver censura prévia de nenhuma ideia. Se, por algum motivo, alguma obra ofender alguém, essa pessoa é livre pra processar a editora, mas ninguém pode cobrar a retirada de um material cultural.

— Ele serve pra quê? — Flora perguntou.

— Pra ajudar as editoras — Samuca explicou. — Pra elas tentarem impedir que os fiscais confisquem qualquer livro. Pra elas terem esses argumentos jurídicos.

— É uma ótima iniciativa, Samuca. — Flora o parabenizou.

— E esse? — Indiquei o outro documento em minhas mãos.

— É um trecho da nossa Constituição que fala sobre a liberdade de expressão — ele especificou. — Ainda tem um anexo com a decisão do Supremo Tribunal Federal que criminaliza a homofobia no Brasil. O que esse Prefeito está fazendo é uma censura com motivações homofóbicas. E isso é ilegal.

— Meu amor, que lindo. — Devolvi os papéis a ele, admirado. — Que orgulho!

Cansado, ele esboçou um sorriso e apoiou a cabeça no meu ombro.

— Se eu falar que tudo que eu quero agora é uma banheira de hidromassagem, você consegue pra mim? — Samuca brincou.

— No caso, eu posso te oferecer as empadinhas de camarão que a Flora garantiu que estão divinas!

— Diviiiiiinas! — Flora completou, divertida, imitando sua filha.

Não era fácil, mas a gente precisava rir um pouco. Tudo indicava que as próximas horas não seriam nem um pouco tranquilas.

Na verdade, bastou que eu me virasse para as escadas para Eva reaparecer no meu campo de visão, marchando firme até onde estávamos.

O caos parecia querer se instalar mais cedo do que eu imaginava

Se alguns minutos atrás minha editora sorria, empolgada para compartilhar as boas novas da ação de Kita, agora sua expressão estava praticamente a mesma, ou até um pouco pior, de quando ela nos aguardava diante da garagem do nosso prédio.

Resumindo: me-do.

— Bom... — Eva se aproximou.

Nunca falha.

Começou a frase com "bom", lá vem merda.

— Devagar, Eva! — interrompi, tentando descontrair. — Eu não sei se a gente aguenta mais uma notícia bombástica!

— O Gustavo fez um post no Twitter. — Ela me ignorou solenemente.

— O filho do Prefeito? — Samuca estranhou.

— Isso — ela confirmou. — Defendendo o pai e falando do Romeu!

Falando do Romeu?!

— Desculpa, Eva, você pode ser um pouco mais específica? — Samuca pediu.

— Eu vou ler pra vocês. — Ela se apressou, mexendo no celular e lendo o que eu classificaria como "mais lenha na fogueira":

> "@gugathebest: Acusam meu pai de mil coisas, mas foi o Romeu, o filho do autor que INVENTOU que foi censurado, quem ME DEU UM SOCO na escola e FOI SUSPENSO. E minha família que é violenta?!"

Não era possível.

Aquele garoto estava expondo ainda mais o Romeu?! Chamando a *minha* família de violenta?! Ele tinha tirado o meu filho do armário! Seu pai estava censurando meu livro! Quem aquele moleque achava que era?!

Se ele queria ver o circo pegar fogo, eu era capaz de engolir mil espadas em chamas e cuspir labaredas em cima dele! De subir num dragão e gritar "Dracarys!" sem dó nem piedade!

— Esse garoto postou isso?! — perguntei, chocado.

— Postou. — Eva assentiu. — E já está viralizando.

— Realmente, o ódio é um vírus que se espalha cada vez mais rápido no nosso país — desabafei.

— Será que não foi o Prefeito que pediu pra ele postar isso? — Flora indagou.

— Pra quê?! — Aquilo não fazia sentido.

— Não sei. — Flora deu de ombros. — Talvez pra usar essa briga como cortina de fumaça. Pintar vocês como violentos. Controlar a narrativa.

— Mas isso é muito baixo! — Samuca se enojou. — Colocar crianças no meio de uma briga política?! O pai desse garoto está censurando um livro! Essa é a discussão!

— Minha vontade é responder esse tweet perguntando qual foi o motivo que levou o Romeu a dar um soco na cara dele! — vociferei. — Mas eu não vou, claro! Não vou perder tempo discutindo na internet com um garoto de 15 anos!

— Até porque você iria expor ainda mais o Romeu — Flora observou. — Não tem como falar que o Guga foi homofóbico sem dar a entender que o Romeu é gay.

Ela estava certa.

Nós estávamos em um beco sem saída.

— Pior que já encontraram o perfil do Romeu e estão marcando ele nas respostas — Eva acrescentou. — Alguns continuam criticando a censura, mas agora já tem gente defendendo o Guga, falando que vocês...

— O quê? — questionei. — O que esses demônios estão falando?!

— Que vocês são hipócritas — Eva prosseguiu. — Que "pregam o amor, mas incitam a violência". Que são "comunistas", que vendem mamadeira de piroca.

— É inacreditável... — lamentei. — Se bobear, esse menino ainda vai ganhar milhões de seguidores.

— Já ganhou — Eva respondeu, suspirando.

— Óbvio! — Ri, descrente na humanidade. — Esse país gosta de transformar gente idiota em celebridade. Mas e agora? Eu estou me sentindo o Capitão Gancho escutando o tic-toc do crocodilo se aproximar. Os fiscais a caminho, o Romeu lá com a Kita...

— Nós precisamos ser práticos. — Samuca tentou retomar o foco. — Eu posso correr pelos estandes das editoras entregando esses documentos pra, pelo menos, dificultar o trabalho dos fiscais.

— Eu te ajudo — Flora se ofereceu.

— Que documentos? — Eva se interessou.

— Posso te explicar depois? — Samuca se desculpou.

— E o post no Twitter?! — interrompi. — O Romeu vai receber as notificações!

— Não sei. — Samuca suspirou. — Talvez o melhor que a gente faça é ignorar. Com os fiscais aqui, tudo pode acontecer, e a gente não tem muito tempo pra reagir. Nem um, nem dois, nem quinze dias. É agora! O Romeu deve estar ocupado ajudando a Kita. Talvez ele nem tenha visto nada.

— Será? — questionei. — Hoje em dia todo mundo vive no celular!

— Quantas vezes você entrou nas suas redes nas últimas horas, Tim?! — Samuca me devolveu. — Nós não estamos com tempo nem de ir ao banheiro! Talvez o Romeu não tenha visto nada ainda. E se formos nós que levarmos mais essa bomba até ele?

Deus me livre ser o portador dessa notícia!

— O que eu sei é que nós podemos ajudar as editoras a enfrentarem os fiscais! — ele prosseguiu. — Se a gente atrapalhar o trabalho dos fiscais, a gente vai, por tabela, ajudar a ação da Kita! E afastar os fiscais do Romeu!

— Tá bem — concordei, sem querer perder mais tempo. — Então vamos logo!

Mas antes que eu me levantasse do sofá, Eva me interpelou, preocupada:

— Não é melhor você ficar aqui comigo?

— Aqui?! — Estranhei. — Eu não vou ficar aqui de braços cruzados.

— A Eva tem razão. — Samuca me surpreendeu. — Você é o autor do livro que foi censurado. A mídia inteira está de olho na Bienal, mas em você também. Tudo que você não precisa é de mais um escândalo. Se os fiscais chegarem, a situação pode fugir do nosso controle.

— Isso não vai acontecer! — rebati, desesperado para entrar em ação.

— E se acontece? — Samuca devolveu.

— Eu já vou acompanhar o Samuca. — Flora se juntou ao bonde. — Fica com a Eva. É mais seguro, amigo.

Eu detestava a ideia de ficar esperando o inimigo se aproximar sem fazer nada.

— Meu amor. — Samuca se aproximou. — A gente vai vencer esses trogloditas. Acredita!

Como voto vencido, balancei a cabeça, concordando. Eu confiava no Samuca mais do que em ninguém. Se ele achava que a melhor estratégia era que eu permanecesse ali, eu seguiria com o plano.

Então, tentando disfarçar o meu desânimo, acompanhei, a distância, o Samuca e a Flora descerem as escadas e partirem rumo aos corredores da Bienal.

Mesmo diante de toda aquela efervescência, daqueles leitores apaixonados circulando lá embaixo, eu sentia uma nuvem pesada pairando sobre a minha cabeça, pronta para soltar raios e trovões.

— Valentim. — Eva me abordou, delicada. — Eu posso te ajudar de alguma forma? Você quer alguma coisa?

— Quero — respondi, exaurido. — Uma empadinha. De camarão.

7. ROMEU

O Tim estava errado.

"Eu não quero você envolvido em mais confusão!"

Eu não tinha me envolvido em confusão nenhuma. Pelo contrário, as confusões que vinham atrás de mim como se não tivessem nada melhor pra fazer.

Eu não podia imaginar que o Guga ia aparecer das trevas naquela biblioteca para infernizar a minha vida e nem que os fiscais da Prefeitura iam retornar à Bienal para tocar o terror!

A minha vontade era pedir pra quem escrevia o roteiro da minha vida me dar uma trégua. Tipo, me deixa ficar calminho na minha um pouco. Não precisa ter uma reviravolta a cada esquina, sabe?

Dizem que Deus escreve certo por linhas tortas, mas o que eu estava vivendo não eram linhas tortas, eram garranchos!

Eu não era insensível a ponto de ignorar a situação do Tim. Foram meses criando uma expectativa com seu livro para, na véspera do lançamento, uma censura cair no seu colo. Ele merecia um desconto pelo seu nervosismo.

Se fosse comigo eu já estaria me debulhando em lágrimas. Ou me permitiria uma cena de novela, entraria no meu escritório — que eu não tenho — e quebraria tudo, gritaria que aquilo era uma injustiça e que eu lançaria meu livro de qualquer jeito!

Mas falar é sempre mais fácil, ainda mais quando não é você que está no olho do furacão. Eu conhecia Tim o suficiente pra saber que ele estava uma pilha de nervos.

Mesmo que ele pulasse de uma entrevista para a outra com um discurso mega articulado, sua cabeça acelerava sem parar. E, nesse aspecto, nós éramos muito parecidos.

Na verdade, desde a primeira aparição do Tim e do Samuca no abrigo onde eu vivia eu percebi que nós tínhamos mais em comum do que imaginávamos.

Depois de anos tentando ser "escolhido" por alguma família, eu já estava cansado de criar expectativas, de pensar em como deveria me comportar a cada visita. Como deveria agir para ser aceito.

Mesmo com todo carinho e amor das pessoas do abrigo, não era fácil.

No entanto, quando o Tim e o Samuca apareceram e sorriram pra mim, eu senti algo que nunca tinha experimentado antes: identificação.

"Eles são como eu", pensei.

Eles não só me dariam uma família, mas também conseguiriam me entender.

Ou talvez, morando com eles, *eu* conseguisse me entender.

Assim como na minha amizade com o Aquiles, a paixão pela literatura também nos aproximou. No primeiro fim de semana que passei com eles, me espantei com a quantidade de livros que aqueles dois tinham. Com certeza, eles já podiam participar daqueles programas dos acumuladores!

De um jeito muito particular, eu me senti em casa desde a primeira vez que pisei em nosso apartamento. Aquela não era a minha casa — ainda —, mas já parecia ser.

Depois de muito tempo, eu finalmente me senti aceito, acolhido e amado. Graças a eles, ganhei um quarto maravilhoso, conheci minha melhor amiga e entrei numa das mais conceituadas escolas particulares do Rio.

Minha vida estudantil não era das melhores, mas como reclamar com quem me dava tanto? Eu não tinha *nada* e agora me sentia com *tudo*. Eu via que eles estavam animados em me proporcionar aquela educação toda, então se eu precisasse aguentar aquele colégio onde só garotos podiam enlouquecer, digo, estudar, tudo certo. Eu só não queria parecer ingrato e correr o risco de ser... devolvido.

Aos poucos, eles me deram a segurança de que nós éramos uma família e de que ali era o meu lar. Por sinal, um lar bem movimentado!

Nas reuniões com seus amigos, conheci muitas pessoas LGBTQIA+. No canto da sala, tímido, eu prestava atenção em suas conversas, me divertia com suas gírias, me perdia em seus debates.

Meus pais discutiam tantas coisas com tanta paixão que eu não conseguia acompanhar. Políticas públicas, temas das Paradas do Orgulho, casamento igualitário, cidadania trans, acesso ao tratamento do HIV, teoria queer, envelhecimento e velhice LGBT. Um universo se abria à minha frente, mas talvez por medo de que alguém percebesse que eu era gay, eu não me soltava tanto.

Tudo era novo pra mim. Os assuntos, as referências literárias, os filmes comentados. E só de ficar no meio daquelas pessoas eu já me sentia bem. Cada vez mais em casa.

Teoricamente, eu não deveria me sentir inseguro ao me perceber gay. Eu tinha acesso à informação. Ativistas frequentavam nossa casa. Eu vivia cercado pela diversidade.

Mas da mesma forma que pude conhecer as conquistas da comunidade LGBTQIA+, também pude confirmar que tudo o que eu mais temia era verdade: agressões, mortes, pais expulsando filhos de casa. Meus pais diziam que os homofóbicos, racistas e intolerantes estavam saindo do armário com sangue nos olhos. Como não ter medo, então, de levantar o braço e anunciar: "Mundo, eu sou gay"?!

No fundo, eu sabia que o Tim e o Samuca nunca me rejeitariam e que eu tinha abertura para falar o que quer que fosse com eles.

A questão era que eu ainda não me sentia preparado para abrir aquele canal, nem com eles e nem com ninguém. Por isso o trauma com tudo que havia acontecido na biblioteca do Santo Benedito.

Eu não tinha escolhido sair do armário naquele dia, daquele jeito.

Eu estava exposto sem ter escolhido aquela exposição.

Tinham queimado a minha largada.

Além disso, eu sentia que tinha decepcionado os meus pais. Não por ser gay, mas por ter sido suspenso.

Eu nunca tinha sido o filho rebelde, mas de uma hora para outra, parecia esse o caso. Eu tinha perdido a cabeça e agredido outra pessoa quando, na verdade, só queria ficar em paz no meu canto, estudando e seguindo a minha vida!

Mesmo depois daquele furacão, eu seguia envergonhado diante dos meus pais, como se tivesse escondido deles algo muito importante. Como se os excluísse de uma parte da minha vida que eu sabia que eles não teriam nenhum problema em aceitar.

Eu estava ficando craque em não compartilhar o que eu sentia. Em não me posicionar quando algo me incomodava. Em fingir que não ligava quando falavam, na escola, que família era só aquela composta de um homem e uma mulher. Em disfarçar que não entendi a "piada" racista quando um babaca me ofereceu uma banana no recreio e depois saiu imitando um macaco.

Eu me esforçava ao máximo para não dar motivos para meus pais se preocuparem. Tudo que eu não queria era ser um incômodo para eles.

Eu chegava a sentir vergonha por não ter a mesma coragem que o Tim e o Samuca. Por não conseguir ser tão seguro e forte e me defender sozinho.

Mas o que eu poderia fazer, afinal?!

O ódio sempre dava o seu jeito. Se não podiam me chamar abertamente de macaco, por causa da minha pele negra, me chamavam de veado. De um animal para outro, como se eu não fosse humano.

Novamente, eu sabia que podia compartilhar tudo isso com os meus pais. Eu tinha um pai preto como eu, que certamente já tinha enfrentado coisas muito piores na vida.

Meus pais sabiam que, infelizmente, algum dia eu me deparia com o racismo e eu também tinha noção de que não havia mofado por cinco anos no abrigo por acaso. Mas eles se esforçavam para que eu não pensasse só nisso quando me olhasse no espelho, no ódio que iam despejar em mim, nas barreiras que eu enfrentaria.

O Samuca reforçava que as nossas histórias, as histórias do povo negro, não eram marcadas só pelas nossas dores. Que nossa história não se restringia ao que estava nos livros de História do colégio, ao passado de sofrimento no período da escravização.

Eu era estimulado a conhecer as histórias daquele período, mas pelo viés da resistência, de quem tinha lutado contra aquela opressão. As histórias de Dandara e Zumbi dos Palmares, a revolta dos Malês, a autobiografia de Frederick Douglass.

Eu passava horas ouvindo o Samuca falar sobre seus autores prediletos, como Lélia Gonzalez, Djamila Ribeiro, James Baldwin, Eliana Alves Cruz, Grada Kilomba, Abdias Nascimento, Ta-Nehisi Coates, dentre outros.

O Samuca achava importante que eu me visse no mundo, nas artes. Que entrasse em contato com histórias onde pudesse me enxergar. E, de fato, todo esse movimento fez muita diferença na forma como eu me via. Se antes eu me sentia feio quando riam do meu nariz largo ou zombavam do meu cabelo crespo, agora eu amava todas essas características. Não tinha nada de errado com a minha aparência.

Meu pai tinha conseguido me mostrar que o problema estava nos outros, não em mim. Que o racismo era um problema criado pelos brancos, e não pela gente.

Chegava a ser engraçado quando o Tim, num esforço para se mostrar empático com o movimento negro, admitia que precisava ler mais sobre a negritude e escutava do Samuca que também devia estudar a branquitude.

Tim concordava imediatamente, mas era nítido seu desconforto. Como se não conseguisse perceber que, assim como os brancos estudavam a negritude, a branquitude também poderia ser estudada.

Eu esperava me sentir mais à vontade como um garoto gay, do mesmo modo como me sentia como um menino preto. Até porque eu tinha os melhores exemplos para seguir.

Meus pais eram a própria definição do orgulho de ser quem se é. O Tim e o Samuca tinham aprendido a não ter mais vergonha de quem eram e do seu amor. E pessoas assim nos transmitem força, nos inspiram, assim como duas jovens beeeem confiantes que estavam na minha frente naquele segundo, no meio do Pavilhão Azul.

A Julinha e a Kita.

— E aí? — perguntei.

— Estamos bem. — Kita encarou as pilhas de livros que começavam a se formar naquele espaço improvisado pela Bienal.

— É muita coisa! — comentei, impressionado.

— É. — Kita respirou fundo. — É, sim.

Ninguém conseguia tirar os olhos daquela montanha de livros que crescia à nossa frente. Era uma imagem poderosa. Mágica. Não só porque ocupava muito espaço, mas porque aqueles livros tinham adquirido outro significado.

Aquelas histórias agora eram também um protesto contra a censura. Cada exemplar continha algum personagem LGBTQIA+, e todos eles estavam prestes a se espalhar por aquela Bienal na velocidade da luz.

Alguns voluntários posicionavam grades para indicar onde a fila seria formada, enquanto outros organizavam os livros recém-chegados. Tudo precisava estar muito bem estruturado, já que a ideia era esgotar aqueles exemplares antes que os fiscais aparecessem.

— É tão lindo! — Julinha agarrou meu braço. — Me dá até vontade de chorar!

— Você tá chorando?! — respondi, achando graça.

— Ah, tô! — ela confirmou, sem jeito, enxugando as lágrimas. — Eu te admiro muuuuito, Kita! E agora, vendo o que você tá fazendo, eu te amo ainda mais!

— Eu não estou fazendo nada sozinha, Ju. — Kita sorriu de volta, humilde.

— JU?! — Julinha se espantou. — A Kita Star me chamou de Ju?!

— Ai, gente, não podia? — Kita brincou. — Mandei mal?

— Não! — Julinha emendou, atrapalhada. — Pode me chamar do que quiser!

— Que bom! — Kita prosseguiu. — Porque esse protesto envolve muita gente! Vocês dois, o Dudu, meu namorado, que vocês já vão conhecer. As editoras parceiras.

— Quando eu fizer 18 anos eu vou tatuar "Kita", pra sempre me lembrar de você! — Julinha disse, devaneando.

— Não faça isso, por favor! — Kita caiu na gargalhada.

Sem entender, Julinha buscou o meu olhar, mas eu não me aguentei e também comecei a rir.

— O que foi, gente? — ela questionou, insegura. — Pirei?!

— Um pouco — confirmei.

— Sério?! — Julinha se preocupou, para nossa diversão. — Ai, Kita, desculpa. Eu não quero parecer essas fãs que fazem uma tatuagem com um rosto enorme do ídolo nas costelas.

— Nem pense nisso! — Kita embarcou, divertida.

— Não, claro! — Julinha se apressou. — Eu posso tatuar só uma estrelinha, então, bem pequena. Da Kita... Star!

— Tá ótimo! — Kita finalizou. — Uma estrelinha tatuada em outra estrela!

E antes que a Julinha surtasse de novo com "ela me chamou de estrela", um garoto, que devia ter uns 20 e poucos anos, de pele preta como a minha, se aproximou correndo, com uma mochila nas costas.

— Pronto, amor! — ele disse, ofegante. — A Bienal deu o sinal verde!

Não demorou muito pra gente entender de quem se tratava.

— Namo! — Kita se virou, feliz, para o rapaz. — Jura?!

— A gente já pode começar! — ele confirmou, empolgado.

— Minha Deusa, é agora! — Kita se animou. — Ah, meu amor, e esses aqui são a Julinha e o Romeu. — Ela nos apresentou. — E esse é o Dudu, a paixão da minha vida!

— Prazer! — Estiquei a mão para cumprimentá-lo.

— Tudo bem, galera?! — Dudu apertou minha mão, simpático.

— O Romeu é filho do autor que foi censurado — Kita informou.

— Sério?! — Dudu se espantou.

— Infelizmente, sim — confirmei. — Quer dizer, infelizmente o livro do meu pai foi censurado. Não infelizmente eu ser filho do meu pai!

— A gente entendeu, amigo. — Julinha me tranquilizou.

— Acho que esse livro acabou de chegar pra gente — Dudu comentou.

— Isso! — Assenti. — A editora ia enviar uns exemplares pra apoiar o protesto.

— Gente, eu sei que a conversa está boa... — Kita interrompeu. — Mas a fila já tá se formando!

Quando nos viramos para onde os voluntários ajeitavam as grades, já era possível ver alguns frequentadores se juntando na área, em uma pequena fila.

— O que você precisa que eu faça? — Dudu perguntou à namorada.

— Avisa os voluntários que a gente vai começar. — Kita instruiu. — E lembra que ninguém pode escolher qual livro vai ganhar, senão vai demorar muito!

— Deixa comigo! — Dudu respondeu, assentindo com a cabeça.

Mas quando Dudu ia se virar para sair, Kita o interpelou novamente.

— Dudu! Espera!

— O que foi? — Ele parou, quase sem sair do lugar.

— Meu megafone! — Kita se lembrou.

— Você quer agora?

— Quero. — Ela esticou os braços, ansiosa.

Dudu, então, abriu sua mochila, tirou lá de dentro um megafone branco com as bordas azuis e rosa e entregou o objeto a sua namorada.

Assim, com a mesma energia solar com que chegou, Dudu finalmente correu em direção aos voluntários.

— Pra ampliar a minha voz! — Kita se explicou, com o megafone em punho.

O que ela tinha planejado na correria estava a poucos segundos de se tornar realidade. Eu conseguia ver suas mãos tremendo!

— Como a gente pode te ajudar? — Me ofereci.

— Bem... — Ela pensou por um instante. — Eu preciso que alguém cuide das minhas redes sociais. Eu não vou conseguir ficar divulgando tudo isso on-line.

— A Julinha sabe tudo de rede social! — eu logo disse.

— Eu?! — Julinha reagiu, pega de surpresa.

— Ótimo! Pega aqui, Ju! — Kita repassou seu celular para minha amiga. — A senha é "brendalee", tudo junto, com dois "e" no final.

Perplexa, com o celular de sua musa inspiradora em mãos, Julinha parecia prestes a desmaiar de tanta emoção.

— Julia! — gritei, tirando-a do transe.

— Claro! — ela respondeu, abobalhada. — Eu cuido de tudo! Será uma honra!

— Perfeito! — Kita comemorou. — Então... preparades?!

Maravilhados, eu e Julinha balançamos a cabeça, concordando.

— Vamos! — Kita anunciou.

E, de uma hora para outra, tudo acelerou. Enquanto a Kita se aproximava da fila, agora imensa, a Julinha já acessava as redes sociais da youtuber pelo celular.

Aquilo era eletrizante demais!

Mesmo quem passasse por ali desavisado seria atraído por aquele Monte Everest de livros. Era impossível ignorar! Eu nem tinha tempo para mexer no meu celular e ver a repercussão daquela ação toda!

Tudo estava acontecendo muito rápido e eu não queria perder um detalhe sequer! O mundo real fervilhava ao meu lado, urgente, potente, intenso, vibrante!

— Com licença! — Eu escutei a voz de Kita amplificada pelo seu megafone.

As centenas de cabeças se voltaram em sua direção, acompanhadas de celulares posicionados no alto, registrando cada segundo daquele momento. A youtuber agora estava sobre um pequeno banco de cimento e, ao meu lado, Julinha filmava tudo com afinco.

— Muito bem! — Kita começou. — Vocês sabem por que estamos aqui. Por que vocês estão aqui! Ontem, um livro foi censurado pelo nosso Prefeito por causa da ilustração de um beijo entre dois personagens. Dois garotos. Mas aquele livro não foi o único a ser censurado. Os fiscais da Prefeitura passearam por essa Bienal procurando outros livros que eles consideram "impróprios". Impróprios!

Era indiscutível que aquela menina tinha o dom da comunicação e também o dom da fúria. Sua revolta se fazia presente em cada palavra, em cada pausa, em cada olhar.

— Mas impróprio é o seu preconceito, Prefeito! — ela bradou, acompanhada de aplausos e gritos de apoio. — É o seu atraso! A sua hipocrisia! Aquela ilustração não é imprópria pra nenhuma criança e nem pra ninguém! Porque aquele beijo é amor! E amor a gente não censura. A gente não proíbe. A gente celebra! A gente espalha!

Novamente, mais aplausos e gritos.

— A censura já assombrou inúmeros artistas do nosso país! — Kita continuou, firme. — E ela acabou! E se quiser voltar, a gente não vai deixar! Porque esses livros são as nossas histórias! E as histórias da comunidade LGBTQIA+ não estão aí para destruir famílias ou criancinhas! Elas estão aí, saindo dos armários e ocupando espaços, para salvar criancinhas! Para salvar *vidas*! Porque é isso o que a arte faz: ela salva vidas! E não vai ser um Prefeito retrógrado e preconceituoso que vai acabar com as nossas vidas.

Junto àquela multidão, eu também aplaudia fervorosamente. Aquela menina e toda sua coragem me enchiam de esperança.

— A partir de agora, nós vamos distribuir quinze mil livros com personagens LGBTQIA+. — Ela prosseguiu. — Mas a gente precisa agir rápido, porque os fiscais da Prefeitura já estão a caminho da Bienal. Então, se você ganhar um livro e já o tiver em casa, tudo bem, troca com alguém que também ganhou um livro repetido. Troquem. Compartilhem. Postem nas redes. Chamem os amigos. Divulguem. Façam barulho. E não se esqueçam: eu sou a Kita Star, mas todes nós somos estrelas...

— Prontas pra brilhar! — Um coro de pessoas, incluindo a Julinha, completou em alto e bom som.

Eu realmente precisava seguir a Kita. Até bordão ela tinha!

— Agora vamos distribuir os livros! — Kita anunciou, para a alegria geral.

O corre-corre foi imediato.

No início da fila, Dudu e outros voluntários entregavam alguns volumes para os frequentadores da Bienal. Crianças, mulheres, homens, adolescentes, idosos. Todo mundo que passava pelos voluntários saía com um livro nas mãos e um sorriso no rosto. Estavam certamente emocionados como eu por estarem presenciando aquele momento histórico.

— E então? — Kita surgiu ao meu lado, recuperando o fôlego. — Como me saí?

Incrédulo, me virei para encará-la.

— Você tá falando sério?! — Brinquei. — Eu tô arrepiado!

— KITAAAA!!!! — Julinha pulou no meio da gente, eufórica.

— Garota! — Kita riu, o coração saltando pela boca. — Quer me matar do coração?

— *Sorry*! — Julinha disse. — É que você é foda, foda, foda, foda, foda, foooo...

— Já entendi, Ju! — Kita interrompeu, fofa.

— Agora eu vou filmar a galera na fila, o pessoal que já recebeu livro, pegar uns depoimentos, beleza? — Julinha sugeriu.

— Se joga! — Kita autorizou.

Eu já tinha visto a Julinha animada, mas agora era outro nível! Ela estava radiante e eu a entendia perfeitamente. Era impossível não sentir a adrenalina no ar.

— Me ajuda com os livros? — Kita perguntou enquanto minha amiga se afastava.

— Claro! Vamos nessa.

Assim, no minuto seguinte eu já me encontrava junto aos voluntários — e ao Dudu —, entregando livros para aquela multidão que não parava de chegar.

Pelas minhas mãos passavam livros e livros. Alguns que eu nunca tinha visto, outros já conhecidos. Todos despertando a minha curiosidade de mergulhar em suas histórias.

Com tantas famílias passando pela minha frente, foi inevitável pensar nos meus pais. Eu sabia que eles estavam tensos na Central dos Autores, esperando alguma decisão da Justiça que acabasse com aquele pesadelo, mas se eles pudessem ver o que eu estava vendo, eu tinha certeza de que ficariam abastecidos de esperança.

Presentear alguém com um livro já era muito legal, mas presentear quinze mil pessoas com quinze mil livros era surreal! Mesmo que fosse um encontro rápido, apenas uma troca de olhares, um sorriso compartilhado, era um contato emocionante.

— Pelo visto não é só a Julinha que tá chorando. — Kita brincou, me pegando desprevenido.

Disfarçando as primeiras lágrimas que escorriam, eu sorri de volta, sem graça.

— Não deu pra evitar — admiti. — Isso é mais emocionante do que eu imaginei.

— Sabe o que é mais lindo? — Kita se aproximou. — Cada pessoa nessa fila está mandando a mesma mensagem pro mundo. Que ela também não concorda com a censura do livro do seu pai ou de qualquer outro livro. Que ela também quer prestigiar essas histórias. Que ela também acredita na força que um livro tem de mudar o mundo.

Sensibilizada, ela observou aquelas pessoas à nossa volta.

— Ter a sua voz calada, apagada, não é fácil. Eu olho isso aqui agora e, pra mim... é uma revolução, sabe?

— É, sim. — confirmei. — E você faz tudo parecer tão simples.

— Simples? — Ela riu, desconcertada.

— É! Você consegue subir naquele banco, pegar um megafone, falar pra toda essa galera, organizar tudo isso. E ainda parece tudo tão fácil.

— Romeu, confia em mim. Nada é fácil para uma travesti preta. E olha que eu ainda tive sorte com a minha família.

Eu já tinha conhecido algumas amigas travestis e trans dos meus pais, mas todas com idades mais próximas das deles. Kita era a primeira travesti de 20 anos que eu conhecia, o que, de certa forma, me deixava mais à vontade com ela.

— Os meus pais são bem-sucedidos, de classe média. — Kita explicou. — Quando eu conversei com eles sobre a minha transição, eles me acolheram. Mas, infelizmente, essa não é a realidade da maioria das manas trans e travestis desse país.

— Não? — perguntei, sincero.

Eu não conhecia a fundo as problemáticas de toda a comunidade.

— Não — ela continuou. — Quando a gente fala que o Brasil é o país que mais mata a comunidade LGBTQIA+, a gente precisa lembrar que são as mulheres trans pretas e periféricas as mais marginalizadas e as mais assassinadas. Então quando você me vê aqui, com meu megafone com as cores da bandeira trans, protestando, é porque eu jamais poderia ficar na minha casa confortável ignorando a realidade das minhas irmãs! Eu preciso ter responsabilidade com o lugar que eu conquistei. Com essa plataforma que eu construí. Não é toda hora que uma travesti preta consegue construir uma posição de poder e de influência. Parece até ficção, né? Mas eu espero que chegue o dia em que eu não seja uma exceção. Que venham mais vozes trans, mais vozes transcendentes. Que vidas trans realmente importem pra esse país. Que vidas trans negras importem. Que a pessoa mais votada numa eleição seja uma travesti. — Dava pra ver como tudo aquilo era importante pra Kita. — É por isso que eu continuo com o meu canal na internet. Pra mostrar que eu estou aqui. Que eu posso. Que eu consegui. E quem sabe me vendo, alguma menina trans, alguma travesti que está numa situação muito pior do que a minha, não se sinta amada? Não passe a confiar mais nela? Não acredite que uma trans-formação já está acontecendo?

Ela me olhava, visivelmente emocionada.

— Você já virou uma inspiração pra mim — admiti.

Esboçando um sorriso, Kita se abaixou para pegar mais um livro.

— Sabe, Romeu, se eu não tivesse o suporte dos meus pais, eu nem sei como eu conseguiria seguir adiante de cabeça erguida. O apoio deles foi tão fundamental! E eles não sabiam nada sobre o processo de transição, nunca tinham escutado falar de identidade de gênero. Mas eles me amavam e queriam que eu fosse feliz. Sem o apoio deles tudo seria muito mais difícil.

Eu não sabia o que dizer.

A realidade dela parecia muito mais complicada do que a minha.

Mas eu também sabia como era bom contar com o apoio dos meus pais. O difícil, no meu caso, era me abrir com eles novamente.

— Tá tudo bem? — Ela estranhou.

Eu não devia estar com uma cara muito boa.

— Desculpa. É que você falou sobre ter o apoio dos seus pais e eu, enfim... Meus pais tão passando por um momento complicado, né?

A minha frase devia ter causado algum efeito inesperado, já que Kita congelou por um segundo e me encarou, séria.

— Quer saber? — ela ponderou. — Vamos aqui no canto conversar melhor.

— Como assim, Kita? E os livros?

— A gente já volta, Romeu — ela me tranquilizou. — Vem comigo, vem.

E sem deixar espaço para que eu pudesse contestar aquela ideia, Kita me guiou até um ponto ligeiramente distante da agitação da fila, de onde ela ainda poderia acompanhar tudo de perto.

— Vamos aproveitar esse momento de desabafo pra colocar tudo pra fora. — Ela tentou descontrair. — Eu estou tão preocupada em protestar contra a censura do livro do seu pai que acabei não perguntando ao *filho* dele como ele estava se sentindo no meio desse caos.

— Não tem problema. Desde ontem tudo está meio acelerado mesmo.

— Então vamos desacelerar. — Kita esboçou um sorriso. — Me conta. Esse problema com o *Walter* tá te deixando angustiado?

Por onde eu começava?!

— Não tá fácil, né? — confessei. — É óbvio que eu fico preocupado com os meus pais. Não quero vê-los tão atormentados assim. — Suspirei. — Mas não foi só isso que aconteceu com a gente.

— Não? — Ela disse, demonstrando interesse.

De um jeito torto, eu me sentia à vontade para me abrir com ela, mesmo a conhecendo há poucas horas. E talvez assim, contando para mais uma pessoa tudo que eu havia passado, o peso que eu ainda sentia diminuísse um pouco mais.

— Eu quase beijei o meu melhor amigo ontem na escola. — falei. — Só que deu tudo errado, porque a gente foi interrompido pelo babaca do Guga, que ainda gritou pra biblioteca inteira que os viadinhos estavam se pegando e que o pai dele tinha dito que "essa gente" tinha mais é que morrer.

— O quê?! — Kita se espantou.

— Aí eu perdi a cabeça, dei um soco na cara dele, fui suspenso por três dias e arrancado do armário pros meus pais contra minha vontade — falei.

— É, não foi uma sequência muito legal. — Kita comentou, horrorizada.

— E piora — alertei.

— Piora?!

— O Guga... — Preparei o terreno. — É o filho do Prefeito.

Os olhos dela se arregalaram, em choque.

— O cara que está censurando o seu pai?!

— Exatamente — confirmei.

— Uau! — Ela deixou escapar. — Você realmente encontrou sua família rival, Romeu. Com o detalhe que a Julieta é um babaca homofóbico.

— Deus me livre! — rebati. — Dessa "Julieta" eu quero distância!

— E o seu crush? Como ele ficou?

— O Aquiles? Não sei — lamentei. — A gente tinha combinado de vir juntos à Bienal, mas depois do que aconteceu ele não respondeu mais as minhas mensagens.

— Deve ser difícil pra ele também, né? — Ela supôs.

— É uma pena, porque ele estaria pirando com a sua ação.

— Separa um livro pra ele pra quando vocês se reencontrarem! — Kita sugeriu.

Era uma boa ideia, apesar de eu não fazer ideia quando seria esse reencontro.

— Eu sei que parece tudo um horror agora, mas vai melhorar — ela disse, tentando me confortar. — Ou você acha que eu já nasci me achando a rainha do mundo pronta pra me sentar ao lado do trono com a Beyoncé?

— Eu não duvidaria! — Ri diante de tanta confiança.

— Você tá me achando poderosa? Espere até me ver de coroa! — Ela brincou. — É um aprendizado. A gente vai confiando mais na gente. Vai encontrando pessoas que nos fazem bem. Olha o Dudu! Eu fui a primeira e única travesti que ele namorou. Os amigos dele nem conheciam travestis, e ele foi lá e me assumiu pra todo mundo. Claro que eu não aceitaria menos do que isso, mas não é todo garoto cis que tem essa atitude. De namorar com a gente. De nos apresentar para a família.

— Ele me pareceu bem legal — comentei.

— O Dudu é demais! — Kita confirmou. — Mesmo alguns achando que o amor já saiu de moda, eu continuo acreditando nele.

— A família dele aceitou de boa? — perguntei.

— Claro que não! — Ela riu. — A mãe dele desmaiou quando soube que o filho dela estava namorando comigo. Depois tentou disfarçar que era a sua pressão baixa, mas hoje em dia já está inscrita no meu canal e curte todas as nossas fotos. Pra quem tem o coração aberto, o tempo e a força de vontade sempre ajudam.

Eu sorri, tocado por tudo o que ela havia compartilhado comigo.

Eu já queria estar totalmente resolvido com tudo? Sim.

Não ter mais nenhuma insegurança? Sim.

Desfilar por aí cheio de orgulho? Sim.

Conseguir ser tão bem articulado quanto a Kita? Sim.

Tão inteligente como meus pais? Sim.

Ser tão foda como... os outros?

Eu queria ser muita coisa... menos eu.

Respira, Romeu.

Todo mundo tinha o seu próprio processo, e eu precisava abraçar a minha caminhada. Um passo de cada vez até chegar além do arco-íris! Over the rainbow!

— Então? — Kita passou os braços nos meus ombros. — Se sentindo melhor?

— Um pouco — admiti. — Foi bom falar sobre isso com mais alguém.

— É sempre bom! — ela concordou. — A gente não precisa guardar tudo pra gente o tempo inteiro. Até porque nós somos estrelas...

E, por um microssegundo, eu não fazia ideia do que ela esperava de mim, até lembrar, para minha sorte, daquela multidão gritando em coro o seu bordão.

— Prontas pra brilhar! — completei, apressado.

— É assim que se fala! — Ela sorriu. — E sobre os seus pais... Dá pra ver que eles têm um coração enorme e muita garra, só pelas entrevistas que deram na televisão.

— Eles são muito especiais mesmo. — concordei.

— Eu não tenho dúvida. E tenho certeza de que eles estão mais do que preparados pra enfrentar esse Prefeito e pra te receber de braços abertos quando você se sentir confortável pra conversar com eles — Kita afirmou. — Agora, vamos voltar aos trabalhos, que ainda devem ter uns doze mil livros pra gente entregar!

De fato, compartilhar o que eu sentia era algo que precisava ser mais frequente no meu dia a dia.

Quando nos aproximamos novamente do protesto, o clima da distribuição não tinha esfriado um grau sequer! A fila já se perdia de vista e, para além dela, as pessoas gritavam umas com as outras, perguntando quem gostaria de trocar seu livro, como se trocassem figurinhas para completar seus álbuns.

De volta ao meu lugar, recomecei a tarefa mais importante do dia.

Pega, entrega.

Pega, entrega.

Pega, entrega.

Um livro atrás do outro.

E mais um.

E outro.

E aquele também.

E mais aquele.

E mais outro.

E...

— Rosa?! — Me surpreendi ao esticar a mão para entregar um livro.

— Romeu?! — Sorriu, surpresa, a bibliotecária do Santo Benedito. — Eu não sabia que você estava aqui.

E eu não esperava reencontrar qualquer pessoa daquele colégio tão cedo.

— Eu estou ajudando na distribuição dos livros — resumi.

— Que ótimo! A gente só pode pegar um livro pra toda a família ou é um livro pra cada um?

— A gente...? — Respondi, sem entender.

— Ah, claro. — Rosa, então, se afastou para o lado, mostrando uma mulher e uma menina bem novinha que aguardavam logo atrás. — Essa é a minha esposa, Célia, e essa é a nossa filha, Ana Paula.

O quê?

A minha bibliotecária era casada com outra mulher?!

Aquela biblioteca tinha mesmo alguma magia que tirava as pessoas do armário?!

O Aquiles ia surtar quando soubesse!

Admirado, olhei novamente para Rosa, que me encarava, amorosa como sempre. Mas algo em seu olhar estava diferente. Como se ela quisesse me dizer que me entendia.

— É uma família linda — elogiei. — E cada uma ganha um livro!

— Que bom! — ela comemorou. — Três livros pra nossa família!

Assim, entreguei o exemplar que estava em minhas mãos para Rosa e me virei para pegar outros dois livros.

Pega.

Pega.

Respira.

— Aqui estão. — Os entreguei para Célia e Ana Paula.

— Obrigada — a criança agradeceu, fofa.

— Imagina! Você vai amar!

— Eu não vou tomar muito seu tempo, porque ainda tem uma montanha de livros aí atrás! Mas... — Rosa se apoiou na grade que nos separava como um corrimão. — Como você está? Depois de tudo que aconteceu lá na biblioteca?

Era exatamente sobre isso que eu não queria falar.

— Bem — disfarcei. — Só não sei se vou continuar naquela escola.

Rosa suspirou.

— Eu te entendo. Mas vou torcer pra continuar te indicando os meus livros preferidos até a festa de formatura da sua turma. — Ela pegou na minha mão, afetuosa. — Você é sempre bem-vindo na minha biblioteca, Romeu. Não se esqueça disso.

Tímido, eu apenas sorri.

— Agora eu preciso me adiantar porque uma certa Ana Paula aqui quer rodar todos esses pavilhões! — Rosa finalizou, simpática. — Até mais, Romeu.

— Até! — Me despedi, acompanhando aquela linda família de três mulheres negras se afastando da fila, alegres e unidas.

— Parabéns pelo trabalho! — Sua esposa Célia ainda conseguiu dizer, ao longe.

Uau!

Mesmo breve e inesperado, aquele encontro havia sido meu primeiro contato com alguém da escola depois de toda a confusão. E eu tinha sobrevivido!

Falar com a Rosa e receber seu carinho tinha reduzido um pouco do fantasma daquele colégio no meu imaginário. Com a Rosa como aliada, eu e o Aquiles seguiríamos com o nosso refúgio oficial na biblioteca! E, se tudo desse certo, nem o Guga nem seus ogros de estimação poderiam nos perturbar por um bom tempo.

Imaginar que meu retorno à escola poderia ser possível, que minha vida poderia seguir adiante, era surpreendente. Eu precisava mesmo de um pouco de otimismo!

Ao meu redor, energias boas não me faltavam!

O protesto tinha se transformado praticamente numa celebração.

Um pouco mais aliviado, busquei o olhar de quem recebia os livros.

A cumplicidade entre quem estava naquele Pavilhão Azul.

Eu olhava para um lado e alguém retribuía o meu sorriso.

Olhava para o outro e um grupo inteiro acenava na minha direção.

Eram muitas pessoas!

Muitos olhares!

Para qualquer lado que eu me virasse... alguém me observava?

Confuso, olhei para onde estavam os voluntários, atrás de mim. Mas nem a Kita nem ninguém estava fazendo nada além de distribuir livros.

Respira, Romeu.

Algo estranho estava acontecendo.
Pega, entrega.
Pega, entrega.
Pega, entrega.
Eu não estava delirando. Várias pessoas seguiam apontando pra mim. Fuxicando seus celulares e comentando com seus amigos.

— ROMEU!! — Julinha se materializou ao meu lado.

— Caralho, Ju, que susto! — gritei.

— Desculpa, amigo! Mas eu tô muito nervosa! — Julinha confessou. — Você já soube?!

— De quê?! — perguntei, desnorteado.

— Tá rolando uma treta no Twitter com o seu nome! — minha amiga exclamou.

O QUÊ?!

— Como assim, Ju?!

— Você tá nos trending topics do Twitter, Romeu!

— Eu tô... o quê? — Eu não conseguia nem processar aquela informação.

— Nos trending topics! É quando você tá nos assuntos mais comentados...

— Eu sei o que é trending topics, amiga! — devolvi, exausto.
— Mas por quê?!

— Porque o Guga fez um post contra você! Olha só! — Ela esticou seu braço, me estendendo o celular, direto no post.

> "@gugathebest: Acusam meu pai de mil coisas, mas foi o Romeu, o filho do autor que INVENTOU que foi censurado, quem ME DEU UM SOCO na escola e FOI SUSPENSO. E minha família que é violenta?!"

— Ele não fez isso! — Bufei.

O Guga tinha jogado a merda no ventilador, ou pior, no Twitter?!

O que ele tinha na cabeça? Cocô?!

— Fez! — Julinha confirmou, revoltada. — Mas essa vai ser a última merda que esse babaca faz porque eu vou matar ele!!!

Definitivamente aquela Bienal não seria NADA do que eu tinha imaginado. Nem ali, longe daquele colégio medieval, eu teria paz?! Nem fugindo de todos aqueles trogloditas eu ficaria sossegado?!

Agora eu era o menino que bateu no filho do Prefeito!

Para o Brasil todo!

PUTA QUE PARIU!!!!

— Eu vou matar o Gustavo! — gritei, atraindo mais olhares dos frequentadores que passavam por ali. — Isso tá viralizando?! Alguém compartilhou?! É por isso que tá todo mundo me encarando por aqui?!

De tão ocupado com a ação dos livros, eu tinha me desconectado completamente do mundo virtual.

Apressado, enfiei a mão no bolso e peguei meu aparelho. Na tela de início, mil notificações me alertavam que a "treta" era beeeem maior do que eu imaginava.

Meu perfil do Twitter, onde eu quase nunca postava alguma coisa, pipocava com centenas de mensagens, milhares de compartilhamentos e comentários e polêmicas.

Óbvio!

A censura do livro do Tim tinha ganhado as manchetes a nível nacional e eu agora era mais um graveto naquela fogueira midiática! A desculpa perfeita pro Guga e seu pai inverterem a narrativa de que eles eram os grandes vilões e me pintarem como um garoto violento, filho de um pai que quer converter criancinhas em homossexuais.

— Olha aqui, amigo! — Julinha me mostrou seu celular. — Tem algumas pessoas te defendendo também.

— Me defendendo do quê? — rebati. — Eles não sabem por que eu bati naquele idiota! Todo mundo só sabe que eu dei um soco nele e que ele é a vítima!

— Mas ele não é a vítima! — minha amiga retrucou. — Você precisa contar tudo que aconteceu! Se você quiser, a gente reposta agora esse tweet dele já com a sua explicação! Eu faço uma thread foda, mostrando que...

— Você quer que eu conte tudo que aconteceu?! — Me espantei. — No Twitter?!

— Eu quero que você se defenda! — ela se explicou.

— Eu não posso, Ju. Se eu falar o que aconteceu, eu preciso falar do meu beijo interrompido e do motivo que me fez perder a cabeça.

— Sim. E aí todo mundo vai saber que ele foi homofóbico!
— E que eu sou gay! — Reavivei sua memória.
— Mas, amigo...
— Ju! — interrompi, tentando não perder o controle. — Eu não vou sair do armário no Twitter pro Brasil inteiro! Por favor!
— Tudo bem, amigo. — Ela recuou, preocupada com o meu destempero. — É só porque esse Guga é muito babaca de posar de vítima.
— Óbvio que ele é um babaca — desabafei. — O cara tá me expondo nesse nível... Sendo que eu não fiz nada!
Eu só queria dar a porra do meu primeiro beijo no meu melhor amigo por quem eu era apaixonado! Qual era o problema desse Gustavo?!
— O que você quer fazer, então? — Julinha sondou, cautelosa.
— Eu não vou fazer nada. — A encarei, transtornado. — Ou melhor, vou desativar o meu perfil. Todos! De todas as redes!
— Mas, Romeu...
— Eu não quero ser o centro das atenções, Julia! — bradei, já colocando meu celular no modo avião. — Eu não tenho condições de lidar com isso. Eu não...
Minhas mãos tremiam sem parar.
Aquelas pessoas estavam ali naquele protesto apoiando o meu pai, mas agora, o filho do autor que elas apoiavam, era acusado de agredir o filho do Prefeito.
Por mais que fosse uma acusação sem provas, era uma declaração forte, um post mais do que irresponsável! Mas, no mundo da internet, era o suficiente para incendiar ainda mais aquela história.
Uma dúvida havia sido plantada: o filho do autor censurado era violento? Aquela era uma família violenta? Radical?

Eu tinha certeza que não. E que eu tinha plena capacidade de entrar no meu perfil e rebater cada vírgula daquele mimado insuportável.

Mas... onde estava a minha coragem?!

Por que eu ainda sentia vergonha?!

Medo?!

— Romeu!

Aflita, uma voz atrás de mim gritou o meu nome. Era Kita quem corria em nossa direção.

— Não precisa se preocupar. — Julinha se adiantou. — A gente vai pensar num jeito de acabar com aquele imbecil!

Mas Kita só pareceu ainda mais confusa.

— Do que você tá falando, Ju?

— Do post do Guga! Você não tá nervosa por causa disso? — Julinha estranhou.

— Não. Eu nem sei que post é esse. — Kita nos encarou. — Eu tô nervosa porque o Dudu acabou de confirmar...

Lá vinha bomba.

— Que os fiscais da Prefeitura chegaram na Bienal! — ela completou.

— Eles... — Senti o baque.

— Estão aqui! — Kita confirmou, tensa.

É, Romeu.

Tudo sempre pode piorar.

8. VALENTIM

— Você tem certeza?! — perguntei.

— Absoluta. — Eva confirmou. — Eles estão aqui!

Como cantou Ney Matogrosso, "se correr, o bicho pega, se ficar o bicho come"!

A chegada dos fiscais da Prefeitura podia ter consequências catastróficas, e já era possível sentir a mudança no clima da Central dos Autores. Mesmo autores que não tinham publicado livros com personagens LGBTQIA+ ficaram apreensivos, afinal, uma vez instaurado o caos, podia sobrar para qualquer um.

A notícia tinha acabado de chegar até nós, minutos depois que soubemos do sucesso da ação promovida pela Kita Star. O impacto do seu protesto já ganhava grande cobertura de parte da imprensa, só que, com a presença dos fiscais, as coisas podiam ganhar proporções inimagináveis.

Na véspera, quando a primeira fiscalização se deu, a censura contra meu livro ainda não tinha tomado a dimensão atual. Mas, agora, aquela notícia já estava nas capas dos jornais, nos principais telejornais, na boca do povo.

Mesmo tudo me parecendo aterrorizante, aquela também era uma oportunidade de ficar cara a cara com os meus algozes e revidar.

Não que alguém quisesse isso. Pelo contrário, o Samuca, a Flora e a Eva tinham sido bem enfáticos ao me aconselharem a ficar longe de confusão.

Mas como permanecer sentado enquanto o mundo acabava lá fora?!

Por onde os fiscais entrariam? Quais livros seriam confiscados? Como os autores reagiriam? O que o público da Bienal faria? A ação da Kita corria perigo? O Samuca esbarraria com eles? A Flora? O Romeu?!

— A Bienal conseguiu que os fiscais entrassem à paisana pra não criar tumulto. — Eva conferiu no celular.

— Eu vou ligar pro Romeu! — Me decidi.

Ninguém podia me garantir se teríamos ou não um tumulto, mas eu precisava garantir que meu filho estivesse longe daqueles crápulas que acabavam de chegar.

— Aliás, sobre o Romeu... — Eva começou.

— Nem pensar, Eva — interrompi, já com o celular na orelha. — Eu não vou responder nada relacionado ao que aconteceu na escola seja pro canal que for!

— Tem vários sites reproduzindo o post do Guga, repercutindo a fofoca! — Eva insistiu. — E se você disser que não vai comentar nada? Eu posso emitir essa nota!

— Droga!!! — Me exaltei, assustando minha querida editora. — É que tá caindo na caixa postal e eu pedi pro Romeu ficar com o celular ligado!

— Tim... — Eva se aproximou. — As pessoas estão pintando o Romeu como "o garoto agressivo que bateu no filho do Prefeito". Tão chovendo comentários racistas contra ele.

— Quê? — Senti meu estômago embrulhar.

— Você sabe como a internet é. Como as pessoas acham que é uma terra de ninguém.

— Tira print de tudo — pedi. — Eu não quero ler, mas também não vou permitir que ataquem o meu filho e fiquem impunes!

— Eu vou registrar tudo que encontrar. — Ela assentiu.

— Por favor — agradeci. — O Samuca vai saber o que fazer depois com essas bizarrices. Na Justiça!

Naquele momento, registrar aquelas provas me parecia o melhor caminho para enfrentar aqueles ataques.

— O que está me enlouquecendo é não conseguir falar com o Romeu! — Tentei novamente, sem sucesso, ligar para ele. — Eu não sei se ele já soube do post do Guga, se os fiscais estão indo lá pra ação da Kita! Que merda!

— Valentim! — Eva subiu o tom de voz. — Eu também estou à beira de um colapso nervoso. Mas, por favor, não perde o controle. Senão a gente não vai conseguir!

— Desculpa. — Baixei o tom, envergonhado. — Eu não devia ter me exaltado, ainda mais com você.

— Tudo bem. — Ela relevou. — Nós só não podemos perder o prumo. As coisas estão ficando cada vez mais esquisitas por aqui.

— Como assim?

— Eu acabei de receber no celular... Algumas editoras foram orientadas a recolher das prateleiras os títulos que trouxessem algum personagem LGBTQIA+.

— O quê?! — Me espantei.

— Pior, alguns autores também estão se autocensurando, escondendo os próprios livros com receio dos fiscais — Eva lamentou.

O medo, nosso pior inimigo, começava a se espalhar.

— Os autores estão escondendo os próprios livros?! — indaguei, perplexo.

— Alguns. Por precaução — Eva confirmou.

Era lastimável. Tenebroso.

Esconder sua própria obra para evitar que ela fosse confiscada? Censurada?!

As pessoas ao meu redor certamente também estavam por dentro do que acontecia pelos corredores da Bienal. Se antes todos brindavam com champanhe e se enchiam de empadinhas, agora a maioria dos presentes na Central dos Autores buscava em seus celulares ou na pequena televisão no canto da sala alguma atualização.

Felizmente, eu não precisaria guardar aquela angústia toda só pra mim. Como se sentisse, mesmo à distância, minha aflição, Samuca preencheu a tela do meu celular com seu belo rosto, numa vibrante vídeo-chamada.

— É o Samuca — falei para Eva, aceitando a ligação. — Amor! — Só de ver o meu marido eu já respirava mais aliviado. — Onde você tá?!

— Tim! — Ele pareceu não me ouvir. — Os fiscais...

— Chegaram — completei. — A gente ficou sabendo.

— Vocês sabem onde eles estão?! — Samuca caminhava, afobado.

— Não. Parece que eles entraram à paisana, para não chamar atenção.

— À paisana?! — Samuca se deteve. — Disfarçados?!

— Sim! — confirmei. — Mas quando eles abordarem as editoras, todo mundo vai saber. Eles precisam se identificar!

— Meu Deus... — Ele recebeu a notícia com pesar.

— Onde vocês estão?! — perguntei. — A Flora ainda tá contigo?!

— Estou. — Flora apareceu diante da câmera. — A gente está entregando os documentos que o Samuca preparou nas editoras do Pavilhão Rosa! Mas ainda faltam muitas.

— Não vai dar tempo — Samuca constatou.

— Vocês não querem voltar pra cá?! — sugeri, preocupado.

— Não, meu amor — Samuca relutou. — Se a gente resistir aos fiscais, talvez a gente consiga lançar o seu livro hoje à noite!

— Eu não tenho mais cabeça pra lançar livro nenhum! — desabafei, estressado.

Estava cada vez mais difícil me manter forte diante daquele turbilhão.

— Claro que tem! — Samuca rebateu. — Esse pavor é o que eles querem! Eles querem nos desestabilizar. Que a gente perca a esperança. Que a gente fique atordoado diante de tanto horror, paralisados, sem ação!

— Eu não aguento mais, amor! Eu só quero levar o nosso filho pra longe desse inferno. Nem que a gente alugue uma casa no fim do mundo e fique isolado por um tempo! Um apartamento em Urano! Em outra galáxia!

Eu nunca tinha me sentido tão impotente.

— Fica calmo! — Samuca implorou. — Por favor!

Nunca tinham me aconselhado tanto a "ficar calmo".

— Eu não consigo! — assumi. — Cada vez que alguém me pede pra ficar calmo eu fico mais nervoso ainda! E ninguém corre de um vulcão em erupção com calma, ninguém foge de ETs invadindo a Terra com calma!

— Tudo bem! — Samuca prendeu o riso. — Então esquece que eu pedi calma e tenta só beber um copo de água, pode ser?

— Ótima ideia! — Eva se adiantou. — Eu vou buscar!

— Eu tentei ligar pro Romeu — compartilhei, enquanto minha editora se dirigia até o buffet. — Mas só dá na caixa postal.

— Eu vou tentar falar com ele — Samuca me garantiu. — E, se eu não conseguir, eu vou até o Pavilhão Azul, onde ele está, e falo com ele pessoalmente, tá bem?

— Eu vou ligar pra Julinha também — Flora prometeu.

— Obrigado — eu disse, tentando "ficar calmo".

Mas eu não tinha um segundo de paz.

— Valentim! — Eva gritou, retornando sem nenhuma água nas mãos ao pequeno círculo de sofás onde eu praticamente já tinha fincado raízes.

— O que foi?! — Me virei em sua direção.

Lá vinha problema.

Mais problema.

— Os fiscais estão indo pro nosso estande! — Ela despejou a nova bomba.

— Pro nosso estande?! — Me apavorei.

— É, pro estande da nossa editora! — Eva confirmou.

— Os seus livros estão lá?! — Samuca perguntou, do outro lado da tela.

— Estão. — Eva se antecipou. — Mas dentro de caixas, guardados. Os fiscais não podem confiscar livros que não estão expostos!

— Quem disse?! — questionei, aflito.

— Ninguém, mas acho que eles não podem fazer isso — Eva arriscou.

— Eu vou até lá! — Tomei a decisão, finalmente me levantando daquele sofá.

Era impossível ficar ali, isolado, enquanto fiscais saíam do túnel do tempo da ditadura pra confiscar os meus livros!

— Eu não sei se é uma boa ideia — Eva tentou argumentar.

— Eu não vou ficar mais aqui. — Bati o pé, irredutível.

— Então eu vou atrás do Romeu! — Samuca também não quis perder mais tempo.

— E eu posso levar esses documentos até você, Eva! — Flora se ofereceu. — Digo, até vocês! Lá no estande!

— Pode ser! — Eva aceitou a oferta.

— Eu te amo, viu? — Samuca reforçou, carinhoso.

— Eu também, meu amor — retribuí, antes de encerrar a nossa chamada.

Era hora de sair daquele porto seguro e descer para onde a batalha estava, de fato, sendo travada.

Se eu ainda não podia enfrentar nossa bruxa má do Oeste, o Prefeito, eu, pelo menos, derrotaria os seus macacos alados.

Assim, sem perder tempo, cruzei o salão e desci as escadas, marchando direto para onde os frequentadores da Bienal passeavam.

Ali embaixo, diante daqueles corredores, daquela multidão e daquela imensidão, meus batimentos cardíacos aceleraram.

Aquela era a Bienal!

Aquela energia!

Aquela vibração!

Nós estávamos em um dos três pavilhões daquele centro comercial, o Pavilhão Amarelo, situado no centro do evento. À minha direita, eu já avistava a Grande Arena, onde ocorriam os principais lançamentos e debates. Um espaço fechado que contava, em seu interior, com uma ampla arquibancada com capacidade de até trezentas pessoas.

Mas, infelizmente, não era hora de admirar nada. Eu precisava chegar ao estande da minha editora o mais rápido possível.

— Valentim! — Eva me segurou pelos braços, tentando acompanhar meu ritmo. — Eu posso ir até lá sozinha, eu te mantenho atualizado!

— Confia em mim, amiga — pedi. — Eu preciso estar lá!

Eu nunca me perdoaria por ter me escondido da luta.

Então, sem recuar, adentramos a multidão e cruzamos aqueles corredores. Nosso estande não ficava nem no Pavilhão em que nos encontrávamos, nem no que o Romeu estava, mas no Pavilhão Rosa, de onde o Samuca tinha me ligado há poucos minutos.

Para meu azar, era o pavilhão do lado oposto ao do Romeu, então, nem que eu quisesse, eu poderia passar rapidinho para ver o meu filho.

Contrariando as minhas expectativas, as pessoas circulavam leves e animadas pela Bienal. Uma fila enorme se formava para tirar fotos no trono do Game of Thrones, montado para promover os livros da série. Atores fantasiados de personagens clássicos da literatura atendiam o público na tradicional editora Prado Monteiro. Adolescentes vibravam com os autógrafos de uma jovem autora.

Por mais que eu seguisse com uma angústia no peito, era bom estar cercado daquela alegria. Ver aqueles sorrisos.

Mas nem tudo eram flores, como nós bem sabíamos. E, assim que entramos no Pavilhão Rosa, Eva chamou a atenção para um discreto estande ao nosso lado direito, onde três jovens, aos prantos, eram amparados por uma pequena multidão.

— Será que foram os fiscais?! — Pensei em voz alta.

— Não sei, mas a gente não pode perder tempo com...

— Vai ser rápido. — Deixei qualquer precaução de lado.

Se aquele jovens desesperados eram um sinal de como os fiscais estavam agindo pela Bienal, eu precisava saber.

Com cuidado, me aproximei do grupo e consegui ver melhor a jovem menina que chorava no meio de dois rapazes. O choro, entretanto, estava repleto de raiva.

— Vocês estão bem? — me intrometi.

— Você não é o autor que foi censurado? — A garota me pegou desprevenido.

Eu ainda não tinha sentido aquela repercussão na pele.

— Sou — confirmei. — E vocês? O que aconteceu? Foram os fiscais da Prefeitura?

— Foram — seu amigo ruivo confirmou. — Eles saíram daqui agora há pouco!

— O que eles fizeram? — Eva questionou.

— Eles nos obrigaram a colocar um adesivo "para maiores de 18 anos" em todos os nossos livros infantojuvenis, só porque eles eram LGBTs — a garota desabafou. — Só que não tem nada demais nesses livros! É um absurdo!

— Nós somos uma editora pequena, não temos como enfrentar a Prefeitura! — o outro rapaz, o mais alto daquele trio, se revoltou.

— Qual pai vai comprar um livro com um adesivo horroroso de "maior de 18 anos"?! Eles acabaram com a nossa Bienal!

Eu não sabia se chorava ou se quebrava tudo.

Se para mim já estava sendo difícil encarar meu livro censurado, imagina para aquela garotada de 20 anos?!

— Como vocês se chamam? — perguntei.

O mais alto se adiantou.

— Eu sou o Deko, essa é a Thati e aquele é o Arlindo — disse ele, indicando o ruivinho.

— Muito bem. — Suspirei. — Então, vocês prestem atenção no que eu vou falar. Eu estou indo agora mesmo impedir que esses fiscais confisquem os meus livros. Porque eu não posso deixar que eles vençam, entenderam? E nem vocês!

— Mas o que a gente pode fazer contra a Prefeitura?! — Deko perguntou.

— Arrancar esses adesivos! — bradei. — Arranquem essa porcaria! Joguem fora!

— Como assim?! — Thati se espantou.

— Eles podem multar a gente, processar, prender! — Arlindo desabafou.

— Eles que se fodam! — Eu já não sabia se falava aquilo para eles ou para mim ou para o universo. — Galera, se liga! Eles é que tinham que ser presos! Processados! Vocês estão certos! Os seus livros estão certos! E não se enganem, nenhuma editora é pequena! Toda editora, só de botar mais livros no mundo, é gigante!

Eu não fazia ideia de onde tinha surgido aquele Valentim revolucionário, mas eu já estava tomado de tanto ódio que tudo que eu queria era chutar o balde.

— Valentim, a gente precisa seguir pro nosso estande. — Eva me cutucou.

— Claro — respondi. — E, vocês, arranquem esse adesivo, vendam seus livros e escrevam muitas histórias com personagens LGBTQIA+! Combinado?

Deko, Thati e Arlindo, autores até então desconhecidos para mim, esboçaram um sorriso e concordaram com suas cabeças.

— Eles que se fodam! — Thati repetiu. — Vamos arrancar esses adesivos agora!

— É assim que se fala! — comemorei.

— Tim! — Eva sussurrou. — A gente precisa ir!

Assim, já conseguindo ver um sopro de esperança naqueles jovens que corriam para resgatarem seus livros, apressei o passo em direção ao estande da minha editora.

Eu e Eva não podíamos mais perder tempo.

Os nossos livros estavam guardados longe das prateleiras? Sim.

Isso me garantia qualquer coisa? Não!

Pelo contrário, se fiscais da Prefeitura do Rio eram capazes de obrigar jovens autores a colarem adesivos nos seus livros como se eles fossem impróprios para menores de 18 anos, eles estavam dispostos a tudo!

Sem desacelerar, atravessamos aquele pavilhão desviando das pessoas, cuidando para não esbarrar nas crianças animadas com seus livros de colorir, pedindo licença para senhorinhas que comiam cachorros-quentes.

Até, finalmente, virarmos em um corredor e avistarmos nosso estande.

Cheio de fiscais!

Mesmo de longe, eu conseguia ver quatro ou cinco homens abordando os funcionários da editora, vasculhando prateleiras. E, para eliminar qualquer dúvida, alguns repórteres já tiravam fotos e filmavam, registrando aquele momento.

Há poucos metros de onde eu estava, meus carrascos preparavam a guilhotina para cortar a minha cabeça, para decapitar meu *Walter*.

— Não vamos criar nenhum caso, você tá me ouvindo? — Eva se colocou na minha frente, temerosa. — Tudo que eles querem é te ver descontrolado, perdendo a razão. A imprensa está ali, filmando tudo! Qualquer deslize e eu nem sei o que pode acontecer.

— Eu não vou perder a cabeça — garanti. — Mas também não vou ficar aqui assistindo de camarote a minha desgraça. — Acelerei em direção ao estande.

A cada segundo, eu me aproximava ainda mais do lugar que tinha tudo para ser especial, mas que, infelizmente, havia se transformado no epicentro do meu pesadelo.

Todo aquele cenário, com aqueles livros lotando as prateleiras, aquelas capas maravilhosas, aqueles autores contemplados, era agora uma arena repleta de gladiadores.

— Com licença! — Entrei no estande, me segurando para não GRITAR com aqueles fiscais.

— Pois não? — Um senhor, com idade para ser o meu pai, se virou para mim, sem entender por que eu lhe abordava.

— O senhor é o...? — questionei aquele energúmeno.

— Orlando. — ele respondeu. — Por quê?

Por quê, Orlando?!

Porque o senhor é o maior imbecil que já apareceu na minha frente!

— Porque eu sou o Valentim. — Me controlei.

Mas Orlando me olhou como se não fizesse a menor ideia de quem eu era e como se aquele nome não lhe dissesse absolutamente nada.

— Bom, o senhor me desculpe, mas eu preciso trabalhar. — Orlando me dispensou, mantendo a tradição de pessoas insuportáveis que começam as frases com "bom".

Só que, ao contrário de Orlando, os poucos jornalistas presentes pareciam juntar as peças daquele quebra-cabeça que se apresentava diante deles.

O autor do livro censurado pelo Prefeito, que era o alvo preferencial das buscas da Secretaria de Ordem Pública, estava diante dos seus tiranos!

— Obrigada, pode voltar ao trabalho! — Eva fingiu cordialidade, me puxando para um canto. — Por favor, vamos embora daqui. Os livros estão guardados lá no...

— Eu sou o autor do livro que o senhor está censurando! — berrei na direção de Orlando, interrompendo o que ele fazia e quase infartando minha querida editora.

Eu não conseguiria assistir aquele absurdo sem fazer nada.

— Mas eu já vou lhe avisando que mesmo que o senhor encontre o meu livro, mesmo que o senhor o leia por inteiro, o que eu duvido muito, porque eu duvido que você tenha qualquer apreço pela literatura...

— Valentim! — Eva se colocou novamente à minha frente. — Não faz isso!

— Mesmo assim... — continuei, implacável. — O senhor não vai encontrar nada de errado com o meu livro! Sabe por quê?! Porque o meu livro não é impróprio pra ninguém!

— Chega, Tim, por favor! — Eva implorou, sem saber se olhava para mim, para Orlando ou para os jornalistas que já nos cercavam, ávidos por cobrir cada segundo daquela "cena".

— Eu só estou fazendo o meu trabalho. — Orlando me devolveu, cínico.

— O seu trabalho?! — protestei. — Censura virou trabalho?!

— A Prefeitura tem poder de polícia para isso. — Orlando se defendeu. — Se o material encontrado não estiver seguindo as recomendações, ou seja, lacrado ou com um adesivo "para maiores de 18 anos", ele será recolhido. É a lei.

— Meu Deus!!! — gritei. — Como você consegue falar isso em voz alta?!

Não era possível que só eu ficasse completamente revoltado com aquele homem falando aquilo com a cara mais descarada do mundo!

— Eu só lamento que hoje em dia queiram ensinar pornografia às crianças... — Orlando resmungou, virando-se de costas.

— O QUÊ?! — Quase caí para trás.

— Valentim! — Eva me encarou, desesperada. — Por favor, meu amigo, me escuta!

— Isso é um absurdo!! — esbravejei. — Eu não estou ensinando pornografia pra ninguém! O meu livro não tem nada de pornografia!!

Aquele homem despertava o meu pior. Eu queria explodir!

— Eu nunca divulgaria pornografia pra crianças! — berrei. — Pelo contrário! Eu só quero que as nossas crianças sejam felizes e protegidas de gente como você!

Eu estava com ódio, mas, acima de tudo, estava abismado com a sordidez daquele homem. Nem ele nem nenhum dos fiscais ali presentes tinha a menor vergonha de vasculhar livros, de confiscar obras, de censurar nossa literatura!

— Meu amigo, olha pra mim — Eva prosseguiu, tentando me conter.

— Eu que devia processar esse fiscal por falar esse disparate! — desmoronei, frágil. — Se o Prefeito quer censurar o meu livro, ele é quem devia vir aqui, então!

— O Prefeito está por dentro de tudo que estamos fazendo. — Orlando debochou.

Mas, desta vez, nem Eva se controlou.

— O senhor não tem que trabalhar, não?! — ela rebateu, furiosa.

Insolente, Orlando deu de ombros e voltou a vasculhar os livros mais próximos de suas mãos imundas.

— Tim, eu te imploro. — Eva reforçava, exaustivamente. — A imprensa está toda aqui, tenta segurar a sua onda.

— Eu estou tentando! — falei, angustiado. — Mas você tá me pedindo pra aceitar esse abuso de autoridade!

— Claro que não, amigo! — ela exclamou. — Isso é um horror! Mas, pra gente ganhar essa guerra, a gente precisa ser estratégico! A gente só precisa manter a calma e esperar esses idiotas saírem daqui.

Ela estava certa. Mas como manter a calma diante daquela tragédia? Aquilo nunca poderia estar acontecendo. Nunca poderia ter sido permitido. Nenhum Prefeito nunca deveria ter o "direito" de censurar obra nenhuma.

Eu repetia pra mim mesmo:

Respira, Valentim.

Eu precisava me controlar, mas estava mais difícil do que nunca.

Eu não conseguia nem cogitar o que seria "impróprio" no ponto de vista daqueles vermes. Como eles olhariam para um livro e diriam: "Este livro é gay"?! Aquilo tudo era uma palhaçada de muito mau gosto!

Finalmente, passados alguns pavorosos minutos, Orlando e sua trupe demoníaca concluíram a "inspeção" e se preparavam para deixar o estande.

— Eles acabaram por aqui — Eva confirmou, séria.

— E por que você está com essa cara? — estranhei. Não era para relaxarmos um pouco?!

— Eles querem conferir a ação da Kita — ela revelou.

Oi?

— Agora?! — Me assustei.

— Eles acham que os livros "impróprios" estarão lá.

— Mas eles não podem ir pra lá, Eva! O Romeu está lá!

— Eu sei! — Ela se preocupou. — O Samuca não ia lá falar com ele?!

— Ele disse que sim! Mas e se ele não conseguir chegar lá antes dos fiscais?

Eu confiava na palavra do Samuca, mas nós precisávamos ganhar tempo para eles. Eu não tinha noção de quantos livros ainda faltavam para serem entregues e não dava pra sair correndo até o Pavilhão Azul sem chamar a atenção dos fiscais.

— Os fiscais não podem sair daqui — concluí.

— Quê? — Eva estranhou. — Tudo que a gente quer é que os fiscais saiam daqui!

— Não, amiga. Tudo que a gente quer é que esses fiscais sumam e saiam da Bienal, não que eles marchem até o protesto da Kita!

— Mas eu não sei como segurar esses fiscais aqui! — Eva confessou.

— Mas eu sei!

Uma ideia tinha me alcançado naquele exato momento.

Ousada e com consequências imprevisíveis, mas possível de ser realizada.

No Pavilhão Azul, do outro lado da Bienal, o meu filho colaborava com uma das ações mais lindas que eu já tinha ouvido falar, e eu não podia permitir que aquela explosão literária ficasse em risco por um segundo sequer.

O meu livro, o meu menino com um buraco no peito, que só queria ser feliz e aproveitar seu primeiro amor, que só queria sorrir depois de dar seu primeiro beijo, que só queria acreditar que ele seria amado, estava encurralado. Escondido. Sufocado dentro de uma caixa de papelão naquele estande. E, mesmo assim, só ele podia me ajudar.

Sem titubear, atravessei o estande até os caixas onde as pessoas pagavam por seus livros e tomei a liberdade de invadir aquele espaço.

Embaixo daqueles balcões, várias caixas de papelão.

Ao longe, nem ao centro, nem à margem, perdida em algum lugar daquele estande, eu conseguia ver a dúvida e o pânico estampados no rosto da minha pequena Eva. Mas agora a peteca estava comigo. E eu estava preparado para o vale tudo.

Walter, li em uma grande caixa.

— Hora de salvar seu irmãozinho. — Me abaixei.

Foi tudo tão rápido que os funcionários só me olharam, espantados. Com aquela caixa pesada nos braços, marchei até onde os fiscais seguiam conversando.

— Valentim! — Eva correu na minha direção, aterrorizada. — O que você está fazendo?! Guarda isso!

— ORLANDO! — gritei, enquanto abria a caixa e rasgava o papelão.

— Não faz isso, pelo amor de Deus! — Eva implorou, ao meu lado.

— ORLANDO! — gritei mais alto, conseguindo atrair ainda mais a atenção de todos que estavam por ali.

Estúpidos, os fiscais me encararam, sem entender o que estava acontecendo.

Então, sem pensar duas vezes, tirei para fora da caixa um exemplar do meu amado *Walter*, novinho em folha.

— E esse livro aqui?! — me esgoelei, erguendo meu livro. — Não vão censurar?!

Eu podia perder a guerra, mas aquela batalha eu precisava vencer!

— O Prefeito não quer impedir o meu lançamento?! — bradei. — Pois eu estou lançando o meu livro agora e quero ver quem é que vai me impedir!

A melhor defesa, ali, era o ataque.

Em seguida, flashes e câmeras pipocaram na minha cara!

— Esse é o livro censurado pelo Prefeito e ele está sendo doado, de graça! — anunciei para os curiosos de plantão. — Quem vai querer?!

Para minha sorte, todo mundo queria um livro de graça, ainda mais o livro que estava sendo noticiado em todos os telejornais do país. Imediatamente, uma multidão invadiu o nosso estande e saiu pegando os nossos exemplares do *Walter*.

Eu nem sabia se aquelas pessoas realmente leriam o meu livro, mas isso não importava. Naquele segundo, eu queria o tumulto! Até uma senhorinha que passava distraída largou seu cheeseburger e veio correndo pegar um livro.

Eram muitos exemplares e, felizmente, eles começavam a sumir da caixa de papelão. Cada segundo daquilo era um segundo a mais para Romeu, Julinha e Kita no outro Pavilhão.

Os fiscais, atônitos, não sabiam mais o que fazer, afinal, o meu livro era o símbolo de toda a campanha persecutória do Prefeito. Eles não podiam deixar aquele "lançamento" passar despercebido.

Orlando, com sua cara de bunda, ainda tentava se aproximar da caixa e tirar as pessoas da frente, mas aquela era uma tarefa tão impossível quanto a de Sísifo empurrando sua pedra até o topo da montanha, em seu castigo divino. Não ia rolar! Ou melhor, ia rolar ladeira abaixo, para o terror de Sísifo e dos fiscais.

Ao meu lado, Eva seguia atordoada. Talvez eu estivesse sendo egoísta e insensível, afinal, aqueles livros eram fruto do trabalho de muita gente e talvez eu estivesse dando um rombo absurdo no orçamento da minha editora. Talvez aquele gesto destruísse nossa relação e eu perdesse o meu contrato.

Mas, naquele instante, eu só queria encarar aqueles fiscais e mostrar que meu livro não seria confiscado, nem que eu precisasse distribuir de graça todos aqueles exemplares!

Como se não bastassem as surpresas, no meio da multidão um rosto emergiu, espantado como o de Eva.

— O que está acontecendo?! — Flora se aproximou, boquiaberta.

Perplexa, Eva não encontrou palavras e só abriu e fechou a boca, impactada.

— É o meu livro, Flor. — Sorri, inseguro. — Bem-vinda ao meu lançamento!

9. ROMEU

Não estava nada fácil.

Eu me sentia como em uma trincheira, onde bastava que eu levantasse a cabeça pra olhar o que se passava do lado de fora, para correr o risco de ser atingido por todos os lados pelos exércitos inimigos.

O livro do Tim seguia censurado, os fiscais da Prefeitura já se aproximavam e, ainda por cima, eu "viralizava" no Twitter por causa daquele idiota do Guga.

Por mais que eu tivesse colocado o celular no modo avião, por mais que eu quisesse simplesmente ignorar tudo aquilo e fugir correndo daquele mundo on-line, minha mão coçava para abrir todos os meus aplicativos e fuxicar todas as minhas redes e ler todos os comentários e rebater todos os absurdos que deviam estar se espalhando.

Graças a Julinha, não me permiti seguir este impulso. Embora ela achasse, a princípio, que eu devesse me defender de tudo o que me acusavam, bastaram alguns minutos navegando pelo Twitter para ela mudar de opinião.

Minha amiga percebera que o clima não estava dos melhores, e, ainda que eu pudesse denunciar ou bloquear alguns comentários, talvez fosse melhor não se contaminar por todo aquele ódio.

A sugestão foi prontamente apoiada por Kita, mais "acostumada" com os *haters* virtuais. Tudo já estava pesado demais pra que eu me jogasse naquele raivoso precipício internáutico. Até porque o show não podia parar. Ou melhor, a distribuição dos livros não podia parar!

No segundo em que Kita mencionou a chegada dos fiscais na Bienal, o alvoroço foi inevitável. Dudu e os voluntários agilizaram ainda mais a entrega dos milhares de livros restantes e nós não ficamos de fora.

Pega, entrega.

Pega, entrega.

Pega, entrega.

Cada minuto era essencial para o sucesso daquela ação.

Nem eu nem a Kita nem a Julinha nem o Dudu nem qualquer voluntário ali estávamos dispostos a ser censurados por fiscal nenhum.

Pega, entrega.

Pega, entrega.

Pega, entrega.

Nós ainda não sabíamos onde os fiscais estavam, mas a qualquer momento, de qualquer direção, eles podiam surgir e complicar tudo.

Pega, entrega.

Pega, entrega.

Pega, entrega.

Mesmo com o suporte da Bienal, Kita não conseguia se acalmar. Ela não podia nadar, nadar e morrer na praia.

— Alguém sabe quantos livros faltam? — perguntei.

— Pelos meus cálculos, em meia hora a gente encerra — Dudu arriscou.

— Meia hora?! — Kita se alarmou. — Em meia hora esses fiscais chegam aqui!

— Ou não — Dudu ponderou. — Eles já chegaram na Bienal e até agora nada.

Quanto mais focado eu ficasse naquela tarefa, menos chances eu teria de pensar em como minha vida estava sendo exposta na internet. Naquele momento, eu só queria entregar aqueles livros.

Um livro atrás do outro.

Um livro atrás do outro.

Um livro atrás do outro.

Até que, depois de um livro, surgiu... ele!

Walter, o menino com um buraco no peito.

O livro do Tim.

Eu não queria me distrair e atrasar a nossa distribuição, mas naquele instante tudo desapareceu ao meu redor, e eu só consegui enxergar aquele pequeno livro que tinha causado tanto alvoroço sem ter feito nada.

Toda aquela perseguição.

Os fiscais.

O Prefeito.

A censura.

Tudo por causa daquele livro.

Daquele beijo.

Mas nós, finalmente, estávamos juntos.

Como todo amante de livros, fechei os olhos e senti seu cheirinho de livro novo. Viajei no seu aroma. Em seu convite para embarcar naquela aventura.

Depois, procurei a tal ilustração do beijo entre o Walter e seu primeiro amor. E, após passear por algumas páginas, o encontrei.

Um delicado e inocente beijo. Sem nenhum vilão à espreita. Sem ogros ou trogloditas. Só os dois, sorrindo, de mãos dadas.

— São as vantagens de ser você, Walter — sussurrei.

Era impossível não imaginar como eu e o Aquiles estaríamos se o Guga não tivesse aparecido. Diante daquele beijo, eu só pensava: *Ah, Aquiles, e se fosse a gente?*

— É o livro do seu pai?! — Julinha se deu conta do que eu tinha em mãos. — Eu não tinha visto ele por aqui!

— É o primeiro que eu encontro — expliquei.

— Que tuuuudo, amigo! — Ela se animou. — Fica com ele pra você!

Eu estava tão concentrado em repassar os livros que chegavam até mim, que nem havia cogitado essa hipótese. Mas, de fato, não fazia sentido não ter aquele livro.

— Eu vou — acatei sua sugestão, enquanto minha amiga recebia uma nova vídeo-chamada de sua mãe.

— Oi, florzinha! — Ela atendeu, animada.

— Você está com o Romeu?! — Flora logo perguntou, aflita.

— O Valentim estava ligando pra ele, mas só cai na caixa postal!

Perfeito, Romeu!

Meus pais tinham me pedido para não desgrudar do telefone, e o que eu fiz? O coloquei no modo avião.

— Deve ter acabado a bateria dele, mãe. — Julinha me acobertou. — Mas tá tudo bem! A gente tá quase terminando de entregar os livros. Ainda tivemos sorte que os fiscais não chegaram aqui.

— Não foi sorte, minha filha! — Flora exclamou. — Foi o Tim!!!

Confusos, eu e Julinha nos encaramos.

— O que tem o meu pai, Flora? — Me aproximei da câmera do celular.

— Romeu! — ela respirou aliviada. — Por favor, liga para os seus pais! Eles querem notícias suas!

— Eu vou! Eu coloquei meu celular no modo avião sem querer! — disfarcei. — Mas o que o Tim tem a ver com os fiscais?!

— Ele lançou o livro dele! — Flora revelou.

O quê?!

— Lançou?! — Fiquei sem entender.

— Literalmente! — Flora confirmou, virando sua câmera para um tumulto atrás de onde ela estava.

Era difícil assimilar o que acontecia do outro lado daquela pequena tela, mas, aos poucos, conseguimos identificar o Tim no meio da multidão!

— Seu pai resolveu distribuir os livros dele que estavam guardados no estande! — Flora desabafou.

— Distribuir?! — estranhei.

— Os fiscais estão aqui! — Flora tentou contextualizar. — É que fica difícil de filmar, porque eles estão sem uniforme!

— Eles estão confiscando os livros do Tim?! — Julinha se assustou.

— Estão tentando, mas não estão conseguindo. — Flora nos tranquilizou. — Ele fez esse alvoroço pra prender os fiscais aqui! Pra ganhar tempo para a ação de vocês!

O meu pai estava distribuindo seus livros?! De graça?! Pra gente terminar de entregar aqueles quinze mil outros livros?!

Eu tinha o melhor pai do mundo!

Quer dizer, os melhores pais do mundo, porque, ainda absorvendo aquela confusão, me deparei com o Samuca correndo em nossa direção.

— Pai?! — Me surpreendi.

— Rapidinho, mãe! — Julinha abaixou o celular.

— Desculpa! — Me adiantei, culpado, enquanto ele se aproximava. — Eu deixei meu celular no modo avião, mas eu já ia ligar!

Só que o Samuca não parecia se importar nem um pouco com o que eu estava falando. Cheio de documentos nas mãos, ele estampava um enorme sorriso no rosto.

— Eu tenho uma notícia ótima! — Samuca anunciou, empolgado. — A Bienal conseguiu uma liminar a nosso favor!

— O quê?! — Reagi, sem chão.

Eu nem acreditava mais que coisas boas podiam acontecer!

— Nós acabamos de conseguir uma liminar no Tribunal de Justiça que impede a Prefeitura de apreender qualquer livro aqui na Bienal! — Samuca detalhou. — Nenhuma autoridade municipal pode confiscar alguma obra pelo seu conteúdo, principalmente as que tratam do universo LGBTQIA+! É óbvio que a Prefeitura vai recorrer, mas, por enquanto, nós ganhamos!

— Ganhamos?! — perguntei, incrédulo.

— GANHAMOS!!! — Samuca repetiu.

— AAAAAHHHHH!!!! — Julinha gritou, eufórica, pulando e abraçando meu pai.

Aquilo era bom demais pra ser verdade!

Só que era verdade!

Uma onda de alívio me contagiou e eu também corri pro abraço!

Eu estava tão feliz que só queria gritar: "Me abrace mais forte"!

Ao nosso lado, Dudu, Kita e os voluntários seguiam entregando os livros na maior velocidade possível e não entendiam por que nos abraçávamos, exaltados.

— O Tim vai lançar o livro dele, como o planejado! — Samuca comemorou.

Mas, ao celebrar o lançamento do Tim, o Samuca me lembrou do que estava acontecendo no outro pavilhão.

— Que animação é essa?! — Samuca brincou, confuso com minha reação.

— É que o Tim já lançou o livro. — Acabei com o clima. — O papai está lançando o livro agora, pai! Tipo, lançando, jogando pra quem quiser pegar!

— E de graça! — Julinha completou.

— Do que vocês estão falando?! — Samuca estranhou.

— JULIA! — Flora bradou, lá do "além" digital.

— Minha mãe! — Julinha retomou sua videochamada.

— Eu estou aqui gritando sozinha! — Flora esbravejou de dentro do celular. — O que aconteceu?! A imagem balançou, eu só ouvi uns gritos!

— Caaaalma, mãe! — Julinha a tranquilizou. — Fala com ela, Samuca!

Afobada, minha amiga passou seu celular para o meu pai.

— Flor! — Samuca não perdeu tempo. — A Bienal conseguiu aquela liminar a nosso favor!

— O quê?! — Flora quase se engasgou. — Os fiscais não podem apreender mais nada?!

— Não! — Samuca confirmou. — E que confusão é essa aí atrás? O Romeu me disse que o Tim estava lançando livros nas pessoas!

— É quase isso! — Flora não sabia por onde começar.

— O que está acontecendo?! — Samuca insistiu. — Onde você tá?!

— No Pavilhão Rosa, na editora da Eva!

— Eu estou indo pra aí! — meu pai se limitou a dizer.

— Corre! — Flora encerrou a chamada, não sem antes gritar:
— E, Julia e Romeu, se cuidem!

Ainda sem entender direito o que acontecia no outro lado daquele evento, Samuca devolveu o celular para minha amiga, que se antecipou, apressada.

— Obrigada, tio! Agora, vocês me dão licença que eu já volto!

— Amiga! — Não entendi a pressa repentina. — Tá tudo bem?! — questionei antes que ela saísse correndo sei lá pra onde.

— Eu estou muuuuito apertada pra fazer xixi — ela se explicou, sem graça. — Eu bebo muita água, você sabe! A gente precisa se hidratar, né?!

— Não precisa se justificar, Julinha. — Meu pai a acalmou.

— Avisa pra Kita que eu já volto! — Julinha me encarou. — E fica com o celular dela! Vai que ela precisa!

— Deixa comigo! — Recebi o celular da youtuber.

Então, sem mais nada a declarar, Julinha e sua garrafinha de unicórnio dispararam em busca de alívio entre os estandes à nossa frente.

Todos estavam aceleradíssimos por ali!

— E você, meu filho, precisa de alguma coisa? — Samuca me perguntou.

— Tá tudo certo, pai — disfarcei.

— Tem certeza? — Ele se aproximou, acolhedor. — Tim e eu tentamos falar com você, mas só caía na caixa postal. Por que você deixou no modo avião?

Lutando contra meu impulso de sempre desviar das questões, toquei logo no assunto.

— Eu não queria ver as notificações das minhas redes — admiti, cansado de evitar falar com os meus pais sobre tudo que acontecia comigo.

— Então você já...

— Já — confirmei. — Eu já vi a nova confusão em que eu me meti!

Mesmo sem culpa, eu me sentia culpado por trazer mais preocupações para meus pais.

— Romeu, deixa eu te dizer. — Samuca suspirou. — O que esse Gustavo fez, chamando a nossa família de violenta, expondo o que aconteceu na escola, foi muito errado. Até porque ele só contou a versão dele dos fatos. Ele não contou por que você reagiu daquela forma.

Por mais que o Samuca só estivesse tentando me confortar, falar sobre aquilo com ele ainda me deixava um pouco desconfortável.

Nós sabíamos que eu só havia reagido "daquela forma" por ter sido arrancado do armário prestes a beijar o Aquiles. Então, seguir naquela conversa era aceitar que estávamos na mesma página, ainda que eu não tivesse falado com as minhas próprias palavras que eu era gay e que, realmente, queria ter beijado o Aquiles.

Respira, Romeu.

— O meu conselho é: não responda nada, se não quiser — prosseguiu meu pai. — Eu sei que dá vontade de ficar ali rebatendo tudo, mas a gente já tá passando por tanta coisa, não é?

Eu fiz que sim com a cabeça.

— Até que foi bom você deixar seu celular no modo avião! — Ele riu, cúmplice. — Agora, corre lá para ajudar a Kita! Essa ação está linda demais!

— Está, sim — concordei. — E, você, vai lá ajudar o Tim! Ele precisa de você!

— Eu vou! Eu não vejo a hora de acabar com aqueles fiscais esfregando essa liminar nas suas caras feias! — Ele sorriu. — Qualquer coisa, me liga!

— Prometo! — Assenti. — Mesmo!

Determinado, meu pai seguiu, então, rumo ao Pavilhão Rosa, onde eu esperava que as coisas se acalmassem depois daquela liminar.

No meio de tantas nuvens pesadas, aquele era o primeiro raio de sol que aparecia em nossa frente. O primeiro respiro!

Mesmo que eu ainda sentisse alguns olhares em minha direção, eu já estava um pouco mais confiante.

Um pouco mais leve.

Um pouco mais esperançoso.

Um pouco mais seguro.

Até um olhar cruzar com o meu.

Frio.

Duro.

Mas, por alguma razão, familiar.

Como uma resposta natural do meu corpo, um frio na espinha me atravessou.

Um garoto, próximo ao final da fila e, portanto, distante de mim, me encarava.

Vestindo um casaco vermelho com um capuz cobrindo parcialmente seu rosto, ele não me ajudava em nada a identificá-lo de primeira.

Era o...?

Não era possível.

Ele não seria louco de...

— Romeu!

Assustado, me virei para ver quem tinha tocado no meu ombro.

— Desculpa! — Kita riu da minha reação. — É que eu vi vocês gritando e pulando aquela hora, e depois a Julinha saiu correndo. Tá tudo bem?!

Naquele breve segundo, quando voltei meu olhar para o fim da fila, o menino do capuz vermelho começava a se afastar.

— Romeu? — Kita me chamou novamente.

— Ah, ela foi no banheiro! — Minha intuição gritava que aquele menino era quem eu suspeitava que fosse, e eu não podia deixá-lo escapar.

— E aquele homem era seu outro pai, né? — Kita prosseguiu, interessada. — O que vocês estavam comemorando? Alguma novidade?!

— Sim! — Voltei a ver o encapuzado, mas, dessa vez, mais longe. — É que a Bienal conseguiu uma liminar a nosso favor! Os fiscais não podem mais apreender nenhum livro!

— O quê?! — Ela sorriu, surpresa. — Mas...

— Foi mal! — interrompi. — É que eu também tô apertado pra ir no banheiro! Olha, a Julinha me devolveu seu celular! — Entreguei seu aparelho — Eu já volto, tá?!

Sem dar brecha para que ela me respondesse, me virei e saí correndo.

Eu podia estar delirando? Sim.

Fazia algum sentido aquele garoto estar na Bienal? Nenhum.

Mas eu precisava tirar aquela pulga de trás da minha orelha de qualquer jeito.

Desenfreado, disparei até o corredor por onde aquele menino desaparecera segundos antes e, um pouco mais adiante, contornando outra editora, lá estava ele!

Mas ele não ia escapar de mim nem que eu tivesse que correr uma maratona inteira naqueles pavilhões.

Quando ultrapassei o estande onde ele havia contornado, me deparei com um beco, quase escondido. Deixando de lado toda a prudência, adentrei aquele pequeno corredor e fui parar nos bastidores da Bienal.

Eu não caminhava mais no meio da multidão, mas atrás dos estandes! Na área reservada para os funcionários do evento. Sem ninguém à vista. Um lugar perfeito para beijar o Aquiles sem perturbações, diga-se de passagem.

E ali estava o garoto do capuz! Um pouco mais à frente, entrando em um container sinalizado como banheiro masculino.

Não era paranoia da minha cabeça, ele estava fugindo de mim!

Controlando minha insegurança, caminhei até a entrada daquele banheiro, abri a porta e entrei, na ponta dos dedos, atento.

Nada.

Ninguém.

Nem uma viva alma.

Como as cabines estavam com as portas fechadas, era impossível ver se havia alguém em seus interiores. Para desvendar aquele mistério, seria preciso abrir uma a uma.

Entretanto, ao meu aproximar para abrir a primeira cabine, um forte barulho me fez olhar para a porta de entrada, agora fechada com força.

Na sua frente, o garoto do capuz vermelho bloqueava a passagem.

Só que agora ele já não se escondia debaixo do capuz e se revelava, desafiador e arrogante, para mim.

Eu não estava errado.

Era ele.

O detestável...

— Guga?! — Me assustei.

— E aí, Romeuzinho? Tava com saudades?! — falou o idiota.

O dono daquele olhar cruel por debaixo do capuz era exatamente quem eu imaginava. Não satisfeito em me jogar aos leões da internet, ele queria dar o bote cara a cara.

— O que você tá fazendo aqui, Gustavo?! — perguntei, apreensivo.

— Gustavo? — ele debochou. — Eu pensei que a gente tivesse mais intimidade! Até porque quem colocou essa maquiagem roxa no meu olho foi você!

Eu não tinha reparado no hematoma ao redor de seu olho esquerdo, e se tinha alguma coisa da qual eu não me orgulhava nem um pouco, era aquela mancha.

— O que você está fazendo aqui?! — repeti a pergunta, imóvel.

— Eu quis acompanhar tudo de perto. — Guga deu de ombros. — Ter uma conversinha particular com você. Essas coisas.

Eu não sabia nem por onde começar uma conversa com o garoto que tinha me tirado do armário para o colégio inteiro.

— Você é um babaca — despejei.

— Mas o que é isso?! — Guga se fez de ofendido. — Já começando com ofensas?!

— O que você ganhou postando aquela merda no Twitter?! — questionei. — O que você ganha vindo aqui?! O que você quer? Me humilhar?!

— Eu?! — ele ironizou. — Eu não estou entendendo, Memeu. Você acha que *você* é a vítima dessa história?!

— É claro que eu sou! — rebati.

— NÃO! — Guga berrou, agressivo, como era de se esperar. — Você não é!

Meu corpo não sabia se era hora de se defender ou de partir para o ataque.

— Ou você se esqueceu quem me nocauteou na biblioteca?! — ele vociferou. — Quem me acertou em cheio com essa mão de marica?!

— Eu não me orgulho disso — respondi, sincero.

— Não se orgulha?! — Guga ironizou. — Pois eu pensei que você estava cheio de orgulho! Batendo num babaca como eu! Não é assim que você me chamou?!

— Mas você é um babaca! Você gritou pra biblioteca inteira que eu era...

— Uma bicha! — Guga completou. — E não é?!

— Cala a boca! — me irritei.

— NÃO! — Guga avançou na minha direção. — Quem vai calar a boca aqui é você! Quem levou um soco fui eu!

— E eu fui suspenso! — me defendi. — Por três dias!

— Uau! Três dias?! Pra ficar em casa de férias com sua família nojenta?!

Eu não podia cair na armadilha de revidar as ofensas daquele ogro e perder a razão. Mas chamar a minha família de "nojenta" era ultrapassar muito o meu limite.

— Não fala da minha família — ordenei, com os dentes trincados.

— São os seus pais que estão atacando o meu! Só porque o meu pai quer defender as famílias de bem dessa cidade!

— Famílias de bem?! — Me segurei para não rir. — Você só pode ter problemas!

— Não, Romeu, quem está com sérios problemas aqui é você! — Guga se virou e trancou a porta de entrada do banheiro onde nos encontrávamos.

Se eu já não gostava nada daquela situação, trancado com ele ali era pior ainda.

— Você está muito atrevido pro meu gosto. — Guga voltou a me encarar. — Tá na hora de você sofrer um pouco como eu.

Era inacreditável a visão que aquele garoto tinha das coisas.

— Tudo que eu tenho feito desde que você apareceu na biblioteca é sofrer — devolvi.

— Então você ainda não viu nada — ele reforçou. — Porque eu vou transformar a sua vida naquela escola num inferno.

De onde vinha aquele prazer em infernizar a minha vida?! Eu nunca tinha feito nada para aquele garoto!

— Por quê?! — protestei. — Eu já fui suspenso pelo soco que eu te dei! O que mais você quer?! Que eu peça desculpas?! Eu peço! Desculpa, Gustavo! Mesmo ouvindo aquelas barbaridades que você me disse, eu não devia ter partido pra agressão!

— Deixa de ser ridícula! — Ele tentou me diminuir, me tratando no feminino. — Foda-se as suas desculpas!

— Então o que mais você quer?! — explodi. — Que obsessão é essa comigo?!

— Obsessão?! — Guga se ofendeu.

— Só pode ser! Eu nunca falei com você, nunca quis ser seu amigo, nunca te provoquei, nunca fiz nada! E você só me persegue!

— Eu estou pouco me lixando pra você! — Guga rebateu, furioso.

— Não parece! — insisti. — Finge que eu não existo, Gustavo! Se perguntarem de mim, diga que não me conhece! Me tira da sua cabeça!

— CALA A BOCA! — Guga chutou uma lixeira ao seu lado, espalhando o lixo pelo chão. — Eu não tenho obsessão nenhuma por você! O que você tá insinuando?!

— Eu não estou insinuando nada! — Me assustei com seu descontrole. — Eu só quero que você me deixe em paz!

— E eu quero mais é que você se exploda! — Guga gritou. — Você destruiu a minha vida!

— Eu?! — respondi, incrédulo.

— Eu apanhei do viadinho! — ele reclamou. — Eu vou ser zoado pra sempre!

Eu tremia de raiva, de medo, de coisas que eu não sabia nem nomear. Mas, diante daquele completo absurdo, eu não consegui conter uma bela gargalhada que explodiu dos meus pulmões.

— Tá rindo do quê?! — Guga estranhou.

— Porque você é uma piada! — joguei na sua cara. — E, quer saber? Vamos ter a conversinha particular que você quer!

— Do que você tá falando?

— Você pediu pro seu pai censurar o livro do meu pai, não pediu? — perguntei o que tanto havia me consumido nas últimas 24 horas.

— Eu?! — Guga achou graça.

— Tem outro filho de Prefeito aqui?! — provoquei. — Você não precisa atacar o meu pai se o seu problema é comigo!

— Eu não pedi nada pro meu pai, seu idiota!

— Pois então eu vou te atualizar! — prossegui, impaciente — A Bienal acabou de ganhar uma liminar que impede os fiscais de apreenderem mais livros, ouviu?! O meu pai vai lançar o livro dele, seu pai querendo ou não!

— Até parece. — Guga resmungou, confuso.

— Volta lá pro seu Twitter e confirma! Já devem ter vários memes com a cara de bosta do seu pai!

Eu já estava cansado de lidar com aquele verme. Exausto daquela perseguição sem sentido. Daquele pesadelo sem fim.

— E se eu não fizer nada disso? — ele retrucou. — Você vai fazer o quê?!

E com apenas um passo na minha direção, Guga mostrou que não ia se tornar a presa daquela selva. O seu lance era devorar o adversário.

— Hein, Julietinha? — ele zombou, ferino, seguindo na minha direção. — Vai fazer o quê?! Me dar outro soco? Não vai ser bom pra sua imagem e pra sua família, não é?

Acuado, meu coração acelerou, e eu comecei a enumerar minhas possibilidades de fuga daquela situação.

Eu devia empurrá-lo e destrancar a porta a tempo de sair sem que ele me alcançasse?! Eu arriscava entrar em alguma cabine até que ele desaparecesse dali?! Ou desistia de fugir e partia pra cima dele?!

Aquele troglodita me encurralava cada vez mais. E, quanto mais próximo, mais eu tinha a certeza de que ele estava prestes a me dar um belo soco no rosto.

Só que, diferente de mim, ele podia não parar por ali. Nós estávamos sozinhos naquele banheiro, trancados, sem câmeras, sem ninguém por perto.

Eu não tinha dúvidas de que ele era um garoto violento.

Seus olhos brilhavam, sádicos.

Sua testa encharcava de suor.

Seu peitoral subia e descia, no ritmo ofegante de sua respiração.

Seus punhos se fechavam com força total.

— E nem adianta implorar, Julieta. — Ele riu. — Eu vou quebrar a sua carinha e botar uma maquiagem muito mais roxa do que essa que você botou no meu rosto.

Encostado na parede, eu não tinha para onde ir.

Minha única defesa teria que ser o ataque, mas ele era muito mais forte do que eu, e estava determinado a me trucidar.

Respira, Romeu.

— Você já devia estar acostumado a apanhar. — Guga continuou com sua tortura. — Além de preto, é viado! — ele disparou.

Quê...?

Além de...

Respira, Romeu.

Res...

...pira.

Eu já tinha escutado muitas atrocidades na escola.
Visto muitas barbaridades nos noticiários.
Crimes de ódio.
Discursos intolerantes.
Piadinhas assassinas.
E, mesmo não sendo possível, eu tentava desviar desse mal.
Não pensar tanto no lado ruim da nossa sociedade.
Procurar o melhor em cada um.
Focar na luz, e não na sombra.
Na história do amor e não na história da violência.
Mas era impossível.
Aquele ódio não sumiria da minha vida.
Aquele ódio não sumiria do mundo.
Eu precisaria conviver com ele e enfrentá-lo diariamente.
Um ódio que me odiava apenas por eu ser quem sou.

Um ódio que não tinha vergonha de gritar na minha cara que ele me detestava, pela minha pele negra, pela minha sexualidade, pelo meu amor, pela minha essência.

Quando o Guga gritou na biblioteca "Bem que meu pai falou que essa gente tinha mais é que morrer!", meu impulso foi ligeiro e direto. Meu instinto de defesa se converteu em um soco certeiro no olho da questão.

Eu sabia: a violência não resolve as coisas. Mas também sabia que a frase que eu tinha escutado era uma violência maior ainda. Aniquiladora, destrutiva, mortal.

Agora, encarando aquele garoto, da mesma idade que a minha, repulsivo até o último fio de cabelo, eu não consegui sequer recuar. Avançar. Me mover.

Eu tinha sido atingido.

Em cheio.

Meu peito apertou.

Meus olhos se encheram.

E eu não consegui fazer mais nada.

Nem implorar que ele não me agredisse porque, na verdade, eu já tinha sido brutalmente agredido.

Respira, Romeu.

Às vezes, porém, a vida tem um roteiro mais inacreditável do que qualquer romance e, num rompante, uma das cabines se abriu ao meu lado.

— É, preto e viado com muito orgulho! Algum problema?!

Com seu celular em punho e sua garrafinha de unicórnio, ela surgiu, filmando tudo:

— Julinha?! — Me espantei, confuso.

Eu não sabia se ria ou chorava, de tanto alívio que senti por ver a minha amiga!

— Quem é essa baleia?! — Guga recuou, assustado.

— É a Moby Dick, seu merda! — Julinha não se intimidou. — Bem clássica e assassina, pronta pra destruir um gordofóbico, racista e homofóbico que nem você!

Minha Deusa!!! Obrigado por essa reviravolta per-fei-ta!

Não, eu não estava entendendo nada do que estava acontecendo nem como minha amiga tinha se teletransportado pra dentro daquele banheiro. Mas o susto que ela havia dado no Guga tinha sido tão grande que ele parecia estar diante de um fantasma. Na verdade, ele estava mais branco e pálido do que qualquer fantasma!

— Esse é um banheiro masculino! — Guga protestou. — O que você tá fazendo aqui?!

— Xixi! — Julinha não tirou o celular do rosto do Gustavo. — Você não viu a fila do banheiro feminino?! Graças a uma boa funcionária que me mostrou esse banheiro eu não paguei um mico no meio da Bienal!

— Mas o quê...? — Guga continuou, totalmente perdido.

— Isso não importa! — Julinha continuou. — O que importa é o que você estava falando sobre o meu irmão Romeu!

Eu amo a Julinha.

— Continua! — Julinha deu um passo em direção a ele. — Eu tenho certeza de que todo mundo vai amar conhecer um pouco mais do... como é mesmo seu perfil? Ah, "gugathebest"! "Guga, o melhor"! "Guga, o fodão"!

— Você não é louca de publicar esse vídeo! — Guga se desesperou.

— Ah, o Romeu me conhece! — Julinha provocou. — Eu sou beeeem louca!

EU AMO A JULINHA.

— Se você publicar, todo mundo vai saber que seu irmãozinho é uma bicha! — Guga retrucou, irado. — Você vai tirar seu amigo do armário também?!

Mas antes que a Julinha se visse sem saída, eu me adiantei.

— Eu não tenho problema com isso — blefei.

E pela primeira vez desde que eu tinha pisado naquele banheiro, eu percebi o medo nos olhos do Gustavo. Pela primeira vez, era ele o encurralado.

— E quer saber? — Julinha parou de filmar. — O que eu tenho já tá ótimo. Agora é só publicar.

— Garota! — Guga tentou se aproximar, aterrorizado.

— Alto lá! — Julinha subiu o tom de voz. — Nem mais um passo! Você não duvida que eu publique?! Pois então, eu já estou prontinha pra soltar nas redes! E eu tenho certeza de que esse vídeo vai prejudicar muuuuito mais você e o seu papai do que o Romeu. Até porque homofobia e racismo são crimes! E sua gordofobia também mata!

Eu ainda precisava saber como a Julinha tinha conseguido ficar em silêncio dentro daquela cabine por tanto tempo, mas, por ora, eu estava satisfeito em ver aquele babaca sem saída.

— O que você quer que eu faça? — Guga baixou o tom. — Pra você não publicar.

— Como assim? — Julinha provocou. — Você quer me subornar? Aprendeu com o papai a pagar propina?!

— Me fala logo o que você quer pra não publicar esse vídeo! — Guga explodiu.

— Eu tenho uma proposta — Julinha começou. — Que, na verdade, não é bem uma proposta, porque ou você aceita ou você aceita.

— O que é? — Ele bufou, se controlando para não surtar.

— Pra começar, você precisa pedir desculpas pro Romeu!

— Só?! — ele minimizou.

— No Twitter — minha amiga arrematou. — Você precisa assumir que foi você que errou com o Romeu na escola e quem deu motivos pro meu amigo perder a cabeça!

— O quê?! — Guga se espantou.

— Isso tudo, claro, sem dar mais detalhes do que o necessário! — Julinha detalhou. — Aí, depois, você precisa ter certeza de que esse post terá mais curtidas e compartilhamentos do que o primeiro post que você fez, infernizando meu amigo! Porque se esse novo tweet tiver menos alcance do que o primeiro... eu publico o vídeo!

— Mas... — Guga tentou rebater.

— É pegar ou largar! — Julinha finalizou. — E rápido, antes que eu mude de ideia!

— Tá bom!!! — Guga aceitou a oferta. — Eu aceito!

— Ótimo! — Minha amiga sorriu, debochada. — Além disso...

— Tem mais?! — Ele se irritou.

— Tem! — Julinha confirmou. — Você também vai sair desse banheiro e vazar dessa Bienal agora. E nunca, nunca mais, vai perturbar o Romeu!

Eu estava quase pegando o meu celular para filmar aquela cena!

— E como eu vou saber que você não vai publicar de qualquer jeito? — Guga questionou, inseguro.

— É só confiar em mim. — Ela deu de ombros. — Você não tem escolha, né?

Xeque-mate.

Nitidamente contra todas as suas vontades, Guga revirou seus olhos e buscou o meu olhar. Era incrível perceber como todo o tesão que eu já tinha sentido por aquele idiota estava mais do que enterrado. Eu só queria distância daquele ser tão desprezível.

— Desculpa, Romeu. — Guga sussurrou.

— Eu não ouvi direito, Gustavinho! — Julinha atiçou.

— DESCULPA, ROMEU! — ele gritou, irônico. — Tá bom assim?

— Não sei. — Julinha debochou. — Tá bom pra você, Romeu? Ainda mexido com tudo, concordei com a cabeça.

— Ótimo! — Julinha voltou sua atenção para o Guga. — Agora vaza daqui!

Não havia mais o que ser dito.

Não havia nada que pudesse apagar tudo que aquele menino tinha dito para mim, e eu esperava, do fundo do meu coração, nunca mais precisar olhar novamente para a sua cara.

Ele não parecia se dar conta do quão equivocado ele estava em suas posições e eu não conseguia prever se, algum dia, ele conseguiria melhorar.

Enfurecido, Guga nos encarou pela última vez. Então, destrancou a porta de entrada e saiu do banheiro batendo a porta com toda a força que ainda lhe restava.

Era hora de descarregar seu ódio em outro lugar.

— Amigo...

Mas antes que minha amiga pudesse concluir sua frase, minha pressão baixou vertiginosamente, minha vista escureceu e minhas pernas cambalearam. Eu estava prestes a desabar.

— Calma, Romeu! — Julinha me segurou.

Tudo girava ao meu redor e eu não conseguia focar em nada.

— Romeu, olha pra mim! — Eu escutava a Julia, ao fundo, tentando me ajudar.

— Eu... — A garganta engasgada, o choro acumulado, uma represa querendo romper. — Eu não consigo...

— Calma, amigo, pelo amor de Deus!

— Eu não consigo res... — Tentei falar, os olhos marejando.

— Se apoia aqui na pia! — Julinha me orientou. — Vamos lavar esse rosto!

— EU NÃO CONSIGO RESPIRAR!

Eu não conseguia me desvencilhar daquela sensação de minutos atrás, quando estava prestes a ser agredido.

Eu não queria imaginar que o Guga fosse capaz de fazer algo pior, mas aquele garoto queria sangue. O meu sangue.

Ele não queria me dar apenas um soco. Ele queria me estraçalhar. Me desfigurar.

E, para além da violência física, eu já me sentia agredido por suas palavras. Porque palavras curam, mas também matam!

"Além de preto, é viado!"

Como se ser negro e gay fosse uma ofensa. Como se eu fosse um merecedor de receber tudo o que há de pior no mundo! Como se o mundo tivesse o direito de me machucar, de me matar!

Quem ele achava que era?! O dono do mundo?! O senhor de engenho da escola?!

Quando terminei de enxaguar meu rosto, me encarei no espelho.

Eu diante de mim.

O meu reflexo e eu, confusos naquela ciranda da solidão.

— Por quê? — sussurrei. — Por quê?!

— Calma, amigo, respira mais uma vez, um pouco mais fundo.

— Por que esse garoto me odeia tanto?! — perguntei, frágil. — O que foi isso?!

— Racismo. Homofobia — Julinha lamentou, os olhos vermelhos.

— Esse garoto veio até aqui pra me bater! — bradei. — Ele ia me espancar, amiga! Só por eu ser quem eu sou! E eu não consegui nem reagir! Nem me mexer! Porque doeu demais, Ju! TÁ DOENDO!

Aquele garoto não tinha encostado um dedo em mim, mas eu conseguia sentir o meu corpo todo violentado. Cada músculo, cada nervo, cada célula.

— É supernormal que você se sinta assim. — Julinha me apoiou.
— Não é fácil reagir quando a gente se vê diante de tanto horror. Ninguém nasce herói, e você não está imune a se sentir frágil.
— Se você não estivesse aqui, não sei o que poderia ter acontecido.
— Mas eu estava aqui, pela glória da minha santa garrafinha de unicórnio e meu xixi abençoado! — Julinha exclamou, tentando arrancar um sorriso meu. — De tantos banheiros, a mulher da segurança me indicou esse aqui atrás, tem noção? Era pra ser!

Eu ainda tremia por dentro, mas no precipício onde o Guga quis me jogar eu não podia cair. Eu precisava voltar ao meu estado normal.

— Eu só não entendi como ele teve coragem de vir até a Bienal! — ela confessou.
— Eu também não. — Recuperei o fôlego. — Ele estava me observando lá perto da fila, com aquele capuz cobrindo seu rosto. Aí eu desconfiei que pudesse ser o Guga e vim atrás dele. Agora...

Um pensamento passou pela minha cabeça.

— Será que o Prefeito também veio?! — cogitei.
— O Prefeito?! — Julinha se alarmou.
— Eles podem ter vindo junto com os fiscais! — me preocupei.
— Calma, não vamos nos precipitar. O que a gente sabe até agora é que quem está aqui é o Guga. E ele vai ter o que merece quando a gente postar esse vídeo!
— Como assim?! — estranhei. — A gente não pode liberar esse vídeo, Ju.

— Mas esse Gustavo merece ser exposto! Esse vídeo prova que o filho do Prefeito, que te chama de violento no Twitter, é homofóbico e racista! E que o pai dele pensa da mesma forma! Vai mostrar que você é a vítima nessa história e não o agressor!

— Mas também vai mostrar que eu sou gay! — devolvi.

— Ninguém tem nada a ver com isso! — ela rebateu.

— Exatamente! Por isso eu não quero sair espalhando nada pela internet!

Eu não queria sair do armário no Twitter!

— Desculpa, eu não falei por mal. — Julinha se adiantou.

— Eu sei, amiga. É só que eu saí do armário ontem! Quer dizer, eu fui tirado do armário. Eu não quero sair me atropelando mais ainda.

— Mas, então, o que a gente faz com esse vídeo? — ela indagou. — Você prefere ignorar tudo de errado que ele falou?

— Eu só não quero alimentar mais essa confusão. Nós conseguimos afastar o Guga, isso já é uma vitória. Esse vídeo pode ser minha carta na manga! Sempre que ele pensar em me provocar, ele vai lembrar do vídeo e me deixar em paz.

— Mas a gente pode virar o jogo de vez — Julinha insistiu.

— Não, amiga, a gente não pode. Porque pra virar o jogo de vez, a gente precisa que esse Romeu aqui esteja confiante, sem medo de se assumir gay pra quem quer que seja, cheio de coragem! — me abri. — Mas esse Romeu está se sentindo uma merda por não ter essa coragem e por não conseguir revidar esse bosta como deveria!

— Vamos fazer o seguinte... — Julinha mexeu no seu celular por alguns segundos. — Eu enviei o vídeo pro seu celular e vou apagar do meu, pra você ficar tranquilo. Assim, a decisão de publicar ou não será sempre sua.

Eu não sabia o que fazer.

Seria melhor publicar logo aquele vídeo? Ou eu estava sendo pressionado até pela minha melhor amiga a sair do armário antes do meu tempo?!

— A gente precisa voltar pra Kita — decidi, querendo sair dali e seguir adiante.

— Tem certeza? A gente pode ir direto pra Central dos Autores esperar os seus pais e a minha mãe. Você pode lanchar, beber uma água, descansar.

— Não, Ju. A Kita está contando com a gente. É um protesto para defender o livro do Tim. Eu preciso estar lá.

— Então vamos voltar pra onde a gente nem devia ter saído! — ela concordou. — Quer dizer, eu precisava ter saído, né, porque eu...

— Já entendi, amiga. — Consegui finalmente dar um sorriso.

Assim, deixamos aquele container, atravessamos novamente aquele pequeno corredor e seguimos rumo ao espaço reservado para a ação dos livros.

Dessa vez, entretanto, não havia mais uma montanha de livros.

Não havia nem um pequeno morro, para falar a verdade.

O protesto estava chegando ao fim!

— Que xixi demorado foi esse, gente?! — Kita brincou quando nos aproximamos.

— É uma longa história! — resumi.

— Um loooongo xixi! — Julinha suspirou.

— Como estamos por aqui?! — perguntei.

— Falta muito pouco! — Kita sorriu. — Na verdade, eu guardei um livro pra ser o último a ser entregue.

Ela tirou de dentro de sua mochila outro exemplar de *Walter*.

— Eu queria que você entregasse o último livro, Romeu. — Kita me estendeu aquele livro, emocionada.

— Eu?! — Me surpreendi.

— É — ela confirmou. — Tudo isso começou com esse livro do seu pai. Com esse beijo ilustrado aí dentro. Eu acho simbólico você finalizar essa loucura que eu comecei.

Aquela garota não era foda, ela era muuuuito fooooda, como diria a Julinha.

Com aquele livro em mãos, senti meus olhos encherem outra vez.

— Obrigado. — Me aproximei de Kita para abraçá-la. — Por tudo!

Às vezes, um abraço apertado é tudo de que a gente precisa.

— Não vai me fazer borrar minha maquiagem de manifestante! — Kita se afastou, limpando as lágrimas que teimavam em aparecer.

Empolgado, Dudu se aproximou:

— Já temos a última pessoa da fila! Quem vai entregar o último livro?!

— O Romeu. — Kita me indicou.

— Eu vou registrar tudo! — Julinha se animou, pegando seu celular. — Pra variar!

Independente de qualquer coisa, aquele momento era mais do que especial. O que o Tim mais queria que acontecesse, estava se tornando realidade. O seu livro iria circular por aquela Bienal e eu estava prestes a distribuir aquele beijo para mais uma pessoa.

— Vem comigo. — Dudu me guiou novamente até a fila.

Seguido por Julinha, Kita e outros voluntários, me aproximei das grades que delimitavam o espaço da fila.

Parados ali, dois meninos, adolescentes, aguardavam ansiosamente. Um deles vestia um lindo casaco de moletom com as cores do arco-íris.

— Quem vai receber o livro? — perguntei.

— Eu! — O menino do casaco colorido levantou a mão, alegre. — A gente é namorado, então depois ele vai ler também.

— Legal! — Estendi o livro para ele, admirado.

Aqueles dois meninos deviam ter a minha idade e já eram namorados!

— Para tudo! — o menino gritou. — É o livro do beijo censurado?!

— É — confirmei, achando graça da sua reação. — Foi o meu pai quem escreveu.

— Seu pai?! — o outro menino exclamou. — A gente AMA o Valentim! Pode falar pra ele que a gente já leu todos os seus livros?

— Eu falo, sim! — concordei, simpático. — Como vocês se chamam?

— Lucas e Nicolas. — O garoto com casaco se adiantou. — Muito obrigado!

Juntinhos e empolgados, aquela dupla seguiu adiante com seu novo livro em mãos, encerrando aquele protesto.

— E então, namô?! — Kita quis conferir se aquilo estava realmente acontecendo. — Conseguimos?!

— SIM! — Dudu confirmou. — Nossos quinze mil livros foram distribuídos!!!

— Eu não acredito!!! — Kita se jogou nos braços do seu namorado, lhe dando um beijo daqueles bem cinematográficos.

Percebendo que a ação tinha sido concluída, os frequentadores ao redor, com seus livros nas mãos, começaram a aplaudir e a gritar, nos parabenizando.

Os voluntários se abraçaram, exaustos, e aquele espaço dentro do Pavilhão Azul foi contaminado pela esperança e pela alegria.

Os livros haviam sido distribuídos!

Os fiscais não tinham conseguido confiscar aquelas obras!

Nós tínhamos vencido!

Abraçado com a Julinha e tomado pela emoção, vi quando Kita pegou seu megafone, subiu novamente em um pequeno banco e bradou:

— Nós conseguimos!!!

Então ela me encarou, feliz e orgulhosa e repetiu em alto e bom som:

— NÓS CONSEGUIMOS!!!

10. VALENTIM

Com uma explosão de aplausos!

Foi assim que, calorosamente, fomos recebidos ao voltar para a Central dos Autores.

Ainda no meio daquele turbilhão no estande da minha editora, Flora havia alardeado que a Justiça tinha concedido uma liminar que impedia os fiscais de confiscar quaisquer livros, dando o combustível necessário para Eva enfrentar de vez aqueles imbecis.

Minutos depois, Samuca também aparecera, confiante e determinado, enquadrando aquela trupe municipal com seu saboroso "juridiquês".

E, para completar, todos os livros da ação da Kita Star haviam sido distribuídos com êxito!

A tormenta parecia ter passado, ainda que eu precisasse aparar algumas arestas.

Minha decisão de "lançar" o *Walter* se mostrara um acerto, mas a Eva, visivelmente exausta, continuava magoada com o meu gesto.

De certo modo, eu havia atrapalhado, para não dizer destruído, todo seu esquema do lançamento do livro. Assim, mesmo entendendo que o momento pedia uma celebração, eu compreendia sua frustração.

No entanto, o acolhimento que tivemos na Central dos Autores nos trouxe de volta o sorriso.

Aquela vitória não era somente contra a censura do meu livro, mas contra a censura em si.

— Eu vou abrir um champanhe! — Samuca anunciou, indo em direção ao pequeno bar ao lado do buffet.

Obviamente eu não era tão inocente a ponto de acreditar que a Prefeitura não tentaria reverter aquela decisão judicial, porém, se tudo desse certo, em poucas horas nós realizaríamos o meu tão sonhado lançamento.

Eu ainda precisava ver com a minha maravilhosa — e me odiando com certeza — editora como ele seria produzido, mas a margem de tempo para que algo de ruim nos pegasse de surpresa era mínima.

A rolha daquele champanhe estourando nas mãos de Samuca foi o sinal que todos precisavam para mais aplausos e para brindarmos à nossa vitória.

— Depois de tanto tempo pulando de um escritório para outro, ver a Justiça sendo feita no meio dessa agitação me deu outro ânimo! — Samuca desabafou. — Fazia tempo que eu não me sentia tão vivo!

— Fazia tempo que eu não me sentia tão velha, isso, sim! — Flora brincou. — Eu não estou acostumada com essa correria toda, não! E olha que eu cuido sozinha de uma adolescente cheia de personalidade!

— Foi impagável ver aqueles fiscais assustados, sem conseguirem fazer nada — comentei. — Não sobrou um fiscal pra contar a história!

— Nem livros! — Eva resmungou, bebericando seu champanhe e me nocauteando com tudo.

— Vamos relaxar um pouco — Flora ponderou. — Nós vencemos a censura!

— E não temos mais nenhum livro para o lançamento! — Eva retrucou. — Eu agora preciso ligar pro estoque, conseguir um transporte, liberar mais exemplares!

— E eu preciso te pedir desculpas. — Me apressei.

— Tim... — Eva me encarou. — Eu entendo o porquê de você ter feito o que fez. Eu fico feliz que a Kita tenha conseguido finalizar o protesto dela, que os nossos livros não tenham sido confiscados. Mas a verdade é que agora nós estamos sem livros aqui. E, sim, o nosso estoque deve conseguir me enviar mais exemplares, mas você entende que você me desrespeitou? Que passou por cima de mim? Eu sou sua amiga, mas eu também tenho responsabilidades com a editora, com a Bienal, com o financeiro.

— Eu sei, Eva, de verdade. Me desculpa. A última coisa que eu queria era te magoar — falei, sincero. — A gente pode ver depois como eu posso ressarcir a editora desse prejuízo que eu causei.

— Esquece isso, tá bem? — Eva respirou fundo. — Eu prometi que seu livro seria lançado hoje e é isso que eu vou fazer. Depois a gente se acerta com o resto.

— Falando em resto... — Flora abriu um sorrisão. — Olha só quem chegou!

Sob uma nova onda de aplausos, Romeu, Julinha, Kita e seu namorado adentraram aquele salão, acalmando de vez o meu coração. Estávamos todos reunidos de novo e numa situação consideravelmente melhor.

Eu não sabia nem por onde começar, mas felizmente, em momentos de confraternização, a ordem das felicitações pouco importa e os abraços e beijos se alternaram entre todos nós, emocionados e cansados.

— A ação foi um sucesso! — exclamei.

— O que a Kita fez foi surreal! — Romeu concordou.

— O que *nós* fizemos! — Kita corrigiu. — Eu não fiz nada sozinha!

— Fez, sim! — Dudu se intrometeu, bem-humorado. — Você teve a ideia do protesto e se mobilizou pra fazer tudo acontecer! Você é a minha estrela e fim de papo! — o menino finalizou, arrancando risadas de todos.

— Pois eu estou orgulhosa de todos vocês! — Uma desconhecida se aproximou com uma taça de champanhe.

— Sara! — Eva reagiu, surpresa.

Aquele nome não me era estranho, mas, no meio de tanta coisa, não consegui me lembrar quem seria aquela bela senhora de traços asiáticos com longos cabelos lisos e pretos.

— Eu não podia perder esse brinde! — Sara se adiantou, simpática.

— Gente, essa é a Sara, uma das organizadoras da Bienal. — Eva a apresentou. — Uma das mulheres mais perfeitas que eu já conheci!

— Até parece! — Sara riu, espirituosa. — Vocês que são maravilhosos! A resistência criada aqui hoje foi emocionante. Obrigada.

Eu concordava em gênero e grau.

— E como duas figuras importantíssimas deste levante estão aqui... — Ela apontou sua taça na minha direção e na de Kita. — Eu gostaria de convidá-los para participar de um manifesto que alguns autores estão organizando a favor da liberdade de expressão, que tal? É um vídeo onde cada autor vai declamar um verso da canção do Chico Buarque, "Apesar de você".

— Eu não sou autora, né? — Kita disse, sem graça.

— Mas é uma das estrelas dessa Bienal — Sara a elogiou. — Esse vídeo não fará sentido sem você!

— Sendo assim, eu aceito. — Kita sorriu.

— Eu também, claro! — aceitei, extasiado.

Como dizer não a um convite daqueles?!

— Mas eu não quero só falar disso. — Sara prosseguiu. — Na verdade, eu quero falar sobre o seu livro, Valentim.

— O *Walter*? — Fui pego de surpresa.

— Ele mesmo — Sara confirmou. — Eu soube da confusão com os fiscais e, pelo que me informaram, você acabou distribuindo tudo ou quase tudo para quem passava por ali, foi isso?

Querida Sara, por que trazer esse detalhe à tona justo agora?

— Tipo isso — confirmei, constrangido.

— Mas você não tinha um lançamento previsto para hoje? — Sara estranhou.

— O problema é exatamente esse. — Eva não se aguentou.

Mas, antes que Sara desse ouvidos a Eva, Flora se intrometeu.

— Não tem problema nenhum! — Flora disfarçou, sorridente. — Mais livros já estão a caminho! Por quê?

— Porque eu gostaria de oferecer a Grande Arena pro lançamento do *Walter*. — Sara anunciou.

A Grande Arena?!

Aquela mulher estava me oferecendo o principal espaço para lançamentos da Bienal para que eu lançasse o meu livro infantil?!

Eu só não pediria para alguém me beliscar porque se aquilo fosse um sonho eu não queria acordar!

— Você está falando sério?! — Quase caí para trás.

— Claro! — Sara achou graça. — Quer maneira mais afrontosa de combater essa censura do que transformar o seu lançamento no maior lançamento de todos?!

— Ele aceita! — Eva se adiantou. — Pode confirmar, querida!

— Maravilha! — Sara sorriu. — Eu vou avisar nossa comunicação. Será o último lançamento do dia! Agora, curtam nossa Bienal. Daqui pra frente só teremos coisas boas!

Divertida e elegante, Sara tomou mais um gole de seu champanhe e se afastou do nosso grupo.

Depois de tanta angústia, um novo horizonte se apresentava. Os ventos agora sopravam a nosso favor com a mesma intensidade de quando queriam nos derrubar.

— Vocês têm noção da proporção que isso está tomando?! — Me animei. — Nós vamos lançar nosso livro na Grande Arena! Lá cabem umas trezentas pessoas!

— Ou seja, eu preciso teletransportar mais de trezentos livros pra cá! — Eva constatou. — E sendo o último lançamento do dia, eu tenho exatamente uma hora e meia pra isso!

De fato, nós não podíamos perder tempo.

Tinha sido em cima do laço, mas iria acontecer e em grande estilo!

— Posso dar uma sugestão? — Samuca interveio. — Nós vimos tantos autores com medo, forçados a colar adesivos censurando seus livros. E se você convidasse outros autores LGBTQIA+ para lançarem seus livros junto com o seu, meu amor?!

Aquela era uma ótima ideia!

— Eu acho incrível! — Me empolguei. — A gente pode transformar esse momento tenebroso em uma grande homenagem à literatura LGBTQIA+!

— Eu suuuuper pilho! Tem vários autores aqui que eu amo! — Julinha completou.

— Então está decidido! — Bati o martelo. — Vamos fazer um lançamento coletivo! Quer dizer, tudo bem por você, Eva?

— Meu amigo, depois de tudo que nós vivemos, eu não espero nada menos do que o maior lançamento do século! — Eva sustentou nossa ideia.

Era daquela energia que eu estava sentindo falta!

Daquela empolgação, daquela adrenalina que se espalha pelo nosso corpo quando estamos animados com alguma coisa.

— Então, mãos à obra! — Eva exclamou. — Eu vou entrar em contato com as assessorias destes autores e organizar tudo! E logo mais iremos sorrir e brindar na Grande Arena!

— Aleluia! — Flora festejou. — É hoje que a Eva vai relaxar!

Oi?

— Mas eu gosto de relaxar — Eva devolveu, sem graça. — Só que se eu relaxar agora, não tem lançamento.

— Não, claro, eu só estou brincando — Flora recuou. — É que o Tim me disse que você era eficiente até demais e eu estou concordando. Você não para!

— Eu posso tirar férias — Eva ironizou. — Daqui eu já sigo pro Galeão e vocês me contam depois como foi o lançamento!

— Nem brinca! — Bati três vezes na mesinha de madeira à minha frente.

— Foi só uma brincadeira — Flora minimizou. — É que, às vezes, é bom aproveitar o momento, curtir a vida.

O que estava acontecendo com a Flora?

— Sabe o que é, Flora? — Eva sorriu. — Eu já passei séculos vivendo no Paraíso sem fazer nada e percebi que aquela vida não é pra mim. Eu gosto de me sentir ativa.

— Claro — Flora finalizou, tímida. — Certíssima.

Sem saber mais o que falar, Flora pegou uma maçã que estava na mesinha ao nosso lado, em uma bandeja com frutas, e a mordeu, calando a própria boca.

— Com licença — Eva se afastou, já mexendo em seu celular como de costume.

Enquanto nos entreolhamos sem saber muito bem o que tinha se passado, Julinha verbalizou nossos pensamentos:

— O que foi isso, mãe?!

— Ahn? — Ela se surpreendeu com todos a encarando. — O que foi o quê, Julia?

— Você estava flertando com a Eva! — Julinha exclamou.

— O quê?! — Flora se engasgou com a maçã.

— A Eva falou do Paraíso e você mordeu a maçã do pecado! — Julinha gargalhou.

Até então eu nem tinha encarado aquela situação como um flerte, ainda mais porque a Flora nunca havia demonstrado interesse por nenhuma outra mulher na vida.

Na verdade, desde a morte do André, o pai da Julia, eu nunca tinha visto a Flor se apaixonando novamente ou se permitindo uma aventurazinha sequer com ninguém.

Mas, quem sabe? O amor não é óbvio.

— Eu não sei do que você está falando! — Flora disfarçou, com o rosto corado.

— Você está vermelha, Flor — Samuca observou, achando graça.

— Gente! — Flora protestou. — Eu tô en-engasgando com essa maçã, fo-foi só isso! Eu só mordi essa maçã po-porque ela estava aqui perto!

— Não mente pra mim, mãe! — Julinha rebateu. — Você está gaguejando!

— Iiiih!! — Flora largou a maçã. — Eu vou até no banheiro la-lavar o meu rosto que vo-vocês devem ter enlouquecido de vez! Com licença!

Assim, destrambelhada, Flora correu em direção ao pequeno banheiro daquele salão.

— Eu estou viajando na maionese?! — Julinha questionou.

— Eu não faço ideia do que está acontecendo — Romeu resumiu, perdido.

Nós ficaríamos em "modo espera" pela próxima hora, e eu estava satisfeitíssimo com isso. Finalmente poderíamos desfrutar com tranquilidade do buffet, das empadinhas de camarão, do champanhe, dos canapés, do ar-condicionado, da televisão. Talvez até pudéssemos descer e dar uma passeada, comprar alguns livros.

Só que não.

Um fotógrafo logo se aproximou e pediu para tirar algumas fotos minhas e da Kita.

Meu momento relax precisaria esperar mais um pouco.

— Eu vou deixar vocês fotografando e vou comer alguma coisa, beleza? — Dudu anunciou. — Eu tô morrendo de fome!

— Eu também quero. — Romeu se juntou. — Minha barriga tá roncando.

— Então vamos todes! — Julinha celebrou. — Eu preciso encher minha garrafinha de água!

— Espera! — Me adiantei em direção ao Romeu.

Aquele era o nosso primeiro reencontro depois do tumulto com os fiscais e do post do Guga no Twitter.

— Eu só queria saber se está tudo bem com você — falei. — O Samuca me disse que você não entrou no Twitter pra ler nada, ainda bem. Mas aquilo tudo é um absurdo completo, viu? Eu precisava que o meu filho soubesse que eu estava ali para apoiá-lo.

— A gente achou melhor ficar longe das redes mesmo — Romeu confirmou.

— Fez muito bem — concordei. — Não vale a pena.

— Até porque o Guga nunca mais vai perturbar o Romeu! — Julinha resmungou.

— Como assim? — estranhei.

Mas, antes que ela pudesse se explicar, Romeu a encarou, sério.

— Ele deve ter mais o que fazer, né? — Julinha disfarçou. — Vamos comer?!

E sem me dar tempo de retrucar, Julinha puxou Romeu e Dudu e correu até o buffet com os comes e bebes. Confuso, me virei para Samuca.

— Impressão minha, ou ele e a Julinha estavam escondendo alguma coisa?

— Não faço a menor ideia, amor. — Samuca riu da minha preocupação constante. — O que eu sei é que nosso filho está aqui com a gente e seu livro será lançado! Vamos aproveitar essa vitória!

— Eu gostei desse lance de aproveitar a vitória — Kita se intrometeu. — Até porque aquele fotógrafo está ali paradinho esperando a gente há alguns minutos.

Eu tinha me esquecido completamente da nossa foto!

— Eu vou deixar as estrelas posarem pras fotos, então! — Samuel brincou, me dando um rápido selinho e seguindo para o buffet do lado oposto do salão.

Pra variar, meu amor tinha razão. Eu não podia ficar me preocupando à toa. Naquele momento, eu precisava curtir nossa conquista.

FLASH!

Eu e Kita, abraçados diante daquele fotógrafo, era tudo que eu queria: um segundo de folga.

O fato é que eu precisava me acostumar com os limites que existem em qualquer relação.

O Romeu era meu primeiro filho, minha primeira experiência como pai. Era clichê, mas eu compreendia muito mais alguns comportamentos dos meus pais agora que também tinha um filho.

Eu era capaz de adivinhar se ele estava bem apenas com um olhar. Às vezes, até pela sua respiração eu já percebia seu estado de espírito, então ver o meu filho angustiado era muito desconfortável.

Mas o Romeu já não era mais aquele garoto retraído que vivia no abrigo, que se sentia um menino sem passado. Ele estava em plena adolescência, com seu corpo mudando, seus desejos aflorando, suas expectativas com o vestibular, com o seu futuro, ficando cada vez mais explícitas. Para isso, no entanto, eu não me sentia preparado.

Eu não me sentia preparado para que meu filho crescesse e ganhasse o mundo, mesmo que todas as minhas ações fossem justamente nesse sentido, de educá-lo para lutar pelos seus sonhos. Eu queria ser seu pai *e* seu amigo, mas não entendia como ser as duas coisas ao mesmo tempo.

Com o meu pai tudo tinha sido muito diferente.

Ele nunca tinha se aproximado para me escutar, para me acolher, principalmente quando eu comecei a frustrar as suas expectativas. Eu detestava futebol, só andava com as meninas e não namorava nenhuma delas.

Na adolescência, o meu sentimento era de ser uma vergonha para o meu pai. O filho que só o decepcionava, que estava fazendo tudo que ele não queria.

Eu me sentia imperfeito.

Minha reação foi de me fechar ainda mais para ele. De não me permitir compartilhar mais nada com ele.

Se eu me sentia rejeitado, ele também sentiria a minha rejeição. Se ele não buscava me acolher, eu também não daria nenhum tipo de amor pra ele.

Não houve abertura entre nós para o afeto.

Era arriscado demais ficar vulnerável um para o outro.

Para o meu pai, me aceitar como um jovem gay contrastava com a sua visão de mundo. Ele não conseguia me ver como alguém merecedor de algum afeto que não fosse o afeto heterossexual que ele tanto havia imaginado para mim.

Ele não compreendia que eu também sofria por não me encaixar, por me sentir preterido de tudo.

Ele só me via como o pesadelo que tinham pintado por toda sua vida. De uma hora para outra, eu me transformei no pecador que a sua Igreja pregava nas missas dominicais, no pederasta, no criminoso, no doente, no destruidor de famílias.

Mesmo adulto, nossa relação não mudou muito.

Claro, hoje eu sou um homem independente que não preciso de sua ajuda financeira para nada. Não moro mais sob o seu teto.

"Enquanto você morar aqui você vai ter que me obedecer!" era uma regra que não se aplicava mais à minha vida.

Na verdade, quanto mais o tempo passa, mais as regras não se aplicam às nossas vidas.

Eu sou diferente do meu pai.

O Romeu é diferente de mim.

E, talvez, a maneira de demonstrar amor do meu pai seja diferente da minha.

De algum jeito torto, ele deve me amar. Mesmo não indo ao meu casamento com o Samuca. Mesmo não reconhecendo o Romeu como seu neto.

Assim como, de algum jeito torto, eu ainda o amo.

O fato de o Romeu não se abrir comigo não é igual ao fato de eu não me abrir com o meu pai. Eu tinha deixado bem explícito que ele podia contar comigo e isso já era muito mais do que o meu pai, por exemplo, tinha feito por mim.

— Ficaram boas, né? — Kita me perguntou.

— O quê? — respondi, aéreo.

— As fotos, Valentim! — Ela riu. — Acho que ficaram legais!

— Ah, sim. — Voltei minha atenção para aquela jovem. — Eu também achei. Aliás, essa é a primeira vez que a gente se vê fora de uma tela de celular! Eu preciso te agradecer pessoalmente, Kita! Foi inspirador ver alguém tão nova com tanta coragem!

— Obrigada — Kita agradeceu. — Mas agora que não tem ninguém por perto eu vou confessar: eu estava morrendo de medo! De enfrentar a Prefeitura e fiscais e toda uma estrutura. Ainda mais eu, travesti.

— É assustador — concordei.

— Mas o medo não pode paralisar a gente, né? Quando eu soube da censura ao seu livro, me deu uma raiva tão grande, que eu não pensei duas vezes e saí ligando pra todo mundo que eu conhecia. Falando com tudo que é editora e assessoria de imprensa! Olha, eu fiz um auê!

— Eu vi! — disse. — Foi muito corajoso da sua parte.

— Foi, sim — ela assumiu. — Acho que faz parte da minha vivência. Mesmo com o apoio da minha família, eu preciso lutar por muitas coisas desde que eu me entendi travesti. Pra gente, lutar não é nem uma opção, é uma necessidade. E eu falo de lutar por coisas básicas como o direito à vida mesmo. De transformar o luto em luta. Vê se eu vou deixar um Prefeito censurar as nossas histórias numa Bienal?! Jamais!

— Você arrasou! — emendei.

— Nossa comunidade deve muito a pessoas como eu, sabe? Até em Stonewall, quem começou a revolução fomos nós! Mas eu nem preciso ir lá pra fora. Nós também temos a Brenda Lee, a Luana Muniz e tantas outras que vieram antes de mim. Homens trans também! O que o João W. Nery fez por homens trans no Brasil não está no gibi! Porque quem apanha primeiro somos nós! As primeiras pedras vão direto na Geni! É por isso que a gente precisa defender a nossa existência! Eu não quero só ser "lembrada" em janeiro, no Mês da Visibilidade Trans, eu quero ser respeitada o ano inteiro. A gente precisa trans-formar esse cis-tema!

— Eu ouso dizer que você já está transformando! — afirmei.

— É só ver quem comandou o protesto contra o Prefeito hoje: uma jovem travesti!

— Mas não é fácil — ela lamentou. — No nosso conto de fadas, a Cinderela não está disputando um príncipe com um sapatinho de cristal. A Cinderela está morta. E eu não quero que as nossas histórias se resumam às estatísticas. Que só lembrem que a gente existe quando aparecemos mortas. Não, eu estou viva! Nós estamos vivas. E somos talentosas. E temos sonhos. E somos plurais. O que faltam são oportunidades. A prostituição não devia ser o único lugar onde travestis são aceitas, à margem. Ainda mais no país que mais nos mata no mundo e que também é o país que mais consome pornografia trans e travesti! É uma hipocrisia sem tamanho!

A cada segundo eu me impressionava mais com a articulação política daquela menina de 20 anos. Naquela idade, eu ainda estava com dificuldades para sair do armário, que dirá ter todo esse discurso elaborado.

— É por isso que eu vou lutar em todos os espaços, inclusive nas artes. — Kita prosseguiu. — Porque nós não somos vistas na grande mídia. Nossos corpos não estão nas novelas, nos filmes. E quando aparecemos é sempre para retratar uma história triste ou marginal. Eu sei que essas realidades fazem parte da nossa comunidade, mas eu também quero me ver brilhando! Eu também quero exemplos positivos! Eu também quero uma personagem travesti sendo amada, feliz, trabalhando, se apaixonando, transando, rindo, saindo com amigos, vitoriosa. Eu quero ver personagens travestis velhas, vivas, vibrantes. Imagina se esse país acompanhasse uma velhice transviada no horário nobre?! Que lindo seria! Se a gente pudesse ver atores e atrizes trans contando essas histórias, aparecendo nas telas!

O que eu podia dizer?

— Eu tenho certeza de que você está inspirando muita gente. Seus pais devem morrer de orgulho.

— Eles são os chefes do meu fã-clube, eu não vou mentir! — ela brincou. — A família é tudo, né? Quando eu escolhi o meu novo nome, foi uma homenagem à minha avó materna, já falecida, Maria Quitéria.

Pelo jeito, eu não era o único a homenagear meus avós.

— E de Maria Quitéria veio meu nome artístico, Kita Star! — ela explicou. — Porque a minha avó já tinha virado uma "estrela". E porque eu nasci pra brilhar, né?!

Concordando, eu sorri em resposta.

— Agora, se você me der licença, eu vou acompanhar o meu namorado gostoso ali no buffet e curtir esse coquetel vip! — Kita se divertiu.

— Aproveita, que você merece! — Me despedi, gentil, enquanto ela se juntava à minha querida família perto do buffet.

Àquela altura, a Central dos Autores já estava abarrotada.

Não tinha sido um dia tranquilo.

Pelo contrário, eu nunca tinha ficado tão estressado em toda a minha vida.

Desde o momento em que eu havia chegado com o Samuca pela manhã para dar não sei quantas entrevistas, ao confronto com os fiscais, aquele dia tinha sido uma montanha-russa descontrolada de emoções.

Agora, porém, já no fim de tarde, eu me sentia confortável em um lindo carrossel. Com aquela musiquinha divertida, dando voltinhas no mesmo lugar, sentado em um lindo unicórnio, girando numa velocidade estável, sem nenhuma surpresa.

Mas, de dentro do meu carrossel imaginário, uma voz ao fundo me chamou a atenção. Vagarosamente, todas as cabeças se viraram na minha direção, ou melhor, um pouco acima, rumo ao aparelho de televisão pendurado na parede.

Curioso, me virei para encarar o que todos observavam e dei de cara com o ser mais abjeto daquela cidade.

A minha preguiça era tanta que eu não queria perder um segundo sequer dando moral e atenção para aquela besta. Mas, como era sua primeira declaração depois da liminar a favor da Bienal, era importante ver qual carta na manga ele iria sacar agora.

Qual seria a reação da Sua Alteza Real do inferno, o Prefeito.

Quando alguém aumentou o volume da TV, ouvi sua primeira frase:

— Eu tenho certeza de que Deus e a Justiça estão ao meu lado.

Eu tinha certeza de que não deviam misturar política com religião, isso, sim.

— Nós vamos recorrer dessa liminar que nos impede de proteger as nossas famílias dessa propaganda homossexual — o Prefeito pastor continuava. — Mas agora eu gostaria de explicar um pequeno ruído que está atrapalhando a nossa comunicação. Uma desnecessária polêmica envolvendo o meu filho e um colega de escola.

O quê?

— O meu filho Gustavo teve a infeliz atitude de postar em uma rede social sobre o soco que levou do seu colega de classe,

Romeu. Só que o Romeu, por uma enorme coincidência, é o filho do Valentim, o autor deste livro que estamos debatendo.

O que aquele homem estava fazendo?!

— Então, eu venho aqui pedir que parem de destilar mais ódio ao Romeu nas redes sociais. Ele agrediu o meu filho na escola? Agrediu. E eu lamento muitíssimo o ocorrido.

O que ele estava falando?!

— Mas eu não quero envolver adolescentes em nenhuma polêmica, até porque essa questão já foi resolvida no âmbito escolar. Vamos deixar essas crianças de lado!

Ele estava falando do meu filho na televisão?!

— Para os que me chamam de preconceituoso, de retrógrado, vocês estão enganados. — O Prefeito sorriu em 55 polegadas. — Eu não estou *censurando* o amor. Eu estou apenas *defendendo* as nossas crianças, a minha família. Seguindo a minha fé.

Eu não conseguia desgrudar os olhos da TV.

— A prova de que eu não prego a violência e muito menos o preconceito é o fato de o meu filho ter visto o Romeu *beijando* seu namorado na escola e só ter pedido educadamente que ele *respeitasse* o ambiente de estudo da biblioteca.

QUE MERDA ERA AQUELA?!

— Infelizmente, a reação foi a mais violenta possível.

ELE TINHA FALADO DO BEIJO DO ROMEU?!

— Eu nunca incentivei a violência contra ninguém. Eu sou da paz! E estou aqui, inclusive, para dizer ao Romeu que eu lhe dou o meu perdão. E tenho certeza de que o meu filho também já o perdoou.

O QUÊ?!

— Nós devemos orar pelo Romeu e pelo seu colega. Eles são adolescentes inseguros, perdidos. Por isso, eu reforço o meu pedido para que a Justiça me ajude a proteger as nossas crianças. Que reconsidere essa liminar. Eu não tenho nada contra livros. Mas eu sou contra essa doutrinação contra nossas inocentes criancinhas.

COMO ALGUÉM PODIA ACREDITAR NAQUILO?!

— E para demonstrar todo meu amor pelos livros, eu irei imediatamente à Bienal prestigiar esse grande evento literário. E mostrar que nós vamos avançar juntos para uma sociedade melhor — ele concluiu. — Obrigado. E Deus os abençoe.

Eu não estava mais em carrossel nenhum.
Eu havia sido lançado para dentro de uma mansão assombrada.
Para a primeira fila de um circo dos horrores!

Aquele homem teve a audácia de expor o meu filho no meio de um telejornal?!

De tirar o Romeu do armário para todo o país?!

Ao vivo?!

Eu podia pegar prisão perpétua, mas eu ia matar aquele desgraçado!

A estrutura da Central dos Autores estremeceu na mesma hora.

O Prefeito estava a caminho da Bienal.

Não eram mais apenas seus fiscais medíocres que viriam nos atormentar.

Era o próprio demônio.

Mesmo com a liminar a nosso favor, ninguém podia prever do que aquele crápula seria capaz. Ainda mais depois daquela sórdida declaração.

No impulso, me virei em direção ao buffet, onde todos se encontravam, e meu olhar cruzou diretamente com o de Romeu.

Seus olhos, vermelhos, como se estivessem abertos dentro de uma piscina repleta de cloro, me encararam, estremecidos.

Um olhar.

Bastava um olhar para que eu entendesse tudo que se passava com o meu filho. Para que sentisse toda sua confusão. Para que decifrasse toda sua insegurança.

Pela primeira vez, entretanto, bastou um olhar e eu não soube de mais nada.

11. ROMEU

E foi assim que tudo explodiu, entre um guaraná e um misto-quente.

"... o meu filho e um colega de escola..."

"... o soco que levou..."

"... é o filho do Valentim..."

"... *beijando* seu namorado na escola..."

"... eu lhe dou o meu perdão..."

Por muitas vezes nas últimas 24 horas eu fui obrigado a lidar com meus próprios medos, com vergonha de me abrir para os outros, sempre à mercê de alguma reviravolta. Um flagra na biblioteca, uma suspensão, uma censura, um protesto, uma mensagem não respondida, um post no Twitter.

Mas naquela Central dos Autores eu tinha a sensação de estar longe da batalha, reunido com meus aliados.

Eu conseguia, até que enfim, desfrutar daquele farto buffet, enquanto a Kita contava para mim e para a Julinha como ela mantinha seu canal ativo e operante.

Eu não tinha dúvidas de que aquele momento era praticamente tudo o que eu esperava daquela Bienal. O Samuca e a Eva debatiam os detalhes para o lançamento de logo mais, a Flora enchia sua taça de champanhe e o Dudu tietava um autor de quem era fã. As pessoas que eu amava, ao meu lado, aproveitavam aquele evento.

Não tinha sido fácil enfrentar o Guga.

Suas palavras ainda ecoavam na minha mente, e eu jurava que tinha vivido o pior momento do dia naquele banheiro, encurralado.

Eu estava errado.

Assim que a voz do Prefeito interrompeu nossas conversas, nos viramos para a pequena televisão apoiada no canto do salão, desconfiados.

Próximo ao aparelho, de costas para mim, o Tim também olhava a tela por onde o Prefeito nos encarava com seus olhos profundos e cadavéricos.

Só de ver aquele sujeito na televisão eu já sentia calafrios, mas, depois da liminar, todos já esperavam algum pronunciamento de sua parte.

O que *eu* não esperava era que ele fosse sobre *mim*.

Em rede nacional, ao vivo, ele destacou o soco que eu havia dado em seu filho.

Num fôlego só, defendeu que seu filhinho havia apenas pedido, *delicadamente*, que eu e meu namorado — AHHHHHHH!!!! — nos beijássemos — AHHHHHHH!!!! — em outro espaço que não a biblioteca.

O patamar agora era outro.

Não era mais o Guga me tirando do armário na biblioteca da escola. Era o Prefeito da cidade do Rio de Janeiro me arrancando do armário para o país inteiro.

Contra aquilo, como reagir?!

Mesmo distorcendo a história por completo e omitindo as ações do Gustavo, o estrago já estava feito.

Eu entraria no Twitter e falaria que era tudo mentira? Que eu, infelizmente, não tinha beijado o Aquiles? Que nunca quis beijar nenhum garoto?

Não era verdade. Eu queria beijar o Aquiles. Eu gostava de meninos. Eu era gay. Eu só não queria gritar isso para o mundo.

Para nossa sorte, o Prefeito não tinha citado o Aquiles nominalmente. O meu amigo seguia longe dos holofotes!

Novamente, vários olhares se voltaram na minha direção. E não, não era uma sensação com a qual eu estava me acostumando. Pelo contrário, tudo que eu queria era que ninguém soubesse quem eu era nem merda nenhuma da minha vida.

Quando o Tim se virou e seu olhar cruzou com o meu, eu já não sabia o que fazer nem o que pensar.

Não havia mais armário.

Se antes o Guga tinha me tirado lá de dentro à força, seu pai acabara de o destruir por completo. Aquele Prefeito não tinha coração, e, diferente do Homem de Lata, nem o Mágico de Oz poderia dar um jeito, ainda que fosse injusto comparar o doce Homem de Lata com aquele monstro.

Eu não era, no entanto, o único impactado por aquela declaração. O anúncio de que o Prefeito estava a caminho da Bienal gerou um inevitável burburinho.

Tudo tinha caído por terra?! Sua chegada colocaria em risco, novamente, o lançamento do livro do Valentim?

— Que filho da puta! — Julinha vociferou.

Mas, sem energia para concordar com a minha amiga, eu mirei no banheiro e marchei em sua direção, não querendo repercutir o que havia acontecido com ninguém.

Eu só queria encontrar uma máquina do tempo e desfazer aquela merda toda que tinha virado a minha vida.

Assim que entrei no banheiro, porém, a sensação de déjà-vu me sacudiu como um terremoto.

Pela milésima vez, lá estava eu trancafiado em um banheiro. Preso naquele *looping* eterno de angústia e autopiedade. Naquele cenário de privadas e cabines e pias e secadores de mãos e espelhos e lixeiras.

Se eu gostasse de escrever, poderia começar um romance tragicômico chamado *Minha Bienal: um tour sanitário*, onde eu contaria como conheci a Kita Star invadindo um banheiro feminino, como quase fui espancado por um babaca homofóbico e racista em outro banheiro e quando voltei para meu novo lugar "preferido" após o Prefeito me tirar do armário para o Brasil todo.

Eu me sentia um clichê de uma comédia romântica chata e mal construída.

Eu não queria embates com o Guga e muito menos com o Prefeito.

Eu não queria que a minha história encontrasse com a deles.

Eu só queria beijar o Aquiles na biblioteca e passear pela Bienal ao seu lado. Mas o meu "par romântico" seguia desaparecido, não respondia as minhas mensagens e eu não tinha a menor ideia do que estava se passando pela sua cabeça.

Lá estava euzinho da Silva diante de mais uma reviravolta, sem saber o que fazer, me enfiando em mais um banheiro. Por sinal, era inacreditável como os banheiros onde eu entrava estavam sempre vazios. As pessoas não cagavam na Bienal?! Não faziam xixi?!

— Romeu! — Julinha entrou logo atrás. — Eu não vou nem te perguntar se você está bem, porque não tem como!

— É, não tem! — confirmei, abalado.

— Mas você está bem? — ela perguntou mesmo assim. — Quer gritar? Quebrar alguma coisa? Eu suuuuper posso trancar a porta e ninguém mais entra aqui até você extravasar toda sua raiva!

— Acabou, Ju — interrompi.

— Como assim?

— Acabou — repeti, derrotado. — O cara me tirou do armário pro Brasil! Eu não sei que tipo de reação vocês esperam de mim, mas a minha cabeça está uma bagunça!

— O que você quer fazer? — Ela tentou me acalmar.

Mas aquela simples pergunta pairou no ar.

Eu não sabia o que eu queria. Eu sabia o que eu *não* queria.

Eu não queria ter dado um soco no Guga. Não queria ter ido à biblioteca no recreio. Não queria ter me aproximado para beijar o Aquiles. Não queria ser tirado do armário. Não queria ver meus pais preocupados. Não queria me esconder. Não queria chorar. Não queria encarar o mundo lá fora. Não queria voltar pra escola.

Eu só queria desaparecer.

— Você sabe que tem aquele vídeo do Guga, né? — Julinha relembrou. — Se você publicar esse vídeo, aquela família vai calar a boca na hora. O Guga que merece ser exposto pro Brasil inteiro!

— Mas eu não quero pagar na mesma moeda — resisti. — Eu não sou igual a ele.

— Não é mesmo! — ela concordou. — Você é mil vezes melhor! Aqueles dois precisam pagar pelo que estão fazendo, Romeu. Ninguém pode tirar ninguém do armário como eles fizeram! Isso não se faz!

— Amiga, eu só não quero mais lidar com nada disso — me justifiquei, cansado.

— E tem saída? — Julinha me encarou. — Eu não estou dizendo que seja fácil, amigo, mas você precisa reagir. Eu queria que você estivesse por aí de mãos dadas com o Aquiles, que ele tivesse trazido mil rosas roubadas pra te surpreender, que a gente curtisse o lançamento do Tim. Mas não foi isso que aconteceu. — Ela suspirou. — Você quer ir embora? Eu posso pedir pra minha mãe levar a gente de volta para casa.

— Não precisa. Eu só preciso ficar um pouco sozinho.

Eu ainda não tinha conseguido colocar as minhas ideias no lugar.

— Tem certeza? — Ela se preocupou, vendo meu coração partido à sua frente.

— Tenho — assenti.

— Tudo bem. — Julinha balançou a cabeça, de acordo. — Eu vou lá fora acalmar o pessoal. Mas você não está sozinho. Eu estou contigo pro que der e vier, Romeu. E tenho certeza de que todo mundo ali fora também está do seu lado.

— Eu sei — concordei. — Obrigado.

Prestes a sair, minha amiga ainda se virou para mim, brincando:

— Mas se eu precisar fazer xixi eu vou entrar aqui de qualquer jeito, viu?

— Combinado! — Forcei um sorriso enquanto minha amiga saía porta afora.

Não tinha problema se alguém entrasse no banheiro.

Eu só queria alguns minutos para ficar com os meus próprios pensamentos e absorver um pouco tudo o que tinha se passado.

Eu não me considerava um garoto triste e cabisbaixo. Longe disso, eu gostava de me divertir, de ir ao cinema, de aproveitar uma praia, de assistir uma peça, de maratonar uma série, de jogar Mario Kart, de terminar um livro. Era assim que eu me via. Animado, parceiro, estudioso, sonhador, tímido, engraçado.

Ao mesmo tempo, não é fácil ser discriminado. Muito menos compreender que essa discriminação vem de um lugar horrível que não tem a menor lógica.

Que ela é tão nojenta que eu me permito, sim, fraquejar diante dela. Chorar. Me desestabilizar. Até para botar tudo pra fora, respirar fundo e tentar seguir adiante.

Caminhando para uma das cabines daquele banheiro, eu me percebi exausto. Cansado de me esquivar de um problema para logo depois aparecer outro. Me sentindo um chato. Que não manda tudo pro caralho. Que não vai pra cima. Que não é tão foda quanto o Tim e o Samuca.

Mas eu não podia me comparar com eles, que já estavam há mais de vinte anos debatendo essas questões. Eu ainda estava aprendendo a me abraçar, a me entender.

Puta merda, eu nem tinha beijado na boca ainda. Nem tinha minha turma de amigos gays. Nem havia compartilhado com a Julinha quais eram os meus crushes dos seriados que a gente assistia.

Eu não estava entendendo merda nenhuma, porque tudo estava acontecendo tão rápido que eu não estava conseguindo elaborar tudo na velocidade que eu sentia que eu precisava elaborar para dar conta de TUDO!

Respira, Romeu.

A única pessoa que podia estar passando pela mesma coisa que eu estava muito longe de mim.

Quando entrei na cabine e me sentei na privada — com a tampa fechada –, liguei o meu celular.

Será que o Aquiles já tinha dado algum sinal de vida?

Não.

Minhas mensagens continuavam no vácuo.

Mas, como a Julinha e a Kita haviam me alertado, não seria saudável tirar qualquer conclusão. Eu não sabia o que tinha acontecido com o meu amigo.

Será que o Aquiles estava acompanhando tudo pelos noticiários? Será que tinha visto o último pronunciamento do Prefeito? Será que tinha... postado algo?

Era isso!

Preocupado com sua resposta no WhatsApp, eu tinha deixado de lado todas as suas outras redes. Na verdade, eu tinha evitado todas as redes sociais o dia inteiro por mil outros motivos!

Mas o Aquiles postava dia sim, dia não, no seu Instagram. Fazia stories. Me mandava direct.

Sem perder tempo, abri o meu aplicativo e procurei por alguma foto dele no feed.

Nada.

Digitei seu perfil no espaço de busca.

Nada?

Não fazia sentido.

Eu não estava digitando o seu nome errado.

Na verdade, de tanto que a gente se falava por lá, bastava eu digitar "aqui" que o Instagram já completava com o seu perfil.

Só existiam duas explicações possíveis: ou o Aquiles tinha deletado sua conta ou tinha me bloqueado.

Eu não o julgaria por se afastar da internet no meio daquela fofocada envolvendo o nosso quase beijo, mesmo que ninguém tivesse citado o seu nome.

Talvez ele, assim como eu, precisasse de um tempo sozinho com os próprios pensamentos.

E talvez eu só precisasse deixar o final de semana acabar, os meus dias de suspensão passarem, até o nosso reencontro em sala de aula.

Mas talvez ele também precisasse de uma palavra amiga pra não se sentir tão só. Pra ter a certeza de que eu, mesmo no olho do furacão, ainda pensava nele.

Ao conferir nossa conversa no WhatsApp, percebi que ela agora se tratava de um pequeno monólogo sem respostas. E tudo bem. Eu só queria que ele recebesse mais um pouco de carinho.

Romeu

Oi, sumido rs. Sou eu, de novo. ☺

Romeu

Não sei se vc viu o que aconteceu na TV. Comigo. Com meu pai.

Romeu

Eu não vou mentir, Aquiles, tá foda.

> Romeu
>
> Tá beeem difícil aqui na Bienal.

> Romeu
>
> E mais difícil ainda sem vc. ☹
> Sem notícias suas.

> Romeu
>
> Mas eu te entendo.

> Romeu
>
> A minha versão de você tb ficaria quietinha no meu canto.

> Romeu
>
> Eu fico torcendo pra td isso passar e chegar logo o dia em que ninguém vai lembrar de mim mais.

> Romeu
>
> Eu prefiro mil vezes esse anonimato do que ver meu nome no Twitter.

> Romeu
>
> Na real, eu só queria te dar um oi.

Romeu

Mentira.

Romeu

Pra começar, queria vc aqui comigo na Bienal.

Romeu

Vc ia surtar na ação da Kita Star!

Romeu

Até a Rosa, a bibliotecária, apareceu aqui, acredita?

Romeu

Ela é casada com uma mulher e tem uma filha linda! Acho que aquela biblioteca é mesmo do "vale" kkkk

Romeu

Enfim, enquanto eu não te encontro, só queria dizer que estou torcendo pro nosso final ser bem diferente do desfecho trágico do Romeu e do Aquiles.

Romeu

Um, envenenado, e o outro, morto no meio de uma guerra. ☹ ☹

Romeu

Eu não aguento mais tragédias, Aquiles.

Romeu

Por isso, eu vou inventar uma profecia pra gente.

Romeu

Pra nossa história.

Romeu

Pra história do Romeu e do Aquiles.

Romeu

Eles serão FELIZES!!!

Romeu

Nós seremos!!!

Romeu

Acredita em mim ☺

Romeu

foi mal o textão rsrs

Eu nunca tive namoros ou términos ou flertes para saber se eu estava certo ao mandar aquela mensagem, ou se devia esperar, não forçar a barra.

Eu não dominava a matemática do amor, mas sabia ser um bom amigo. E o Aquiles e eu éramos, com certeza, muito amigos.

O barulho da porta se abrindo, porém, interrompeu o meu fluxo de pensamento.

Poderia ser qualquer pessoa entrando, claro, mas por um minuto eu imaginei que a minha comédia romântica sofreria uma reviravolta perfeita e quem adentrava naquele banheiro seria o próprio Aquiles!

Eu não reclamaria daquela coincidência.

— Romeu? — chamou uma voz familiar.

Uma voz que não era a do Aquiles.

Era familiar mesmo.

Do Tim.

Parabéns, Romeu. Mirou no crush, acertou no pai.

— Você tá aí? — ele perguntou novamente.

— Estou — respondi.

— O que você tá fazendo? — Escutei o Tim se aproximar.

— Merda.

O desânimo estava forte dentro da minha cabine.

— A gente pode conversar? — ele indagou. — O que esse Prefeito acabou de fazer é inadmissível, meu filho. Samuca me sugeriu esperar você sair, mas você sabe como eu sou ansioso, né? Enfim, eu posso ficar aqui?

Por que não?

Eu já tinha evitado aquela conversa com meus pais quando eles apareceram no colégio. Quando tudo que eu sentia era que havia me transformado numa grande decepção para as pessoas que eu mais amava no mundo. Para os caras que me deram todo o amor que eu podia sonhar em receber na vida. Que transformaram a nossa casa na casa dos sonhos.

Mas agora todos nós já tínhamos passado por outras coisas tão intensas quanto o ocorrido na biblioteca, e eu sentia falta de receber um pouco de colo dos meus pais.

— Claro, pai.

— Ótimo! — Ele relaxou. — Pode ficar aí dentro se quiser. Eu posso me sentar aqui na cabine ao lado e a gente fica como num confessionário.

— Pra eu confessar os meus pecados?

— Não! — ele emendou. — Eu não falei nesse sentido, foi só uma imagem que...

— Eu tô brincando, pai — interrompi.

— Ah, claro! — O tempo em que nós brincávamos um com o outro parecia ter ficado para trás.

Das três cabines daquele banheiro, duas estavam ocupadas com um pai e um filho que, sei lá por qual razão, decidiram que aquele era o melhor jeito para conversarem. Com uma divisória nos separando, sentados em duas privadas.

— Bom... — ele começou. — Quer dizer, "bom", não. Eu não quero começar nossa conversa com "bom", porque dá azar.

Ahn?!

— É só que... — meu pai prosseguiu. — Desde que eu e o Samuca fomos chamados na sua escola, tudo virou de cabeça pra baixo. Depois do que o diretor nos contou, nós acabamos ficando sem jeito, sem querer invadir o seu espaço. Logo depois, você foi pra casa da Flora, a Eva nos avisou da censura do meu livro, tudo acelerou e eu senti que eu fui perdendo o controle. — Ele deu uma breve pausa. — Eu jamais queria te ver passando por tudo isso. Eu não consigo nem imaginar o que você está sentindo, meu filho.

Eu não ficava nem um pouco melhor vendo meu pai tão angustiado.

— Antes de tudo, é importante que você saiba que você não teve culpa de nada. Da censura, então, nem se fala! A Flora comentou que você se sentia culpado, e isso partiu o meu coração. Primeiro, porque eu não quero ver o meu filho carregando uma culpa injustamente. E, segundo, porque você se abriu com todo mundo, menos comigo. Eu pensei: por que ele não se sente à vontade pra falar comigo? Será que eu fiz algo errado?

Meu coração ficava mais apertado, como se isso ainda fosse possível.

— Todo mundo me dizia pra dar o seu espaço, dar o seu tempo, e eu me esforcei pra isso, Romeu. Juro. Mas é impossível testemunhar tudo que estão fazendo sem tentar te proteger. A minha vontade é esperar esse Prefeito chegar aqui na Bienal e... nem sei! Eu nem posso falar que eu iria pra cima dele, porque eu daria um péssimo exemplo como pai. Mas isso é pra você entender como eu estou revoltado! Eu imagino que você também tenha ficado chateado com essa situação.

"Chateado" era uma palavra bem leve pra tudo o que eu já tinha sentido.

— Esse cara nunca podia ter falado o que falou na televisão. É desumano. É cruel. Eu não quero que essa conversa vire um interrogatório, nem que você me conte tudo em detalhes. Mas eu sou o seu pai. Eu quero que você saiba que eu estou aqui.

Que o Samuca está lá fora pra te acolher. Que você não precisa aguentar essa barra toda sozinho. Você não imagina o quanto eu queria entrar na sua cabeça e fazer você entender que vai ficar tudo bem e que o mundo não acabou depois que...

Era inevitável falar sobre isso.

— Enfim, depois do que aconteceu na biblioteca. — Tim foi tateando pelas beiradas.

Respira, Romeu.

— Eu não beijei o Aquiles — rompi o silêncio. — Mas quis beijar.

Eu não aguentava mais ter que lidar com aquele telefone sem fio, de que um sabe de uma coisa porque outra pessoa contou que viu na internet que saiu no post que o diretor falou que... Chega!

Era hora de tirar aquela história do meu peito.

— Isso não é nenhum problema. — Meu pai suspirou. — Vocês estão... namorando?

O quê?

— Não, pai! — Ri, surpreso. — A gente nem se beijou.

— Entendi! — Ele se apressou, obviamente não entendendo nada.

— Eu e o Aquiles somos amigos. Eu nem sabia que o Aquiles era...

— Gay?

— Na verdade, ele só saiu do armário naquele recreio pra mim.

— O quê? — Tim se espantou.

— Foi a sua coragem que me deu coragem de contar a ele que eu também...

Meu Deus, alguém mais se sentiu constrangido ao sair do armário para o seu pai?!

— E você se considera...? — Meu pai tomava cuidado com cada palavra. — É que eu não quero cometer nenhuma gafe, invisibilizar alguma orientação sexual, sabe? Você pode ser gay, bi, pan...

— Eu sou gay, pai. E BV. — Já que é pra falar, vamos logo pros detalhes.

— BV de...

— Boca virgem — completei.

— Mas então por que raios aquele Gustavo resolveu gritar no meio da biblioteca que vocês estavam se beijando?!

— Porque ele é um babaca! Ele interrompeu o nosso beijo!

— Então além de homofóbico, o garoto é empata beijo!

— Tipo isso.

Aquela conversa estava mesmo acontecendo?!

— O Dom Anselmo nos contou que ele xingou vocês de "viadinhos" e que, por isso, você deu um soco nele. Foi isso mesmo?

— Ele disse... muitas coisas.

Será que eu já devia introduzir o nosso reencontro nada amistoso de agora há pouco?

— Mas o que me fez perder a cabeça... — retomei. — Foi quando ele disse que "essa gente tinha mais é que morrer".

— Meu Deus... — Tim lastimou. — Esse mundo, às vezes, é um show de horrores! Nem eu nem você nem qualquer outra pessoa LGBTQIA+ merecemos morrer. Pelo contrário, nós merecemos viver! E não uma vida pequena, mas uma vida gigante!

Como pode um menino dessa idade já ter todo esse preconceito enraizado na cabeça?!

Eu também não sabia.

— Mas mesmo quando a gente esbarra com casos assim, também precisamos lembrar que muita coisa já avançou. E avançou porque as novas gerações que vieram depois da minha já nasceram em um mundo diferente do meu e querem mais! E estão certíssimas! Eu também quero mais! O mundo está evoluindo por causa de quem luta diariamente pra isso — ele observou. — Eu cresci escutando do meu pai que eu não daria um neto pra ele, que eu era uma decepção por não me casar numa Igreja com uma bela esposa, que eu nunca teria uma família. Mas eu tenho, Romeu. E justamente por amar tanto minha família que eu me sinto mal por não conseguir te proteger de qualquer preconceito. Toda a minha luta também é para que as próximas gerações possam viver num mundo menos preconceituoso. Eu aprendi que cada pessoa pode lutar dentro da sua área, dentro da estrutura em que está inserida. E que se todo mundo contribuir um pouquinho onde está, ajudando quem estiver à sua volta, nós vamos mudar o mundo! Eu contribuo escrevendo meus livros, incentivando autores, prestigiando projetos bacanas em financiamentos coletivos. A gente precisa acreditar que hoje vai ser sempre melhor do que ontem.

Eu não sabia em qual momento do discurso do Tim a primeira lágrima tinha atravessado o meu rosto.

— Eu ainda estou aprendendo, Romeu. O que é ser pai. Como ser responsável por outro ser humano. Que visão de mundo dar a você todos os dias. Mas uma coisa é certa, eu não quero que você sinta o que eu senti quando saí do armário para o meu pai. Eu quero fazer o oposto do que ele fez. Por isso, eu vou deixar bem claro, meu filho: não tem nada de errado com quem você é e com o que você sente. Ouviu?

Respira, Romeu.

— Assim como não tem problema nenhum você gostar do Aquiles — meu pai continuou. — Você é o meu filho e nada vai mudar o meu amor por você.

Respira, Romeu.

Eu sabia que o Tim me acolheria. Que ele me amava mais do que tudo.
Mas eu precisava escutar.
Eu precisava ouvir.
Eu precisava ter essa certeza.
— Romeu? — Tim me chamou, provavelmente escutando meus soluços. — Tá tudo bem? Meu filho, não chora, senão eu choro!
Eu chorava copiosamente naquela cabine.
Mas não era um choro pesado como na sala de espera do Santo Benedito. Eu chorava de alívio, por me sentir amado pelo meu pai.
— Não precisa, pai — falei com esforço — Eu só queria pedir desculpas. Eu não queria dar essa preocupação toda. Você sabe que eu não sou de bater em ninguém. Foi mais forte do que eu, foi uma reação errada.
— Romeu, você não precisa se desculpar por nada!
— Eu queria ter conversado com você e com o Samuca, mas eu fiquei com medo...

— Meu filho, para com isso. A gente que deve ter feito alguma coisa errada pra você não sentir essa abertura.

— Não! — rebati. — Vocês não fizeram nada de errado. Vocês são os melhores pais do mundo!

— Os mais sortudos, com certeza. — Pelo tom da sua voz, meu pai também não segurava mais a emoção. — Porque nós temos o melhor filho do mundo, Romeu.

#emocionado.

— Eu sei que parece que esse mundo é tomado por ódio, mas existe muito amor — Tim continuou. — Quando esse Prefeito ou o filho dele saem atropelando os outros é porque eles sabem que o mundo retrógrado deles está chegando ao fim. Eu até imagino que algumas pessoas da imprensa venham até mim, mas eu já estou te avisando: eu não vou comentar nada que envolva você. E digo mais, vou repudiar com todas as minhas forças um Prefeito envolver um adolescente no meio de uma disputa política.

— Eu não quero falar nada com a imprensa mesmo.

— Óbvio. E nem precisa!

Pelo visto, estava chegando o momento de sair daquele casulo sanitário.

— Como estão as coisas lá fora? — perguntei.

— Alvoroçadas! — meu pai admitiu. — O pessoal está bem preocupado com a possível chegada do Prefeito. Mesmo que ele não possa fazer nada, nunca se sabe, né?

— Você tá com medo?

— Medo?! — ele devolveu, desprevenido.

— É, do que pode acontecer — me expliquei.

— Eu estou confiante de que nós vamos fazer o lançamento na Grande Arena. E que, se acontecer qualquer loucura, eu não estarei sozinho na luta.

— Não foi isso que eu perguntei, pai.

— Bem, acho que eu estou morrendo de medo! — Ele riu, sem jeito. — Porque eu estou praticamente na boca do gol, então, só de pensar que esse homem está vindo pra cá e pode atrapalhar tudo de novo...

— Mas você não ficou com medo quando enfrentou os fiscais e "lançou" os seus livros — recordei.

— Aquilo foi no impulso! Tudo ficou tão absurdo que era impossível não reagir. Eu nem pensei direito no que eu estava fazendo! Eu só fiz, sabe?

— Então, lembra aquela vez que eu dei um soco em um garoto na escola? — Brinquei, arrancando uma risada do meu pai. — Eu sei bem como é reagir sem pensar em mais nada!

— A verdade é que eu não gostaria nem de sair desse banheiro, nem de lidar com o mundo lá fora, nem de dar entrevista nenhuma! — Tim confessou. — A única coisa que me importa neste momento é você. Se você pedir, eu vou pra casa agora mesmo!

— E estragar o seu lançamento?!

— Romeu, se eu pudesse, eu já estaria debaixo de um edredom, comendo pipoca, com você e o Samuca do lado, vendo um filme, longe de toda essa confusão!

— Eu também queria que fosse tudo diferente. — Suspirei. — Eu queria que o Aquiles estivesse aqui. Mas, até agora, ele nem respondeu minhas mensagens.

— As coisas não estão tranquilas pra ele, né?

— É? — Meu pai parecia muito certo daquilo.

— O Dom Anselmo falou que os pais do Aquiles não reagiram muito bem ao que aconteceu entre vocês.

— Como assim? — estranhei. — Os pais do Aquiles reagiram mal?!

— Sim, quer dizer, eles...

— Não me esconde nada, pai, por favor — pedi. — O que eles falaram?!

— Eu não sei de tudo, Romeu. Eu só sei que eles... Enfim, foram eles que pediram ao Dom Anselmo pra que você fosse suspenso por três dias.

O quê?!

— Foram os pais do Aquiles que pediram a minha suspensão?! — Me assustei.

— Sim — Tim confirmou. — Ele deve estar passando por um momento delicado.

Eu não fazia ideia de que os pais do Aquiles reagiriam dessa forma.

Aquela era a primeira vez que eu sabia de algo que pudesse justificar o sumiço do Aquiles nas redes sociais e no WhatsApp.

Que horrível era não ter notícias dele.

— Mas eu tenho certeza de que, assim que ele puder, ele vai te responder. — Tim tentou suavizar.

— Tomara — torci. — De qualquer forma, ele não é a única pessoa com quem eu preciso conversar. Eu quero falar com o Samuca também.

— Claro, filho. Você prefere que eu o chame aqui pro nosso "confessionário"? — Tim perguntou, meio brincando, meio falando sério.

— Claro que não, pai! — Eu ri do absurdo daquela pergunta e daquela situação.

Lógico que eu não queria ficar mais um segundo sequer naquele banheiro.

Eu não pretendia sair daquele banheiro enrolado em uma bandeira do arco-íris cantando "I Will Survive", mas eu começava a entender que não era eu quem tinha que sentir vergonha pelo que estava acontecendo.

Não tinha nada de errado comigo, e eu já estava cansado de viver nas sombras.

Assim, eu abri a porta da minha cabine, fui até a cabine onde meu pai se encontrava e abri a sua porta.

Felizmente, o meu pai também estava sentado na privada com a tampa fechada. Seria muito decepcionante descobrir que toda nossa conversa tinha acontecido durante uma cagada.

Surpreso e feliz, meu pai me encarou com seus olhos marejados de emoção e, sem precisar falar nada, ele sorriu e abriu os braços, pronto para me receber entre eles.

E foi o que eu fiz.

Corri para os seus braços e o abracei o mais forte que consegui.

— Eu vou com você até o seu lançamento, pai — afirmei, sem me preocupar em limpar as lágrimas que escorriam de alegria.

— Tem certeza? Eu não quero que você se sinta exposto, constrangido.

— Eu não estarei sozinho. E nem você. Mesmo com medo, a gente tá junto pra enfrentar o que for, né? — Estendi a minha mão para ele. — Vamos?

Então, entre uma lágrima e outra, ele pegou minha mão e sorriu, confiante e orgulhoso:

—Vamos.

12. VALENTIM

Como cantou Pabllo Vittar, "eu sei que tudo vai ficar bem". Essa era a principal mensagem que eu queria passar ao Romeu naquele banheiro.

De todas as minhas preocupações, o seu bem-estar era a maior delas. Se para mim já era pesado enfrentar toda aquela situação, para ele tudo estava muito mais intenso. Eu sabia o quão complicado era sair do armário e se abrir com nossos pais. E justamente por isso eu ansiava por confortá-lo e reforçar todo o meu amor por ele.

Felizmente, nossa conversa havia sido boa para ambas as partes e eu tinha a plena consciência de que quando o Romeu e o Samuca conversassem, tudo ficaria ainda melhor para a nossa família.

— Aleluia! — Julinha respirou aliviada assim que pisamos novamente no salão da Central dos Autores. — Vocês demoraram muito!

— O que você tá fazendo? — Romeu reagiu, surpreso, ao ver sua amiga grudada na porta do banheiro.

— Até parece que você não me conhece, Romeu! — A menina revirou os olhos. — Eu inventei que o banheiro estava interditado pra ninguém interromper vocês dois!

A gente nunca pode prever quais amizades vão atravessar os anos e quais vão ficar pelo caminho, mas eu torcia para que o Romeu e a Julinha seguissem juntos pela vida afora. Aquela garota realmente amava o meu filho.

— Obrigado, Julinha — agradeci. — Você nos deu um tempo precioso.

Como era de se esperar, o salão seguia agitado com a iminente chegada do Prefeito e eu tinha certeza de que o assunto "Romeu foi arrancado do armário ao vivo" também repercutia entre as rodas de conversas.

De qualquer forma, a tarde já chegava ao fim e o lançamento do meu livro se aproximava cada vez mais.

Faltava pouco.

Muito pouco.

— Como estão os meus amores? — Samuca se aproximou, acompanhado por Flora.

— Nós vamos ficar bem — respondi. — Não vamos, Romeu?

— Vamos — ele confirmou. — Eu só não queria ficar batendo na mesma tecla.

— Tudo bem! — Samuca assentiu. — Por isso, eu já vou falar logo pra não ter que repetir depois: esse Prefeito preconceituoso e ordinário vai pagar por tudo que ele causou à minha família, ouviu? — Recado dado. — Mas então vamos focar no fato de que, em poucos minutos, nós seguiremos até a Grande Arena e faremos um lançamento inesquecível! E se o Prefeito estiver lá, você "lança" um livro na cara dele, Tim!

— Eu vou passar esse "lançamento", meu amor — brinquei, fugindo de qualquer conflito. — Eu só quero ficar autografando meus livros em paz.

— Até porque se você lançar mais um exemplar por aí, a Eva te mata! — Flora riu.

Nós já tínhamos conseguido evitar que o Romeu se sentisse mais constrangido do que já estava após a declaração do Prefeito, já tínhamos conseguido descontrair minimamente o ambiente, mas eu não havia previsto que, de qualquer forma, o assunto ainda repercutiria pelas pessoas mais próximas a ele.

Com seus semblantes aflitos, Eva, Kita e Dudu também se juntaram ao nosso grupo ao perceberem que tínhamos saído do banheiro.

— Romeu! — Eva foi direto ao ponto. — Você não tem que ter vergonha de nada!

— A gente tá contigo, viu? — Kita reafirmou seu apoio.

— Ninguém merece ser exposto assim! — Dudu acrescentou.

Evitar falar sobre o assunto: missão malsucedida.

— Então... — interferi, educado. — Eu só ia pedir pra gente não repercutir muito mais o que foi dito na TV. É uma energia muito pesada, né?

— Ah... — Eva, Kita e Dudu reagiram, sem graça.

— Não tem problema — Romeu interveio. — Eu gostei desse apoio!

— É só um lembrete pra gente não ficar tocando sempre o mesmo disco. — Samuel amenizou.

— Exato — concordei. — E eu também queria avisar à imprensa que nós não vamos comentar a declaração do Prefeito sobre o meu filho. Pelo menos por agora.

— Deixa comigo que com a imprensa eu me resolvo! — Eva compreendeu a situação. — Vocês estão certíssimos! Vamos focar no lançamento!

— Isso! — Tentei manter o otimismo no ar.

— Até porque esse Prefeito não deve conhecer o essencial de perigosas sapatas como eu! — Eva não se aguentou. — Senão ele saberia que era bem mais seguro não mexer com quem a gente ama!

Ok, outro recado dado.

— Mas vamos focar no lançamento! — ela retomou o foco.

— Isso! — repeti, buscando focar nas coisas boas que vinham pela frente.

— Inclusive, eu acabei de confirmar com a editora e eles já estão chegando com mais exemplares do *Walter* — minha editora anunciou. — O lançamento está de pé!

Aquela, sim, era uma ótima notícia!

— Depois, precisamos nos acertar sobre os livros distribuídos naquele seu "rompante". — Eva pontuou. — Como eu não pretendo te chamar de "meu querido ex-autor" depois dessa Bienal, a conta vai ter que fechar!

Eu não era o primeiro nem seria o último autor a já começar um livro saindo no prejuízo. E quem poderia garantir que o *Walter* não se tornaria um best-seller, pagaria todas as minhas dívidas, viraria filme, ganharia sequências e me lançaria no mercado editorial como nunca antes?! Não custava sonhar.

— Vocês sabem se o Prefeito está realmente a caminho da Bienal? — perguntei.

— Até agora, nada — Flora anunciou.

— Já começou a escurecer — Samuca observou. — Não faria muito sentido ele aparecer agora no fim do dia.

— E desde quando o que esse homem faz tem algum sentido?! — devolvi. — Mas, independente dele, a verdade é que não teria lançamento nenhum se não fosse o apoio de todos vocês!

— Que fofo! — Eva me interrompeu. — Que tal celebrar seguindo para a Grande Arena?!

— Já?! — Me espantei com a rapidez com que as coisas avançavam.

— Alguém não quer perder tempo! — Flora jogou um charme.

— Com certeza! — Eva entrou no clima. — Pra que ficar enrolando quando a gente pode correr direto pro nosso objetivo final?

A Eva estava flertando, COM CERTEZA, com a Flora.

— Eu vou pegar as minhas coisas pra gente seguir pra Grande Arena, ouviu, Valentim? — Eva me deu um ultimato.

— Eu não perco esse lançamento por nada, amiga! — respondi. — Fica tranquila!

E assim que Eva se afastou, foi impossível abafar nossos risinhos.

— Isso foi uma cantada? — Flora disfarçou, sem saída.

— Espera um pouco. — Julinha se adiantou. — Você é minha mãe? Porque a Flora que eu conheço saberia muito bem que isso foi uma senhoooora cantada!

— Julia! — Flora gargalhou, desconcertada.

— Ué, mãe! As pessoas não se perguntam "Mãe sempre sabe?" — Julinha insistiu. — Então, eu vou te responder: filhas sempre sabem!

— Sabem o quê, minha filha? — Flora achou graça.

— Que nunca é tarde pra se permitir um novo amor. — Julinha mandou a letra. — Agora vocês me dão licença que eu vou correr para o lançamento mais esperado do ano!

— Eu também já quero ir pra lá! — Kita se pronunciou.

— Então já é! — Dudu completou. — Bora com a gente, Romeu?

— Eu posso? — Meu filho se virou pra mim e pro Samuca.

— Claro! — autorizei. — Eu e o seu pai já vamos na sequência, né, Samuca?

— Com certeza! — Ele sorriu. — É bom que já vai criando um burburinho por lá.

— Tá certo. — Romeu se animou. — Então, vamos!

Estava acontecendo!

Walter, meu menino com um buraco no peito, estava prestes a nascer!

Empolgados, Kita, Dudu, Julinha e Romeu se despediram e seguiram para as escadas que os levariam para os corredores do evento. Aproveitando o bonde, Flora se antecipou e acompanhou o grupo.

Eu já podia ver a tão aguardada linha de chegada!

— Alguém ansioso por aí? — Samuca brincou.

— Tá tão na cara assim?

— Deixa eu analisar um pouco mais... — Ele me encarou, divertido. — Sim, está!

— A ansiedade está batendo forte — confessei. — Ao mesmo tempo, o medo de que aconteça alguma reviravolta não me deixa aproveitar por completo, sabe?

— Eu entendo, Tim. — Ele segurou as minhas mãos. — Eu estaria mentindo se não estivesse com um leve receio de que tudo dê errado na última hora. Mas, e esse é um grande "mas", a verdade é que os seus livros já estão chegando. A Grande Arena já está sendo preparada. E nós estaremos lá, juntos, pra celebrar mais essa conquista.

"Celebrar" era uma palavra que eu já considerava excluída da minha experiência na Bienal. Mas o Samuca tinha razão. Nós iríamos celebrar o que era fruto de muito trabalho e muita dedicação, inclusive da parte dele.

O processo de escrita pode ser demasiadamente solitário. Eu e o meu computador, sozinhos, criando um universo repleto de conflitos e aprendizados.

Nesse período, o apoio do Samuca foi vital para a minha escrita. Ele foi o meu primeiro leitor beta, ou seja, aquele em quem eu confiava para ler os primeiros rascunhos e me dar seu feedback sincero.

Também era ele quem me impulsionava para a frente, quem me tirava da procrastinação e me cobrava que eu cumprisse minhas metas.

Sem ele ao meu lado, eu não teria concluído nada.

— Você tem razão. — Relaxei. — Eu fiquei tão angustiado nas últimas horas que não consigo acreditar que tudo está dando certo! Você sabe o quanto eu acredito nesse livro. O quanto ele pode ser importante pra muitas crianças e famílias.

— Claro que sei. — Ele sorriu. — E você também sabe o quanto eu acredito em *você*! É esse brilho no seu olhar, de quando você fala do seu livro, que eu quero ver daqui pra frente, Tim. É com esse sentimento que eu quero te ver entrando naquela Arena e interagindo com os seus leitores. É lindo acompanhar sua paixão pela escrita, meu amor. É uma das coisas que me faz te admirar cada vez mais. Saber que você, assim como eu, sonha com um mundo melhor.

— Ô, meu amor... — Suspirei, emocionado.

Entre nós só havia amor e admiração.

— Você sabe que todas as minhas conquistas são nossas, né?

— Claro que sim — ele confirmou.

— E que eu também acredito totalmente em você e em toda a sua luta — reforcei. — Quem mais sairia correndo pela Bienal distribuindo um documento a favor da liberdade de expressão elaborado de improviso na correria?!

— No caso, eu mesmo. — Samuca se gabou.

— O próprio! — completei. — Até trechos de uma decisão do Supremo Tribunal Federal contra a LGBTfobia você imprimiu!

— E vou te dizer... Eu AMEI essa adrenalina! — ele admitiu, rindo. — Eu estava sentindo falta de viver uma aventura dessas com você!

— Não pode ser! — Gargalhei. — Se você sentia falta de uma adrenalina, a gente podia fazer rafting, pular de paraquedas! Eu trocava essa loucura por um fim de semana em uma pousada na serra com você e o Romeu agora mesmo!

— Eu acho ótimo! Eu vou amar um descanso depois dessa Bienal! — Samuca brincou. — O que eu quero dizer é que conforme o tempo foi passando, tudo foi ficando mais burocrático, mais rotineiro. Pedir financiamento pro nosso apartamento, aprovar crédito, pagar escola, planejar férias, limpar a casa, lavar a louça, parcelar a geladeira nova porque a velha quebrou! Tem horas que tudo parece entrar no automático, sabe?! E essa correria toda de falar com os advogados da Bienal, toda essa revolta, esse agito, me lembrou da nossa época de faculdade, quando a gente se conheceu. De quando a gente debatia no diretório acadêmico, organizava protestos...

— Se pegava no barzinho! — recordei.

— Não vamos nos esquecer da melhor parte! — Ele riu. — Eu sinto que eu me reconectei comigo mesmo aqui. Eu não tenho dúvidas do quanto eu amo ser advogado. Mas eu estou repensando o meu trabalho. Pensando em me arriscar mais.

Arriscar?

— Desculpa, amor, eu não estou entendendo — admiti.

— Eu... — Samuca respirou fundo. — Acho que vou pedir demissão do escritório.

— Uau! — Reagi, desprevenido. — Por essa eu não esperava.

— Nem eu.

— Mas por quê?! Você ama o seu trabalho.

— Porque eu quero abrir o meu próprio escritório! — Samuca revelou.

— UAU! — Agora, sim, me surpreendi, de verdade. — Esse é um grande passo, Samuca!

— Você acha que é um passo maior do que a minha perna? — ele perguntou, hesitante.

— Eu?! — Abri um sorriso de orelha a orelha. — Eu acho LINDO!

— Mesmo?!

— Claro, meu amor! Mas de onde surgiu essa ideia?

— Tim, você sabe o quanto eu ralei pra conseguir esse emprego. No "melhor" escritório do Rio e blá-blá-blá. Mas eu sinto falta dessa conexão do que eu defendo na vida ser o que eu defendo no trabalho. As pessoas que eu quero defender. As causas. Os processos. Eu não aguento mais ficar num ambiente de trabalho com pouca diversidade. Onde eu sou o único gay, um dos poucos advogados negros. Um local com pouquíssimas mulheres em cargos de chefia. Encarando alguns clientes que vêm de uma elite branca totalmente conservadora que eu jamais suportaria fora dali. Que, se bobear, ajudaram a eleger esse Prefeito que está nos atacando! Isso não está certo. Eu quero ajudar os meus! Eu quero mais autonomia. Olha o que está acontecendo nessa Bienal, a loucura que é, ainda hoje, enfrentar a censura! Fazia tempos que eu não me sentia lutando por algo em que eu realmente acredito. Eu posso estar delirando, mas eu preciso dar esse passo.

— Delirando?! — Me aproximei, carinhoso. — Essa é uma das coisas mais lindas que eu já vi você fazer por você mesmo. É sensacional!

— Mas por onde eu começo? Como a gente vai segurar as pontas em casa sem o meu emprego?

— Como nós sempre fizemos: nos apoiando! — Tranquilizei. — Você não adora citar aquele trecho do *Grande Sertão: Veredas*, do Guimarães Rosa: "A vida é assim: esquenta e esfria, aperta e daí afrouxa, sossega e depois desinquieta. O que ela quer da gente é coragem.". Pois vamos em frente! Eu vou estar do seu lado. E aí, daqui a pouco, você vai ver qual é o "melhor" escritório dessa cidade!

— Você falando assim já faz parecer tão real. — Ele sorriu, nervoso.

— É porque eu já consigo visualizar tudo dando certo pra você — afirmei. — Porque eu confio no seu talento e na sua capacidade de fazer tudo funcionar. E também, claro, porque eu te amo!

Era visível a emoção em seus olhos.

Ele não queria mais que escolhessem por ele as causas pelas quais ele teria que lutar. Não, ele queria ser o dono do seu próprio tempo. E eu seria o primeiro a apoiá-lo.

Nós iríamos celebrar o lançamento do meu novo livro e o nascimento do seu novo escritório!

— Meu casal preferido!!! — Eva se reaproximou, animada. — Cadê a Flora? Quer dizer, cadê todo mundo? Já foram pra Arena?!

Sempre nos surpreendendo com boas ou más notícias, agora era Eva quem se surpreendia com os olhos chorosos do Samuca.

— Ai, meu Deus, aconteceu alguma coisa que eu não soube?! — Ela se preocupou.

— É coisa boa! — Samuca se antecipou.

— Graças a Deus! — Eva relaxou. — Essa Bienal está tão imprevisível que eu já fico traumatizada achando que tudo pode mudar a qualquer instante!

— Bem-vinda ao clube! — brinquei.

— Mas sério, qual o motivo de tanta emoção? — Ela se interessou. — Não me digam que o Romeu vai ganhar um irmãozinho!

— O quê? — Achei graça.

— Uma irmãzinha! — Eva arriscou novamente, empolgada.

— Não, amiga. Nós não lidamos com gravidez surpresa por aqui — relembrei.

— Eu vou abrir o meu próprio escritório. — Samuca compartilhou a novidade.

— Que maravilha, Samuel! — Eva festejou. — Parabéns!

— Obrigado! — ele respondeu.

— Eu já sei até um jeito da gente comemorar! — Eva se animou. — Caminhando para a Grande Arena para o lançamento do livro do Valentim!

— Você não perde tempo, né? — comentei, rindo.

— E é por isso que eu sou o amor da sua vida! Depois do Samuca, claro! E do Romeu! — ela se corrigiu, espirituosa. — Enfim, eu já estou indo para lá. Então, por favor, meus homens elegantes, não demorem muito!

— Nós já estamos indo, prometo! — Samuca se comprometeu.

— Assim é que se fala! — Eva completou antes de se virar e partir para as escadas.

Novamente, restávamos apenas eu e o Samuca por ali.

— Parece que é chegada a hora! — Suspirei.

— Já passou, e muito, da hora! — Samuca brincou. — Mas antes de ir, me diz uma coisa. Como foi lá dentro com você e o Romeu? Como ele está?

No afã de evitar que o foco caísse sobre o Romeu, eu sequer tinha comentado com o Samuca como havia sido nossa conversa no banheiro.

— Ele está com a cabeça a mil por hora, claro — observei. — Mas acho que ele não se sente mais tão só. E a história que ele contou na diretoria é verdade. Ele não beijou o Aquiles. Eles iam se beijar...

— Quando aquele garoto interrompeu tudo?

— Exatamente. Falando atrocidades!

— Que atrocidades?! O Romeu te contou?

— Sim. "Que essa gente tinha mais é que morrer".

— Pelo amor de Deus — Samuca lamentou. — E o Romeu que é suspenso?! Eu concordo cada vez mais que aquela escola foi um grande equívoco da nossa parte!

— De qualquer forma, ele quer conversar com você. O que é um ótimo sinal! Ele já deve estar elaborando melhor o que aconteceu e se sentindo mais confiante pra se abrir com a gente.

— Mas me dá uma dor no coração ver nosso filho assim — Samuca admitiu. — A gente sabe que sair do armário é um momento delicado, e ele enfrentou sozinho essa turbulência.

— Até agora — pontuei. — Agora nós conseguimos chegar até ele.

— Eu fico feliz que vocês tenham se falado. Ele deve estar um pouco melhor.

— Eu estou com essa sensação — assenti.

— É isso! — Ele suspirou, esperançoso. — Então, vamos ao encontro do nosso filho e dos seus leitores, meu caro Valentim, porque se alguma coisa vai nos encher de esperança, com certeza é o seu lançamento!

Eu já podia sentir o grande momento se aproximando.

O que era um sonho estava prestes a se tornar realidade.

Sem pestanejar, descemos as escadas e deixamos para trás a Central dos Autores. Mesmo sabendo que a Grande Arena ficava a poucos metros de onde a gente se encontrava, a sensação era de que ela estava a milhas de distância de nós.

Os corredores permaneciam abarrotados!

Com o Samuca ao meu lado, apressei o passo, como se quisesse chegar à Grande Arena antes que algo acontecesse e me tirasse o fôlego.

Para a minha surpresa, aquele breve trajeto se tornava mais emocionante a cada segundo, pois alguns frequentadores me reconheciam das manchetes dos jornais e me cumprimentavam, me agradeciam, me encorajavam.

Aquela simples abordagem me emocionou de uma forma que eu não saberia descrever. Eu não estava acostumado a ser abordado por tanta gente.

Com meus livros anteriores, era comum encontrar meus leitores em eventos literários ou em livrarias, mas não eram todas as pessoas que ligavam a minha pessoa ao autor de seus livros.

Depois de horas isolado na Central dos Autores, eu confirmava que não estava sozinho. Na verdade, eu nunca estive lutando sozinho!

A vida adulta podia ser mais burocrática, como o Samuca tinha apontado, mas ela também trazia as vantagens do amadurecimento.

Eu não era mais o mesmo adolescente que chorava angustiado com pavor de enfrentar o mundo. Que ficava retraído no colégio porque não era apaixonado por nenhuma menina. Que por muito tempo se sentiu excluído de tudo. Que disfarçava não se importar com as "piadas" que faziam com o seu jeito mais afeminado. Que rezava pedindo para ser heterossexual. Que alternava entre a mágoa e a tristeza ao perceber que era uma decepção para o seu pai. Que só queria ser aceito. Que só queria se sentir "normal". Que não queria se sentir tão só. Que queria preencher com todas as suas forças aquele buraco no peito.

E não, não bastava só passar por debaixo de um arco-íris para tudo se resolver em um passe de mágica.

Não bastava bater duas vezes um sapatinho vermelho para se sentir em casa.

Foi preciso muito tempo para que eu preenchesse esse vazio.

Foi preciso entrar na faculdade. Ir pela primeira vez em uma boate com outros jovens gays. Encontrar uma literatura onde eu me sentisse representado. Mergulhar em uma filmografia repleta de diversidade, o cinema que ousa dizer o seu nome.

Foi preciso me aceitar. Dançar. Beijar. Abraçar. Transar. Cantar. Celebrar. Chorar. Aprender. Ensinar. Amar.

E só quando confiei mais em mim comecei a esboçar o que seriam os meus primeiros livros. A trilhar o meu caminho. A repensar o mundo. A criticar a nossa sociedade. A estudar aquela estrada que não era só minha. A reverenciar quem tinha lutado para que eu pudesse ser quem eu era. A me aprofundar na história do movimento LGBT no Brasil. A me articular. A lutar.

Toda essa travessia havia me levado àquele ponto. Ao lançamento de um livro com protagonismo LGBTQIA+ na maior Arena do maior evento literário do país.

As pessoas poderiam finalmente acompanhar o percurso do meu menino Walter para preencher aquele buraco no seu peito. Ninguém mais poderia censurar o seu amor.

Eu estava me sentindo muito realizado!

Quando dobramos à esquerda no corredor seguinte, visualizamos, enfim, a Grande Arena, além de uma grande movimentação ao seu redor. Tudo parecia muito grandioso!

— Pelo visto, vai ser o lançamento do século! — Samuca brincou.

— As minhas mãos já estão tremendo!

— Calma, meu amor! — Ele riu. — Era isso que a gente queria! Olha essa aglomeração! Se aqui fora está assim, lá dentro já deve estar lotado!

— Será? — Não consegui acreditar no que os meus olhos viam.

— Olha só essa multidão! — Samuca repetiu. — Vamos lá encontrar o pessoal e entrar logo nessa Arena! É agora, Tim!

A alegria do Samuca me comovia, genuinamente.

Como era bom me sentir tão amado!

No entanto, conforme nos aproximávamos da entrada, mais a minha intuição pessimista emitia um sinal de alerta.

Aquelas pessoas não estavam ingressando na Arena, muito menos formando uma fila para autógrafos.

Elas pareciam tão confusas quanto eu.

— Pais! — Romeu levantou os braços, correndo contra a corrente em nossa direção ao lado de Julinha.

A confusão estampada no rosto do meu filho não me tranquilizava nem um pouco.

— O que houve? — Me adiantei quando os dois se aproximaram.

— Não sei — ele respondeu. — A gente estava voltando pra te perguntar.

— A gente pensou que todos já estariam lá dentro — reagi, perdido.

— Mas não dá pra entrar, Tim! — Julinha revelou.

— Não dá pra entrar?! — Samuca se espantou. — Como assim?!

— A Arena tá fechada! — Romeu se justificou.

Fechada?!

— Calma, gente. — Samuca percebeu nosso nervosismo. — Deve ser apenas um atraso na organização. Olha a quantidade de pessoas aqui fora. Eles devem estar se ajeitando melhor. Vamos manter a energia positiva!

— Seja o que for, nós já vamos ficar sabendo. — Apontei em direção à entrada da Arena. — Lá vem a nossa mensageira!

Como não podia deixar de ser, era Eva quem nos atualizaria da real situação. Minha editora caminhava em nossa direção, tentando esconder sua expressão, olhando para baixo.

O que diabos estava acontecendo?!

— Oi, gente! — Eva esboçou um sorriso forçado.

— O que houve?! — questionei. — Por que você tá com essa cara?

— Calma, Tim — ela pediu.

Puta merda.

Me pedirem calma era o PIOR dos indícios de que algo estava MUITO errado.

— Por que a entrada tá fechada?! — pressionei. — Por que tá todo mundo aqui fora?!

— Ah, vocês chegaram!!! — Flora nos surpreendeu. — É verdade isso que me contaram?! — ela logo quis saber.

— O quê?! — perguntei, aflito. — O que te contaram, Flor?! O que está acontecendo?!

— A Arena foi interditada! — Flora soltou a bomba.

O QUÊ?!

— Interditada?! — estranhei.

— Por quê?! — Samuca completou. — Por quem?!

— É isso que eu estava tentando falar. — Eva retomou a palavra. — A Bienal já está fazendo de tudo pra reverter a situação.

— Que situação?! — apertei.

— O Prefeito conseguiu uma decisão impedindo o lançamento do seu livro — Eva anunciou, angustiada.

— Ele... o quê?! — Samuca reagiu, enquanto permaneci em choque. — Como?!

— O presidente do Tribunal de Justiça concedeu uma nova liminar cassando a decisão anterior e autorizando a Prefeitura a recolher obras com "temática" LGBT da Bienal. — Eva detalhou.

Não era possível.

A nossa Justiça não podia ser tão volúvel assim.

A Bienal tinha conseguido uma liminar a nosso favor há pouquíssimo tempo!

Num sábado!

Como essa besta fanática tinha revertido aquela situação?!

— Que raios esse presidente inventou pra defender o indefensável?! — protestei.

— Ele soltou uma nota falando que não estava censurando nenhum livro. — Eva explicou. — Que era só um "alerta" sobre o conteúdo "delicado" das obras!

— Que conteúdo "delicado"?! — bradei.

— Ele tentou explicar que o seu livro é voltado pro leitor infantojuvenil, ainda em formação, e que pode influenciar as crianças e os adolescentes — Eva continuou.

— Mas é pra influenciar! — rebati, furioso. — É pra fazer com que os meus leitores não passem a vida inteira se achando uma abominação!

— Eu nunca vi uma decisão ser derrubada tão rápido! — Samuca confessou, pasmo.

— Parece que o tal juiz é amigo do Prefeito, padrinho do Guga — Flora comentou.

— Que horror! — Samuca lastimou.

A boca do gol estava na minha frente.

O lançamento do meu livro estava a poucos metros de mim. Eu não podia sofrer essa derrota.

— Eu não vou mais poder lançar o meu livro?! — perguntei, embora já soubesse qual seria a resposta.

— Por enquanto, não, Tim — Eva confirmou, decepcionada. — Nem você nem ninguém que tenha escrito um livro com personagens LGBTQIA+.

Mas e aquelas pessoas à minha volta, enroladas com suas bandeiras de arco-íris?

E os outros autores que nós tínhamos convidado para um lançamento conjunto?

E aquele trio de autores independentes que nós tínhamos encontrado aos prantos, com medo da censura?

E os frequentadores que tinham se enchido de esperança na ação da Kita?!

O que seria de tudo isso?! De todos eles?!

Nós voltaríamos a ter medo?!

Eu daria meia-volta e ficaria chorando na Central dos Autores?

As editoras esconderiam novamente seus livros?

Colariam novamente adesivos "para maiores de 18 anos"?

Aquele deveria ser um momento de celebração, e não um fim de festa!

— Nós precisamos manter a cabeça fria! — Samuca ponderou. — E vamos lembrar que algumas pessoas já estão com o *Walter*! Algumas conseguiram ganhar o livro na ação da Kita, outras, pegaram quando você enfrentou os fiscais.

— É pra eu me sentir melhor?! — devolvi, abismado.

— Eu só estou tentando achar uma luz no fim do túnel — Samuca rebateu. — Eu posso ver com os advogados da Bienal, eles devem estar se reunindo pra contra-atacar!

— Eles estão! — Eva assentiu. — Eu falei com a Sara e ela também está em choque. Até amanhã nós vamos conseguir virar o jogo!

Até amanhã?!

— Não! — esbravejei. — Eu estou aqui, hoje, sendo censurado de novo! Eu não quero esperar até amanhã!

A Justiça não estava do nosso lado, a Grande Arena seguia fechada e uma comunidade de armários abertos estava cansada de ser atacada! E ainda esperavam que nós abaixássemos a cabeça e fôssemos resilientes?! Nem pensar! Eu jamais voltaria para dentro de armário nenhum para viver com as traças!

Obstinado, rumei até a entrada da Grande Arena, seguido por Samuca, Romeu, Eva, Julinha e Flora. Eu não sabia como, mas eu iria entrar naquela Arena e lançar o meu livro!

Assustada, diante do portão de entrada, Sara tentava acalmar os frequentadores.

— Valentim. — Sara me encarou, pesarosa.

— Nós precisamos abrir essa Arena e fazer os lançamentos, Sara! — disse, sem hesitar.

— É tudo que eu mais gostaria de fazer — ela respondeu de pronto. — Mas nós precisamos cumprir a lei.

— A lei está errada! — clamei. — Esse Prefeito está errado!

— Eu concordo. — Sara manteve a compostura. — Mas eu estou de mãos atadas.

— Mas isso não é justo!!! — bradei.

— Calma, Tim! — Samuca tentou me confortar.

— Não dá, Samuca! — Me desvencilhei. — Eu estou sendo CENSURADO!

— O que eu posso fazer, Sara? — Samuca tomou as rédeas da situação. — Eu posso me encontrar com os advogados da Bienal pra ajudar como for!

Aquilo só podia ser um pesadelo, e eu precisava acordar dele imediatamente!

— Obrigada, Samuel. — Sara agradeceu. — Toda ajuda é bem-vinda, sempre. Mas já está anoitecendo. Em poucas horas o evento já vai encerrar. Mesmo que a gente entre com a liminar que for — o que nós iremos fazer! —, será impossível recorrer ainda hoje dessa decisão.

Aquelas duras palavras me atingiram em cheio.

Era como se o chão se abrisse sob os meus pés e eu começasse a cair em um poço sem fundo, onde a cada minuto, a queda era cada vez maior.

Eu estava ali com a minha editora, com a minha melhor amiga, com a sua filha, com a minha família, com a responsável por nos conceder a Grande Arena, e, mesmo assim, nada podia ser feito. Não naquele momento. Não naquele dia.

Depois de uma manhã entupida de entrevistas, depois de toda a tensão com a visita dos fiscais da Prefeitura, depois do meu descontrole no estande da minha editora, depois do sucesso da ação da Kita, depois do Prefeito expor o meu filho em rede nacional, depois de eu ter me permitido ficar feliz com o meu lançamento... uma nova decisão judicial e uma porta fechada na minha cara acabariam com tudo?!

— NÃO!!! — gritei, meus olhos marejados de lágrimas. — NÃO!!! Eu não aceito!!!

Eu não tinha mais forças para aguentar todo aquele horror.

— Por favor! — Me virei para quem mais me entenderia. — Por favor, Samuca, me diz o que a gente pode fazer!

— Calma, meu amor. — Ele tentou, por nós dois, conter a emoção. — Eu vou ajudar a Sara e a Bienal a recorrer desse absurdo! Eu prometo!

— Eu quero entrar lá agora, meu amor! — Solucei, já sem vergonha por chorar na frente de quem fosse. — Eu não quero esperar até amanhã! Eu não vou aguentar!

— Tim! Olha pra mim! — Samuca colocou as mãos no meu rosto. — Nós vamos até a instância máxima com isso! Eu vou até o Supremo Tribunal Federal por você, meu amor! Confia em mim. Nós vamos vencer!

— Nós já perdemos, Samuca... — Ninguém conseguiria desfazer essa sensação.

— Nós não perdemos, Valentim! — ele repetiu. — Nós não desistimos, lembra?!

— Então me diz o que a gente pode fazer agora?! — indaguei. — O que a gente pode fazer agora pra lançar o meu livro?! Por que eles estão fazendo isso com a gente?! Por que esse ódio todo?! Por que calar nossos amores?!

— Infelizmente, nós não podemos fazer nada — Samuca sentenciou.

Nós não podíamos fazer nada.

Nunca em toda a minha vida eu tinha me sentido tão impotente. Tão derrotado. Com tanto ódio dentro do meu coração.

Eu já não sabia se eu preferia que nós tivéssemos perdido essa batalha logo que meu livro havia sido censurado ou agora, quando estávamos iludidos na porta do lançamento! Se teria sido melhor ter a cabeça cortada, como a Alice pela Rainha de Copas, ou acompanhar o fim em doses homeopáticas.

A minha luta, tanto na escrita quanto na vida, não era só por mim.

O meu anseio era que o meu filho crescesse em um mundo mais diverso. Onde ninguém pudesse decidir aquele que é digno de ser amado e aquele que não. Onde ninguém fosse morto em razão da cor da sua pele ou por sua orientação sexual ou por sua identidade de gênero.

Eu sabia que o lançamento do meu livro não iria mudar o mundo de um dia para o outro. Mas eu também sabia o quanto aquele lançamento havia se transformado em um símbolo de resistência. E o quanto aquela censura também seria, simbolicamente, uma derrota para muitos.

Novamente, o nosso mundo, a nossa sociedade e a nossa Justiça agiam contra nossa comunidade. Jogavam em nossas caras que nós não tínhamos um lugar ali. Que não éramos respeitados. Que não éramos vistos como seres humanos que merecessem respeito. Que merecessem os mesmos direitos que todos os outros cidadãos desse país.

Não, nosso amor não podia ser espalhado. Não podia ser visto por crianças. Era perigoso. Contagioso. Pecaminoso. Doente. Deveria ser censurado. Deveria ser embalado com um adesivo "para maiores de 18 anos". Deveria ser evitado. Excluído. Descartado. Impedido. Combatido. Morto.

Desiludido, olhei ao meu redor, para a multidão que nos observava, curiosa e aflita. Para todas aquelas pessoas que estavam prestes a autografarem seus livros, abraçarem seus autores favoritos, celebrarem seu orgulho. Pessoas que, assim como eu, também estavam dando com a cara na porta. Como se o armário fechasse mais uma vez com força, nos obrigando a voltar para as nossas sombras.

Eu já podia ver Kita e Dudu caminhando em nossa direção, e até mesmo os três autores independentes que eu havia ajudado, Thati, Deko e Arlindo, também estavam ali por perto.

Ao meu lado, Sara, Samuca, Flora, Julinha, Eva...

E Romeu.

Meu filho.

Contra o seu olhar de tristeza, foi impossível resistir. E, sem forças, finalmente desabei no maior choro dos últimos dias. Frágil como nunca antes havia me sentido.

13. ROMEU

Eu nunca tinha visto meu pai daquele jeito.

Soluçando no ombro do Samuca, como quem se apoia na beira de um precipício.

Seu maior temor tinha se tornado realidade.

Não satisfeito em se fingir de santo na televisão e me tirar do armário pra não sei quantos milhões de espectadores, aquele Prefeito queria *mais*! Ele precisava mexer os seus pauzinhos, falar com o presidente de sei lá qual tribunal e inventar mais uma liminar pra mudar tudo *outra vez*!

E ainda havia a possibilidade de aquele idiota estar a caminho da Bienal?!

O que ele queria?!

Sambar na nossa cara?!

Rir da nossa desgraça?!

— Eu não acredito que esse merda fez isso! — Julinha protestou.

— Julia, olha a boca! — Flora a repreendeu.

— Ah, mãe, não defende esse homem, pelamoooor!!! — Julinha rebateu.

— É um pesadelo, mas não dá pra ficar surpresa! — Kita lamentou. — Uma canetada e pronto, dane-se tudo que a gente fez! Não fez diferença nenhuma!

— Claro que fez! — Dudu interveio.

— Olha esses livros aqui em volta! — Eva pontuou. — A maioria só está aqui graças à sua ação!

— E pra quê?! — Kita retrucou. — Pra Justiça proibir que eles circulem de novo?! Pra gente chegar aqui e dar de cara com a porta fechada?! Isso cansa!

Eu me identificava com a sua revolta.

Nós tínhamos levado mais uma rasteira.

— Mas não foi à toa que censuraram livros — Flora observou. — Livros são conhecimento! E um povo com conhecimento não interessa a essa corja no poder. A essa gente ignorante que se corrompe com o poder, ao invés de entender que o propósito do poder é garantir que todos os cidadãos de um país tenham seus direitos protegidos! E não que uma parcela da população seja perseguida e discriminada! — ela desabafou. — Mas não se enganem. Um governo que age dessa forma, movido por uma pulsão de morte, vai ser destruído por essa mesma pulsão de morte!

Eu esperava que Flora estivesse certa e que, muito em breve, eu pudesse ver a queda daquele Prefeito e de todo mundo que tinha colaborado para aquele terror.

Naquele instante, porém, nenhuma palavra seria capaz de me acalmar.

Eu havia prometido ao Tim que estaria ao seu lado. Que ele não lutaria sozinho. Que nós estaríamos juntos pra enfrentar o que fosse.

E ali estava ele.

Arrasado.

Impotente diante de uma Arena bloqueada e de uma decisão judicial contra a qual ninguém podia fazer nada.

Respira, Romeu.

O Tim havia me dito que eu não podia me culpar pelo que estava acontecendo, mas a minha cabeça insistia em voltar à biblioteca da minha escola. O meu punho nocauteando o Guga num replay interminável, como se aquele soco tivesse desandado tudo.

Mas eu não podia perder mais tempo me punindo. Eu já tinha ultrapassado o estágio do choro. O que me dominava agora era a raiva.

Eu não suportaria ficar ali parado vendo meus pais serem destruídos.

Não podia voltar pra casa com aquela sensação de derrota.

Não depois de tudo que eu tinha vivido naquele dia!

De tudo que tive que superar.

De tudo que tive que ouvir.

De ter ajudado a distribuir tantos livros.

De ter escapado do Guga nos bastidores.

De quase ter tido uma crise de ansiedade.

De ter sido exposto sem dó nem piedade por aquele Prefeito.

NÃO!!!

Eu não ia aceitar nada daquilo!

Eu não podia permitir que o Prefeito chegasse na Bienal como o defensor das criancinhas e o meu pai ficasse arrasado sem poder lançar livro nenhum!

Então, sem dar brecha para que ninguém me impedisse, eu me virei e saí andando, sem saber para onde ir, nem o que fazer.

Eu só precisava sair dali. Tirar do meu campo de visão aquela Arena interditada. O meu pai chorando.

Seria impossível pensar em qualquer solução no meio daquele horror!

Atravessando corredores e contornando estandes, fui em direção ao desconhecido. Como se pudesse deixar tudo para trás. Como se pudesse me desgarrar daquela angústia que não desgrudava de mim.

Abandonei aquele Pavilhão Amarelo e fui parar na área externa do evento, no jardim daquele centro de convenções, com um lago no meio e um céu gigante, repleto de estrelas, acima.

Já era noite na Bienal e eu não havia percebido o quanto eu vinha me sentindo sufocado dentro daqueles pavilhões — até sair deles e me deparar com aquela natureza.

Era como se os meus pulmões se descomprimissem e eu sentisse uma corrente de ar puro. Como se me afastasse da pressão que era estar lá dentro, no centro do vulcão.

Como se eu finalmente liberasse todas as minhas tensões.

Longe de tudo.

Longe de todos.

—AAAAAAAAAAAAAAAAAAAAHHHHHHHHHHHHHHH!!!!!!

Gritei o mais alto e forte que consegui.

Botando tudo pra fora.

Extravasando toda a minha revolta.

Toda a minha raiva.

Eu já não suportava mais um minuto sequer daquela perseguição descabida.

— QUE MERDA!!! — gritei novamente, tomado por uma fúria que não sabia nem que era capaz de sentir.

Eu estava a ponto de perder a cabeça. De sair do prumo.

Porque eu não aceitaria mais aquela dor. Não permitiria que continuassem a pisar em cima da minha família. Que continuassem com aquelas injustiças!

— Eu não mereço essa merda!!! — vociferei, me permitindo desabar.

Agachado sobre a grama, como se pudesse esgotar aquele aperto no peito, desferi repetidos socos no gramado.

— EU... NÃO... MEREÇO... ESSA... MERDA!!!! — bradei. — EU... NÃO...

— Romeu!!! — Samuca gritou, saindo do Pavilhão Amarelo e correndo, apavorado, na minha direção. — O que você está fazendo?! Você vai se machucar!

— Eu já estou machucado! — Me levantei.

— Calma, meu filho! — Samuca tentou me abraçar ou me conter.

— Eu não quero ficar calmo! — esbravejei. — Eu odeio esse Prefeito! Eu odeio o Guga! Eu quero que eles morram! Que eles vão pra puta que pariu!!!

Eu nunca tinha sentido nada parecido.

E não, eu não tinha o costume de proferir tantos palavrões.

Mas eu já estava cansado de não me permitir sentir o que eu sentia.

— Eu também estou nervoso! — Samuca assumiu. — Eu também estou com raiva, acredita em mim!

Eu não queria ser abraçado. Eu não queria ser consolado.

Eu olhava para o Samuca e só pensava no Tim agarrado a ele, chorando sem parar. E agora, com o Samuca ali comigo, eu já não sabia mais com quem estava o Tim. Como ele estava.

— Por que eles odeiam a gente?! — questionei, revoltado. — O Prefeito! O Guga! O que eu fiz para aquele garoto?! O que o Tim fez pra esse Prefeito?! Por que a minha vida virou esse inferno?! É só porque eu...

E naquele segundo eu me dei conta de que nós ainda não tínhamos conversado sobre o que tinha acontecido na biblioteca. De que, depois do meu momento a sós com o Tim na Central dos Autores, eu não tinha conseguido falar com o Samuca também.

Só que eu já estava decidido a não seguir mais naquela viagem solitária.

— Vamos só respirar um pouco e voltar lá pra dentro — Samuca sugeriu.

— Não, pai! — recusei sua proposta. — Eu preciso falar. Desde que tudo aconteceu, eu escuto que eu não tenho que ter vergonha de quem eu sou, que não tem nada de errado comigo. E finalmente eu estou cada vez mais certo disso!

O alívio em conseguir me aceitar começava a surgir.

— Eu gosto do Aquiles! — compartilhei. — E ele também gosta de mim.

— Ótimo! — Samuca devolveu. — Não tem nada de errado nisso.

— Só que pro Guga e pro Prefeito tem! — rebati. — É impossível esquecer que o Guga encurralou a gente na biblioteca. Que olhou na minha cara e disse que a gente tinha mais é que morrer, sendo que eu e o Aquiles só íamos nos beijar!

Eu precisava despejar tudo pra fora.

— Quem ele pensa que é?! Pra dizer que eu mereço morrer?! E não só ele, mas qualquer pessoa?! Essa raiva toda é só porque eu sou gay?!

— Romeu... — Samuca me encarou, atencioso. — Eu já ouvi muita merda homofóbica e racista nessa vida. Mesmo criando uma casca grossa pra me blindar desse tipo de violência, eu sei que tem horas que o ódio é tanto que ele quebra qualquer resistência e machuca lá no fundo.

Lá no fundo mesmo.

— Essa raiva vem de muito tempo, meu filho. De uma visão absurda de que algumas pessoas são "superiores" a outras. De que essas mesmas pessoas podem colocar esses "outros" em um lugar subalterno, como se fossem vidas que valessem "menos". — Ele respirou fundo. — Esse foi, inclusive, o motivo pelo qual eu me tornei um advogado. Porque eu fiz um pacto comigo mesmo que eu nunca aceitaria ser tratado como se eu não fosse igual a qualquer outra pessoa! Porque eu quero viver em um mundo onde ninguém se incomode nem com a nossa cor de pele nem com o seu beijo com o Aquiles! Mas esse mundo *ainda* não existe. Pessoas como o Prefeito e o Gustavo *ainda* se incomodam com a nossa existência. E nós não podemos aceitar esse tratamento. E não vamos! Só que você vai precisar aprender a lutar, Romeu. A se defender. Eu falo isso com uma tristeza profunda.

Eu não queria lutar contra ninguém.

Eu só queria ser eu.

— Não devia ser tão difícil ser quem a gente é — reclamei. — Eu devia ter mais *orgulho* de quem eu sou com o passar do tempo, não mais *medo* do que vou enfrentar.

— Você vai chegar lá! Você tem a vida inteira pra se fortalecer, pra se conhecer melhor. Além disso, não é como se você tivesse começado a se achar "errado" do nada. Quando eu era mais novo do que você e brincava de polícia e ladrão, eu ouvia que eu não podia ser a polícia na brincadeira, só o ladrão. Ao menor sinal de um gesto meu um pouco mais "feminino", eu já era alvo de todas as piadas. Então não ache que você é o culpado por não conseguir se amar plenamente. O mundo martelou nas nossas cabeças que a gente devia *detestar* quem a gente era. Por isso eu e o Tim sempre fizemos questão de te colocar em contato com histórias que diziam exatamente o contrário: que nós podemos e devemos nos amar! Por isso eu te levei naquele espetáculo *O Pequeno Príncipe Preto*, do Rodrigo França. Por isso eu vibrei quando vi um adolescente preto como o Homem-Aranha naquela animação do Aranhaverso. Quando *Moonlight* ganhou o Oscar de Melhor Filme. Quando fizeram um filme com um super-herói negro, o Pantera Negra. — Samuca abriu um sorrisão. — Quantas vezes você já me ouviu falando "Wakanda *forever*"?!

— Muitas! — confirmei.

— E vou repetir muitas vezes mais! — meu pai reforçou. — Porque eu passei toda a minha infância sem essas referências. E agora nós temos várias! Nós não somos só as nossas dores! Nós somos potências também! E essa força assusta essa gente mesquinha! Porque eles sabem que não têm mais como impedir que a gente celebre quem nós somos onde quer que seja! Eles ficam desesperados tentando nos trancafiar de volta nos armários, nas senzalas, e nós não deixamos!

Eu o escutava atentamente.

— E é por isso que eu e seu pai sempre voltamos à Bienal. Por isso ficamos encantados quando entramos aqui. Porque os livros mudaram as nossas vidas! A educação. A cultura. A arte. Foram os livros que me indicaram um caminho, Romeu. Que me mostraram que eu não estava só. Autoras como a Conceição Evaristo, Sueli Carneiro, Angela Davis, Audre Lorde, entre tantas outras e tantos outros que eu guardo com amor lá na minha estante em casa. — Ele, carinhosamente, me abraçou pelos ombros. — Não é fácil construir uma imagem positiva de nós mesmos quando nós temos poucas referências positivas pra nos inspirar. Quando não valorizam que um de nossos maiores escritores, Machado de Assis, era negro. Quando não falam que outro ícone da nossa literatura, Mário de Andrade, amava outros homens. Quando nos ensinam que a única história do povo negro foi a escravização. Como se todas aquelas pessoas forçadas a trabalhar em condições sub-humanas não tivessem suas subjetividades, seus sonhos, seus amores. Como se não tivessem uma vida pregressa! Como se não tivessem conquistado suas liberdades com muita luta! Isso não pode ser apagado. A gente precisa conhecer a *nossa* história.

Meu pai tinha engatado a marcha e ido adiante, para minha sorte.

— No próprio movimento LGBTQIA+! — ele prosseguiu. — Na Revolta de Stonewall, em 1969, em Nova York, quando aconteceu um embate entre os policiais e os frequentadores daquele bar... Por muitos anos, as heroínas daquele evento foram apagadas. Eram travestis pretas como a Marsha P. Johnson, latinas como a Sylvia Rivera. Recentemente eu soube da história da Stormé DeLarverie, uma mulher negra e lésbica que também liderou aquele confronto. Elas foram líderes! E, mesmo assim, suas histórias foram apagadas. E não só lá fora! No Brasil também existem muitas histórias pra gente recuperar, pra gente celebrar! O protesto de mulheres lésbicas no Ferro's Bar, em São Paulo. Nomes como Herbert Daniel, Indianara Siqueira, Xica Manicongo, Madame Satã, Cintura Fina, Jorge Lafond, João do Rio, Gisberta, Dandara, Joãozinho da Gomeia, Rosely Roth, Jean Wyllys, Marielle Franco, Paulo Gustavo. Grupos como os Dzi Croquettes, as Divinas Divas, a Turma Ok, as Mães pela Diversidade, o Somos, a ANTRA. Os jornais *Lampião da Esquina*, *ChanaComChana*. Pessoas que já nos deixaram. Pessoas que ainda estão entre nós.

— É muita história! — disse, admirado.

— Claro que é! — Samuca concordou. — Pra você ver como as narrativas que chegam até a gente acabam moldando a nossa visão de mundo, quando nós entramos na escola e falam da História do Brasil, começa onde?

— No descobrimento do Brasil.

— Na *invasão* do Brasil — ele corrigiu. — Na chegada dos portugueses! Mas antes deles, não existia *nada*? Os povos indígenas não estavam construindo a nossa história?! Quando colocam a Princesa Isabel como a nossa "heroína", significa que *nenhum* escravizado teve *nenhum* papel na abolição?! Claro que não! Por isso, também é importante que a gente controle a narrativa do que está acontecendo nessa Bienal! Um Prefeito que censura um livro por causa de um beijo entre dois meninos é um capítulo deprimente da nossa história enquanto sociedade. Mas é História! E nós não podemos deixar que a visão que o Prefeito tem de tudo isso seja vitoriosa! Nós temos que resistir aqui e agora! Como cantou o Emicida, "tudo que nós tem é nós"! — Samuca recuperou o fôlego. — O que nós estamos vendo é uma reação ao nosso movimento de conquistas de direitos. A cada passo rumo ao progresso, todo um grupo conservador quer outro em direção ao atraso. Nós queremos avançar enquanto eles querem regredir.

Eu não tinha dúvidas!

Aquele Prefeito queria regredir até a Idade Média!

— Pode parecer que nós estamos perdendo. — Por fim, Samuca acrescentou: — É um fato, o Tim não vai conseguir lançar seu livro hoje. Nós não vamos conseguir uma nova liminar faltando tão pouco tempo para a Bienal encerrar as atividades. Mas nós estamos do lado certo da História, meu filho. Eu imagino o quanto você deve ter se sentido sozinho, inseguro, desde ontem. Eu já estive no seu lugar e sei como é amedrontador. Mas nós somos uma família, Romeu. A gente não luta sozinho.

— Tem muita coisa passando pela minha cabeça, pai — confessei.

— Claro que tem. — Ele assentiu. — E eu não vou minimizar o que você viveu no seu colégio. Depois que eu entrei na faculdade, vários colegas da escola que tinham feito piadinhas comigo vieram me procurar, querendo manter contato. Mas pra mim, nenhuma daquelas relações fazia mais sentido. Muitos poderiam dizer: "Eram só adolescentes!". Mas só a gente sabe o mal que essas pessoas fizeram com a gente, ainda mais em uma fase das nossas vidas em que nós só queríamos ser aceitos. Então, se você quiser continuar naquela escola, aquele diretor vai ter que me garantir que ninguém vai te perturbar enquanto você estiver lá! Muito menos aquele Gustavo! Até porque eu duvido que ele tenha se arrependido do que fez!

— Ele não mudou nada! — resmunguei, mais alto do que gostaria.

— Como assim? — Samuca estranhou.

Eu não queria mais guardar aquela informação.

— O Guga esteve aqui na Bienal — falei logo de uma vez.

— O quê?! — Meu pai se espantou.

— E a gente se encontrou — continuei.

— Vocês se encontraram?! — Ele parecia mais chocado do que antes. — Aqui?!

Mas antes que eu pudesse continuar o meu relato, o celular do Samuca vibrou, roubando a sua atenção. Se não fosse nada importante, ele não atenderia.

Mas era o Tim.

— Oi, amor, eu já estou aqui com o Romeu. — Meu pai atendeu.

Eu também queria notícias do meu outro pai.

Também queria saber se algo tinha mudado nos últimos minutos.

Se algum milagre tinha solucionado tudo.

— O QUÊ?! — Samuca se assustou, destruindo as minhas esperanças. — Não, tudo bem. Nós estamos voltando agora!

— O que aconteceu?! — indaguei, assim que ele desligou o telefone.

Tenso, meu pai ainda tentou, sem sucesso, esconder que suas mãos tremiam, incontroláveis.

— O Prefeito. — Ele me encarou. — O Prefeito chegou.

Respira, Romeu.

— Agora?! — perguntei, atordoado. — Onde?! Ele foi pra Grande Arena?!

— Presta atenção. — Samuca respirou fundo. — Eu não sei que tipo de confusão nós vamos encontrar lá dentro. Não sei como esse Prefeito chegou. Com quem ele chegou. O que ele veio fazer. Mas eu tenho certeza de que coisa boa não é.

— Claro que não é!

Por que nós ainda estávamos ali?! Por que o Samuca e eu não estávamos correndo para encontrar o Tim?!

— Eu posso chamar um carro pra te levar pra casa — ele propôs. — Eu falo com a Flora, ela pega você, a Julinha, e vocês ficam longe dessa loucura.

— O quê?! — estranhei. — Eu não vou embora!

— Eu só quero te proteger, Romeu — Samuca insistiu. — Eu tenho certeza de que o Tim concordaria comigo!

— Não, pai! — me impus. — Eu não quero me esconder mais!

Como o Samuca mesmo tinha dito, muita gente queria nos empurrar de volta para o armário, mas eu já tinha passado tempo demais lá dentro.

Se aquele Prefeito queria guerra, ele teria uma!

— Então eu vou pedir pra Flora voltar com vocês pra Central dos Autores — Samuca insistiu. — Vocês ficam lá até o Prefeito ir embora e tudo se acalmar.

— Pai, me escuta! — Encarei ele, firme. — Eu não vou mais me esconder!

— Mas, Romeu...

— Lembra do Pantera Negra? — interrompi. — Da roupa especial que fizeram pra ele?! Então, quanto mais porrada a roupa do Pantera Negra levava, mais força ela acumulava. Tá na hora de extravasar essa força!

Sim, papai, eu iria usar a mesma referência que você pra te mostrar que eu estava falando muito sério!

— Romeu! — Samuca gritou quando, obstinado, eu tomei a dianteira e corri de volta para dentro do Pavilhão Amarelo.

Não bastava só ficar quietinho no canto esperando que tudo acabasse. Era preciso botar a mão na massa.

Das poucas vezes que olhei pra trás, o Samuca se esforçava para me alcançar. Mas eu não podia esperá-lo. Eu não tinha mais tempo a perder.

Quando finalmente passei pela Central dos Autores, avistei a Grande Arena ainda cercada por uma multidão.

Na verdade, minha impressão era de que o número de pessoas perto da entrada tinha, inclusive, aumentado.

Com sangue nos olhos, me enfiei no meio daquela aglomeração e tentei encontrar o meu pessoal. Mas cruzar aquele amontoado de gente era mais complicado do que eu tinha pensado, e o clima também não era dos melhores.

Se quando eu tinha saído todos estavam em choque, paralisados, o sentimento agora era de revolta e agitação. A notícia da chegada do Prefeito tinha surpreendido a todos e, dependendo da reação daquelas pessoas, o desenrolar da noite podia ser bastante explosivo.

Eis que, por uma brecha entre aquela multidão, eu vi o Tim! E a Flora! E a Eva! E a Kita! E o Dudu! E a...

— Romeu!!! — Julinha berrou ao me ver, emergindo daquele mar de gente.

— Graças a Deus! — Flora jogou as mãos pro alto.

— Meu filho! — Tim se aproximou, a cara inchada de choro. — Onde você estava?!

— Tá tudo bem?! — Kita perguntou.

— Onde está o Samuel? — Eva quis saber.

— Aqui! — Samuca apareceu logo depois de mim. — Cadê o Prefeito?!

— A Sara foi tentar descobrir! — Tim informou. — A gente não sabe se ele está vindo pra cá, se veio com mais fiscais!

— Eu já sei o que fazer! — me intrometi, assertivo.

Como se fosse uma coreografia, todos viraram suas cabeças em minha direção.

— Como assim, Romeu?! — Tim estranhou.

— Eu vou postar um vídeo do Guga — informei.

Com exceção da Julinha, que tapou a boca com as mãos, minha fala não tinha impactado mais ninguém. Claro, ninguém sabia de que vídeo eu estava falando.

— Que vídeo? — Dudu fez a pergunta esperada.

— Um vídeo que a Julinha gravou em um banheiro da Bienal, onde o Guga tentou me bater e foi homofóbico e racista comigo. — Lancei a merda no ventilador.

Depois de um microssegundo de silêncio para que todos absorvessem aquela situação absurda, os questionamentos vieram com força total.

— O QUÊ?! — Tim se assustou.

— Foi isso que ele fez?! — Samuca veio logo em cima.

— O Guga está aqui?! — Kita estranhou.

— Ele quis te bater?! — Dudu emendou.

— Por que a Julia estava num banheiro com vocês?! — Flora interveio.

— Caaaaalma, gente!!! — Julinha se colocou ao meu lado. — Deixa o Romeu falar!

Como sempre, a minha amiga estava ali para me apoiar.

— Primeiro, eu estou bem! Ele não me bateu! — comecei. — Quando eu estava na ação da Kita, eu vi alguém parecido com ele e fui atrás. Era ele! O Guga veio até aqui pra ver de perto os livros serem confiscados e tudo mais!

— Que loucura! — Tim parecia chocado.

— Depois, ele trancou a porta e falou que eu iria pagar na mesma moeda pelo soco que eu tinha dado nele — prossegui. — Que eu já devia estar acostumado a apanhar porque "além de preto, eu era viado"!

— O QUÊ?! — Eva, Flora, Kita, Dudu, Tim e Samuca reagiram, juntos.

— Foi aí que eu entrei! — Julinha continuou. — Eu estava lá dentro da cabine fazendo, enfim, eu bebo muita água, vocês sabem. Então nada mais natural que...

— Fala logo, minha filha! — Flora se afligiu. — Pelo amor de Deus!

— Tá bom! — Julinha se desculpou. — Quando eu escutei aqueles absurdos, eu comecei a filmar tudo lá de dentro! Se a gente publicar esse vídeo, todo mundo vai saber que o Guga é um racista homofóbico. Que o violento da história é ele, e não o Romeu!

Os meus pais pareciam sem chão diante do meu relato.

— Esse garoto nunca poderia ter dito isso pra você, Romeu! — Samuca protestou. — Eu não consigo acreditar que ele veio até aqui pra isso!

— Veio! — confirmei. — Mas agora a gente vai parar com essa crueldade toda!

— Eu tô dentro, Romeu! — Kita deu um passo à frente. — Conte comigo pra compartilhar esse vídeo pro mundo inteiro!

— Calma, gente, por favor! — Flora tentou conter os ânimos. — Eu não sei se é uma boa ideia... Seria jogar mais lenha na fogueira!

— Eles estão jogando A GENTE na fogueira! — Julinha retrucou.

— Eu sei, minha filha, mas é envolver outro adolescente nessa confusão! — Flora hesitou.

— Eu já pensei nisso, Flora — retomei a palavra. — Eu não queria soltar esse vídeo porque eu achava que estaria me igualando a ele. Mas eu não vou mais ficar chorando pelos cantos, enquanto eles agem contra a gente sem peso na consciência! Ele me tirou do armário na escola, inventou no Twitter que eu era violento, quase me espancou, foi racista, foi homofóbico, e eu tenho que ter pena dele?! Não! Agora é ele quem vai ter que lidar com as consequências de ser exposto pra todo mundo! — E, me dirigindo aos meus pais: — Eu não vou mais fugir da luta. Eu aprendi isso com vocês. E eu não vou espalhar mentiras. Eu vou espalhar a verdade!

Tanto o Samuca quanto o Tim estavam desacostumados comigo tomando as rédeas da situação. Me colocando na linha de frente.

— Eu sei que isso não vai abrir as portas da Grande Arena — falei. — Que não vai fazer com que o *Walter* seja lançado hoje. Mas vai mostrar que eles não podem chegar aqui como se não tivessem feito nada de errado!

— Eu só não quero que você fique mais exposto, Romeu — Tim confessou.

— Eu também não queria nada disso, pai! Mas a gente não pode ficar encurralado enquanto o Prefeito desfila pela Bienal! A gente que precisa encurralar eles! — E, segurando suas mãos, prossegui: — Vai dar tudo certo. Nós somos uma família. A gente não luta sozinho.

Com os olhos marejados, Samuca fez que sim com a cabeça, logo acompanhado de Tim.

Era hora de revidar.

— Como a gente pode ajudar, amigo? — Julinha perguntou.

— Eu vou soltar o vídeo no meu Insta e no Twitter — expliquei, já tirando o celular do bolso. — Depois eu preciso que vocês compartilhem o máximo que der!

— Deixa com a gente! — Kita assentiu.

— Eu vou espalhar nos meus grupos do WhatsApp! — Dudu detalhou. — Devolver na mesma moeda!

— E eu? — Flora se aproximou.

— E eu? — Eva também.

— Vocês podem descobrir onde o Prefeito está — pedi. — E reunir o máximo de imprensa possível lá.

— Imprensa?! — Samuca estranhou.

— Como assim, Romeu?! — Tim ficava cada vez mais preocupado.

— Confiem em mim! — pedi, sem tempo para explicar o que estava arquitetando.

Eu já sabia que nada do que eu fizesse iria reverter aquela injusta decisão judicial. Que nós já tínhamos perdido essa batalha. Mas eu ainda podia impedir uma coisa: que aquele Prefeito e o Guga saíssem por cima da carne seca.

Eu faria com que eles se arrependessem profundamente daquela visita à Bienal.

Determinado, liguei o celular e selecionei o vídeo da Julinha. Eram tensos cinco minutos de vídeo, mas ali o que valia não era sua longa duração e sim o seu conteúdo.

Mesmo tremendo, abri o meu perfil no Instagram e publiquei o vídeo, replicado automaticamente na minha conta no Twitter.

Eu não precisava nem me estender na legenda.

"@romeu_rj: Segue meu último encontro com o filho do Prefeito. Quem está errado nessa história?"

— Postei! — anunciei.

— Eu já vou compartilhar! — Julinha se agitou.

— Nós também! — Kita e Dudu pegaram seus celulares.

— Ainda é pra eu descobrir o paradeiro do Prefeito?! — Eva indagou.

— Por favor! — confirmei.

— Você vem comigo? — Eva se virou para Flora.

— Só se for agora! — Flora nem hesitou.

Estava acontecendo!

Eva e Flora se afastavam do nosso grupo. Julinha, Kita e Dudu mexiam, frenéticos, em seus celulares. E meus pais... me encaravam, angustiados.

— E agora?! — Tim perguntou, receoso.

Eu não queria que eles ficassem ainda mais preocupados. Então, tentando transmitir a maior confiança possível, eu olhei para aquele casal mais do que especial à minha frente. Aqueles dois homens iluminados, feitos de Sol.

— Agora vem a melhor parte! — afirmei, torcendo para que tivesse coragem suficiente para o que eu pretendia fazer.

Eu ainda precisava, porém, de mais um item.

— Kita! — Me aproximei da youtuber. — Você me empresta o seu megafone?

— O meu...? — Ela pareceu não entender de primeira.

— O seu megafone — repeti. — Posso pegar emprestado?

— Claro! — Kita se apressou a pegar o objeto dentro da sua mochila.

Respira, Romeu.

— Aqui está! — Ela me entregou.

Respira.

Era agora.
Era a hora.
Eu precisava fazer aquilo!
Deixar o medo de lado.
Encerrar aquele ciclo de angústia.
Mudar o clima daquela Bienal.

Respira, Romeu.

Mesmo com as pernas bambas, procurei por algum objeto no qual eu pudesse subir e ficar visível para toda aquela multidão.
Vacilante, procurei ao lado esquerdo da entrada da Grande Arena.
Nada.
Do lado direito.
Nada!
Cada segundo sem reagir era mais um segundo que o Prefeito ganhava para adentrar aquele evento sem nenhuma barreira.
Não era possível!
Deveria existir ali por perto algum... banco!
Escondido atrás de um grupo de amigos, um banco de madeira estava posicionado perto da entrada, ao lado de uma... mesa!
Era um tipo de bilheteria, onde os funcionários da Bienal distribuíam os tickets para entrar na Grande Arena. Mas, com os

lançamentos cancelados, aquela mesa não servia mais pra nada. Então, ninguém iria se incomodar se eu... subisse nela!

E foi o que eu fiz, para o espanto dos funcionários que descansavam por ali.

Ansioso e indeciso, confiante e obstinado, observei aquela multidão ao meu redor, as cabeças começando a girar na minha direção. Desta vez, aquilo era exatamente o que eu queria. A atenção de todos.

Respira, Romeu.

— Oi! — Me assustei com a minha voz amplificada pelo megafone.

Eu devia estar realmente muito fora de mim pra fazer aquilo.

— Com licença! — Tentei atrair o foco pra mim. — Eu gostaria de um minuto da atenção de todos vocês!

Eu parecia um professor inseguro no primeiro dia de aula em uma escola nova.

— Eu queria falar com vocês!

Como se já não estivesse falando, Romeu!

— Não sei se alguns de vocês sabem quem eu sou — continuei. — Ou se ouviram falar alguma coisa sobre mim nas últimas horas.

Minha boca já estava seca.

— Eu sou o filho do Valentim, o autor do livro que o Prefeito censurou.

O que eu estava fazendo, meu Deus?!

— Eu sei que o Prefeito falou sobre mim em uma entrevista agora há pouco. Que o filho dele, o Guga, disse nas redes sociais que eu sou violento, que dei um soco nele na escola!

Que desabafo era aquele?!

— Mas também sei que vocês estão preocupados com outras coisas. — Tentei me organizar. — Que todo mundo está nervoso porque o Prefeito chegou! Que tá todo mundo com medo de que os fiscais voltem aqui pra confiscar seus livros!

Minhas mãos não paravam de tremer.

— Medo foi o que eu mais senti desde que soube que o livro do meu pai tinha sido censurado. Não só porque os meus pais estavam sofrendo uma injustiça, mas porque aquela família queria nos destruir!

Respira, Romeu.

— Eu dei um soco no filho do Prefeito, sim — admiti. — Mas continuo *não* sendo um garoto violento! Eu nunca tinha batido em ninguém e partir pra violência foi um erro. O que o Guga não contou no Twitter foi que, na verdade, ele quem me agrediu primeiro.

Chega de armários.

— Eu estava prestes a beijar o meu melhor amigo na escola! Eu não acredito que disse isso em voz alta.

— Ia ser o meu primeiro beijo! Mas não foi... porque o Guga nos flagrou e nos tirou do armário pra escola inteira!

Eu conseguia ver o espanto surgindo na multidão conforme a história avançava.

— E ele não parou por ali — prossegui. — Ele gritou pra todo mundo ouvir que os viadinhos estavam se pegando e que "essa gente tinha mais é que morrer!".

Todos reagiram, indignados.

— Mas isso eu não tenho como provar. É a palavra dele contra a minha. Só que ele veio atrás de mim na Bienal! Porque ele queria ver os fiscais censurando os livros *de vocês* de perto! Porque ele queria me retribuir o soco que eu tinha dado! Mas eu não vou deixar que eles fiquem circulando por esses corredores como se fossem dois heróis!

Isso, Romeu! Deixa essa raiva falar!

— Minha melhor amiga, que é como se fosse minha irmã, gravou a nossa última conversa. E eu acabei de postar esse vídeo nas minhas redes. Lá, o Guga, o filho do Prefeito, o coitadinho, grita na minha cara que eu já devia estar acostumado a apanhar, porque, além de preto, eu sou viado!

A reação geral veio mais intensa.

— Só que eu não estou acostumado a apanhar! — Minha voz embargou pela primeira vez. — E eu não quero apanhar! Eu não mereço apanhar!

Eu não podia me deixar levar pela emoção, apesar da emoção estar totalmente no comando.

— Eu não quero mais viver com medo! — gritei. — A gente não pode ficar na entrada dessa Arena com medo! Porque nós não fizemos nada de errado! E porque nós não merecemos isso!

Eu já derramava o mar pelos olhos, como diria Pluft, o fantasminha da Maria Clara Machado.

— Eu tenho dois pais que me deram a melhor família que eu poderia ter sonhado!

O Tim e o Samuca também não escondiam mais emoção alguma e, abraçados, sorriam para mim.

— Que me ensinaram que a gente tem que ter orgulho de quem a gente é! — Sorri de volta. — Que me fizeram entender que o amor é a cura pra todo esse preconceito! Que me mostraram o que amar quer dizer! Não só eles, mas todos vocês!

À minha frente, a multidão seguia me encarando.

— Eu ainda estou tremendo, recém-saído do armário — admiti. — E eu vejo vocês, enroladas e enrolados em suas bandeiras de arco-íris e em tantas outras bandeiras que ainda preciso conhecer. Celebrando quem vocês são... e é isso mesmo! A gente não tem que ter mais medo de NADA!

Eu me sentia praticamente um revolucionário.

Romeu, revolucionário e gay.

— Agora, o Prefeito está com a lei ao seu lado — lamentei. — Mas nós temos a gente! Nós temos as maiores armas dessa guerra: os nossos livros!

Era como se eu tivesse pequenas epifanias a cada segundo.

— Romeu! — Flora e Eva surgiram logo atrás de onde eu estava.

— Nós já sabemos onde o Prefeito está! — Eva informou.

— Maravilha! — Afastei o megafone da minha boca. — Vocês me levam até lá?!

Flora e Eva concordaram, ansiosas, com a cabeça.

— Muito bem! — Retomei o megafone. — Eu tenho certeza de que vocês têm orgulho de quem vocês são e dos livros que vocês escreveram, certo?!

— SIIIIIIMMMMMM!!!!!!!! — a multidão respondeu.

— Pois eu acho que nós temos que mandar um recado bem direto pra esse Prefeito! — clamei. — De que ele não é bem-vindo aqui e de que nós não vamos recuar!!!

A minha boca estava mais seca do que nunca. Minha testa, mais suada do que nunca. Meu corpo, mais aquecido do que nunca. Mas nada disso importou quando todas aquelas pessoas irromperam em um estrondoso aplauso.

Eu agora já sabia exatamente para onde deveríamos ir!

— Acabaram de me dizer onde o Prefeito está! — falei, abrindo a minha ecobag. — O que vocês acham da gente marchar até ele e mostrar que nós estamos contra a censura?! — gritei, levantando o meu exemplar do *Walter* no alto.

Mas nada podia me preparar para o que aconteceria logo em seguida.

E, como uma reação imediata, todos também ergueram seus livros!

Suas centenas de livros! Todos erguidos à minha frente, como um oceano colorido, um arco-íris materializado no meio da Bienal!

Eu, que tinha falado sem parar nos últimos minutos, perdi a fala.

Se existiam tantos livros com protagonismo LGBTQIA+ assim, eu definitivamente não estava sozinho.

Nós éramos muitos!

E iríamos marchar com orgulho por aquela Bienal!

— VAMOS!!! — gritei, me surpreendendo com o sorriso espontâneo que se formou nos meus lábios.

— Cadê aquele monstro, amigo?! — Julinha se aproximou, exaltada.

— A sua mãe e a Eva vão nos dizer! — Desci da mesa.

Apressados, Kita, Dudu e meus dois pais se juntaram ao nosso bonde.

— Romeu do céu, você quer me matar do coração?! — Kita exagerou. — Eu quase morri de chorar!

— Não, ninguém vai morrer aqui, não! — brinquei, a adrenalina ainda em alta.

— É isso! — Flora exclamou. — Não digam que estamos mortos porque nós ainda temos uma marcha pela frente!

— Nós temos que seguir pela esquerda! — Eva indicou. — Por esse corredor à esquerda da Arena! O Prefeito está entrando pelo Pavilhão Azul, onde aconteceu a ação da Kita!

— Romeu! — Tim se adiantou, emocionado. — Eu estou transbordando de orgulho!

Não, pai, não me faz chorar agora de novo!

— Eu também! — Samuca chegou junto. — Agora, por favor, nos mostre o caminho, Romeu!

É pra já!

Aumentando o volume do megafone para o nível máximo, pedi que todos me seguissem em direção ao Pavilhão Azul, à nossa esquerda.

O que acontecia à minha volta era indescritível!

Centenas de pessoas ecoavam gritos como "FORA, PREFEITO!" ou "NÃO VAI TER CENSURA!", com seus livros no alto. E quanto mais avançávamos, mais frequentadores se juntavam a nós.

Eu não fazia ideia de como o vídeo do Guga iria repercutir na mídia e nas redes sociais, mas eu tinha certeza de que aquela marcha sairia em todos os cantos do país!

Muitas pessoas filmavam e tiravam fotos. Algumas editoras, por livre e espontânea vontade, penduravam bandeiras do arco-íris em seus estandes quando passávamos. Era impossível não se impressionar com aquele movimento!

Diante da comoção geral, eu tive a certeza de estar fazendo a coisa certa. Me senti, pela primeira vez, parte de uma comunidade.

Até que finalmente chegamos na passagem do Pavilhão Amarelo para o Pavilhão Azul. A cada segundo ficávamos mais próximos do encontro com aquele vampiro. Mais perto de esfregar toda nossa força na cara dele.

Logo, assim que entramos naquele novo pavilhão e viramos no primeiro corredor à direita, lá estavam... Eles!

O Drácula e seu diabinho de cachos dourados.

O Prefeito e o Guga.

Como uma clássica cena de faroeste, eles lá e nós aqui, prontos para o bang bang.

Mas eles não estavam sós.

Além da imprensa, que já se encontrava por ali, pelo menos uns dez infelizes estavam posicionados como guardiões ao redor do Prefeito. Todos, curiosamente, também carregando livros nas mãos. No caso, um mesmo livro: a Bíblia!

Era muita hipocrisia pra minha cabeça!

De todo jeito, o palco estava pronto.

— A imprensa está toda aí. — Eva me indicou, aflita. — Era isso que você queria?

— Era, sim, Eva — confirmei. — Obrigado!

Do outro lado do corredor, Guga me encarava com mais ódio do que nunca. Me fuzilava com o seu olhar maléfico, louco para voar no meu pescoço.

— E agora, Romeu? — Samuca se aproximou, tenso.

— Eu não consigo nem olhar para aquele verme do outro lado! — Tim desabafou.

Eu também estava muito nervoso. Mas eu sabia muito bem o que tinha que fazer. Nós tínhamos marchado até ali para dar um recado àquele anjo das trevas.

— Que bela recepção! — O Prefeito tentou contornar a situação, cínico.

Eu não esperava que ele fosse capaz de abrir a boca para se dirigir a nós. Mas lá estava aquele homem, branco e pálido como uma assombração, com seu sorriso debochado e sua voz mansa que tentava esconder sua ruindade.

— NÃO! — interrompi, no megafone. — Ninguém está te recebendo! Nós viemos aqui gritar que daqui vocês não passarão!

Eu me sentia como a Kita no início da sua ação: cheio de coragem. E por sorte, eu não era o único se sentindo assim.

Como um coro grego, todos ao meu redor gritaram em meu apoio, me dando um gás maior do que eu esperava.

Como se eu estivesse em um filme do Star Wars e alguém gritasse: "Que a força esteja com você, Romeu!" Pois bem, eu me sentia com MUITA força!

— Daqui pra frente, homofóbicos não passarão!!! — gritei. — Racistas não passarão!!! — Mais alto. — Gordofóbicos não passarão!!!

Eu precisava me vingar do que aquele babaca tinha dito para a Julinha.

— Ao contrário do que vocês espalharam... — prossegui, determinado. — Nós *não* somos violentos! Nós *não* censuramos livros! Porque não tem nada de errado com as nossas histórias e quem tem que sentir vergonha aqui são vocês!

A multidão estava em polvorosa, com efusivos gritos e aplausos! E, pelas reações do Prefeito, do Guga e de seus súditos, que ainda tentavam manter a pose de homens cordiais quando estavam nitidamente desconfortáveis com o nosso protesto, o desfile pela Bienal que eles tanto queriam começava a desmoronar.

Mas ainda não era suficiente.

— Eu aprendi com vocês que juntos nós somos mais fortes! — Me voltei, emocionado, para aquela brava gente que me acompanhava. — Por isso, eu peço a cada um dos que estão aqui: ame com orgulho! Leia com orgulho!

E, novamente, os aplausos explodiram na Bienal, entre sorrisos e lágrimas. Afinal, a esperança também contagia.

Ainda faltava, porém, a cereja do bolo.

Portanto, me virei na direção dos meus algozes e encarei, indignado, aqueles dois sujeitos que, de uma maneira ou de outra, tinham perseguido a minha família e virado as nossas vidas do avesso.

Dava pra ver o quanto eles já se sentiam acuados. O quanto sabiam que as consequências das suas ações chegariam, cedo ou tarde. Que não seria tão fácil ser reeleito na Prefeitura nem voltar como o fodão pra escola.

— Eu também acho que nós podemos mostrar ao Prefeito que amar não deveria incomodar ninguém! — provoquei. — E já que o meu beijo, ou melhor, o meu quase beijo incomodou tanto o filho do nosso Prefeito... Já que o beijo entre os personagens do livro do meu pai incomodou tanto o nosso Prefeito... Que tal a gente dar um beijaço aqui e agora?!

Eu me senti o próprio astro da música pop quando todo aquele pessoal gritou, inflamado.

Do outro lado do ringue, Guga espumava de raiva enquanto, pateticamente, os guardiões de seu pai levantavam suas Bíblias e rezavam, como se precisassem nos salvar de algum inferno.

Eu estava quase indo até lá e recomendando umas aulas de reforço de português, porque, com certeza, lhes faltava interpretação de texto! Nenhum livro sagrado jamais pregaria o ódio e a intolerância!

Mas quando alguns casais que estavam na marcha começaram a se beijar, a imprensa explodiu em flashes, com fotos e câmeras por todo lado, sem saber se registravam os lindos gestos de afeto que pipocavam por todo aquele corredor ou se corriam para registrar as medonhas reações do Prefeito e seus capangas.

Minha ideia tinha dado certo!

Se nós não podíamos celebrar aqueles livros dentro da Grande Arena, nós iríamos tomar aquela Bienal inteira!

Emocionado, me permiti observar e apreciar aquele momento histórico.

Eram muitos casais se beijando, celebrando seus amores.

À minha esquerda, Kita e Dudu se beijavam, carinhosos, como eternos apaixonados.

À minha direita, Julinha beijava um menino que eu nunca tinha visto antes na minha vida! E provavelmente ela também não!

Logo atrás da minha amiga, para minha surpresa, ou não, lá estavam Flora e Eva... se beijando! Elas tinham, de fato, flertado durante aquela Bienal!

E com apenas uma leve virada para o lado, eu vi meus pais se beijando ardentemente! Um beijo lindo, entre as pessoas que eu mais amava nessa vida!

Mas não deixava de ser esquisito ver os meus dois pais enfiando a língua um na boca do outro como se não houvesse amanhã!

Respira, Romeu, e deixa todo mundo se beijar como quiser!

Felizmente, o Prefeito e o Guga começavam a se afastar, constrangidos, revoltados e cercados pela imprensa.

— É uma pouca vergonha! — Consegui escutar o Prefeito resmungar.

— O que o seu filho tem a declarar sobre um vídeo onde ele faz ofensas racistas e homofóbicas ao filho do autor que o senhor censurou?! — um repórter perguntou, para desespero do Guga.

Eu tinha conseguido reverter aquele jogo! Tinha conseguido afastar aquele mal pelo menos por aquela noite.

Com a vergonhosa saída do Prefeito, o que já tinha um clima de celebração se tornou praticamente uma Parada do Orgulho LGBTQIA+!

Não aconteceria nenhum lançamento, mas nós também não seríamos mais humilhados por Prefeito nenhum!

Animado, coloquei a mão no meu bolso e peguei meu celular. Eu queria registrar aquele momento! Aquela vitória!

Mas antes mesmo que eu pudesse abrir a câmera para tirar uma foto, um pequeno detalhe chamou a minha atenção.

O meu celular tinha aberto diretamente no WhatsApp, e, logo de cara, meu olhar se fixou no meu chat com o Aquiles.

Peraí...

As minhas últimas mensagens estavam com dois risquinhos azuis?!

SIM! As minhas últimas mensagens estavam com dois risquinhos azuis, indicando que Aquiles tinha visualizado o que eu tinha escrito mais cedo!

Respira, Romeu!

Eu só não sabia por que ele seguia lendo tudo e não me respondendo nada!

Respira!

O aplicativo indicava que as mensagens tinham sido lidas há menos de cinco minutos! Então ele ainda podia estar com o celular em mãos! Ainda podia estar on-line!
Assim, sem perder tempo, com as mãos tremendo e o coração saindo pela boca, eu digitei:

Romeu
AQUILES, CADÊ VOCÊ?!

14. VALENTIM

A Dorothy tinha razão. *There's no place like home.*
Não há lugar como a nossa casa.

Sim, eu estava exausto depois do que devia ter sido o dia mais cansativo da minha vida. Emocionado pelo que tínhamos vivido na Bienal. Pela coragem do Romeu. Pela sua sensibilidade. Pela esperança que se espalhou mais rápido do que o ódio.

Mas também estava aliviado por estar de volta ao meu porto seguro, longe de qualquer conflito.

Logo após abrir a porta da nossa sala, tirei meus sapatos sem nenhuma cerimônia e, enquanto Samuca, Romeu, Flora, Eva e Julinha entravam no apartamento, me joguei no nosso sofá. Meu corpo pedia um pouco de conforto!

— Pensei que esse dia nunca fosse acabar! — desabei, esgotado.

— Mas ele ainda não acabou, querido! — Eva brincou. — Levanta essa raba daí porque eu não vou embora sem abrir um champanhe e comemorar aquela marcha!

— Eu assino embaixo! — Samuca concordou, empolgado. — Eu proponho uma salva de palmas ao Romeu e a todos nós que sobrevivemos a essa perseguição absurda e ainda encerramos a Bienal com um beijaço em grande estilo!

— Vivaaaa!!!! — Julinha puxou uma forte onda de aplausos.

Não, eu não tinha lançado o meu livro.

Não, nós não tínhamos nenhuma previsão de quando o STF daria algum parecer a respeito da nova liminar impetrada pela Bienal para reverter, pela *milésima* vez, aquela tentativa de censura.

Mas nós tínhamos protestado da melhor maneira possível!

Aquela Bienal poderia ser lembrada para sempre como a Bienal onde houve uma tentativa de censura homofóbica. Mas também seria lembrada pela nossa resistência! Pela Marcha dos Livros! Pelo nosso orgulho! Era praticamente Stonewall na Bienal!

Mesmo lidando com a frustração de dar com a cara na porta daquela Arena, o movimento despertado por Romeu tinha acendido em mim uma nova chama.

Em um país onde somos vistos como devassos no paraíso, onde espalham mentiras como a "cura gay", onde nos perseguem como se estivéssemos marcados pelo triângulo rosa da Alemanha nazista, é sempre necessário reafirmar nossas identidades e amores com orgulho. Não recuar jamais.

Como pai, eu estava admirado com a capacidade do meu filho em superar suas inseguranças e transformar seu medo em combustível para lutar. Com sua idade, eu nunca teria aquela confiança para enfrentar quem quer que fosse.

O Romeu tinha sido inteligente ao desviar a batalha para onde o Prefeito não poderia nos vencer. Contra uma decisão judicial nós não podíamos fazer nada, mas contra uma marcha seguida por um beijaço, o Prefeito também estava de mãos atadas.

Qualquer reação negativa da sua parte confirmaria seu preconceito, e qualquer reação positiva também lhe seria prejudicial, já que seu eleitorado veria uma contradição com o seu discurso "em defesa das criancinhas".

Assim, mesmo desapontado com o meu "não lançamento", ver aquele Prefeito e seus apoiadores irem embora com o rabo entre as pernas lavou a minha alma. Sua humilhação era o mais próximo de me sentir vingado por tudo que ele tinha feito.

— Agora vamos à pergunta que não quer calar! — Samuca prosseguiu. — Vai ser vinho ou cerveja?! Porque infelizmente nós não temos champanhes aqui em casa!

— Para os adultos, vamos reforçar! — Flora incorporou seu papel de mãe responsável. — Julinha e Romeu no refrigerante!

— Refrigerante faz mal! — Julinha rebateu, sonsa. — Vinho é muito mais saudável!

—Julia, não me irrita. — Flora não conseguiu prender o riso.

— Nem um nem outro, meus amores! — Eva alardeou, misteriosa. — Ou vocês acharam que eu não ia trazer nenhuma lembrancinha da Central dos Autores?!

Então, sem mais nem menos, Eva tirou de sua bolsa, ligeira e triunfante, uma garrafa de champanhe!

— Não acredito! — Flora caiu na gargalhada. — Você roubou a Bienal?!

— Ai, Flor, falando assim parece até que eu desviei dinheiro do evento! — Eva se fez de ofendida, chamando minha amiga de Flor, como só os mais íntimos costumavam chamar.

O flerte definitivamente seguia mais vivo do que nunca.

— Eu pedi pro garçom e ele me deu de presente! — Eva se explicou. — Depois daquele agito todo, a gente merecia!

— Champanhe a gente pode beber? — Romeu sondou.

Desprevenido, Samuca me encarou buscando uma resposta.

— Por mim... — Dei de ombros.

— Uma tacinha, como no Réveillon! — Flora também autorizou.

— Podia ter um moranguinho, né?! — Julinha se animou. — Fica maaaara!

— Aí eu vou ficar te devendo, Julia! — Ri da sua animação.
— A gente tá sem nada na geladeira! No máximo, uns morangos mofados!

— Eca!!! — A menina fez uma careta, exagerada.

— Então esqueçam os morangos e estourem logo esse negócio pra gente fazer um brinde! — Samuca ordenou, sendo prontamente atendido.

Animada, Eva estourou seu champanhe, enquanto eu distribuía as taças de vidro.

Era hora dos refrescos!

— Tá uma delícia! — Julinha saboreou. — Acho que vou encher minha garrafinha de unicórnio com isso também!

E antes que Flora conseguisse rebatê-la...

— Tô brincaaaando, mãe!!! — Julinha debochou.

— Pelo visto, a repercussão do vídeo do Guga está crescendo! — Eva observou, enquanto fuxicava suas redes entre um gole e outro.

— O que vai acontecer com ele? — Romeu indagou.

Mesmo se tratando de outro adolescente, o que o Guga tinha feito era totalmente condenável. Eu sabia que aquela briga já ultrapassara o âmbito escolar.

— Ele pode ser indiciado por injúria racial — Samuca respondeu.

— Indiciado?! — Romeu se espantou.

— Sim — Samuca confirmou. — O Gustavo foi racista e nós temos provas disso. Além da homofobia, claro. Nós precisamos dar o exemplo e procurar a Justiça.

Eu estava 100% de acordo com aquilo.

— Provavelmente a escola vai afastar o Gustavo até a investigação terminar pra só então decidir se ele será ou não expulso — Samuca explicou. — Pelo menos, é o que eu espero que aconteça.

Eu não sentia prazer nenhum em participar de um processo envolvendo outro adolescente, mesmo que fosse para proteger o Romeu. Mas nós ainda tínhamos muitos outros processos pela frente, porque eu não esqueceria de recolher com a Eva todos os prints de comentários racistas que tinham feito contra o Romeu na internet.

Eu iria atrás de cada um daqueles perfis e lutaria, legalmente, para que eles fossem punidos por seus atos criminosos.

Aqueles *haters* precisavam entender que espalhar ódio e publicar ofensas racistas não era liberdade de expressão, mas crime.

— Mas não vamos perder mais tempo falando desse menino! — Eva cortou o clima pesado. — Até porque eu não desisti do nosso lançamento! Amanhã é o último dia da Bienal, e, até aqueles pavilhões serem fechados, eu não desisto!

— Acho melhor pensar num evento de lançamento pós-Bienal... — tentei me conformar.

— Que "pós-Bienal", Valentim?! — Eva reagiu. — Minha fé move montanhas, meu amigo! Esse lançamento vai sair!

— Vai mesmo! — Samuca confirmou, hipnotizado pela tela do seu celular.

— Como assim? — estranhei.

— Acabei de receber uma notícia informando que o STF derrubou a liminar a favor do Prefeito, atendendo a um pedido da Procuradoria Geral da República! — Samuca festejou.

— O quê?! — Caí pra trás, repentinamente invadido por uma avalanche de adrenalina.

— Isso é sério?! — Flora levou a mão ao peito.

— Explica direito, Samuel! — Eva emendou.

— Calma! — Samuca riu da nossa empolgação. — O documento da PGR diz que a Prefeitura discriminou as pessoas por suas orientações sexuais e identidades de gênero quando determinou o recolhimento de livros e o uso de adesivos de classificação etária somente para obras LGBTQIA+.

— O que é PGR?! — Julinha resmungou, perdida.

— Traduz, pai! — Romeu implorou.

— Resumindo! — Samuca abriu um sorrisão. — A mais alta instância da nossa Justiça derrubou a *última* liminar do Prefeito! O Prefeito perdeu de vez!!!

—AAAAAAAAAAAAAAAAAAAAAAHHHHHHHHHHHHH!!!!!

Sem conseguir me controlar, gritei o mais alto e forte que pude, acompanhado por todos naquela sala. Nós tínhamos vencido, afinal!

— Você vai poder lançar o seu livro, pai! — Romeu me abraçou, empolgado.

— Eu preciso voar pra minha casa! — Eva se alarmou.

— Como assim?! — Flora se assustou com a mudança repentina no humor da minha editora.

— Amanhã tem lançamento! — Eva se justificou, acelerada. — Eu preciso entrar em contato com a Sara, confirmar a Grande Arena, ligar pros outros autores, acionar nossas redes sociais, avisar a assessoria de imprensa...

— Calma, Eva! — Flora riu de sua ansiedade. — Fica mais um pouco! A gente tem que comemorar!

Eu devia ter perdido algum detalhe na reta final da Bienal, porque aquelas duas estavam *muito* mais à vontade uma com a outra.

— Depois dessa notícia, eu confio plenamente que sua fé move montanhas, amiga! — brinquei.

— Escuta aqui, seu Valentim! — Eva apoiou sua taça na mesa de centro e se aproximou de mim, sorridente. — Se eu não tivesse muita fé em *você*, eu não moveria uma montanha sequer! Só que eu tenho *muita* fé no seu trabalho e no que você tem a dizer. Sempre acreditei no seu menino com um buraco no peito, assim como em todas as suas outras histórias já publicadas. E em todas as que ainda vão nascer!

Nossa admiração era recíproca.

— Ah, Eva, eu já te falei tanta coisa nos últimos dias! — Suspirei. — A palavra que resta é: obrigado! Eu nunca vou conseguir te agradecer o suficiente por acreditar em mim e nas minhas histórias!

— Parabéns! — Eva fez um carinho no meu rosto. — Só, por favor, não vire essa noite celebrando e me apareça com cara de ressaca no seu lançamento! Porque eu vou organizar o maior lançamento coletivo que essa Bienal já viu!

— Pode deixar! — concordei, achando graça do seu entusiasmo.

O meu lançamento ia, de fato, acontecer!

E a contagem regressiva tinha começado.

— Eu já vou indo, então. — Eva se aproximou de Flora.

— Claro! — Flora respondeu, constrangida com nossos olhares. — A gente se vê amanhã por lá.

O que estava acontecendo entre aquelas duas?! Eu podia jurar que a Flora estava em dúvida se devia abraçar ou beijar a Eva como despedida.

— Posso só fazer uma perguntinha pra Eva antes de ela ir? — Julinha se aproximou daquela dupla.

— Pra mim? — Eva disfarçou sua surpresa.

— Na real, pra vocês duas! — Julinha fez a fofa. — Eu só queria saber se é oficial que vocês estão flertando ou se é pra continuar fingindo que nada tá acontecendo?!

Aquela menina tinha sido tão direta que eu precisei me controlar para não soltar uma gargalhada!

— Ma-mas de onde vo-você tirou isso, Julia?! — Flora gaguejou.

— Ué, ainda não é oficial?! — Romeu estranhou.

— Como assim, amigo? — Julinha se virou na sua direção.

— Elas já se beijaram na Bienal! — Meu filho revelou, como se fosse a coisa mais óbvia do mundo.

— O QUÊ?! — Julinha reagiu, boquiaberta.

Ali estava o detalhe perdido!

A cumplicidade repentina explicada!

— Obrigada, Romeu! — Flora agradeceu, irônica.

— Desculpa! — Romeu se apressou. — É que vocês estavam se beijando no meio de todo mundo, com tanta vontade, que eu pensei que...

— Tá tudo certo, Romeuzinho! — Eva interrompeu, desconcertada. — Todo mundo já entendeu *e* visualizou a situação!

— Não, não, não! — Julinha se deliciou com a novidade. — Eu não entendi naaaada dessa "situação"!

— Julia... — Flora tentou cortar o assunto.

— Vocês estão namorando?! — a menina a interrompeu.

— O quê?! — Flora se assustou, soltando uma risada nervosa.

— Responde, Flor. — Samuca também se divertia com aquela cena. — A gente também quer saber!

— Saber o quê? — Flora desconversou. — Foi só um beijo! Satisfeitos?!

— Que tudoooo!!! — Julinha exclamou. — Eu shippo muito vocês duas!

— Shippa?! — Flora estranhou.

— Será que vocês são Evora?! — Julinha seguiu adiante. — Ou Floreva?! O que você acha, Romeu?

— Eu?! — Romeu riu, pego de surpresa.

— Já sei! — Julinha gritou, entusiasmada. — É Floreva *forever*! Não é muito fofo?!

— Não se preocupa, Julinha! — Eva retomou a palavra. — Como sua mãe falou, foi "só um beijo". Não foi nada demais!

Ops!

— Não, eu não disse nesse tom. — Flora se corrigiu.

— Que tom? — Eva rebateu, sonsa.

— Como se eu estivesse menosprezando o beijo. — Flora tentou se explicar.

— Imagina, Flora. — Eva pontuou o "Flora". — Ninguém aqui deve explicações a ninguém.

— Sim, mas...

— Ótimo! — Eva a interrompeu. — Agora eu vou seguir o meu rumo que amanhã tem mais Bienal e lançamento e champanhes! Descansem!

E então, sem dar tempo de mais abraços ou beijos ou piadinhas, minha editora avançou até a porta e partiu, nos deixando com uma saborosa torta de climão.

— Parece que alguém acaba de ter sua primeira DR em casal! — brinquei.

— Nossa, estou morrendo de rir! — Flora revirou os olhos. — Depois vocês não sabem por que eu não procuro mais um relacionamento!

— Peraí! — Julinha aproveitou o gancho. — Vocês já estão num relacionamento?!

— Minha filha... — Flora respirou fundo. — Me dá dois minutinhos de sossego?

A verdade é que aquele flerte e aquele beijo eram completamente inusitados pra mim. Eu nunca havia cogitado que a Flora poderia se interessar por outra mulher porque, ao longo dos nossos muitos anos de amizade, ela nunca tinha compartilhado comigo qualquer desejo nessa direção.

Isso, no entanto, era o que menos importava naquele momento. Não tinha problema nenhum se minha amiga se percebesse bi ou pan àquela altura da vida. O mais importante era vê-la se permitindo novamente se encantar por outra pessoa!

— Até porque se a Flora e a Eva estão namorando, eu também quero saber quem é o namorado da Julinha! — Romeu exclamou.

— Namorado?! — Flora encarou a filha, surpresa.

— Obrigaaaada, Romeu! — Julinha se virou para o meu filho, sarcástica.

— Gente, tava todo mundo se beijando no meio de todo mundo! — Romeu se justificou. — Eu não sabia que era segredo!

— Não foi nada demais! — Julinha tentou minimizar. — Eu só beijei um garoto no meio do protesto!

— Mas agora eu estou curiosa! — Flora implicou. — Quem foi o sortudo que teve a honra de beijar a minha princesinha?!

— Que *princesinha*, mãe?! — Julinha retrucou.

— Você! — Flora riu. — Eu não posso saber quem era o seu pretendente?!

— Como você é insuportável! — A menina suspirou, impaciente. — Era o Guinho!

— Já tem até apelido! — Romeu se animou.

Fazia muito tempo que não ficávamos assim, rindo sem parar.

— Resumindo, a Julinha está de namorado novo?! — Samuca instigou.

— Não!!! — a garota protestou. — Foi só um beijo!

— Ué, você também achou que eu e a Eva estávamos namorando só por causa de um beijo! — Flora não deixou passar.

— Você podia convidar o Guinho pro lançamento, Julinha! — sugeri.

— Vocês não querem mudar de assunto?! — Julinha propôs. — Eu nem sei se ele vai responder a minha mensagem até amanhã!

— Opa! — Samuca reparou. — Se já trocou mensagem, é porque já trocou telefone!

— Tá bom, vocês venceram! — Julinha se jogou no sofá, entregando os pontos. — Eu vou convidar o Guinho pro lançamento!

— Pode falar pra ele que a sogrinha dele é supertranquila! — Flora se divertiu.

— Claro! — Julinha devolveu. — Ele vai adorar conhecer a mamãe Eva também!

Foi impossível não gargalhar!

— Sabe o que eu acho?! — Flora tentou não rir. — Que já chegou nossa hora de ir pra casa!

— Mas já?! — lamentei. — Vocês mal chegaram!

— Ainda tem champanhe aqui! — Samuca apontou para a garrafa parcialmente vazia. — A noite é uma criança!

— Mas eu não sou mais! — Flora observou. — E a Eva tem razão, vocês precisam descansar pra amanhã.

— Ai, a Eva tem razão! — Julinha imitou a voz de sua mãe.

— Amiga, deixa de ser implicante! — Romeu cutucou sua amiga.

— Deixa, Romeu! — Flora se adiantou. — Isso é ciúmes!

— Ciúmes?! — Julinha arregalou os olhos.

— Claro! — Flora confirmou. — De ter que dividir a sua mãe com mais alguém!

— Para tudo!!!! — Julinha ficou mais empolgada. — Vocês vão morar juntas?! Eu não tenho problema nenhum em dividir nada!

— Chega, amiga! — Romeu abraçou Julinha no sofá. — Já perdeu a noção!

Era mais do que compreensível que nossa noite improvisada de celebração terminasse. Ninguém imaginava que o STF fosse nos presentear com aquela linda reviravolta. Nós só pretendíamos chegar em casa e brindar à Marcha dos Livros. Agora, porém, aquela noite tinha se tornado a véspera do meu lançamento. Todos nós teríamos mais um dia na Bienal pela frente!

— Vocês não vão ficar chateados comigo por ir embora, né? — Flora se aproximou de mim e do Samuca, enquanto Julinha e Romeu fofocavam no sofá.

— Imagina, Flor! — a tranquilizei.

— Eu estou exausta! — ela confessou. — E vocês também devem estar! Depois de tanto corre-corre e fiscais e protestos e marchas!

— Ah, minha amiga, nós somos bichas brasileiras, já estamos treinadas pra luta! — Samuca brincou. — A gente enverga, mas não quebra!

— Eu vi! — Flora concordou. — E fiquei muito honrada de estar ali apoiando vocês. Vocês sabem que vocês também são a minha família, não sabem?

— E a recíproca é mais do que verdadeira! — confirmei. — Você também sabe que eu estou aqui pra conversar sobre qualquer coisa, né?

— Claro, amigo. — Ela sorriu. — Por quê?

— É só que... — disfarcei. — Às vezes é complicado entender as fúrias invisíveis do coração...

— Valentim! — Flora soltou uma boa risada. — Eu não estou me casando com ninguém! Eu só estou me abrindo para, quem sabe, uma nova história!

— Olhando de fora, eu senti uma leve simetria entre as duas! — Samuca apoiou.

— Eu também — Flora admitiu. — E, cá entre nós, nosso beijo também teve muita simetria!

Como era bom ver minha amiga com os olhinhos brilhando de novo.

— Podem relaxar que a gente se entende entre nós mesmas, viu? Agora, bebam por mim que eu preciso levar uma certa adolescente pra casa!

Se aproximava a hora de ficarmos só nós três no nosso apartamento.

Eu, Samuca e Romeu.

— A gente viu um story onde a Kita pedia pra galera te seguir, Tim! — Julinha anunciou, se levantando do sofá. — Você vai ganhar uma chuva de seguidores!

— Tem muitos vídeos da nossa Marcha! — Romeu completou, orgulhoso. — Eu apareço em vários!

— Desculpem atrapalhar a empolgação, mas... — Flora se intrometeu. — Nosso carro já chegou, Julia! Vamos?

— Partiu! — Julinha correu para abraçar novamente meu filho. — Amanhã a gente se encontra na Bienal!

— Fechado! — Romeu assentiu.

— Me avisa se receber qualquer mensagem... — a menina sussurrou, como se ninguém pudesse escutá-la.

— Pode deixar. — Romeu disfarçou, constrangido.

Eu não sabia ao certo do que se tratava, mas todas as minhas apostas começavam com "A" e terminavam com "quiles".

— Ah! — Julinha se deteve mais uma vez antes de sair pela porta. — Tim!

— Fala! — Tentei não rir do nervoso da Flora em saber que o seu Uber já a aguardava lá embaixo e sua filha teimava em se demorar ali em cima.

— Eu nunca tinha visto tantos livros com personagens LGBTQIA+ — ela admitiu. — Seria legal se você fizesse alguma coisa pra divulgar que esses livros estão por aí... um clube do livro! Um canal no YouTube! Uma livraria!

— São ótimas ideias, Julinha! — respondi, sincero.

— Maravilhosas! — Flora empurrou sua filha para o corredor do prédio. — Agora vamos chamar o elevador, enquanto o Tim pensa em todas essas ideias espetaculares!

— Eu vou mesmo! — gritei, enquanto as duas se afastavam. — Obrigado, Ju!

De fato, eram boas sugestões.

Se a Julinha tinha se impressionado com aquela quantidade de livros, eu tinha me impressionado mil vezes mais.

Como não se emocionar com aquela literatura no alto, celebrada, exaltada?!

Por isso, sim, a Julinha tinha razão!

Era importante ampliar a divulgação daquelas obras. Mostrar para quem ainda achava que não existiam livros com essa representatividade que isso não era mais uma verdade. Que essas obras existiam e estavam ganhando mais fôlego do que nunca!

Se o Samuca estava pronto para abrir o seu próprio escritório, quem sabe eu não pudesse abrir a minha própria livraria?!

Quando estive em Londres e encontrei uma livraria só com livros LGBTQIA+, meu coração quase explodiu. Quando estive em Barcelona, tive a mesma experiência.

Aqueles livros existem e merecem a mesma visibilidade que qualquer outra obra! Até o dia em que não seja estranho ver uma ilustração de dois meninos ou duas meninas se beijando, seja no miolo de um livro ou na capa! Até o dia em que ninguém separe mais um livro com protagonismo LGBTQIA+ do restante. Em que histórias sejam vistas como histórias. Em que os leitores se interessem por quaisquer jornadas, independente dos afetos de seus personagens.

Porque se todos nós nos acostumarmos com essas histórias, com esses personagens, com seus conflitos e com seus amores, então estaremos mais preparados, como sociedade, para aceitar essa diversidade fora da ficção.

— E antes que a sua cabecinha comece a acelerar com paranoias... — Samuca se antecipou. — Acima do STF não existe mais nada! Não tem mais a menor possibilidade do Prefeito recorrer dessa decisão!

— Ainda bem que você me conhece! — admiti, rindo de mim mesmo.

— Ô, se conheço! — Samuca pegou a garrafa de champanhe.
— Podem relaxar que eu garanto a vocês que o último dia dessa Bienal será praticamente o próprio arco-íris!

Eu me sentia prestes a voltar ao mundo mágico de Oz, mas sem a Bruxa má do Oeste e seus macacos alados para me atazanarem.

— Vocês sabem que eu jamais teria sobrevivido a este dia se não fossem vocês dois, né? — reforcei.

— Você também mandou muito bem com aqueles fiscais! — Romeu me elogiou.

— Olha quem está falando! — Samuca brincou. — O novo herói nacional: Romeu!

— Até parece! — Romeu riu, sem jeito. — Eu só me inspirei em vocês.

— Esse é o meu garoto! — Samuca deu um tapinha nas costas do nosso filho.

— Agora, aproveitando que estamos em casa, depois de tudo que já vivemos, que já falamos...— Tentei encontrar o melhor jeito de abordar aquele assunto. — Romeu, qualquer dúvida que você possa ter algum dia sobre o que for, pode falar com a gente!

— Como assim? — Ele não entendeu.

— Qualquer dúvida sobre... — Tentei parecer à vontade. — Sexo. Camisinha.

— Pai... — meu filho tentou interromper.

— Eu sei! — prossegui. — É um pouco constrangedor, mas eu e o Samuca estamos aqui pro que você quiser perguntar. Não precisa ter vergonha.

— Eu já estou com vergonha. — Romeu pontuou enquanto, atrás dele, Samuca prendia o riso.

— E não adianta ficar com essa cara, Samuca! — repreendi. — É importante! Você não gostaria que seus pais tivessem falado com você sobre isso?

— Não sei, meu amor! — Ele riu. — Mas, no momento, o nosso filho está na fase pré-beijo, lembra? Tipo, o período antes de dar o primeiro beijo na boca...

— Tudo bem! Não vou mais insistir! — recuei. — Posso, então, falar sobre outra coisa?

Eu devia estar parecendo a pessoa mais desequilibrada do planeta, pois os dois me encararam com medo do que poderia vir na sequência.

— Se não for sobre sexo e tal... — Romeu riu de nervoso.

— Não é! — Também estava achando graça da situação. — É sobre a sua escola.

E, pela reação do meu filho, o novo tópico era ainda pior do que o anterior.

— Eu só queria te tranquilizar que a gente não vai tomar nenhuma decisão sem antes escutar você.

— Ótimo ponto, amor. — Samuca embarcou. — A gente já conversou muito sobre isso, meu filho. Já ficamos culpados de ter te colocado lá. Com raiva daquele diretor.

— Vocês não têm culpa de nada. — Romeu adiantou. — Aquela escola é muito boa.

— Nós sabemos! — Samuca concordou. — Só que existem coisas mais importantes do que uma lista de aprovados no vestibular. E eu não sei mais se aquele colégio pode te dar os valores que nós prezamos.

Nós sabíamos que aquele era um assunto desconfortável, afinal, remetia diretamente ao local onde nosso filho tinha vivenciado um grande trauma e para o qual ele voltaria muito em breve, ou não.

— Isso tudo só pra dizer que nós vamos respeitar a sua decisão, viu? — Samuca explicou. — Só você pode dizer se vale a pena continuar lá.

— De verdade? — Romeu nos encarou, inseguro. — Eu nunca fui feliz naquele colégio. Mas eu não queria decepcionar vocês. Eu sei que é uma escola muito boa, muito cara!

— Meu filho! — Samuca se compadeceu. — Você não precisa aguentar nada só pra agradar a gente!

— Nós sabemos dos problemas e questões daquele colégio! — admiti. — E foi erro nosso relevar tudo aquilo em prol de sei lá o quê. Mas você tem liberdade total pra nos trazer qualquer coisa que você tenha ouvido por lá e que seja um problema. Nós não vamos mais admitir que ninguém te perturbe por lá, ainda mais depois de tudo que aconteceu na Bienal.

— Bem ou mal, você está suspenso por três dias. — Samuca assinalou. — Eu e o Tim podemos ir lá na diretoria antes do seu retorno, pra ter uma conversa bem séria com o Dom Anselmo. Pra garantir que você seja muito bem tratado na volta.

— E pra entender o que vai acontecer com aquele Gustavo — reforcei.

— E com o Aquiles, né? — Romeu completou.

Era óbvio que esse ponto estava o afligindo.

— Ele era a *única* coisa boa daquela escola. — Romeu confessou. — Eu queria falar com ele antes de tomar qualquer decisão.

— Claro. — Assenti. — Nós também já estamos em setembro. Em três meses, o ano letivo acaba e nós podemos trocar de escola sem prejudicar seus estudos, se for o caso.

— Daqui a pouco você já entra pra uma faculdade e aí é outra história! — Samuca brincou.

— Falou quem se jogava nas festinhas atrás dos calouros! — provoquei.

— Como se você fosse um santo! — Samuca rebateu.

— Então, eu vou lá pra dentro! — Romeu se adiantou.

— Que pressa é essa, Romeu?! — Ri da sua urgência.

— Eu já precisei ver vocês se beijando loucamente na Bienal — ele se justificou. — Não quero saber os detalhes das pegações que vocês faziam na faculdade!

Fazia sentido.

— Tudo bem, meu filho! — me dei por vencido. — Eu vou te poupar dos detalhes!

— Só saiba que você é filho de dois galãs que faziam muito sucesso, tá? — Samuca continuou na brincadeira.

— Eu não vou me esquecer disso! — Romeu ironizou.

— A gente também vai dormir daqui a pouco. — Sorri.

Assim, meu orgulho em forma de adolescente sumiu no interior do nosso apartamento, deixando aquela sala só para mim e para o Samuca.

— Esse foi o dia mais longo da minha vida! — Me joguei novamente no sofá.

— Você não quer procurar mais alguma confusão pra animar a nossa noite? — Samuca se sentou ao meu lado, piadista.

— Eu já estou satisfeito com a nossa revolução na Bienal! — recusei. — Agora eu só quero um banho de ervas, um edredom e um ar-condicionado com o meu namorado!

— Namorado?! — Samuca brincou. — Eu deixei de ser marido?!

— Não, você só nunca deixou de ser o meu namorado! — Me permiti ser cafona. — E acho que nós podemos nos lembrar hoje dos tempos em que éramos jovens...

— Claro, porque agora nós somos dois anciões! — Samuca gargalhou.

— Eu estou chegando aos 40 anos, Samuel! — fiz um drama. — Você me respeita! Respeita a minha nostalgia!

— Eu também estou quase lá, Valentim! — ele rebateu, brincalhão. — E estou me sentindo mais vivo do que nunca.

— Mas não dá uma saudade de quando não tinha trabalho, não tinha escritório? — Me recostei em seus ombros. — Quando éramos só nós dois, sem conta pra pagar, sem todas essas preocupações?

— Claro que dá. Mas você trocaria tudo que nós temos hoje pra voltar no tempo?

— Não — confessei. — Eu não trocaria tudo que nós construímos por nada nesse mundo.

— Então...

— Mas eu voltaria no tempo pra festa onde a gente se conheceu! — disse.

— Pra quê?

— Pra reviver aquele momento. — Sorri, emocionado. — Pra sentir aquele frio na barriga quando a gente se beijou pela primeira vez. Quando fechei os olhos e senti que não queria mais parar de te beijar. Quando torci para que você também estivesse sentindo a mesma coisa que eu.

— Eu estava. — Samuca levou sua mão ao meu queixo, levantando meu rosto em direção ao seu. — E, para nossa sorte, nós seguimos juntos até aqui.

Nós éramos os caras mais sortudos do planeta.

— E podemos viver eternamente dando infinitos primeiros beijos. — Samuca sorriu, mais gato do que nunca.

— Sabe que um beijo é um bom caminho pra nossa noite de celebração? — Me aproximei um pouco mais de sua boca.

— É? — Ele me encarou.

— É — confirmei, rindo. — É um ótimo começo!

Então, com o mesmo frescor do nosso primeiro beijo, eu e Samuca nos beijamos, apaixonados.

E ali, depois de tudo que tínhamos enfrentado, eu tive certeza.

Nada era mais poderoso do que o nosso amor.

15. ROMEU

— Eu sou gay, Romeu.
— Eu também, Aquiles.
Eu não estava saindo do armário. Eu estava pulando pra fora dele. Arrebentando a porta! Meu coração parecia sair pela boca. Minha adrenalina subia como nunca. E, por alguma razão, tudo aquilo me pareceu familiar, como um grande déjà-vu.
— Sério? — Aquiles perguntou. E, se eu não estivesse tão nervoso, poderia jurar que vi um sorriso no canto de sua boca.
— Você também é gay?
— Acho que sou.
Do que eu estava falando? Eu já sabia que era gay.
— Acha? — Aquiles estranhou.
— Sou — falei, sem hesitar. — Eu sou.
— Então nós somos gays — ele constatou. — É isso?
— É isso. — Tentei me situar.
Era recreio. Nós tínhamos saído da aula de português e ido para o nosso refúgio, longe de todos aqueles brutamontes que nos perseguiam na escola. Mas por que tudo parecia tão estranho?!
— Será que a dona Rosa também é gay? — Aquiles continuou.
— A bibliotecária?!

— É! Vai ver tem alguma magia nessa biblioteca que está fazendo todo mundo sair do armário aqui hoje! — ele brincou.

— Ela é! — respondi de pronto, sem hesitar.

— É?! — Aquiles reagiu, surpreso.

— Ela estava na Bienal com a sua esposa, a Célia! — lembrei. — E a filha delas, a Ana Paula.

— Bienal?! Do que você tá falando?

O Aquiles me olhava, confuso. Como se o que eu dissesse não fizesse nenhum sentido. E não fazia! A Bienal seria só no dia seguinte.

— Não sei — admiti, perdido. — Eu não sei o que está acontecendo!

De repente, não mais que de repente, Aquiles pegou na minha mão. Estavam suadas, mas não importava, eram as mãos do Aquiles. Gostosas, macias, quentes, ao contrário das minhas, geladas de nervoso.

— Eu gosto de você.

Ele estava se declarando pra mim. De novo!

— Eu também gosto de você, Aquiles — respondi, sem controle sobre o que dizia.

— É, mas acho que eu gosto mais de você — ele prosseguiu.

— Mais?

— É, mais. Diferente. Me ajuda, eu nunca fiz isso — Aquiles pediu, rindo de nervoso.

— É que eu... — Tentei me explicar. — Eu não tô entendendo nada.

Aquela cena não fazia sentido.

— Posso? — Ele se aproximou.

— O quê?

— Te beijar. — Aquiles sorriu, como se aquele beijo fosse a nossa única alternativa.

Eu tinha enlouquecido?!

Tudo o que eu tinha vivido na Bienal tinha sido uma alucinação?!

Um delírio pré-beijo?!

— Aqui? — perguntei, suando frio, espantado, sem jeito, tremendo, querendo.

— Agora.

O Aquiles queria me beijar. E tudo que eu mais queria era beijá-lo de volta.

Mas nós não iríamos nos beijar.

— Não — recuei.

— Como assim? — Aquiles me olhou, decepcionado.

— A gente não vai se beijar, Aquiles. O Guga vai aparecer daqui a pouco.

— O Guga?! — Aquiles franziu a testa. — Ele nem deve saber onde fica a biblioteca!

— Ele sabe! — lamentei, sentindo calafrios só de imaginar o Guga reaparecendo naquele corredor. — E quando nós formos nos beijar, ele vai nos interromper!

— O quê? — Aquiles não sabia se ria ou se ficava preocupado com minha sanidade. — A gente não vai fazer nada de errado, Romeu. É só um beijo!

Eu também achava isso.

— Não, Aquiles — repeti. — Depois do nosso quase beijo a gente vai se separar e nunca mais vai se ver.

— Que isso, Romeu? — Aquiles riu, descrente.

— É sério! — reforcei, aflito. — Ele vai gritar coisas horrorosas pra nós dois e eu vou te afastar, sem querer. Depois, eu vou perder a cabeça e dar um soco na cara do Guga. Nós vamos ser levados pra diretoria. Os seus pais vão pedir a minha suspensão. Os meus pais vão chegar e eu vou me sentir muito sozinho, com medo, com vergonha.

— Calma, Romeu — ele pediu.

— E vai piorar! — continuei, a emoção crescente. — O pai do Guga, o Prefeito, vai censurar o livro do Tim. Você não vai responder as minhas mensagens. Eu vou ficar inseguro, pensando que a nossa amizade acabou, que eu nunca mais vou ter notícias suas. Se a gente se beijar agora, eu vou te perder, Aquiles!

— Me encontre — ele sugeriu. — E se eu te perder, eu te encontro.

— Não é tão simples.

— Não é. Mas a gente consegue.

Aquiles falava com uma calma fora do comum.

— Será?! — duvidei. — A Bienal foi uma loucura. E tudo começou aqui!

— Você prefere não me beijar, então? — Aquiles questionou.

— O quê? — Me surpreendi.

— Você preferia ter ido embora quando eu te pedi um beijo? — Ele deu um passo à frente, colando-se em mim. — Ou você ainda aceitaria me beijar?

Tudo o que eu mais queria era beijar o Aquiles, mas eu sabia o que vinha depois.

O caos que viria na sequência.

O turbilhão que iria nos atropelar.

Ao mesmo tempo, o que eu podia fazer?!

Negar o que eu estava sentindo?!

Sair correndo?!

Eu não tinha escolha!

Eu não podia ter feito nada diferente, mesmo querendo que tudo tivesse acontecido de outra forma!

— Sim! — respondi. — Eu ainda aceitaria te beijar!

— O quê? — Aquiles pareceu não me escutar.

— SIM! — repeti, mais alto. — Eu aceitaria te beijar!

Não importava mais se alguém escutasse o meu grito naquela biblioteca.

— O quê? — Aquiles indagou, misteriosamente um pouco mais afastado de mim.

— EU DISSE QUE SIM! — gritei. — Eu aceito te beijar!

— O quê?! — ele questionou, longe.

— SIM!!! — gritei o mais alto que pude. — EU QUERO TE BEIJAR, AQUILES!

— O quê?! — Eu quase já não escutava sua voz, de tão longe que ele estava.

— ME BEIJA! — berrei, a plenos pulmões. — ME BEIJA, AQUILES!!!

Enquanto meu amigo ficava cada vez mais distante e tudo se contorcia ao meu redor, enquanto aquele corredor se desmanchava e as estantes se esticavam como se feitas de elástico, eu gritava sem parar. Como se pudesse alcançá-lo. Como se pudesse segurar suas mãos. Como se pudesse obrigar o mundo inteiro a me ouvir.

— ME BEIJA, AQUILES!!!

Então, quando tudo se misturou numa grande aquarela psicodélica e se apagou num profundo blackout, meu corpo caiu com um solavanco.

Um baque.

Um susto.

E, quando abri os olhos, eu não estava mais no meu colégio, mas na minha cama, no meu quarto. Finalmente acordado.

Respira, Romeu. Foi só um sonho.

Ufa!

Eu não estava entendendo como eu tinha ido parar naquela biblioteca, nem como aquela viagem no tempo seria possível. Minha única certeza naquele momento era de que meu coração já acordava acelerado!

Desde a noite anterior, quando eu tinha confirmado que o Aquiles estava, sim, visualizando todas as minhas mensagens, foi impossível não me encher de esperança.

No meio daquela festa inesperada no Pavilhão Azul, após a derrota do Prefeito, eu vibrava secretamente com aquela linda sequência de tracinhos azuis no meu WhatsApp. E dali em diante as coisas só tinham melhorado.

Com o Supremo Tribunal Federal derrubando a última liminar do Prefeito, a censura voltava a ser coisa do passado. O Walter e seu buraco no peito aproveitariam o último dia de Bienal e tantos outros autores LGBTQIA+ lançariam seus livros.

Aquele domingo seria um recomeço.

Uma virada de página.

Um novo capítulo.

— Meu Deus!!! — um grito irrompeu pela porta entreaberta do meu quarto.

Mesmo sonolento, eu sabia que aquele berro não era um sonho.

Era o Tim, lá na nossa sala!

Curioso, afastei o lençol que me cobria, pulei da cama e corri até lá.

Felizmente, nenhum dos meus dois pais parecia nervoso.

Pelo contrário, o Tim e o Samuca pareciam comemorar a vitória do Brasil na final da Copa do Mundo, ou melhor, a vitória da Shea Couleé na final de *RuPaul's Drag Race All Stars 5*.

— O que foi que... — Tentei perguntar, confuso com aquele estardalhaço.

— Tira essa olheira da cara que hoje é um grande dia! — Tim continuou, eufórico.

— Mostra logo, Tim! — Samuca o apressou.

— Deixa eu fazer o meu suspense! — Tim se defendeu.

E era eu o adolescente naquela sala?

— Olha quem está na capa do jornal de hoje! — Tim esticou, orgulhoso, um jornal na minha frente.

Era o beijo do Walter!!!

Na capa!

Em destaque!

A ilustração censurada de *Walter, o menino com um buraco no peito*!

Aqueles dois meninos se beijando!

— Não é incrível?! — Tim perguntou, em êxtase.

— Esse beijo se tornou um símbolo! — Samuca vibrou.

Aquela ilustração na capa do jornal era inacreditável!

Era o beijo do livro do meu pai!

O beijo que o Prefeito tinha censurado!

Ampliado!

GIGANTE!

— Parabéns, pai! — Corri para abraçar o Valentim. — Você merece!

— Obrigado, meu filho! — Tim retribuiu meu abraço. — E tem mais!

— Mais?! — Me surpreendi.

— Claro! — Samuca se adiantou, mexendo no seu celular. — Olha qual hashtag está viralizando na velocidade da luz nas redes sociais!

Ele me entregou seu aparelho, já com o Twitter aberto.

Em destaque, vários posts com a mesma hashtag: #LeiaComOrgulho.

— As pessoas estão postando dicas de livros com protagonismo LGBTQIA+ ou escritos por autores LGBTQIA+ com essa hashtag! — Samuca explicou.

— Foi o seu grito na Marcha dos Livros! — Tim recordou. — O nosso protesto virou um movimento, Romeu!

Era de cair o queixo.

— É demais! — admiti, impressionado. — O lançamento vai bombar hoje!

— Aliás, a Eva me pediu pra gente ir pra Bienal assim que der! — Tim anunciou.

— Já?! — estranhei. — Que horas são?

— Hora de obedecer a minha editora! — Tim resumiu.

— O lançamento não tá marcado pro começo da tarde? — Samuca questionou. — A gente almoça e vai.

— O quê?! — Tim reagiu, como se meu pai tivesse dito o maior absurdo. — Você quer me deixar aqui ansioso até depois do almoço?

— Tá bom! — Samuca cedeu, rindo. — Não está mais aqui quem falou!

— E a Flora e a Julinha? — perguntei.

— Vão nos encontrar lá. — Tim informou.

— Então vamos pro banho antes que a Bienal fuja e desapareça pra sempre! — Samuca debochou, exagerado.

— Eu vou mesmo! — avisei, achando graça daquele agito todo pela manhã.

— É assim que se fala, Romeu! — Samuca implicou. — Toma rápido antes que o Tim comece a chorar aqui na sala, de ansiedade.

— Você é muito bobo, Samuel. — Tim revirou os olhos. — Você sabe disso, né?

— É dos bobos que eles gostam. — Samuca devolveu.

— Eles quem?! — Tim rebateu.

— Você! — Samuca puxou o Tim pela cintura.

Aqueles dois iam tomar banhos juntos, com certeza! E, pelo visto, ia ser um banho muito demorado!

Mas eles não eram os únicos apaixonados naquele apartamento e não custava nada conferir minha conversa com o Aquiles no WhatsApp mais uma vez.

Assim, antes de seguir para o banheiro, voltei ao meu quarto e peguei meu celular na minha mesa de cabeceira. Vai que...

Nada.

Ok.

Nenhuma respostinha.

Tudo na mesma.

Tranquilo.

Sem desânimo.

Vamos nos contentar com as mensagens *visualizadas*.

Tem toda uma Bienal pela frente!

Respira, Romeu!

Horas depois, arrumados e perfumados, lá estávamos nós, de volta à Bienal do Livro. Eu, o Samuca e o Tim. Diante daquele mesmo espaço onde, na véspera, tínhamos passado por poucas e boas.

Dessa vez, no entanto, tudo parecia mais radiante, mais solar, mais colorido. E conforme entramos novamente no Pavilhão Amarelo, reparamos que eram muitos os estandes que ainda mantinham bandeiras do arco-íris em suas fachadas.

Algumas editoras, que não eram bobas nem nada, colocaram, inclusive, cartazes com a frase "Livros proibidos pelo Prefeito" para alavancar as vendas.

Por uma ironia do destino, o Prefeito tinha feito a maior campanha de marketing já vista a favor de livros com protagonismo LGBTQIA+.

Para todos os lados, eram esses livros que estavam em destaque absoluto!

Quando chegamos à entrada da Central dos Autores, na pequena grade de contenção, fomos prontamente recebidos pela gentil Sara.

— Que bom que vocês chegaram! — Ela abriu os braços, acolhedora. — Isso aqui já está uma loucura!

— Ai, meu Deus! — Tim brincou.

— Mas é a loucura que a gente gosta! — Sara pontuou, enquanto nos conduzia novamente ao segundo andar daquele módulo de produção. — Corredores lotados, editoras vendendo, todo mundo se divertindo!

— O clima já está muito mais leve! — Samuca observou.

— Sem dúvidas — ela concordou. — E vai ficar melhor ainda quando lançarmos o livro do Valentim na Grande Arena.

Pelo jeito, agora era pra valer!

— E você, hein, rapazinho?! — Sara se dirigiu a mim, subindo as escadas. — Será que temos um futuro ativista nascendo aqui?!

Ativista? Eu?!

— Não sei — respondi, sem graça.

— Vamos dar tempo ao tempo. — Ela sorriu. — Agora relaxem um pouco aqui no salão, que eu sei que a Eva já está esperando por vocês!

Mais uma vez, eu me encontrava na Central dos Autores! O mural em frente à escada, entupido de dedicatórias. O buffet ao nosso lado, recheado de aperitivos. E, em cada canto do salão, autores e autores e mais autores! Tudo igual, só que diferente.

— Por sinal, ontem foi impossível gravar qualquer coisa, Valentim. — Sara se desculpou. — Mas eu já separei o nosso cinegrafista pra te filmar pro nosso vídeo-protesto com a música "Apesar de você", lembra? Ele vai lá na Grande Arena antes do evento começar, pode ser?

— Claro! — meu pai aceitou. — Eu devia até cantar diferente. "Apesar de você, hoje *já é* outro dia!".

— Eu aprovo! — Sara sorriu. — Até porque eu tenho esperanças de que muito em breve a gente já esteja falando desse Prefeito como "aquele maldito ex-Prefeito"!

— Amém! — Samuca levantou as mãos pro céu, sarcástico.

Seria a cereja do bolo ver o Prefeito perdendo a sua reeleição!

Mas ainda faltava um mês para as eleições municipais e eu nem tinha idade para votar. Então, era contar com o bom senso dos cariocas.

— Olha eles!!! — Eva se aproximou, empolgadíssima, com um jornal em mãos.

Obviamente, o jornal com o beijo na capa!

— Olha ela!!! — Tim devolveu, surpreso. — Minha editora está um arraso!

Eu estava tão acostumado a ver a Eva estressada com o trabalho, correndo de um lado para o outro, que era inusitado vê-la toda elegante, maquiada, com salto alto, calça jeans e um blazer por cima de sua blusa.

— Vocês acharam mesmo que eu não iria me produzir pra esse grande evento?! — Eva perguntou, divertida. — Não é todo dia que eu lanço um best-seller!

— Menos, amiga! — Tim se fez de humilde. — A gente ainda nem lançou o livro ainda pra virar best-seller!

— Aí é que você se engana! — Eva rebateu, misteriosa. — Não foi só esse jornal que praticamente esgotou nas bancas! A primeira edição do *Walter* tá mais esgotada que a nossa pré-venda!

— O quê?! — meus pais reagiram, juntos.

— Esgotou tudo?! — perguntei, chocado.

— Pra não dizer "tudo", ainda tem alguns exemplares aqui no nosso estande — Eva assinalou. — Mas eu não dou meia hora pra eles desaparecerem!

— Mas, então, o lançamento... — Tim tentava entender o que aquilo significava.

— Está mais de pé do que nunca! — Eva interrompeu. — Quem comprou, comprou! E você se prepare, Valentim! Vai ser tipo prova de resistência do Big Brother Brasil! Você vai passar horas naquela Arena autografando sem parar!

— Ainda bem que eu já tenho o meu! — Respirei aliviado, carregando minha ecobag. — Mas eu quero outro!

— Outro?! — Eva se espantou.

— É — confirmei. — Pra um amigo meu.

Depois de tudo que eu tinha vivido, não fazia sentido não compartilhar aquele livro com o Aquiles.

— Se for pra quem eu estou pensando... — Eva implicou. — Eu vou deixar separado lá no lançamento!

Livro para o Aquiles: check!

— Agora preparem seus corações, porque eu tenho mais uma novidade aos meus homens impressionados! — Eva anunciou.

— Mais?! — Tim riu, ansioso.

— A nossa editora já confirmou a segunda edição do livro! — Eva revelou, na lata.

O quê?!

— Que maravilha! — Sara exclamou. — Parabéns!

O Tim merecia aquele reconhecimento.

— Parece que eu estou vivendo um sonho! — Tim confessou, surpreso.

— É melhor, meu amor. — Samuca o envolveu com os braços. — É realidade!

— Os dados que eu recebi também são bem animadores — Sara comentou. — A Bienal bateu ontem o nosso recorde de público! E, pelo nosso levantamento, as vendas dos livros LGBTs mais do que dobraram!

— É ISSO, PORRA!!! — Eva gritou, eufórica, ao nosso lado.

Não que nós não tivéssemos motivos para celebrar, mas seu grito nos pegou desprevenidos.

— Desculpa, gente! — Eva se recompôs. — É que eu fui conferir o meu celular e vi uma notícia melhor ainda!

— Contanto que você não nos mate de susto! — Samuca brincou.

— Que nada! É mais um motivo pra gente comemorar! — Eva recuperou o fôlego. — Divulgaram uma nova pesquisa das eleições municipais e o índice de rejeição ao Prefeito subiu nas alturas!

— Aleluia!!! — Tim exclamou. — Já passou da hora desse fundamentalismo religioso se afastar da política de uma vez por todas!

— Vai rolar! — Samuca se animou. — Aquele homem também deve estar atolado de corrupção até o pescoço! Se bobear, vai terminar preso por algum esquema nojento. Podem esperar!

Aquelas novidades me deixavam ainda mais confiante! Desde que me vi na sala de espera da diretoria do colégio, eu só me perguntava: como manter a esperança em meio de tanto horror?!

Foram muitos os momentos em que eu só quis me sentar e chorar. Me isolar com a minha família e esquecer do mundo. Me desligar das notícias. Me desconectar das redes sociais. Me mudar para uma cidadezinha pequena e ficar tomando um banho de cachoeira e curtindo a natureza e relaxando com o silêncio que só a chuva traz.

Mas nada disso tinha sido possível.

Foi preciso encarar de frente todo o horror.

Seguir adiante mesmo sem saber como.

Recuperar o fôlego mesmo quando faltava ar.

Me levantar mesmo quando tudo parecia desabar.

Não tinha sido fácil, mas nós estávamos ali, colhendo boas notícias, afastados daqueles ogros brutos e insensíveis.

Passada a tempestade, nós podíamos — e devíamos — aproveitar cada momento daquele dia. Curtir, festejar, gargalhar!

Como disse o ator Paulo Gustavo, rir é um ato de resistência, e aquela Marcha dos Livros, seguida por aqueles beijos, tinha me ensinado que a nossa alegria também era uma forma de luta. Que demonstrar o nosso orgulho também pode mudar o mundo. Que o nosso amor também é amor. E que o amor transforma!

— Eu encontro vocês na Grande Arena! — Sara se despediu.

— Obrigada, Sara — Eva agradeceu. — Qualquer imprevisto eu te dou um toque!

Faltava muito pouco para que eu finalmente pudesse entrar na Grande Arena!

— A Flor e a Julinha chegaram! — Eva conferiu no seu celular.

— A Flora mandou mensagem pra você?! — Tim estranhou.

— O que que tem?! — Eva debochou. — Tá com ciúmes, Valentim?

— Eu?! — Tim disfarçou. — Eu sou Floreva *forever*!

— Deixa ele, Eva! — Samuca interveio. — Pode ir lá buscar as meninas!

— Só cuidado pra não ter outra DR com a Flor! — Tim implicou.

— Não subestime a minha capacidade de tratar bem uma mulher, querido! — Eva ainda teve tempo de retrucar antes de descer as escadas.

Era uma bobeira atrás da outra, mas eu que não iria reclamar! Quanto mais descontraído o clima, melhor!

— AMIIIIIIIGOOOOO!!!!

Eu nem precisei adivinhar de quem era aquela voz. Minha melhor amiga estava na área, mais reluzente do que nunca!

— Julinha!!! — reagi, boquiaberto, diante do seu look mega ultra fashionista!

Além de um salto plataforma prateado e brilhante, ela vestia um lindo vestido com as cores da bandeira do arco-íris, tinha o cabelo preso em um exuberante rabo de cavalo, segurava uma bolsa no formato de coração e carregava sua inseparável garrafinha de unicórnio.

— Eu seeeeeei!!! — ela devolveu, animada. — *Shantay, I stay*!!!

— Você tá linda! — elogiei.

— Eu seeeeeei!!! — ela repetiu, se sentindo a mais nova top model do mercado. — Essa Bienal virou a Bienal do Orgulho LGBTQIA+! Eu tinha que vir à caráter!

— Cadê sua mãe? — Tim perguntou.

— Ah... — Ela suspirou. — Deve estar dando uns amassos na Eva lá embaixo!

— Amiga! — Gargalhei com o seu jeito direto de ser.

— É sério! — Julinha continuou. — Elas passaram a noite toda trocando mensagens. Minha mãe acha que eu não percebo!

— Falando nelas... — Samuca indicou as escadas por onde "Floreva" entrava.

Elas podiam ser discretas o quanto quisessem, mas era impossível esconder que as duas estavam soltando faíscas uma ao lado da outra!

— Não precisa vir com piadinhas, que a minha orelha já está fervendo, Valentim! — Flora se apressou, bem-humorada.

— Eu nem falei nada! — Tim se defendeu.

— Mas pensou! — Flora rebateu.

— Não se preocupa, Flor. — Eva desdenhou. — A gente pode escutar as piadinhas dele indo pra Grande Arena.

— Já?! — Tim se espantou.

— Já! — Eva confirmou. — Nós temos que arrumar sua mesa, separar caneta, lanche, água, gravar o vídeo que a Sara pediu, falar com os outros autores, tirar fotos, postar stories no perfil da editora,

— Tá bom! — Meu pai riu, impressionado. — Pensei que era só sentar lá e autografar meus livros.

— Tá reclamando, estrela?! — Eva provocou. — Eu posso chamar o Prefeito e ver se ele consegue cancelar de algum jeito!

— Nem brinca com uma coisa dessas! — Samuca exclamou.

— Então, vamos! — Eva ordenou. — Chegou a hora, *de novo*, de irmos para o seu lançamento!

Ao contrário do meu sonho, aquela cena, sim, parecia um gigantesco déjà-vu!

Todos nós, reunidos na Central dos Autores, empolgados para o lançamento do livro do Tim. Só faltava dar com a cara na porta da Grande Arena interditada!

Mas aquilo tinha ficado pra trás. Já era!

Com toda a repercussão na imprensa, com a capa daquele jornal, com a primeira edição esgotada, minhas expectativas estavam muito altas para o lançamento. E eu tinha certeza de que elas seriam alcançadas! Ou melhor, superadas!

— A gente pode passear um pouco antes?! — Julinha perguntou. — Eu e o Romeu!

— Passear onde? — Flora perguntou.

— No Pão de Açúcar! — Julinha ironizou.

— Você quer desfilar com essa roupa pela Bienal, né, Julia? — Flora provocou. — Confessa!

— A Eva disse que ainda vai demorar pra começar! — Julinha se justificou.

— Ainda tem meia hora pela frente — Eva confirmou.

— Então não tem problema! — Samuca decidiu. — Nós vamos na frente e vocês vão depois!

— Só não se atrasem, por favor! — Tim reforçou.

— Pai! — Ri do seu nervosismo. — Eu não vou perder seu lançamento por nada!

— Então vamos logo pra essa Arena antes que a fechadura emperre e o portão fique fechado de novo! — Samuca implicou.

— Vira essa boca pra lá! — Flora gargalhou.

Assim, entre implicância e brincadeiras, aquele quarteto adulto partiu rumo à Grande Arena.

— E lá se vão nossos papais e mamães... — Julinha suspirou, irônica.

— Você é muito boba, amiga! — Ri. — Você acha que elas vão namorar?

— Já estão, né? — ela respondeu de imediato.

— E o que você acha disso?

— Eu acho lindo! — Minha amiga sorriu. — Eu sempre disse que a minha mãe merecia um novo amor depois da morte do meu pai. Eu fico implicando com ela porque estou adorando tudo isso! É muito bom ver a minha mãe feliz, apaixonada!

Nossos pais sempre demonstravam o quanto torciam pela nossa felicidade, mas agora eu estava em dúvida se eles sabiam o quanto nós também torcíamos pela felicidade deles.

— Tudo bem que eu pensava que teria um novo padrasto — Julinha admitiu. — Mas uma nova madrasta tá lindo do mesmo jeito!

— Que bom, amiga — disse, sincero. — Sabe por quem eu também torço?

— Quem?

— JULINHA E GUINHO! — exclamei, arrancando uma risada da minha amiga. — Qual vai ser o ship? Julinho? Guinha?!

— Cruzes! — Julinha reprovou. — Nossos nomes de casal são péssimos! Será que é um sinal?!

— Não pira, Julia! — Gargalhei.

— Não pira, você! — ela rebateu. — A gente bem marcou de se encontrar no lançamento do Tim, tá? Ele até já mandou mensagem avisando que estava pela Bienal quando eu cheguei.

Um dia com o crush na Bienal era tudo que eu queria!

— Então, vamos?! — Levantei o meu braço direito, abrindo espaço pra Julinha encaixar o dela.

— Partiu! — Minha amiga sorriu, cruzando seu braço com o meu.

Assim, literalmente grudados, inseparáveis, descemos as escadas e voltamos aos corredores da Bienal! Como era de se esperar, chamando muita atenção!

Justiça seja feita, a *Julinha* estava chamando muita atenção, graças ao seu look que a fazia parecer a madrinha de uma Parada do Orgulho LGBT!

Não demorou muito e eu já estava me achando a pessoa mais sem graça do mundo com aquela calça jeans e aquela camiseta meio marrom, meio cinza. Não que fosse uma roupa feia ou velha ou gasta. Pelo contrário, era uma das minhas roupas mais novas! Ainda assim, a cada passo dado, eu sentia falta de algum toque especial.

— Você tem algum acessório de arco-íris pra botar na minha roupa? — perguntei.

— Claro que tenho, Romeu! — Julinha festejou, seus olhos brilhando. — Eu separei um monte aqui na minha bolsa!! Tem uma gravata borboleta, um broche, um chifrinho de unicórnio colorido...

— O broche tá bom! — Escolhi.

— Arrasooou! — Julinha se animou, enquanto procurava o broche de arco-íris em sua bolsa. — Aqui está!

Agora preso na minha blusa, no lado esquerdo do peito, eu tinha um arco-íris para chamar de meu. Pequeno, redondinho, mas muito simbólico.

Era mais uma barreira rompida e, como um passe de mágica, eu me senti revigorado, forte, alegre, disposto, lindo, gato, gostoso! Querendo passear por aquela Bienal inteira com aquele broche e a minha amiga ao lado para mostrar a quem quisesse ver que eu não tinha mais medo ou vergonha de nada, muito menos de quem eu era!

Eu estava encantando com o novo clima da Bienal e, por um instante, observei cada detalhe daquele cenário ao meu redor, me esforçando para registrar cada segundo na memória!

Eu não queria me lembrar do perrengue e da angústia. Eu queria levar pra minha vida aquela emoção. Aquela alegria!

Assim, com o peito estufado de orgulho, avistamos a Grande Arena. De portas abertas para nos receber.

— Meu Deus, amigo! — Julinha se deteve por um segundo, impressionada. — É muita gente!

— É lindo demais, né, Ju?

Mas a minha amiga, talvez pela primeira vez na vida, estava sem palavras.

— Pois então chega de esperar! — exclamei, correndo para dentro da Grande Arena, que, verdade seja dita, merecia mesmo se chamar Grande Arena.

A arquibancada que nos rodeava comportava facilmente umas trezentas pessoas, e muitas delas acompanhavam o evento sentadas por ali, esperando o melhor momento para pegar seu autógrafo.

No meio daquela roda, uma grande mesa estava posicionada, com vários autores sentados atrás dela, recebendo seus leitores, tirando selfies, assinando seus livros.

Meu coração, óbvio, bateu mais forte quando eu vi, no meio da mesa, o meu pai. O Tim. Acompanhado de perto pelo meu outro pai, o Samuca!

Era difícil decidir quem estava mais feliz! Eles ou eu!

QUE FODA!!

Aquilo estava mesmo acontecendo!

— Acho melhor a gente entrar na fila — Julinha sugeriu.

— Você já pegou seu livro? — perguntei.

— Tá aqui na bolsa. Minha mãe conseguiu com a Eva pra mim — ela explicou.

— Então vamos lá que eu preciso ir até o Samuca para pegar o livro do Aquiles! A Eva disse que ia deixar aqui no lançamento!

— Tá bem! — Julinha concordou.

Extensas, as filas eram divididas por cada autor da mesa e a fila do Tim já parecia ter mais de vinte pessoas na nossa frente!

Em breve, nós estaríamos diante do meu pai recebendo uma dedicatória muito especial!

Mas, assim que entramos na fila, um casal mais do que amado se aproximou, com seus livros em mãos.

— Kita! — Julinha exclamou, surpresa.

— Dudu! — completei, abraçando seu namorado.

— A gente acabou de pegar uma dedicatória do Tim! — Kita anunciou.

— Papai tá famoso, hein, Romeu! — Dudu brincou. — Que capa foi aquela no jornal?!

— Pois é! — respondi. — Tá todo mundo comentando!

— Tem mais é que comentar mesmo! — Kita festejou. — Aquele beijo na capa é uma resposta bem dada àquele Prefeito! Tava incomodado com o beijo no miolo do livro? Pois agora lide com essa capa, bebê!

Como era bom estar ao lado daquela menina! Se eu não era um "kitalover" antes daquela Bienal, agora eu seria o dono do seu fã-clube! Depois da Julinha, claro!

— Sua ação também saiu em tudo que é lugar, Kita! — Julinha celebrou. — Eu nem acredito que eu tive a chance de te conhecer!

— Deixa de ser boba, Ju! — Kita achou graça.

— É sério! — minha amiga continuou. — Foi uma das coisas mais especiais da minha vida! Agora você vai ter que responder as minhas mensagens no Instagram!

— Ah, isso vai ser impossível! — Kita lamentou, para o desânimo da minha amiga. — Eu recebo muitas mensagens por dia!

— Claro, eu entendo. — Julinha tentou disfarçar.

— Mas eu só não vou te responder porque quem vai responder a sua mensagem vai ser *você* mesma! — Kita esboçou um sorriso.

— O quê? — Minha amiga não entendeu.

— Como você mesma disse, são muitas mensagens pra responder todo dia — Kita pontuou. — E seria muito bom ter alguém pra me ajudar a dar conta daquilo tudo, sabe?!

— Aham... — Julinha disse, perdida.

— Então, quer trabalhar comigo? — Kita ofereceu, sem rodeios.

— O QUÊ?! — minha amiga soltou um grito, quase caindo pra trás.

— Eu já tenho a minha equipe, claro — Kita explicou. — Mas depois do que você fez com as minhas redes durante aquela ação, tenho certeza de que você será uma ótima contribuição!

— É sério?! — Julinha parecia não acreditar.

— Seríssimo! — Kita confirmou. — Assim a gente nunca mais perde o contato!

— AI, MEU DEUS!!! — Julinha se jogou nos braços da youtuber, abraçando-a com toda intensidade possível. — Lógico que eu aceito!

— Maravilha! — Kita comemorou. — A gente ainda vai se divertir muito!

— E ralar muito também! — Dudu completou. — Que a Kita já tá planejando vários conteúdos novos pra debater o conceito do transfeminismo, né, amor?

— Não tem problema! — Julinha se adiantou. — A Kita é uma inspiração pra mim e pra muita gente! Só de poder ajudar de alguma forma eu já me sinto especial!

— Claro que você é especial, Ju! — Kita afirmou. — Eu sou a Kita Star, mas todes nós somos estrelas...

— Prontas pra brilhar! — respondi junto com minha amiga.

— Agora eu vou deixar vocês aqui e continuar o nosso passeio — Kita anunciou.

— Aproveitem o lançamento! — Dudu se despediu.

— Pode deixar! — agradeci.

— E, Ju... — Kita abriu um lindo sorriso. — Vou esperar sua mensagem pra começarmos nossa parceria, viu?!

— Já estou escrevendo aqui pra você! — Julinha brincou, empolgada.

Juntos e apaixonados, Kita e Dudu seguiram, então, rumo à entrada da Grande Arena, prontos para trilharem suas estradas, espalhando amor por aí.

O que aquela jovem fazia era mais do que especial.

Incentivar a coragem nos outros é umas das coisas mais generosas que alguém pode fazer. E a Kita Star era meu maior novo exemplo disso.

— Eu não tô acreditando! — Julinha suspirou. — Eu AMO essa garota, tem noção?!

— Tenho, amiga! — Era muito engraçado ver como ela era fã meeeesmo!

— Ela é tão foda! Tudo nela brilha e queima! — Minha amiga gesticulou, animada. — E ela está confiando em mim pra cuidar das redes dela! Logo eu, que nem soube como cuidar de um girassol que a minha mãe levou lá pra casa uma vez!

— Você vai tirar esse desafio de letra! — incentivei.

— Vou?! — Ela me encarou, insegura.

— Amiga, foi você quem me mostrou que a gente precisa confiar em nós mesmos! — devolvi. — Enquanto eu tentava dominar a arte de ser normal, você me mostrou que eu podia ser extraordinário!

— Para, Romeu! — Julinha se fez de modesta.

— Eu nunca seria esse garoto que sou se não fosse a sua amizade — falei para ela. — Você é mais do que a minha melhor amiga.

— Eu sou sua irmã. — Julinha completou minha ideia com a mais pura verdade.

Nós podíamos não ter os mesmos pais ou as mesmas mães, mas nós éramos da mesma família, sem sombras de dúvida.

— Era isso que eu ia falar — confirmei, leve.

— Obrigada, Romeu! — Ela sorriu. — Agora pega lá o livro do Aquiles antes que chegue a nossa vez! Eu vou avisar o Guinho que a gente tá aqui!

De fato, naqueles poucos minutos, nossa fila já tinha diminuído. Então, deixando minha amiga para trás, contornei as outras filas até me aproximar, por trás, da grande mesa com os autores.

De pé, próximo ao Tim, Samuca conferia cada autógrafo, tirando fotos vez ou outra. Daquele ponto de vista, o mar de gente na frente daquela mesa parecia ainda maior!

— Pai! — gritei, tentando chamar sua atenção.

Mas o Samuca parecia uma criança feliz que acabara de ganhar sua melhor festa de aniversário! Ele só tinha olhos e ouvidos para o Tim, e eu precisei berrar bem mais alto para que ele me notasse por ali.

— Desculpa, meu filho! — Ele correu na minha direção. — É que é muita emoção ver o seu pai sentado ali autografando aqueles livros!

— Como ele tá?! — perguntei.

— Com a mão doendo de tanto autografar! — Samuca achou graça. — E você? Não vai lá pra fila? Você já tem um livro, né?

— Já! — confirmei. — É que a Eva disse que ia deixar um exemplar pro Aquiles aqui no lançamento!

— É verdade! — Ele pareceu se lembrar. — Ela deixou aqui numa sacola. Eu vou buscar!

E nos breves minutos em que eu aguardei o Samuca voltar com o livro do Aquiles, eu observei com mais atenção como o Tim reagia aos afagos de seus leitores.

Se eu já tinha ficado emocionado diante daquela multidão na ação da Kita, eu nem conseguia imaginar como era presentear alguém com o seu próprio livro!

Como devia ser emocionante saber que a sua história tinha afetado outra pessoa.

— Aqui está! — Samuca me entregou uma pequena sacola. — Agora volta lá pra fila, senão você vai perder sua dedicatória, hein!

— Nem brinca! — Ri de nervoso. — Avisa pro Tim que a gente tá na fila?

— Deixa comigo! — Samuca me deu um beijo na testa, antes de voltar para perto do meu autor favorito.

Minhas mãos agora tremiam de emoção.

Eu estava prestes a receber o autógrafo do meu pai no meio da Bienal!

Contornando novamente as outras filas, abri a minha ecobag e peguei o meu exemplar do *Walter*. Eu queria conferir aquela ilustração mais uma vez. Aquele beijo agora tão famoso!

Mas ao abrir a primeira página do meu livro, levei um susto.

Já havia uma dedicatória assinada pelo meu pai. Pra mim!

> "Romeu, Romeu...
>
> Como disse uma certa Alice: "Quando acordei hoje de manhã, eu sabia quem eu era, mas acho que já mudei muitas vezes desde então."
>
> Quantas mudanças nos últimos dias, meu filho!
>
> Em suas mãos agora está o livro que mudou minha vida. O livro inspirado no meu primeiro beijo. Ou no que eu gostaria que tivesse sido meu primeiro beijo. Tranquilo. Sem medos. Apenas um beijo.
>
> Mas, enquanto eu crescia, a inocência da infância e as inseguranças da adolescência deram lugar, muitas vezes, à dureza da vida adulta. "Ah, que época boa, quando eu sabia voar!", disse Wendy para sua filha Jane. "E por que

você não sabe mais voar, mamãe?", perguntou Jane. "Porque eu cresci, meu amor. Quando as pessoas crescem, elas não lembram mais como se voa."

Às vezes, eu me sinto como a Wendy, que desaprendeu a voar. Mas você me lembrou como se voa, Romeu. Foi te vendo ganhar coragem que eu retomei a minha.

"A felicidade é a melhor coisa do mundo", disse o Homem da Lata para Dorothy. E quando a menina perguntou como ela poderia chegar lá, a resposta foi: "Caminhando. É uma longa viagem, atravessando, às vezes, regiões agradáveis e, às vezes, regiões horríveis e escuras. Mas vou usar todas as artes mágicas que conheço para manter você a salvo."

A nossa estrada de tijolos amarelos nunca foi fácil.

Mas eu tenho certeza de que você percebeu a força que existe quando todos nos unimos para chegar ao outro lado do arco-íris.

Nessa caminhada, você nunca mais estará sozinho, Romeu.

Conte sempre comigo.

Eu te amo infinito.

Um beijo do seu pai, Valentim."

As lágrimas escorriam delicadamente pelo meu rosto.

Aquele texto era uma das coisas mais lindas que eu já tinha lido na vida.

Eu sabia que deveria voltar ao meu lugar da fila, mesmo que fosse apenas para acompanhar a minha amiga. Afinal, eu não precisava mais de uma dedicatória.

Mas era impossível voltar à fila e seguir aguardando o momento certo para fazer o que eu sabia que precisava ser feito naquele exato segundo.

Fechando meu livro, recuperei o fôlego, e voltei ao lugar onde meus pais se encontravam.

— Pai? — chamei o Samuca novamente.

Surpreso com a minha rápida volta, ele se aproximou da ponta daquela grande mesa, onde eu me encontrava.

— Aconteceu alguma coisa? — Ele percebeu meus olhos inchados.

— Eu só queria falar com o Tim — o acalmei. — Posso?

— Claro. — Samuca abriu passagem.

Com o caminho liberado, eu segui em direção ao meu outro pai, passando por trás de vários outros autores e autoras que continuavam em êxtase diante de seus leitores. Aquele lançamento coletivo tinha se provado uma linda ideia!

Me aproximando da cadeira de onde meu pai autografava seus livros, aproveitei o intervalo entre uma dedicatória e outra para chegar ainda mais perto do Tim, ficando impossível que ele não notasse a minha presença.

— Romeu?! — Tim levou um pequeno susto. — Tá tudo bem?

Mas a minha melhor resposta não caberia em nada do que eu falasse.

Então, ainda segurando a sacola com o livro do Aquiles e o meu exemplar na outra mão, eu me adiantei e abracei o meu pai com todo meu amor.

Ali, no coração daquela Bienal, eu só queria que o Tim soubesse o quanto eu o amava e o quanto eu o admirava!

Eu nunca esqueceria o que aquele homem já tinha feito por mim.

Tanto ele quanto o Samuca!

Um lar para chamar de meu.

Uma família.

E, mais importante do que qualquer bem material, uma vida entupida de afeto!

— Obrigado, pai — sussurrei no seu ouvido. — Eu também te amo infinito!

Respira, Romeu.

— Alguém leu alguma dedicatória por aí? — Meu pai brincou, os olhinhos brilhando, emocionados.

— Ficou linda! — admiti, me segurando para não começar a chorar sem parar e pagar um mico maior ainda do que eu já devia estar pagando.

— E nem se preocupa porque não vai existir nenhuma dedicatória mais inspirada do que a sua. — Ele piscou pra mim.

— Obrigado — repeti, tocado por aquelas palavras escritas especialmente para mim. — Ficou foda demais!

— Ô, meu filho. — Tim me encarou, orgulhoso. — Você sabe que eu faço tudo por você, né? Eu te daria o Sol se fosse possível! Se eu não estivesse com câimbra nas minhas mãos, claro!

— O Samuca me contou. — Ri daquela situação.

— Mas eu vou aproveitar cada segundo desse lançamento nem que eu precise autografar com a minha outra mão! — Tim afirmou, bem-humorado. — Até porque tudo isso já está me dando muitas ideias para outros livros!

— Sério?

— Claro! — ele confirmou. — Eu olho tudo isso aqui em volta e penso: um dia vou escrever sobre esse lugar! Não seria incrível?

— Eu nem saberia por onde começar, pai!

— Eu também não! — Ele riu. — Mas vai lá, filho, que tem gente me esperando aqui pra receber uma dedicatória também! A gente se vê daqui a pouco, tá?

— Claro! Aproveita! — O abracei rapidamente mais uma vez.

Eu também não queria mais tomar o seu tempo, senão daqui a pouco alguém iria reclamar que eu estava furando fila, tirar foto, postar no Twitter que era nepotismo e que eu deveria ser preso!

Sim, eu acreditava que as pessoas seriam capazes de aumentar as coisas nesse nível nas redes sociais.

Mas antes de voltar para a fila, eu precisava fazer mais uma coisa por ali.

Ainda por perto, o Samuca sorria, me observando, provavelmente curioso para saber o que eu e o Tim tínhamos conversado.

— E aí, garotão? Que abraço gostoso foi aquele que...

— Eu te amo, pai — interrompi sua pergunta com outro abraço forte.

Meus pais eram amantes das palavras. Um advogado e um escritor. Trabalhavam com letras e leis e parágrafos e travessões e vírgulas e pontos finais. Mas com certeza eles também valorizavam as pausas. As reticências. Um pedaço de página em branco.

Que parecia só um vazio, mas estava preenchido de tudo que não podia ser dito. Que não cabia em nenhuma palavra. Só em um abraço.

— Eu também te amo, Romeu. — Samuca me abraçou forte.

— Agora eu vou deixar vocês em paz enquanto eu fico chorando ali na fila! — brinquei, tentando controlar minhas emoções.

— Por mim, pode chorar onde for! A gente passa muito tempo aprendendo a não demonstrar nossos sentimentos, como se qualquer emoção fosse sinal de fraqueza. Mas é o oposto. É ali que mora a nossa força, filho!

— Muito bem! — falei, levemente debochado. — Vai virar escritor também?

— Deixa de bobeira! — Samuca gargalhou. — E você vai virar um palhaço que nem os seus pais agora?!

— A gente já se encontra, pai! — Me despedi.

Antes de me afastar, porém, eu cruzei os braços, repetindo o gesto que todos faziam no filme do Pantera Negra.

E o Samuca, como eu esperava, retribuiu o gesto, sorrindo.

Wakanda *forever*, papai!

Agora, sim, eu podia voltar ao meu lugar para a fila.

Mas, para minha surpresa, minha amiga não estava mais desacompanhada à minha espera.

O tal menino do beijaço da véspera, o até então desconhecido Guinho, conversava, empolgado, com ela. E antes mesmo que eu pudesse me aproximar e me apresentar a ele, o bendito xixi da Julinha entrou em ação mais uma vez, fazendo com que ela cochichasse algo para o Guinho e sumisse das nossas vistas.

Tadinho, ele mal sabia que sua futura namorada bebia mais água do que qualquer ser humano na Terra!

Só que eu não iria ficar ali fazendo companhia para um garoto que eu mal conhecia. Daqui a pouco a Julinha estaria de volta e eu poderia me juntar àquela duplinha de apaixonados.

Enquanto isso, havia uma ampla arquibancada me esperando para passar o tempo. E lá de cima, no último assento, eu conseguia ver como a Arena seguia fervendo! Como pessoas entravam e saíam. Como filas aumentavam e diminuíam.

Sentado naquela arquibancada, eu tinha agora uma visão privilegiada daquele espaço. Parecia que eu estava dentro de um daqueles enormes anfiteatros gregos.

Só então eu pude reparar que a Flora e a Eva também se encontravam por ali. Encostadas no lado oposto de onde eu estava, as duas conversavam descontraídas.

Muito mais à vontade, elas riam e ensaiavam esbarrões e pequenas carícias típicas de um começo de namoro. Ou, pelo menos, o que eu imaginava que devia ser um começo de namoro, já que de namoro eu só acompanhava o dos outros!

Dali de cima, aliás, eu conseguiria tirar várias fotos interessantes da Flora e da Eva. Do Tim e do Samuca. Até mesmo da Julinha e do Guinho, quando ela retornasse à fila!

Despreocupado, guardei meu livro de volta na minha ecobag, junto com o livro do Aquiles. Em seguida, peguei meu celular, pronto para virar fotógrafo por um dia.

Não fosse um pequeno alerta.

Uma nova mensagem no meu WhatsApp.

Respira, Romeu.

Uma nova mensagem do Aquiles!

Ansioso, eu agora não sabia se abria ou não aquela mensagem!

Meu Deus, Romeu!

Tanto tempo esperando por alguma resposta pra ficar de enrolação?!

Abre logo essa mensagem!

Abre logo esse chat!

Não importava se ele te desse um fora!

Se ele pedisse um tempo!

Se ele falasse qualquer coisa!
O importante era que ele tinha te respondido!

> Aquiles
>
> Eu tô na entrada da Grande Arena e você?

O Aquiles tinha respondido à minha última pergunta: "AQUILES, CADÊ VOCÊ?"
Na entrada da Grande Arena?!
Aquela Grande Arena?!
Na Grande Arena da Bienal?!
Na Grande Arena em que eu estava?!

> Romeu
>
> Na entrada da Grande Arena na Bienal?!

Mas o Aquiles não estava mais online! E eu não conseguiria ficar ali sentado esperando que ele se materializasse na minha frente!

Sem pensar duas vezes, peguei meus livros e, com o celular em mãos, desci correndo aquela arquibancada, acelerando até a entrada daquela Arena.

Era muita gente? Era! Mas se o Aquiles estivesse por ali, eu iria encontrá-lo!

No vaivém das pessoas que entravam e saíam, eu buscava seu rosto e nada.

Olhava para todos os lados e nada.

Meu coração estava prestes a explodir quando...

— ROMEU!

Era ele!
Eu não estava delirando!
Eu não conseguia ver de onde aquela voz tinha vindo!
Mas era ele!
O Aquiles tinha me chamado!
O Aquiles estava por ali!
O Aquiles...

— AQUILES!!! — exclamei, quando o vi parado bem na minha frente.

Era ele!
Ainda um pouco mais baixo do que eu.
Ainda com seus cabelos castanhos ondulados.
Ainda tão lindo como sempre!
Dessa vez, eu tinha certeza: não era um sonho!
Ele usava um All Star amarelo, uma bermuda jeans e uma camisa polo meio rosa, meio salmão, clara.
Eram mil perguntas passando pela minha cabeça.
— Como você está? — No fim, foi essa a pergunta que saiu pela minha boca.
— É uma longa história — ele respondeu, cabisbaixo.
Eu não conseguia imaginar o que tinha acontecido com ele. E aquele agito todo na frente da Grande Arena também não iria nos ajudar a ter uma conversa tranquila.
— Vamos aqui pro lado? — sugeri. — Aqui está muito barulho.
— Espera — Aquiles pediu. — Eu só preciso avisar à minha tia.

— Tia? — Aquiles nunca tinha mencionado nenhuma tia.

— É — ele confirmou. — Eu vim com a minha tia Estela. Ela é irmã da minha mãe.

Meu amigo, então, acenou para uma mulher bem pequena, com uma pele tão branca quanto a sua, encostada no estande mais próximo. Depois da troca de olhares, a mulher sorriu, simpática, dando permissão para que ele seguisse comigo, como se já soubesse quem eu era.

— Eu não sabia que você tinha uma tia — falei enquanto ela se afastava.

— Tenho. É que ela e a minha mãe são um pouco distantes.

— Ela...

— Tem nanismo, sim — ele me explicou.

— E ela tá indo embora? — perguntei.

— Não, ela só quer me deixar mais à vontade — Aquiles explicou. — A gente combinou que eu ia mandar uma mensagem depois pra gente se encontrar de novo.

— Entendi... — falei, ainda aéreo.

Eu me sentia hipnotizado pela sua presença.

Nosso último encontro tinha sido tão intenso, tão traumático.

E, agora, ali estava ele, todo arrumadinho, com uma tia da qual eu nunca tinha escutado falar.

Eu tinha esperado tanto pelo nosso reencontro!

— Como você está? — ele tomou a iniciativa.

— Eu?

— É, Romeu. — Ele sorriu, sem graça. — Você.

— Eu... Estou bem! — disse, ainda perdido. — Não sei se você viu alguma coisa na televisão ou na internet.

— Eu vi pela TV — Aquiles admitiu. — A censura, o protesto.
— Isso! — emendei. — Foram dias bem complicados.
— Eu nem imagino. Aquele Prefeito foi muito escroto!
— É, ele foi um babaca! — concordei. — Mas ele já era! Meus pais falaram que a rejeição dele já aumentou e que ele deve enfrentar algum processo pelo que fez. Se bobear, ele vai até preso!
— Tomara! — ele torceu. — Mas você o enfrentou de cabeça erguida.
— Como assim?
— Eu vi você gritando no megafone, marchando na frente daquela multidão. — Aquiles sorriu. — Eu quase não te reconheci!
— Eu também não! — Achei graça. — Parecia outra pessoa, né?
— Não sei. — Ele titubeou. — Parecia um Romeu mais destemido.
— Destemido?! Gostei dessa definição.

Como era fácil conversar com o Aquiles!

Nós tínhamos ficado dias sem se ver e agora lá estávamos os dois, agindo como se nada tivesse acontecido.

Mas não era verdade.

Eu era outro Romeu.

Uma versão mais "destemida", como ele tinha acabado de dizer.

Mas e ele? Como o Aquiles tinha absorvido o que havia acontecido na escola?

— E você? — insisti. — Desculpa perguntar, mas, Aquiles... Aconteceu tanta coisa comigo nesses dias! Eu te mandei tantas mensagens. Fiquei com tanto medo de que você pudesse ter ficado chateado.
— Com o quê?

— Não sei. Quando o Guga chegou na biblioteca, eu te afastei, no impulso. Mas foi muito sem querer. Eu estava muito nervoso.

— Romeu, é claro que eu não fiquei chateado com você — ele me acalmou. — Eu fiquei com ódio do Guga, isso sim!

— Mas por que você não respondeu nenhuma mensagem que eu te mandei? Por que só respondeu hoje? Aqui?

O que quer que tivesse acontecido com ele, não devia ter sido nada fácil.

— Eu só consegui ver suas mensagens hoje.

— Hoje?! — estranhei.

As minhas últimas mensagens tinham sido visualizadas na noite anterior, durante o beijaço na Bienal. E as mensagens mais antigas, bem antes!

— É — ele confirmou, abatido.

— Mas como? Ontem elas já tinham sido visualizadas.

— Eu sei... — Ele desviou o olhar, seus olhos começando a marejar.

— O que aconteceu? — Me aproximei enquanto ele enxugava uma lágrima que acabara de escapar. — Pode me contar. Eu estou aqui.

Não precisava ser nenhum especialista para ver que meu amigo estava mais abalado do que eu. Se eu tinha conseguido me reerguer, tinha sido às custas do apoio de várias pessoas. Apoio que, talvez, ele não tivesse recebido.

— Foram os meus pais — ele revelou.

— Seus pais? — repeti, preocupado.

— É. — Aquiles fez que sim com a cabeça. — Depois que a gente chegou da escola, eles confiscaram o meu celular e me fizeram bloquear todas as minhas redes sociais.

— Mas por que eles fariam isso? — disse, espantado.

— Pra me isolar! — ele lastimou. — Pra me impedir de falar com você ou com qualquer outra "má influência"!

— Meu Deus, Aquiles.

— Eles não lidaram nada bem com o que aconteceu na biblioteca. — Meu amigo suspirou. — Gritavam que eu tinha sido corrompido. Que eu não tinha jeito.

Eu não conseguia nem imaginar uma cena dessas.

— Eles ficaram me perturbando até me tirarem do sério — ele prosseguiu.

— O que você fez?

— Nada! Eu só gritei que eu não aguentava mais ficar ouvindo aqueles absurdos, como se eu fosse o culpado de alguma coisa! Como se eu tivesse culpa de ser quem eu sou!

— Você não tem culpa de nada! — reforcei.

— Eu sei! Mas vai falar isso pra eles! — Meu amigo não estava bem. — Eles chegaram a gritar que eu tinha que ir numa sessão de exorcismo, porque estava com o demônio no corpo!

O QUÊ?!

Aquilo já era ultrapassar, e muito, qualquer limite.

— Foi aí que eu não aguentei e revidei. Gritei que eu era gay mesmo e que se tinha alguém que ia pro inferno ali eram eles!

— E eles?!

— Me expulsaram de casa.

Respira, Romeu.

— Desculpa, Aquiles... — tentei organizar as ideias. — Eles fizeram o quê?!

Eu não podia acreditar que nosso quase beijo tivesse desencadeado aquilo tudo.

— Eles disseram que se eu não buscasse me "curar", eu não tinha mais lugar naquela família — Aquiles desabafou.

— Mas... — Eu não conseguia conceber que alguém pudesse agir daquela forma contra o próprio filho.

— É por isso que eu estou morando com a minha tia. Ela ficou uma fera quando a minha mãe ligou pra ela contando o que tinha acontecido e foi correndo me buscar hoje pela manhã. Eu passei a noite arrumando as minhas coisas.

Aquilo era um completo pesadelo.

— E a sua tia? Ela é legal?

— É um amor, Romeu. — Ele esboçou um sorriso. — Digamos que ela também entende o que é ser discriminada por ser quem ela é.

— Meu Deus, Aquiles... — Precisei me controlar para não começar a chorar. — Eu não consigo acreditar que os seus pais te expulsaram de casa. É muito...

— Cruel — Aquiles completou.

— Eu sinto muito — Encarei Aquiles no fundo dos olhos, tentando transmitir todo o meu apoio. — Eu não sei nem como eu seguiria em frente depois de uma situação dessas!

— Eu também não sabia, Romeu. Mas estou aqui, não estou?

— Está — respondi, frágil.

— E assim que eu me inteirei do que tinha acontecido na Bienal, assim que confirmei que seu pai lançaria o livro dele, eu pedi à minha tia para vir te encontrar.

Eu amava aquele garoto.

— Se você enfrentou todo esse horror, eu também vou conseguir, né? — ele disse, inseguro.

— Claro que vai. — Minha voz embargada não escondia minha emoção.

Aquele era um dia de celebração, mas eu não estava preparado para receber aquele choque de realidade. Enquanto eu abraçava os meus pais e era acolhido pela minha amiga, o Aquiles tinha ido do céu ao inferno dentro da própria casa. Rechaçado por quem mais deveria lhe dar amor.

Que lavagem cerebral tão poderosa era essa que levava um pai e uma mãe a rejeitarem o próprio filho?!

— Eu sinto muito que tudo isso tenha acontecido, Aquiles. — Eu não cansava de repetir. — Desculpa.

— Você não precisa se desculpar, Romeu. A gente não tem culpa de nada.

— Eu sei — concordei. — Eu fiquei me convencendo disso pelos últimos dias, mas agora, sabendo o que aconteceu com você...

— Continua não sendo culpa de nenhum de nós dois. Eu também achei tudo uma grande merda, mas eu vou sobreviver. E eu não vim pra Bienal pra ficar falando dos meus pais! — Ele tentou sacudir a poeira. — Vamos deixar eles um pouco de lado?

— Tá bom — aceitei. — Eu vou me esforçar.

— E o lançamento, como está?! — Ele trocou de assunto. — Superlotado, né?

— Muito! — confirmei. — Ontem teve até recorde de público na Bienal!

— Eu tenho que comprar o meu livro, então!

— Não precisa. — Tirei da minha ecobag o exemplar que estava reservado para ele. — É seu!

— Meu?! — ele reagiu, surpreso.

— Eu separei pra você — repeti. — Por incrível que pareça, a primeira edição já está esgotada!

— Caramba! — Aquiles abriu um sorrisão. — Seu pai deve estar surtando!

— Eles estão! Os dois parecem duas crianças lá dentro!

— Tá muito lindo! — Ele me agradeceu, enquanto admirava o exemplar de *Walter*. — Eu não vejo a hora de ler com calma! E de pegar minha dedicatória, né!

— Claro! Tim vai amar te ver por aqui!

Não só ele, mas o Samuca, a Flora, a Eva e a Julinha!

Todos iriam cair duros quando eu aparecesse dentro daquela Arena com o Aquiles ao meu lado.

— Eu pensei que fosse te entregar só quando voltasse pra escola, mas agora foi muito melhor! — comentei. — Você ainda vai curtir todo o lançamento!

— Até porque eu não devo mais voltar pro Santo Benedito.

— Não? — Aquela era uma notícia importante.

Se eu já não pretendia continuar naquela escola, sem o Aquiles é que eu não voltaria mesmo!

— A minha tia se comprometeu a pagar o colégio até o final do ano, mas depois eu não quero mais voltar pra lá, não. Cansei.

— Eu te entendo. Eu também conversei com os meus pais e a gente ficou de procurar outra escola no ano que vem, se eu quisesse. Mas, agora, é isso que eu quero, com certeza!

— Pelo menos a gente vai enfrentar aquele inferno juntos pelos próximos meses!

— É verdade! Até porque a única coisa boa naquela escola era você!

Eu tinha falado aquilo em voz alta?!

— Quer dizer — tentei me explicar. — É a sua amizade, né? Por que eu estava tão sem-graça de repente?!

— Mas a gente não precisa estudar na mesma escola pra ser amigo, né? — ele questionou.

— Não, claro que não. Não precisa. Nem um pouco.

Perfeito, Romeu, super natural, tranquilão, zero nervosismo.

— Até porque, depois de tudo que aconteceu, eu não sei se a gente vai continuar amigo, Romeu.

Oi?

— Como assim? — questionei.

— É. — Ele deu um passo na minha direção. — Eu não sei se a gente devia continuar "só" amigos, sabe?

Não, não sei, Aquiles.

Ou melhor, sei, mas tô com medo de estar entendendo o que eu quero estar entendendo e depois pagar um mico maior do que eu pensava e estragar tudo de novo e te perder pra sempre e ir parar em outra escola e nunca mais te ver na vida.

Respira, Romeu.

— E por que você diria isso, Aquiles? — arrisquei, sem saída.

— Por quê?! — Aquiles riu. — Acho que essa resposta foi interrompida lá na biblioteca!

Meu Deus, não me faça estar viajando na maionese e criando falsas expectativas! O Aquiles estava se referindo ao nosso beijo, certo?! Certo?! Alguém aí?!

— É? — Sorri, sem graça, parecendo um completo idiota.

— É! — Aquiles se aproximou ainda mais, arriscando uma sedução.

Mal sabia ele que nem precisava se esforçar para me conquistar.

— E então? — Ele me encarou. — A gente pode continuar de onde paramos?

AAAAAAAAAAAAAAAAAAAAHHHHHHHHHHH!!!!!!!!!!
CARALHO!!!!!!
PORRA!!!!!!!!
OBRIGADO, VIDA!!!!!

Não, eu não tinha gritado feito um louco.

Eram gritos internos!

— Eu teria que te apresentar como namorado pro Tim? — brinquei. — Na hora dele escrever sua dedicatória.

Cala a boca, Romeu!!!

Beija logo essa boca!!!!

— Namorado? — Aquiles gostou da ideia. — Eles não vão achar rápido demais?

— Rápido seria te convidar pra morar comigo! — devolvi, ligeiro.

Peraí, eu tinha pedido o Aquiles em namoro?! Foi isso mesmo?!

— Tudo bem! — Ele gargalhou.

Tudo bem?!

Tudo bem o quê, Aquiles?!

— A gente pode seguir como namorados! — ele aceitou.

— Calma! — Tentei me situar. — Você tá falando sério?

— Claro que eu tô! Você que fez a proposta e agora tá duvidando?

— Não, é só que...

— Ou você só estava brincando com meus sentimentos? — ele provocou.

— NÃO!!! — rebati, um pouco mais intenso do que eu esperava. — É só que...

— O que, Romeu?

O Aquiles estava a poucos centímetros de mim. Lindo. Gato. Cheiroso. E tinha acabado de aceitar meu pedido de namoro! Na Bienal!

Se o nosso último encontro tinha acontecido entre as estantes de um pequeno corredor da nossa biblioteca, agora nós estávamos cercados por milhares de livros, no meio de um dos maiores corredores do maior evento literário do país! Rodeados por centenas de amantes da literatura como a gente!

— É só que eu já esperei tempo demais pra fazer isso.

E antes que o Aquiles pudesse falar mais qualquer coisa, passei meus braços por sua cintura e o puxei contra o meu corpo, apaixonado.

Como em um daqueles cartazes de filmes românticos, o levantei do chão, seu corpo rente ao meu.

E ali, fora de todos os nossos armários, eu o beijei com toda a minha intensidade.

Com todo o meu tesão.

Com todo o meu amor!

De olhos fechados, me entregando completamente àquele encontro.

Àquele garoto que tinha tudo para me fazer feliz.

E, mesmo cercados por uma multidão, eu não ouvia mais nada.

O meu corpo parecia entrar em erupção.

Como se faíscas surgissem do nosso contato.

Como se serpentinas caíssem sobre as nossas cabeças.
Como se fogos de artifícios estourassem ao nosso redor.
Como se o mundo estivesse concentrado em nossas bocas.
Em nosso beijo.
Em nosso primeiro beijo.
No primeiro beijo de Romeu e Aquiles.

Respira, Romeu.

E nunca pare de beijar.

FIM

LEIA COM ORGULHO

Olá! Se você chegou até aqui é porque já sabe como se deu o primeiro beijo de Romeu... e Aquiles. Um fim que mais parece um começo, né? Pois do beijo interrompido no corredor da biblioteca ao beijo apaixonado no corredor da Bienal do Livro, uma coisa é certa: estavam todos cercados o tempo inteiro por livros. Afinal, os livros também são o coração desta história, principalmente as obras LGBTQIA+.

Como você talvez tenha percebido, *O primeiro beijo de Romeu* foi inspirado nos acontecimentos ocorridos na Bienal do Livro do Rio de 2019, quando o então Prefeito da cidade do Rio de Janeiro tentou censurar obras com protagonismo LGBTQIA+. Mais especificamente, foi o beijo entre os jovens vingadores Hulking e Wiccano, na HQ *A cruzada das crianças*, da Marvel, o alvo da censura municipal.

Convidado para fazer a mediação e curadoria de duas mesas compostas por autores LGBTQIA+ na Arena #SemFiltro, eu presenciei toda a tensão instaurada pelos corredores daquela feira literária em seu último fim de semana. Discursos inflamados durante as mesas na Arena, autores aflitos nos estandes, até uma grande marcha contra a censura e a favor das histórias e vidas LGBTQIA+.

Felizmente, o Supremo Tribunal Federal derrubou a censura (inconstitucional por si só) e o encerramento da Bienal daquele ano foi em clima de celebração.

Naquela época, surgiu uma hashtag que permanece nas redes sociais até hoje, a #LeiaComOrgulho (carinhosamente o nome deste capítulo). Se você for no Twitter ou no Instagram agora e digitá-la, certamente encontrará milhares de posts com dicas de livros com autoria e/ou protagonismo LGBTQIA+. Porque, sim, existem muitas histórias com personagens LGBTQIA+ para serem lidas.

Assim, para tentar diminuir a sensação de que "não existem muitos livros LGBTs por aí", eu espalhei por este livro – sim, este que você acabou de ler! – 182 títulos de livros com protagonismo LGBTQIA+!

É verdade! Eu fiz isso mesmo!

Neste capítulo extra, você vai encontrar a lista com todos os títulos citados durante esta obra. Quantos você já conhece? Quais já leu? Quais gostaria de ler?

Meu desafio literário é que você encontre os nomes dessas obras espalhadas pelo livro! Para facilitar, as citações estão organizadas pela ordem em que aparecem em cada capítulo. Se o título tiver algum subtítulo, não se preocupe com o subtítulo. É o título que você vai encontrar espalhado pelo livro. ☺

Mas se não estiver com disposição para voltar ao início e começar sua busca, eu te faço outro convite: leia essas obras! Conheça seus autores!

Eu posso garantir: tem muito mais!

Então, calma.

Respira.

E leia com orgulho!

CAPÍTULO 1

Discurso de ódio: Uma política do performativo,
de Judith Butler (Unesp)

Conversas entre amigos,
de Sally Rooney (Alfaguara)

Tipo uma história de amor,
de Abdi Nazemian (Harper Collins)

Singular,
de Thati Machado (Qualis)

As coisas,
de Tobias Carvalho (Record)

Duas vidas: Gertrude e Alice,
de Janet Malcom (Paz & Terra)

Saindo do armário: Da experiência homossexual à construção da identidade gay,
de Murilo Peixoto da Mota (Fontenele Publicações)

O fim do armário: Lésbicas, gays, bissexuais e trans no século XXI,
de Bruno Bimbi (Garamond)

Conectadas,
de Clara Alves (Seguinte)

De mal a pior,
de Simon James Green (Hoo Editora)

Meus dois pais,
de Walcyr Carrasco (Moderna)

CAPÍTULO 2

No armário do Vaticano: Poder, hipocrisia e homossexualidade,
de Frédéric Martel (Objetiva)

Ainda lembro,
de Jean Wyllys (Globo)

À primeira vista,
de David Levithan e Nina LaCour (Galera Record)

Famílias homoafetivas: A insistência em ser feliz,
de Lícia Loltran (Autêntica)

Não inclui manual de instruções,
de T.S. Rodriguez (Rico)

Fera,
de Brie Spangler (Seguinte)

Apenas um garoto,
de Bill Konigsberg (Arqueiro)

Não vão nos matar agora,
de Jota Mombaça (Cobogó)

O Diabo em forma de gente: (r)existências de gays afeminados, viados e bichas pretas,
de Megg Rayara Gomes de Oliveira (Devires)

Ascensão,
de Stephen King (Suma)

Kit Gay,
de Vitorelo (Veneta)

Rua de dentro,
de Marcelo Moutinho (Record)

Última parada,
de Casey McQuiston (Seguinte)

Controle,
de Natalia Borges Polesso (Companhia das Letras)

CAPÍTULO 3

Vem cá: Vamos conversar sobre a saúde sexual de lésbicas e bissexuais,
de Larissa Darc (Dita Livros)

Amora,
de Natalia Borges Polesso (Não Editora)

Cinco Julias,
de Matheus Souza (Seguinte)

Guardei no armário: Trajetórias, vivências e a luta por respeito à diversidade racial, social, sexual e de gênero,
de Samuel Gomes (Paralela)

O terceiro travesseiro,
de Nelson Luiz de Carvalho (Edições GLS)

Na trilha do arco-íris: Do movimento homossexual ao LGBT,
de Júlio Assis Simões e Regina Facchini (Fundação Perseu Abramo)

Coragem de ser: Relato de homens, pais e homossexuais,
de Vera Moris e Fábio Paranhos (Edições GLS)

Meus pais e eu,
de Deko Lipe (Se Liga Editorial)

Meninas selvagens,
de Rory Power (Galera Record)

Os dois morrem no final,
de Adam Silvera (Intrínseca)

Dois garotos se beijando,
de David Levithan (Galera Record)

Amor é amor,
coletânea organizada por Marc Andreyko e
IDW Publishing (Geektopia)

Amar é crime,
de Marcelino Freire (Record)

Simpatia pelo demônio,
de Bernardo Carvalho (Companhia das Letras)

Carol,
de Patricia Highsmith (L&PM)

Todo dia,
de David Levithan (Galera Record)

O que será: A história de um defensor dos direitos humanos no Brasil,
de Jean Wyllys (Objetiva)

CAPÍTULO 4

Contra a moral e os bons costumes: A ditadura e a repressão à comunidade LGBT,
de Renan Quinalha (Companhia das Letras)

Querem nos calar: Poemas para serem lidos em voz alta,
antologia organizada por Mel Duarte (Planeta)

Venha o que vier,
de Rainbow Rowell (Seguinte)

Vilão,
de V.E. Schwab (Record)

Uma coisa absolutamente fantástica,
de Hank Green (Seguinte)

Minha experiência lésbica com a solidão,
de Kabi Nagata (New Pop)

40 anos esta noite,
de Felipe Cabral (Giostri)

CAPÍTULO 5

Todo mundo tem uma primeira vez,
de Ale Santos, Bárbara Morais, Fernanda Nia, Jim Anotsu, Olívia Pilar e Vitor Martins (Plataforma 21)

Inferno astral,
de Vítor diCastro (Outro Planeta)

Bem-vindos ao paraíso,
de Nicole Dennis-Benn (Morro Branco)

Um milhão de finais felizes,
de Vitor Martins (Alt)

Rainhas geek,
de Jen Wilde (Planeta Minotauro)

Antes que eu me esqueça: 50 autoras lésbicas e bissexuais hoje,
uma antologia de contos e poemas organizada por Gabriela Soutello (Quintal Edições)

Antes que anoiteça,
de Reinaldo Arenas (Best Seller)

Gostaria que você estivesse aqui,
de Fernando Scheller (HarperCollins)

Prisioneiras,
de Drauzio Varella (Companhia das Letras)

CAPÍTULO 6

Além do Carnaval: A homossexualidade masculina no Brasil do século XX,
de James N. Green (Unesp)

Terra estranha,
de James Baldwin (Companhia das Letras)

Sempre em frente,
de Rainbow Rowell (Seguinte)

Limonada,
de João Hannuch (Giostri)

Percursos Afetivos: Uma Cartografia de Histórias,
de Cadu Cinelli (Kotter Editorial)

Outro dia,
de David Levithan (Galera Record)

O mar sem estrelas,
de Erin Morgenstern (Morro Branco)

Especial,
de Ryan O'Connell (Galera Record)

Tudo ao mesmo tempo agora,
de Jean Wyllys (Giostri)

Não foi por acaso,
de Vinícius Grossos (Nacional)

Apenas uma garota,
de Meredith Russo (Intrínseca)

Pai, pai,
de João Silvério Trevisan (Alfaguara)

Tudo pode acontecer,
de Will Walton (V&R)

Quinze dias,
de Vitor Martins (Alt)

E se acontece?,
de Melanie Harlow e David Romanov (Hoo Editora)

CAPÍTULO 7

Só garotos,
de Patti Smith (Companhia das Letras)

Casamento igualitário,
de Bruno Bimbi (Garamond)

Cidadania trans: O acesso à cidadania por travestis e transexuais no Brasil,
de Caio Benevides Pedra (Appris)

Teoria Queer: Um aprendizado pelas diferenças,
de Richard Miskolci (Autêntica)

Envelhecimento e Velhice LGBT: Práticas e perspectivas biopsicossociais,
organizado por Ludgleydson Fernandes de Araújo
e Henrique Salmazo da Silva (Alínea)

O filho rebelde,
de Rainbow Rowell (Seguinte)

Orgulho de ser,
antologia organizada por Thati Machado (Se Liga Editorial)

Estamos bem,
de Nina LaCour (Plataforma 21)

O dom da fúria,
de Mark Oshiro (Gutenberg)

Vozes trans,
de Brenda Bernsau, Jonas Maria, Limão
e Koda Gabriel (Se Liga Editorial)

Vozes transcendentes: Os novos gêneros na música brasileira,
de Larissa Ibúmi Moreira (Hoo Editora)

Vidas trans: A coragem de existir,
de Amara Moira, João W. Nery, Márcia Rocha
e T. Brant (Astral Cultural)

Over the rainbow: Um livro de contos de fadxs,
de Milly Lacombe, Renato Plotegher Jr., Maicon Santini,
Lorelay Fox e Eduardo Bresanim (Planeta)

The Prom — A festa de formatura,
de Saundra Mitchell, Matthew Sklar, Chad Beguelin
e Bob Martin (Alt)

Espere até me ver de coroa,
de Leah Johnson (Alt)

CAPÍTULO 8

Uma casa no fim do mundo,
de Michael Cunningham (Companhia das Letras)

Um apartamento em Urano: Crônicas da travessia,
de Paul B. Preciado (Zahar)

Arlindo,
de Ilustralu (Seguinte)

Orlando,
de Virginia Woolf (Autêntica)

Este livro é gay: E hétero, e bi, e trans...,
de Juno Dawson (WMF Martins Fontes)

Nem ao centro, nem à margem! Corpos que escapam às normas de raça e de gênero,
de Megg Rayara Gomes de Oliveira (Devires)

Fora da caixa: A violência contra a diversidade sexual e de gênero na educação,
de Moisés Santos de Menezes (Telha)

CAPÍTULO 9

As vantagens de ser você,
de Ray Tavares (Galera Record)

E se fosse a gente?,
de Becky Albertalli e Adam Silvera (Intrínseca)

Me abrace mais forte,
de David Levithan (Galera Record)

Na ponta dos dedos,
de Sarah Waters (Rocco)

Diga que não me conhece,
de Flavio Cafiero (Todavia)

História da violência,
de Édouard Louis (Tusquets)

Algum dia,
de David Levithan (Galera Record)

Ciranda da solidão,
de Mário César (Balão)

Supernormal,
de Pedro Henrique Neschling (Paralela)

Ninguém nasce herói,
de Eric Novello (Seguinte)

Imune: A extraordinária história de como o organismo se defende das doenças,
de Matt Richtel (HarperCollins)

Moletom,
de Julio Azevedo (Alt)

Lucas e Nicolas: Um amor adolescente,
de Gabriel Spits (Fábrica231)

CAPÍTULO 10

O amor não é óbvio,
de Elayne Baeta (Galera Record)

Menino sem passado,
de Silviano Santiago (Companhia das Letras)

Como ser as duas coisas,
de Ali Smith (Companhia das Letras)

Imperfeito,
de Robson Gabriel (Astral Cultural)

As regras não se aplicam,
de Ariel Levy (Globo Livros)

Eu, travesti: Memórias de Luísa Marilac,
de Luísa Marilac e Nana Queiroz (Record)

Cinderela está morta,
de Kalynn Bayron (Galera Record)

Velhice transviada: Memórias e reflexões,
de João W. Nery (Objetiva)

Sua alteza real,
de Rachel Hawkins (Alt)

Cloro,
de Alexandre Vidal Porto (Companhia das Letras)

CAPÍTULO 11

Foi assim que tudo explodiu,
de Arvin Ahmadi (Alt)

Homem de lata,
de Sarah Winman (Faro Editorial)

Mil rosas roubadas,
de Silviano Santiago (Companhia das Letras)

Tem saída?: Perspectivas LGBTI+ sobre o Brasil,
organizado por Taynah Ignacio, Andressa Mourão Duarte,
Guilherme Gomes Ferreira, Joanna Burigo, Tamires de
Oliveira Garcia e Winnie Bueno (Zouk)

De volta para casa,
de Seanan McGuire (Morro Branco)

Minha versão de você,
de Christina Lauren (Hoo Editora)

Ninguém vai lembrar de mim,
de Gabriela Soutello (Jandaíra)

Enquanto eu não te encontro,
de Pedro Rhuas (Seguinte)

1+1 A matemática do amor,
de Augusto Alvarenga e Vinícius Grossos (Faro Editorial)

Na casa dos sonhos,
de Carmen Maria Machado (Companhia das Letras)

Uma vida pequena,
de Hanya Yanagihara (Record)

Lembra aquela vez,
de Adam Silvera (Rocco)

CAPÍTULO 12

O essencial de perigosas sapatas,
de Alison Bechdel (Todavia)

Você é minha mãe?,
de Alison Bechdel (Quadrinhos na Cia)

Querido ex (que acabou com a minha saúde mental, ficou milionário e virou uma subcelebridade),
de Juan Jullian (Galera Record)

Mãe sempre sabe?: Mitos e verdades sobre pais e seus filhos homossexuais,
de Edith Modesto (Record)

Entre nós,
de Nauan Souza (Clube dos Autores)

Homens elegantes,
de Samir Machado de Machado (Rocco)

Milhas de distância,
de A.B. Rutledge (Hoo Editora)

O cinema que ousa dizer seu nome,
de Lufe Steffen (Giostri)

História do movimento LGBT no Brasil,
organizado por James N. Green, Renan Quinalha, Marcio Caetano e Marisa Fernandes (Alameda Editorial)

Positiva,
de Camryn Garret (Verus)

Fim de festa,
de Renata Wolff (Não Editora)

Armários abertos: Depoimentos sobre a diversidade sexual,
de Valmir Moratelli (Autografia)

As traças,
de Cassandra Rios (Brasiliense)

Resilientes,
de Juan Jullian, Maria Freitas, T.S. Rodriguez, Laís Lacet, Luke Marceel, Beatriz Montenegro, Dane Diaz, Marta Vasconcelos, Daniellie Vicentino, Thalyta Vasconcelos, Vanessa Nunes, Luciana Cafasso, Felipe Ricardo, Jean Carlos Machado, André Brusi Pino, Débora Costa, Beto Oliveira, Margarete Prado, Beatriz Avanci, Marcela Cardoso, Rafaela Haygertt e Tauã Lima Verdan Rangel (Se Liga Editorial)

Por que calar nossos amores?: Poesia homoerótica latina,
organização de Raimundo Carvalho, Guilherme Gontijo Flores, Márcio Meirelles Gouvêa Júnior, João Angelo Oliva Neto (Autêntica)

O fim em doses homeopáticas,
de Igor Pires (Alt)

Aquele que é digno de ser amado,
de Abdellah Taïa (Nós)

CAPÍTULO 13

O propósito do poder: Vidas negras e movimentos sociais no século XXI,
de Alicia Garza (Zahar)

Viagem solitária: A trajetória pioneira de um transexual em busca de reconhecimento e liberdade,
de João W. Nery (Leya)

Você tem a vida inteira,
de Lucas Rocha (Galera Record)

Feitos de Sol: Um amor capaz de incendiar o mundo,
de Vinícius Grossos (Faro Editorial)

O amor é a cura: Sobre vida, perdas e o fim da AIDS,
de Elton John (Amarilys)

O que amar quer dizer,
de Mathieu Lindon (Cosac & Naify)

Revolucionário e gay: A extraordinária vida de Herbert Daniel — Pioneiro na luta pela democracia, diversidade e inclusão,
de James N. Green (Civilização Brasileira)

Pequenas epifanias,
de Caio Fernando Abreu (Nova Fronteira)

Não digam que estamos mortos,
de Danez Smith (Bazar do Tempo)

Eles,
de Vagner Amaro (Malê)

Homens cordiais,
de Samir Machado de Machado (Rocco)

CAPÍTULO 14

Devassos no paraíso: A homossexualidade no Brasil, da colônia à atualidade,
de João Silvério Trevisan (Objetiva)

Cura gay,
de Jean Ícaro (Taverna)

Marcados pelo triângulo rosa,
de Ken Setterington (Melhoramentos)

Morangos mofados,
de Caio Fernando Abreu (Companhia das Letras)

A palavra que resta,
de Stênio Gardel (Companhia das Letras)

Bichas brasileiras: A história de 30 ícones LGBTQIA+,
de Patrick Cassimiro (Independente)

Enverga, mas não quebra: Cintura Fina em Belo Horizonte,
de Luiz Morando (O sexo da palavra)

As fúrias invisíveis do coração,
de John Boyne (Companhia das Letras)

Uma leve simetria,
de Rafael Ban Jacobsen (Não Editora)

Entre nós mesmas: Poemas reunidos,
de Audre Lorde (Bazar do Tempo)

CAPÍTULO 15

Me encontre,
de André Aciman (Intrínseca)

Blackout: O amor também brilha no escuro,
de Dhonielle Clayton, Tiffany D. Jackson, Nic Stone, Angie Thomas, Ashley Woodfolk e Nicola Yoon (Seguinte)

Aos meus homens,
de Marcelo Ricardo (Malê)

O silêncio que a chuva traz,
de Marlon Souza (Malê)

Maldito ex: A autobiografia da subcelebridade mais odiada do Brasil,
de Juan Jullian (Galera Record)

Brutos e insensíveis,
de Thiago Oliveira (Escaleras)

Pão de Açúcar,
de Afonso Reis Cabral (HarperCollins)

Transfeminismo,
de Letícia Nascimento (Jandaíra)

Tudo nela brilha e queima,
de Ryane Leão (Planeta)

Como cuidar de um girassol,
de Kaio Phelipe (Patuá)

A arte de ser normal,
de Lisa Williamson (Rocco Jovens Leitores)

Sou sua irmã,
de Audre Lorde (Ubu)

Eu te darei o Sol,
de Jandy Nelson (Novo Conceito)

Um dia vou escrever sobre esse lugar,
de Binyavanga Wainaina (Kapulana)

Que lista maravilhosa, né?

Foi justamente para compartilhar essas obras e esses autores que eu criei, em 2017, o canal "Eu Leio LGBT". Para que a maior quantidade de pessoas possível soubesse que nossas histórias estão conquistando cada vez mais editoras, livrarias e leitores.

Então, quer conhecer mais livros LGBTQIA+? Aqui vai mais um convite: conheça meu perfil no Instagram @euleiolgbt ou navegue pelo canal no YouTube (Eu Leio LGBT). Se, ainda assim, você não encontrar a história que estava procurando, escreva. O mundo está sempre precisando de novas histórias. ☺

AGRADECIMENTOS

Escrever este livro foi uma jornada e tanto. Contrato assinado no Carnaval de 2020, fomos surpreendidos com a pandemia do novo coronavírus logo depois. O mundo virou de cabeça para baixo e muitos desafios se apresentaram.

Não foi simples escrever um romance que se pretende esperançoso no meio de tanta tristeza e horror, mas aqui estamos. Eu consegui. E, por isso, sinto um orgulho imenso deste feito e uma gratidão profunda às pessoas que foram essenciais neste percurso. A elas, meu mais emocionado obrigado!

À minha vovó Joana Gonçalves de Andrade, minha maior amiga e fã número um, para quem este livro é dedicado, em memória. Obrigado por acreditar tanto em mim e me ensinar o que é ser amado incondicionalmente. Que bênção ter você como minha avó.

À minha mãe Myrian de Andrade, por todo amor e apoio de uma vida inteira, mas principalmente por ter estimulado meu amor pela leitura desde cedo. Por todas as histórias contadas antes de dormir e todos os gibis e livros proporcionados.

Ao meu irmão caçula, Gustavo Cabral, que não tem nada a ver com o Guga deste livro! Pela torcida de sempre e por, aos 15 anos, ter ido no meu quarto logo após eu sair do armário para falar que me apoiava.

Ao meu pai Julio Cesar Cabral, pela sincera celebração de cada conquista minha e por não ter medido esforços para que eu pudesse operar o meu "buraco no peito", conhecido como Pectus Excavatum (peito escavado), aos 18 anos.

Aos meus avós paternos, em memória, Walter Cabral e Jerusa do Couto Cabral, por todo amor que me deram e por serem as pessoas mais bondosas que eu já conheci.

Ao meu tio Paulo César, que partiu um dia depois que nasci, mas que certamente me guiou pelo caminho do cinema e das artes. Acho que nos daríamos muito bem, tio.

Ao Jorge Vieira, por ter me mostrado como é belo e potente quando duas pessoas se amam e se fortalecem juntas. Sem o seu apoio para que eu não procrastinasse e seguisse escrevendo, meu caminho seria muito mais difícil. Eu nunca atravessaria esta pandemia sem você ao lado. Obrigado por tanto!

À Rafaella Machado, minha editora, por ter respondido meu direct no Instagram, sentado comigo numa livraria e apostado, com tanto entusiasmo, na história que eu tinha pra contar. Obrigado por confiar no que eu tenho a dizer, dar espaço para minha autoralidade e me aceitar neste catálogo tão especial quanto o da Galera Record. Sua paixão pelos seus livros e autores é contagiante. Tenho certeza de que esta é a primeira de muitas alegrias que viveremos juntos. Muito obrigado, Rafa!

A toda equipe da Galera Record, pelo carinho e dedicação a este livro e a tantos outros trabalhos cheios de representatividade.

Ao Johnatan Marques, o Johncito, pela capa dos sonhos de qualquer autor. Que o beijo e o amor estampados neste livro se espalhem pelo mundo inteiro.

Ao meu amado amigo Jean Wyllys, por me dar a honra de assinar a orelha deste meu primeiro romance. Me sinto abençoado com suas palavras. Que lindo viver no mesmo tempo que o seu.

À Thalita Rebouças, por compartilhar seu olhar sensível e experiente de anos de carreira em um blurb tão lindo. Que feliz nosso encontro na Bienal!

Ao Juan Jullian, pelo olhar carinhoso na estrutura do livro e, junto aos queridos Vinícius Grossos e Stefano Volp, pelos blurbs tão afetuosos.

Aos meus leitores betas Deko Lipe, Bruna Diacoyannis e Vívian Renolli, que me acompanharam ao longo de meses de escrita, tornando meu processo menos solitário e cheio de afeto.

À Paula Haefeli, por ter me dado o incentivo e o caminho para chegar até minha editora; e pelos feedbacks após a leitura do primeiro manuscrito.

À Andrea Neves e à Karina Ramil, pela carinhosa leitura da obra quando ela ainda era "apenas" uma grande escaleta.

Aos amigos Fabricio Santiago, Renan Wilbert e Junior Dantas, por compartilharem comigo suas histórias de vida que, sem dúvida, enriqueceram este livro.

À Rosane Svartman e à Letícia Pires, pelo convite para mediar e fazer a curadoria de duas mesas na Arena #SemFiltro na Bienal do Livro do Rio de 2019.

Aos autores e autoras que aceitaram o convite para estas mesas na Bienal: Igor Pires, Pedro HMC, Thati Machado, Vitor Martins, Lucas Rocha, Vinícius Grossos, Amara Moira, Pepita, Luisa Marilac, Nana Queiroz, Tarso Brant e Natália Travassos.

A toda equipe da Bienal do Livro do Rio de 2019, que me recebeu muito bem e saiu em defesa da literatura e da democracia durante o evento, sem pestanejar.

Ao Michel Uchiha e à querida amiga Giowana Cambrone, por seus potentes discursos na Arena da Bienal, defendendo nossa liberdade de expressão e nossas vidas.

Ao Felipe Neto, por ter usado de sua influência para realizar, em tempo recorde, uma ação tão marcante e simbólica como foi aquela distribuição de 14 mil livros com protagonismo LGBTQIA+ em plena Bienal.

Aos meus amigos e amigas que me enviaram mensagens durante esse um ano e meio de escrita, me encorajando e me dando gás para seguir em frente. Não só por esse período, mas pela amizade de anos e por sempre acreditarem em mim. Eu amo vocês!

E, por último, mas não menos importante, obrigado a você, meu leitor e minha leitora! É emocionante imaginar que alguém chegou até aqui e leu esta história do começo ao fim. Muito obrigado pela leitura, de coração.

Eu fui muito feliz neste processo e estou emocionado em colocar esta história no mundo. Que venham as próximas!

Um beijo grande,
Felipe Cabral

Este livro foi composto na tipologia ITCStoneSerif, em corpo 11/18, e impresso em papel off-white, no Sistema Cameron da Divisão Gráfica da Distribuidora Record.